Piège à loup

Du même auteur
Aux éditions Le bruit du monde

Le Cimetière de la mer, 2023
Les héritiers de l'Arctique, 2024

NORLA
Norwegian
Literature Abroad
This translation has been published with the financial support of NORLA.

Titre original : *Ulvefellen*

Ulvefellen, première publication en 2017 par Aschehoug forlag, Norvège.
Publié avec l'accord de Winje Agency A/S, Norvège.

Le bruit du monde
68, rue de Rome
13006 Marseille
contact@lebruitdumonde.com

ISBN : 978-2-38601-055-2
Dépôt légal : mars 2025

Aslak Nore

Piège à loup

Traduit du norvégien par Céline Romand-Monnier

Roman

le bruit du monde

NOTE AU LECTEUR

Ce roman historique contient des termes étrangers (norvégiens, allemands…) et des termes liés au contexte de la Seconde Guerre mondiale. Pour ceux qui pourraient être inconnus du lecteur, une rapide explication est placée en note de bas de page. Les plus récurrents (comme les termes militaires par exemple) sont placés dans un glossaire en fin d'ouvrage.

NOTE DE L'AUTEUR

Piège à loup est un roman et ses personnages principaux sont fictifs, mais les événements de l'histoire militaire et géopolitique qui y sont décrits sont réels. Un certain nombre de personnages historiques apparaissent. Dans leur portrait et dans la représentation d'épisodes connus de tous, j'ai aspiré à une véracité documentaire. Les lecteurs intéressés par le sujet pourront consulter la bibliographie commentée en fin d'ouvrage.

Aslak Nore

« Ce n'est qu'une fois dans la capitale de Hitler qu'on saisit pleinement combien la lecture de romans policiers peut être utile et instructive. L'atmosphère qui y est dépeinte ressemble trait pour trait à celle des ministères du Reich sur Wilhelmstraße et l'on en déduit que, plus que les ouvrages documentaires, ce sont ces livres-là qui fournissent des clefs pour comprendre la véritable nature du temps de Hitler. Les journalistes qui couvrent l'activité de Wilhelmstraße traquent le crime, et le soupçon est à l'ordre du jour. Mais nous sommes des criminels aussi, tous autant que nous sommes, et ceux d'entre nous qui sont pourvus de sensibilité n'ont jamais la conscience tranquille[1]. »

Theo Findahl, *Undergang. Berlin 1939-1945*

1. Theo Findahl, *Undergang. Berlin 1939-1945* [La Chute. Berlin 1939-1945], © Aschehoug, Oslo, 1945, traduction du passage par Céline Romand-Monnier pour cet ouvrage inédit en France.

RENDEZVOUS1

Londres
Vendredi 8 septembre 1944

La mort arriva à vitesse supersonique. La fusée s'écrasa sur Londres à 18 h 43. De la mansarde qu'elle louait, Cassandra entendit une double détonation : la première lorsque l'engin franchit le mur du son, la seconde lors de la déflagration qui suivit.

Le message de Berlin lui parvint aussitôt. Elle le déchiffra sur l'appareil Klamotten.

AI BESOIN DES COORDONNÉES DE L'EXPLOSION DE GAZ
INFORMATIONS CONTRADICTOIRES
ACCOMPLIR RENDEZVOUS1

Elle relut le message. Voilà, c'était parti.

« Explosion de gaz » était le nom de code désignant une frappe de fusée. Depuis que la Luftwaffe avait commencé à lancer des bombes volantes à la mi-juin, Cassandra travaillait nuit et jour à la localisation de leurs points de chute. Cependant, il s'agissait là de tout autre chose que de V1, ou *doodlebugs*, comme les Britanniques les surnommaient. Ce nouveau V2, on ne pouvait pas s'en protéger. Plus rapide que le son, on l'entendait seulement une fois qu'il avait atterri.

La mission de Cassandra était de *guider le feu*, l'avait instruite Berlin avant son départ. Trouver le point d'impact était essentiel pour améliorer la précision des futures attaques. Pour mettre la Grande-Bretagne à genoux et faire remporter la guerre à l'Allemagne.

Le problème était *Rendezvous1.*

Ce vieux message codé de l'Abwehr[2] signifiait que, le jour de réception, Cassandra devait se rendre à Soho pour retrouver à 21 heures un autre agent allemand, à l'angle de Coventry Street et de Rupert Street. Si l'un ou l'autre d'entre eux avait un empêchement, la même procédure devait être répétée douze heures plus tard.

Cassandra avait survécu parce qu'elle faisait profil bas. Londres était une métropole, il y était impossible de contrôler tout le monde. La clef, c'était de conserver son anonymat, or celui-ci était désormais menacé. Pourquoi les gens du renseignement de Berlin activaient-ils le code aujourd'hui ? Que signifiait *informations contradictoires* ?

Elle rangea sa petite mansarde, posa les tasses à thé sur un plateau rond en bois, mit la literie en ordre. La première chose à faire était de voir son officier traitant, le seul en qui elle ait confiance. Si quelqu'un savait pourquoi *Rendezvous1* était mis en œuvre, c'était lui. Dans la salle de bains, elle revêtit un chemisier blanc, un cardigan en laine d'agneau et un blouson en daim bleu. Elle s'examina dans le miroir. Elle avait le teint blême. Londres exerçait cet effet sur les gens. Dans l'appartement du rez-de-chaussée, elle entendait Mrs Hurst, la logeuse, s'adresser avec émotion à son voisin. Tout le monde avait entendu la déflagration, personne ne savait à quoi elle était due ni d'où elle venait. La ville devait frémir de rumeurs. La bataille d'Angleterre était-elle entrée dans une nouvelle phase ?

Cassandra sentit que l'automne approchait. Les arbres battus par les vents se découpaient sur le ciel. Elle se glissa dans une cabine téléphonique pour appeler son officier traitant et convint en mots codés de le retrouver à l'endroit décidé. Il eut un instant de stupéfaction en apprenant qu'il s'agissait de *Rendezvous1*. Elle prit le métro à Hammersmith, direction est, et descendit à Leicester Square.

2. Service de renseignement militaire allemand entre 1921 et 1944.

Le wagon était dans le noir, comme à Berlin. Ce n'était pas pour lui déplaire.

Le quai de la ligne Piccadilly, direction nord, n'était pas très peuplé. Des soldats en uniforme, des infirmières et des bénévoles du FANY[3] rentrant chez elles, une bande de jeunes hommes bruyants qui flirtaient avec des jeunes femmes acnéiques trop maquillées. Pas assez de monde pour risquer d'être entendus, mais suffisamment pour que personne ne s'étonne de les voir s'asseoir sur le même banc.

Parfait.

L'officier traitant l'attendait comme prévu sur le banc le plus éloigné, avant le tunnel. Il tenait devant lui un exemplaire du *Times* et elle distinguait seulement son chapeau au-dessus du journal. Munie d'un *Daily Mirror*, elle s'assit à côté de lui.

« *Rendezvous1*, alors ? » fit-il tout bas alors que les murs vibraient faiblement sous le roulement d'un train traversant un tunnel au-dessous d'eux.

« Ils disent qu'il s'agit d'informations contradictoires et des coordonnées du point de chute. »

Cassandra contempla la voie ferrée. Son regard n'avait pas encore croisé celui de l'officier traitant.

« Il s'agit d'Otto, affirma-t-il. Ce ne peut être personne d'autre. »

Ils communiquaient en anglais, par mesure de précaution.

L'agent Otto.

Une légende des services secrets allemands. L'homme le plus talentueux dont Berlin disposait en Grande-Bretagne, un opérateur qui prenait des précautions extrêmes dans son travail. Contrairement à d'autres, il n'envoyait jamais de messages par radio-transmetteur. Tous ses renseignements étaient transportés par agent de liaison vers un pays neutre avant d'être acheminés à Berlin.

3. FANY : organisation caritative britannique exclusivement féminine, dont les bénévoles assuraient une mission de premiers secours et parfois aussi de renseignement.

Que fabriquait-il ?

« Il se pourrait que nos ennemis cherchent à nous atteindre au moyen de fausses informations sur l'impact des fusées, articula lentement l'homme. L'agent Otto a pu rejoindre leurs rangs. Rends-toi à son appartement pour découvrir ce qu'il sait. Si cela contredit tes conclusions, il faudra le neutraliser.

– Je n'ai pas les coordonnées du point de chute. Et je ne sais pas où il habite. »

L'officier traitant sortit de sa poche un jeu de clefs et le fit cliqueter.

« Une attache en plastique est fixée à cet anneau, sur le papier à l'intérieur sont inscrites les coordonnées cartographiques à envoyer à Berlin. »

51.505273, – 0.010910, lut Cassandra.

« Ces clefs sont celles de l'appartement d'Otto. La plus petite ouvre la porte de service, qui donne sur la cuisine. L'adresse est 17 Finsbury Park Road. Premier étage, c'est la seule porte. Métro pour Finsbury Park, ensuite, c'est à trois pâtés de maisons au nord-est. Mémorise-le.

– Et s'il est chez lui ? »

Sous le journal apparut une montre de sport.

« Otto n'est pas chez lui. Il est près de 20 heures. D'ici ton arrivée, il sera parti, pour un *rendez-vous* avec toi. »

Cassandra agita le porte-clefs. Une cordelette munie d'un nœud coulant y était attachée. Clefs, information et arme, le tout réuni en un dispositif inoffensif ; elle devait admettre que c'était efficace.

Le train déboucha dans la station.

« Vas-y, c'est ton train. Bonne chance. »

À l'intérieur de la rame qui filait vers le nord, elle tenta de visualiser les événements qui allaient se produire. Dans un monde idéal, elle aurait disposé de temps pour planifier son intervention. Elle aurait observé le domicile afin de repérer des voisins gênants et d'éliminer toute surprise désagréable avant de frapper.

Mais le monde était tout sauf idéal.

Il était 20 h 40 lorsqu'elle s'engagea dans Finsbury Park Road. En chemin, elle avait effectué un travail de reconnaissance des échappatoires possibles. Bordé d'arbres bas, le trottoir longeait des jardinets où poussaient des arbres fruitiers. La rue était déserte. Cassandra avançait en essayant de se faire une idée de la situation et en se concentrant pour distinguer les numéros de rue en face.

Bientôt, ses yeux s'accoutumèrent à l'obscurité et elle aperçut le 17. Elle passa son chemin. Du même côté se trouvait une maison écroulée, les ruines de bombardement n'étaient pas une denrée rare à Londres. Au bout de la rue, Cassandra traversa et revint sur ses pas. Elle ouvrit la grille de la maison démolie. L'instant était critique, mais elle jugeait minime le risque que quelqu'un surveille fortuitement l'endroit. Elle entra et attendit, s'efforçant de déceler des mouvements anormaux dans la rue, aux fenêtres. Elle ne remarqua rien. Elle écouta sa propre respiration. Rapide, mais pas incontrôlable. À l'affût, pas désespérée. 140, estima-t-elle, pas 170.

Comme elle le pensait, l'arrière de la rangée de maisons mitoyennes était desservi par un jardin tel qu'on en voyait toujours derrière les maisons de brique britanniques. Elle se faufila le long de la façade en direction du numéro 17. Elle vit une bicyclette d'homme appuyée contre le mur à côté de la porte de service. Pas de cadenas. C'était parfait pour battre en retraite, à condition qu'elle parvienne à la sortir dans la rue. L'avenir le dirait. En guerre, il fallait être dégénéré pour élaborer des plans détaillés.

Le verrou s'ouvrit dans un déclic. Elle posa un pied prudent dans le vestibule. Le sol gémit tout bas. L'espace sombre sentait l'huile de poisson, à quoi s'entremêlait une odeur douceâtre d'encaustique. Sur la gauche, un escalier raide menait à l'étage. Elle l'emprunta, arriva à un entresol et monta encore une volée de marches. Le plafond était en pente ; comme elle le supposait, c'était le dernier étage. Entendait-elle du bruit ? Non, la rumeur lointaine de la ville, rien d'autre. Elle tourna la clef dans la serrure.

Le petit logement était constitué d'une vaste pièce conjuguant chambre à coucher et salle de séjour, avec un coin cuisine à droite de la porte. Une couverture à imprimé était soigneusement disposée sur le lit, la plaque de cuisson était propre. Un homme ordonné, donc. Une horloge frappa un coup, Cassandra sursauta avant de comprendre. Il était 21 heures. À savoir l'heure à laquelle ils étaient censés se retrouver. S'il avait reçu la même formation qu'elle, il attendrait précisément dix minutes avant de quitter les lieux. Puis il mettrait cinq minutes pour rejoindre la station de métro. Un quart d'heure de trajet. Quatre minutes de marche depuis Finsbury. En théorie, il pouvait être de retour à 21 h 34.

Elle avait inspecté la pièce quand elle entendit les marches grincer. Elle se figea. On frappa à la porte. Un coup, deux, trois.

« Vous êtes là ? »

Un clair accent *cockney*.

La logeuse ? Une maîtresse ? Les deux à la fois ?

« Il me semblait vous avoir entendu. Bon, alors, je pose le thé sur le palier. Bonne nuit, en tout cas. »

Les pas disparurent, Cassandra respira profondément et décida de ne plus bouger. Il se pouvait que la maison soit mal isolée, qu'on entende le moindre geste. Elle renonça à son idée d'allumer la radio sur la table de chevet pour détourner son attention, cela le mettrait sur le qui-vive avant qu'il ouvre la porte. Ensuite, elle évalua le meilleur emplacement pour maîtriser sa cible. La porte ouvrait sur l'intérieur, ce qui donnait un angle mort à gauche, où l'on pouvait s'abriter derrière un fauteuil bergère. Une situation problématique se présenterait en revanche si l'homme partait à droite, car elle se trouverait obligée de bondir à travers la pièce pour le rejoindre et il aurait le temps de réagir.

Non, il fallait qu'elle l'attire de ce côté-ci. Mais comment ? Un placard était ménagé dans le mur. Cassandra alluma la radio et l'y posa avant de refermer la porte. Un bruit étouffé provenait désormais de la penderie. Il ne serait pas audible depuis le palier. S'étant assurée qu'elle avait tout son équipement, elle se posta dans l'angle mort.

Et elle attendit.

L'horloge venait de sonner 22 heures quand elle entendit ses pas dans l'escalier. Des pas durs, hardis. Son pouls s'accéléra, son cœur battait la chamade. L'homme était devant la porte. Il tournait la clef dans la serrure. Il était sur le seuil. Seuls quelques centimètres de bois les séparaient.

L'unique son de la pièce était le bourdonnement bas de la musique dans la penderie. Un vieux succès, pensa-t-elle, elle le reconnaissait. *How Deep Is the Ocean* de Bing Crosby. Avec précaution, Otto se dirigea vers l'origine du bruit. Elle nota qu'il était de carrure robuste.

Quand on lui glisse une corde autour du cou, l'amateur saisit par réflexe sa gorge, raisonna-t-elle, celui qui a de l'expérience va directement à la source, à savoir le corps de l'agresseur.

Au moment où Otto se penchait pour ouvrir la penderie, Cassandra lui passa la cordelette autour du cou, serra la boucle et tira d'un coup sec.

Comme elle l'anticipait, il se jeta en arrière, là où il pensait se trouver son agresseur. Alors qu'il suffoquait contre le plancher, elle appuya le genou sur son dos et lui releva la tête.

« Si vous faites autre chose que répondre aux questions que je vous pose, si vous émettez le moindre bruit, je vous tue », murmura-t-elle en allemand.

Bien qu'elle soit derrière lui et dans le noir, elle s'aperçut que le manque d'oxygène lui avait instantanément dilaté le visage et le cou.

« Hochez la tête si vous comprenez. »

Il hocha frénétiquement la tête.

Elle relâcha la cordelette de quelques millimètres pour lui permettre de reprendre son souffle.

« Où la fusée est-elle tombée dans Londres ?

– Au sud-ouest... à Chiswick Road..., répondit-il en toussant.

– Si c'était le cas, je le saurais.

– J'y suis allé... Il y avait un énorme cratère.

– Vous travaillez pour l'ennemi », lui chuchota Cassandra à l'oreille avant de serrer encore.

Il secoua la tête d'un geste mécanique.

« Vous êtes un traître, dit-elle.

– C'est… un mensonge.

– Il n'y a que la vérité qui blesse. »

Cassandra serra jusqu'à ce que l'homme cesse de résister et s'affale sans vie sur le sol.

PREMIÈRE PARTIE

Chapitre 1

FRONT DU MIOUS, UKRAINE ORIENTALE

Décembre 1941

Les morts ne sentaient plus. C'était le seul avantage de l'hiver dans l'Est.

La toundra se déployait à l'infini devant eux, interrompue seulement par une colline, droit devant, et par un soleil bas à l'ouest, qui teintait le ciel vespéral de violet. De légers souffles de vent faisaient tourbillonner la neige au sommet des congères. Encore une nuit qui verrait le mercure descendre au-dessous de moins trente. Henry Storm ajusta les sangles de sa veste par-dessus la fourrure de vison qu'il avait chipée dans les paquets de ravitaillement de la *Winterhilfe* livrés sur le front deux semaines plus tôt. D'accord, un grand baraqué de la troupe se baladait les mains dans un manchon, mais qu'est-ce qui comptait : mourir en respectant les dispositions réglementaires de l'uniforme ou survivre ?

La campagne s'était arrêtée au bord du fleuve Mious, où la division Wiking s'était ensevelie pour l'hiver. Dans les brumes de la propagande qui entouraient les troupes, il fallait garder l'esprit lucide. Selon les plans, l'opération Barbarossa aurait dû être terminée et les bolcheviques, avoir capitulé. C'était un vœu pieux : Ivan se battait comme un éléphant blessé dans la savane.

Henry ne s'épanchait auprès de personne, il aurait risqué l'exécution pour défaitisme. Ils s'étaient laissé induire à avancer plus profondément dans le territoire russe et ils avaient été cernés, non pas par des divisions blindées et des divisions de réserve sibériennes, mais par l'hiver. D'après un rapport secret, le régiment avait vu son infanterie motorisée décimée de soixante-cinq pour cent de ses effectifs depuis que les températures négatives s'étaient installées, en octobre. Bien que tous connaissent l'histoire de la campagne de Napoléon en 1812, on continuait de rêver éveillé. Mais si le Führer et la plupart des Allemands se figuraient que les lois de la gravité militaires étaient abrogées, Henry, lui, avait compris qu'elles ne l'étaient pas.

C'était perdu d'avance.

L'histoire allait se terminer là, à moins qu'il n'entreprenne quelque chose.

La silhouette frêle de Johansen, l'un des trois Norvégiens de l'escouade, apparut au sommet de la colline.

« Henry, viens ! »

Henry suivit les empreintes de son frère d'armes dans la poudreuse. Ses semelles fendaient la surface croûteuse en faisant crisser la neige. Il avait perçu une vibration alarmante dans la voix de Johansen, qui était pourtant un petit guerrier courageux qu'on n'entendait jamais se plaindre. Il gravit la pente douce et s'allongea à côté de lui.

Deux cents mètres plus loin, dans une cuvette au pied de la colline, s'étirait une plaine de la taille d'un terrain de football, encadrée d'un double rang de fil barbelé. Quelques gardes isolés patrouillaient le long de cet enclos, dans lequel les hommes étaient serrés les uns contre les autres.

« C'est le Stalag 436, précisa Johansen d'un air absent.

– Où sont gardés les prisonniers russes… », murmura Henry.

Johansen lui tendit les jumelles en parlant d'une voix chevrotante.

« Regarde. »

Henry ne vit d'abord que la neige, puis les barbelés, avant de trouver les hommes et de faire la mise au point. Assis en longues rangées, certains s'étaient étreints ou couchés les uns contre les autres. Ils devaient être des milliers, les rangées étaient sans fin.

« Mais ils n'ont pas de toit au-dessus de la tête. Ils sont dehors en uniforme d'été par moins trente. Bon sang !

– Regarde-les de plus près », répondit Johansen à voix basse.

Henry régla la focale sur un groupe au centre de l'enceinte. Autour d'un homme en étaient assis quatre autres. Deux d'entre eux avaient ôté leurs vestes d'uniforme et leurs bras pâles se confondaient avec la neige. Ils étaient immobiles. Henry balaya le camp de ses jumelles. Aucun prisonnier ne bougeait ! Dans un accès de panique, il voulut courir jusqu'à la mer Noire. C'était un charnier sans tombes, une chambre froide à ciel ouvert, un cimetière sans charité divine.

« Tous les Russes sont morts de froid, dit Johansen. Tu comprends ? Plusieurs milliers d'hommes. »

Les morts ne sentaient pas.

« On ne peut pas continuer comme ça, murmura Henry. C'est des humains, eux aussi, bon Dieu ! »

Il ne se rendit compte qu'il s'était exprimé à voix haute qu'une fois sa pensée achevée.

« Si c'est ce que tu penses, tu n'es peut-être pas là où il faut. Et qu'est-ce que tu comptes faire, petit malin ? Détourner un Messerschmitt pour rentrer à la maison ? Tu t'engages pour le national-socialisme, Henry, mais tu meurs pour ton frère d'armes. »

La nuit suivante, ils furent réveillés à 4 h 30.

Les Norvégiens de l'escouade avaient dormi serrés les uns contre les autres sous la tente en toile, Grande, le mitrailleur étalé comme une truie, entre Henry et Johansen. Ils occupaient la place du milieu à tour de rôle et chacun l'avait une nuit sur trois. La camaraderie était cruciale pour la survie. Le froid transformait les hommes en hyènes. Une nuit arctique de novembre, les trois compagnons avaient conclu le pacte de tout partager, y compris leur chaleur corporelle. Les soldats de salon norvégiens les auraient sûrement qualifiés de sodomites, mais ils ne savaient rien de l'Ukraine, ils ne savaient rien de ce qu'ils avaient vu et fait, et ils ne savaient certainement pas ce que c'était de monter la garde en uniforme d'été la nuit, par moins quarante.

Henry trouva une pilule de pervitine dans son pantalon d'uniforme et l'avala à sec. La léthargie et le froid quittèrent peu à peu son corps, il se sentait prêt, vigilant, réchauffé jusqu'au bout des doigts.

Son agitation intérieure se dissipa, mais il savait qu'elle reviendrait, encore plus forte.

Il écouta le Scharführer Biermann, qui expliquait, les dents serrées, que la mission était de purifier un village des alentours, où Ivan avait laissé des soldats embusqués pour retarder les forces d'invasion. La tactique était bien connue. À l'aide de tireurs d'élite, les rouges pouvaient résister pendant des semaines dans un bâtiment. La Luftwaffe poursuivait le combat sans relâche aux abords de Sébastopol, les batteries d'artillerie en mesure de raser le village étaient elles aussi occupées ailleurs. Le front de l'Est était infini, une vague déferlant sur une longue plage. Cependant, toutes les guerres, y compris celles livrées par des millions d'hommes et avec les technologies les plus avancées, sont déterminées par des individus. Le soldat qui s'endort pendant sa garde amorce le mouvement qui provoque l'effondrement du château de cartes.

Le sergent leur montra la forêt de hêtres gelée, par laquelle attaqueraient les soldats *Volksdeutsche*, tandis que l'escouade de mitrailleuses norvégienne hacherait menu les Russes depuis une hauteur un peu plus à l'est.

Henry prit son pistolet-mitrailleur modèle MP40. Il vérifia que les munitions étaient dans les chargeurs, que les grenades étaient goupillées, que sa gourde était pleine, que sa pelle de tranchée et son masque à gaz étaient accrochés à son ceinturon avec son pistolet, un Walther P38. Pour finir, il s'assura que le porte-bonheur abritant la photo d'Astrid était bien à sa place, comme toujours, dans la poche de poitrine gauche de sa veste. Il était prêt au combat.

Johansen apparut dans le noir, les épaules chargées de ceintures de munitions luisantes.

« Je te prenais pour un type relativement raisonnable. Tu es allé à l'université, tu parles plusieurs langues. Ne viens pas me dire que tu crois aux gris-gris.

– Allez, pas maintenant, grommela Henry. Je ne suis pas d'humeur pour tes blagues.

– J'ai un mauvais pressentiment, déclara Johansen au bout de quelques instants, l'air songeur. Attaquer un village sans artillerie, c'est comme participer à la Coupe du monde sans Arne Brustad. »

Benjamin de la troupe, Johansen était muni d'un drôle de cerveau, où le manque de savoir livresque était comblé par une inépuisable réserve de résultats sportifs et d'affaires criminelles non résolues.

« J'ai le gri-gri », fit Henry en tentant un sourire.

Il avait écrit à Astrid aussi souvent qu'il le pouvait, essayant de mettre l'accent sur la camaraderie, sur le temps chaud et sur la beauté des paysages, sur la fin proche de la campagne et sur tout ce qu'ils feraient ensemble à son retour. De toute manière, le reste aurait été censuré. Le service postal de campagne était mauvais, la dernière lettre d'Astrid lui était parvenue en septembre. Elle était rédigée sur un ton impersonnel, l'état d'urgence avait été déclaré en Norvège, quelle que puisse être la signification de cette expression. Et en conclusion, Astrid lui disait de rentrer vite.

Henry était parti pour éradiquer le bolchevisme, objectif louable en soi. Pendant longtemps, il avait justifié les événements. Les rouges ne respectaient pas la convention de Genève, pourquoi les forces d'invasion l'auraient-elles fait ? L'activité partisane vidait de son sens la distinction entre civils et combattants. Néanmoins, le doute s'était manifesté, d'abord par instants. Vue du front, la propagande péremptoire de Quisling et des caciques du Nasjonal Samling paraissait creuse, putride. Le doute s'était renforcé. Ces individus en haillons que l'on conduisait en colonnes dans les bois, qu'avaient-ils fait, au juste ? Et eux, qu'est-ce qu'ils foutaient là, dans cette steppe étrangère ?

Ils se mirent en marche vers l'objectif, avant de se séparer en deux groupes d'attaque, les fusiliers et les mitrailleurs. Seul germanophone de l'escouade, Henry Storm était Unterscharführer et, en tant que tel, il coordonnait l'avancée de son petit groupe de Norvégiens avec les fusiliers. Le soleil n'était pas encore levé sur le petit village, mais on distinguait les bâtiments les uns des autres. N'importe comment, ils étaient quasiment identiques. Le clocher de l'église pointait derrière des masures en bois marron reliées par un réseau de rues qui, d'après la carte, menaient à une place modeste.

Les Norvégiens étaient assis dans une faille rocheuse, à l'abri derrière la colline.

« Le ou les tireurs, ils peuvent être plusieurs, sont dans le clocher, j'en suis quasiment sûr, murmura Henry.

– *Mais le tireur n'est qu'un être humain, lui aussi* », rétorqua Grande en imitant son accent d'Oslo.

Henry eut un mouvement de recul. Grande, l'un des meilleurs mitrailleurs de la division Wiking, était un national-socialiste convaincu, et c'était peu de le dire. Johansen évita le regard dur que lui lançait Henry. Pourquoi avait-il rapporté leur discussion à Grande ?

Bien que Henry soit plus gradé que le mitrailleur, il ignora sa remarque et se baissa entre les deux hommes, en désignant les contours d'un léger renfoncement, trente mètres plus haut, tout près du sommet de la colline.

« Vous voyez, là. Établissez-y la position. Feu à mon commandement. »

Le dos voûté, les deux hommes coururent se mettre en position. Grande portait la mitrailleuse dans sa main droite aussi facilement que s'il s'était agi d'une carabine. Pour couronner le tout, il ressemblait à Göring. Johansen avait déniché une vieille photo du Reichsmarschall prise pendant la Grande Guerre, avant qu'il n'entame son régime à base de foie gras et de morphine. Au sein de l'escouade, il s'appelait Luftmarschall ou Hermann. Grande et Johansen faisaient un binôme bien dépareillé. Le premier trônait une tête au-dessus du second et il avait des bras épais comme ses cuisses.

À Graz, lors de la formation du groupe, avant l'invasion, Grande s'était moqué de Johansen. Tu parles d'un Aryen ! Comment avait-il pu passer la sélection, n'avait-on donc aucun standing de race au bureau d'enrôlement de la Waffen-SS de Parkveien, à Oslo ? Cependant, Johansen était devenu un petit frère pour lui, et si Henry et Grande le charriaient, le jour où un vulgaire *Volksdeutsche* de la troupe s'y était lui aussi essayé, le géant du sud de la Norvège l'avait expédié droit au tapis. Le Schütze Johansen n'avait sans doute pas servi de modèle pour les affiches d'enrôlement de la SS, non, mais à l'Est, ces considérations n'avaient aucune espèce d'importance, elles ne comptaient que pour les soldats de salon et pour les tigres de papier. Quand Grande avait contracté la peste bubonique et avait dû partir à l'hôpital de campagne, son compagnon avait pris sa mitrailleuse et retenu tout seul une troupe de Russes sur les rives du Dniepr.

Une lumière pâle se devinait à l'est. Ils avaient encore l'obscurité de leur côté, mais pas pour longtemps.

Grande se fraya un chemin dans la neige, Johansen sur les talons. S'aidant de leurs coudes, ils rampèrent vers le sommet de la petite colline et prirent position. Grande avec la MG34 au creux de l'épaule, Johansen à ses côtés, tenant les ceintures de munitions prêtes.

Lentement, le dos courbé, Henry commença à se déplacer le long du creux. Ses genoux le faisaient souffrir, il devait avancer couché. Tous les cinq mètres, il vérifiait son équipement : pistolet, gourde, couteau, chargeurs, porte-bonheur. Tout y était. Quelques mètres plus loin, il franchit d'un bond un bloc de béton avant de s'accroupir.

La première étape était accomplie. Henry maîtrisa sa respiration. À voix basse, il communiqua la position par radio, le Scharführer Biermann rapporta en retour que les Allemands sudètes étaient alignés. Henry attendit, il écouta, flaira, scruta. En temps de guerre, l'appareil sensoriel s'affûte, comme si les humains revenaient à l'état de nature. Ensuite, il leva les yeux vers la mitrailleuse. Sans s'exposer, il fit un geste des mains vers Grande : *Qu'est-ce qui se passe ?* Les derniers instants d'obscurité s'égrenaient.

« Économisez les munitions », communiqua Henry aux mitrailleurs.

Il scruta longuement les constructions, guettant des mouvements pouvant révéler une présence, mais il ne vit rien.

Puis il entendit un tir unique résonner dans les airs.

« Un homme touché, rapporta Biermann.

– Feu ! » ordonna Henry à son escouade.

L'ordre fut aussitôt exécuté. Au sommet du coteau retentit le crépitement de la mitrailleuse de Grande : *drrrr-drrrr-drrr*, de brèves rafales, incontestablement la manière la plus efficace et la plus précise de tirer.

Sous le couvert du feu de la mitrailleuse, les deux fusiliers restants et le Scharführer s'élancèrent hors de la forêt vers la plaine sur la gauche. Un homme courait devant tandis que les deux autres tiraient pour le couvrir.

Un nouveau tir retentit, puis un autre, et encore un.

Trois coups tirés.

Trois hommes tombés.

Bon Dieu, pensa Henry, ça vire au peloton d'exécution, le tireur d'élite abat les fusiliers l'un après l'autre, ils sont pris dans une zone mortelle au fond de la cuvette.

La radio grésilla.

« Je suis à couvert là où les constructions commencent ! cria Biermann, au désespoir. Tous les fusiliers sont tombés !

– On arrive », répondit Henry.

La situation était critique. Ils devaient aller chercher le Scharführer Biermann. Combien de Russes se camouflaient-ils dans le village ?

« Johansen ! cria Henry. Contrordre. Tu interviens avec moi ! Grande nous couvre. »

De la cachette de Henry, le creux se poursuivait sur une centaine de mètres, vers un canal gelé qui se terminait aux premières maisons, où était coincé le Scharführer. Pouvaient-ils seulement y arriver ?

Johansen se glissa hors du renfoncement. Il ne fut exposé qu'à un seul endroit, à dix mètres de la position de Henry.

Et le coup partit à cet instant exact.

Henry entendit le bruit d'une balle qui perforait l'uniforme de son équipier et s'enfonçait dans sa chair. Comme une voile qui se déchire, mais plus fort. Johansen gémit et resta au sol, sans défense. Ivan avait un œil de lynx.

« Johansen est blessé ! gueula Henry à Grande, tir de suppression ! »

Les rafales de Grande furent denses comme une neige de l'Avent, on aurait cru entendre sa rage dans ses tirs. Henry se précipita vers Johansen, qui gémissait, recroquevillé sur lui-même. Du sang s'écoulait de la plaie. Henry l'empoigna sous les aisselles et le tira en arrière pour se replier derrière la crête de la colline. Johansen était conscient. Henry se palpa le corps, non, lui-même n'était pas blessé. Il appela les brancardiers. Johansen le regarda avec des yeux apathiques.

« On... aurait... pu y... arriver.

– On va y arriver quand même », murmura Henry.

Johansen secoua lentement la tête d'un air absent.

« Je parle de football, Storm. Le but d'Arne Brustad contre l'Italie n'a jamais été hors jeu. »

À l'arrivée des brancardiers, Henry courut rejoindre Grande. Le mitrailleur était révolté.

« Qu'il crève, ce franc-maçon qui a touché Johansen ! Je ne peux pas le descendre d'ici. Impossible avec cet angle. »

Henry toucha les grenades glissées dans son ceinturon.

« Je vais m'occuper de son cas. Quand je lève le bras, tu me couvres, tu comprendras pourquoi.

– Garde la tête basse. »

Henry fit signe à Grande et se mit en route. Alors que le mitrailleur ouvrait le feu, il longea le canal gelé, recouvert d'environ un mètre de neige, en direction du village. Il était obligé de compter sur le fait que la mitrailleuse perturberait suffisamment le tireur d'élite pour lui permettre de sortir de son angle de tir. Sa tactique était fondée sur le calcul d'angle. Si le tireur s'était positionné très à l'intérieur, ce que faisaient toujours les tireurs d'élite rouges, afin d'être plus difficiles à toucher de l'extérieur, il avait un angle mort en contrebas. C'étaient de pures mathématiques, que Henry entendait exploiter à son avantage.

Il courut, d'abord plié en deux, puis à toute vitesse sur les trente derniers mètres.

Essoufflé, il s'arrêta contre le mur du clocher. Il était dans la zone sûre. Il reprit haleine, arma son pistolet. Où était le Scharführer ?

Il n'avait pas le temps de réfléchir à la question. D'autres rouges pouvaient rôder dans les parages. Il sauta sur l'appentis décati du bâtiment voisin. La structure branla, mais le bruit fut couvert dans la seconde par la mitrailleuse. Il grimpa facilement sur le bâtiment. En suivant le faîte, il pouvait atteindre le toit de l'église. Il serait exposé, mais Grande était là précisément pour ça, sa mission était de le couvrir.

À l'instant où il s'élançait, de rapides salves de mitrailleuse résonnèrent contre le clocher. Henry bondit sur le toit de l'église. Il espérait que les tirs assourdissaient ses mouvements. Il courut vers le clocher, s'abrita sous l'étroite fenêtre, située à l'avant-dernier étage. Le tireur était tout en haut. L'avait-il repéré ? Rien ne le suggérait.

Pouvait-il entrer par là ? Non, l'ouverture était trop exiguë. Il jugea néanmoins qu'il parviendrait peut-être à passer s'il se délestait d'une partie de son équipement ; Henry décrocha certains objets de son ceinturon ; sa pelle et sa gourde s'entrechoquèrent bruyamment, mais Grande maintenait la cadence des tirs, les balles tombaient à seulement quelques mètres de lui à présent. Ainsi allégé, plus mobile, il se faufila à l'intérieur.

Il arriva dans un escalier obscur. Les tireurs bolcheviques restaient souvent isolés pendant des semaines, sans autre protection que des bâtiments minés et des fils tendus. Peu d'éléments portaient à croire que la situation serait différente cette fois. Henry s'immobilisa, tendit l'oreille. Il entendit le bruissement des arbres à l'extérieur. Il avait son pistolet et un couteau. Les marches craquaient au moindre transfert de poids. L'escalier tourna et la pièce du sommet fut visible. Il distingua deux fils tendus sans grand professionnalisme. Il les franchit d'un bond en entendant la mitrailleuse de Grande et s'arrêta à la porte. Elle était entrebâillée. Une odeur d'excréments et de sueur rance filtrait. Le tireur devait être là depuis longtemps.

Un plan se dessina dans l'esprit de Henry.

L'arme levée, il ouvrit la porte d'un coup de pied et entra. Des faisceaux de lumière pénétraient dans la pièce poussiéreuse et peu éclairée. Au milieu, des sacs de sable formaient une position élevée. De la fenêtre cassée pointait vers l'extérieur le canon d'un fusil.

Bientôt, un individu émergea de derrière les sacs de sable. C'était un jeune garçon décharné, en haillons, qui ne pouvait pas avoir un jour de plus que seize ans. Le froid avait donné aux impuretés de sa peau une teinte bleuâtre, évoquant la peste. Il murmura quelques paroles en russe.

« Je me rends », ajouta-t-il ensuite dans un allemand hésitant tout en levant les mains en l'air.

Henry approcha. Le garçon avait les dents noires.

« *Kapitulation. Ich... kapituliere.* »

Tout alla si vite que Henry ne comprit ce qui s'était passé que longtemps après.

Deux tirs se succédèrent rapidement. Le tireur d'élite tomba mort sur les sacs de sable. Le sang gouttait sur le plancher crasseux. Henry resta debout. Il porta une main à son épaule. Son gant se couvrit de sang. Il distinguait le ciel d'hiver terne à travers le créneau. Il ne ressentit aucune douleur, mais soudain la moitié gauche de son torse se paralysa. Puis ses jambes se dérobèrent sous lui et ce fut son tour de tomber, tomber, tomber, dans un puits noir infini, jusqu'à ce qu'il sente les bras vigoureux de Grande le soulever et le descendre aux brancardiers en murmurant : « Mais qu'est-ce qui s'est passé ici, bon Dieu ? »

Il entendit le mitrailleur pleurer :

« Mais bon sang, qu'est-ce que je vais faire maintenant que vous n'êtes plus là ? »

C'est ainsi que Henry reçut la croix de fer.

Chapitre 2

BERLIN

Juin 1942

Comme toujours, son réveille-matin le tira abruptement du sommeil. Il traversa sans bruit l'appartement. Il était cinq heures et demie. Ce matin de juin était étonnamment frileux à Berlin, mais Werner Sorge fut suffisamment stoïque pour revêtir le maillot de corps blanc, le short et les chaussettes hautes qu'il avait posés sur le dossier d'une chaise de cuisine, avant de s'élancer dehors.

L'immeuble était situé dans une allée ombragée, tout près de l'extrémité sud du Tiergarten. Sorge galopa dans les rues désertes jusqu'au Landwehrkanal, qu'il longea sur quelques centaines de mètres en direction de l'ouest, jusqu'à une passerelle piétonne entourée de nénuphars et de plantes grimpantes. De là, il voyait les clôtures du jardin zoologique et il entendait les cris des bêtes.

Hormis en hiver, quand quelques habitants engourdis par le froid se livraient à l'abattage sauvage, Sorge n'avait jamais vu personne dans le parc à cette heure de la journée. Après quelques pas sur un sentier traversant une végétation luxuriante, il déboucha sur une clairière cernée de hauts chênes au port arrondi.

Les bras le long du corps, il ferma les yeux, inspira lentement, expira.

Tout commence par le souffle. Une respiration hors de contrôle mène à l'hystérie et à la panique. Quand on maîtrise son souffle, on maîtrise tout.

Sorge sentit le fourmillement du sang qui irriguait la pulpe de ses doigts.

Sportif accompli, il se préoccupait de culture physique depuis toujours, mais sa découverte des théories de Joseph Pilates sur le rapport entre le corps et l'esprit l'avait incité à rejeter ses anciennes méthodes d'entraînement, qui lui paraissaient désormais primitives et désuètes, pour adopter la pratique dudit Pilates, fondée sur l'harmonie, la maîtrise de soi.

Si l'Allemagne était un corps social qu'il fallait entretenir, soigner et guérir de maladies de diverses gravités, n'appartenait-il pas à chaque individu de faire de même ?

Certes, les autorités avaient lancé des campagnes contre le tabagisme, l'alcoolisme et l'alimentation trop calorique, mais cela n'empêchait pas les Berlinois de laisser tomber en déshérence leur corps et leur esprit. Ne comprenaient-ils pas qu'ils étaient eux aussi des cellules du corps populaire allemand ?

Le programme de Pilates prenait précisément trente minutes.

Le soleil s'était levé. Satisfait, Sorge repartit en courant. Les immeubles au nord de Nollendorfplatz étaient intacts ; en surface, on remarquait à peine que Berlin était une ville en guerre. Les épiceries vides et les pénuries entraînées par la politique de rationnement étaient une source d'agacement, certes, mais les attaques aériennes britanniques avaient perdu de leur intensité. La guerre n'allait plus durer longtemps. Sous peu, les Soviétiques seraient brisés et tout cela serait terminé.

Sur le chemin du retour, il gravit les marches du large escalier trois par trois, sans la moindre pensée pour la déchirure musculaire au mollet qui l'avait importuné pendant tout l'hiver. Le premier salon était dominé par un papier peint marron chargé. Sorge traversa ensuite la salle à manger, où une large cheminée chaulée occupait une grande partie d'un mur. Un foyer bourgeois, au standing plus élevé que tous les autres logements où il avait vécu. Quelques mois plus tôt, la chance conjuguée à l'habileté lui avait permis d'obtenir cet appartement confisqué à la famille Mendelsohn.

Il se rasa et s'aspergea le cou d'eau de Cologne française, avantage en nature qu'il avait reçu grâce à de bons contacts au bureau des services secrets à Paris. Puis il revêtit son uniforme et ses bottes d'équitation astiquées.

Sorge avait aussi un bon contact à l'ambassade de Lisbonne, qui ne manquait jamais de lui apporter de l'arabica brésilien quand un déplacement professionnel l'amenait à Berlin. Il s'en prépara une tasse dans la cuisine. Du vrai café. Un véritable luxe en cette démoralisante époque d'ersatz. Les paupières closes, il s'efforça de savourer cet instant avant de se lever et de passer un coup de chiffon dans la cuisine. Il osait à peine dire à ses collègues qu'il effectuait plus de tâches ménagères que son épouse ; alors qu'elle rangeait et lavait à contrecœur, lui se montrait appliqué et consciencieux.

Il ouvrit doucement la porte de la chambre des jumelles. Helga et Hanna dormaient la bouche ouverte, les épaules collées, leurs corps formant une étoile.

Sorge les embrassa toutes les deux sur le front et ressortit de la chambre sur la pointe des pieds.

Dans sa propre chambre à coucher, il déposa un baiser sur le front de sa femme.

« Espèce de lève-tôt exaspérant, marmonna-t-elle en enfouissant son visage dans l'oreiller. Tu sens bon.

– Moi aussi, je t'aime.

– N'oublie pas que nous allons à Grunewald avec les filles, cette après-midi.

– Je serai de retour à 16 heures, peut-être avant. »

Ça pourrait être pire, songea-t-il en route pour le travail.

Tu as une femme qui t'attire toujours et deux filles que tu aimes par-dessus tout sur terre. Tu as un bel appartement dans un quartier élégant de la capitale du cœur de l'Europe. La flèche de ta carrière pointe sans faillir vers le haut, même si l'ascension est moins rapide qu'il y a quelques années. Et à l'époque, tu étais peut-être jeune et prometteur, mais tu étais aussi malheureux. À présent, tu disposes de temps pour ta famille et pour cultiver tes centres d'intérêt. Tu te domines.

Son lieu de travail était situé sur Wilhelmstraße, cette rue qui partait d'Unter den Linden droit vers le sud et abritait la chancellerie, les principaux ministères. Au sud-est de Potsdamer Platz et à deux pas de l'Anhalter Bahnhof, les multiples organisations de sûreté du Reich étaient rassemblées dans un îlot urbain.

Sorge se gara dans une rue latérale, traversa Wilhelmstraße et présenta une pièce d'identité aux gardes à l'entrée. Empruntant l'allée gravillonnée qui entourait une pelouse impeccable soulignée de jarres en terre cuite, il se dirigea vers un élégant édifice à deux étages de style néoclassique, percé de fenêtres hautes comme celles d'une église.

Il était 6 h 59 lorsqu'il fit son entrée dans le spacieux vestibule. Il monta l'escalier doré jusqu'au premier étage et rejoignit son bureau, dans l'aile sud. Il avait beau être matinal, sa secrétaire était déjà à son poste.

« Dites-moi, vous dormez ici la nuit, dans le palais ? lui demanda-t-il en souriant.

– On se lève tôt à Lichterfelde, répondit-elle en rougissant. Un télégramme est arrivé pour vous tard hier soir. De la part de l'Obersturmbannführer Schellenberg. Je crois que c'est important. »

La secrétaire lui tendit l'enveloppe.

De la part de Walter Schellenberg ?

Ils étaient originaires de la même ville, Saarbrücken, et avaient fréquenté le même lycée, puis l'université de Bonn, où ils avaient tous deux étudié le droit. Ils travaillaient l'un et l'autre au Sicherheitsdienst (SD), le service du renseignement de la SS. Mais tout de même… Ces deux dernières années, alors que sa carrière perdait de son élan, leurs échanges s'étaient espacés. Il en allait autrement de Schellenberg, qu'un mélange de charisme, d'esprit aventureux et de carriérisme éhonté avait propulsé vers des sommets que très peu d'individus de son âge dans le Reich pouvaient s'enorgueillir d'avoir atteints.

S'appuyant contre le dossier de sa chaise, il lut le télégramme.

8 h 15 DANS LE BUREAU DU REICHSFÜHRER
W. S.

Sorge relut le message, en quête de codes cachés. Il n'en releva aucun. Schellenberg était un intime du Reichsführer et il ne l'invitait certainement pas au nom de leur vieille amitié. Il avait un but, mais lequel ? L'espace d'un instant, Sorge se sentit écrasé par une terrible peur. Que lui voulait donc le Reichsführer ? Un tel rendez-vous pouvait difficilement trouver une issue heureuse. Il arpenta son modeste bureau. Mais pourquoi Himmler lui-même consacrerait-il du temps à congédier ou à interroger un Hauptsturmführer insignifiant ?

Peu après 8 heures, il passa par l'arrière du palais et traversa le jardin en direction de l'aile de la SS. Comparé au palais ornementé du RSHA[4], le bâtiment du Reichsführer-SS et de son personnel avait un côté ascétique. Il s'agissait d'un ancien hôtel, à l'intersection de Wilhelmstraße et de Prinz-Albrecht-Straße. Ce bon Heydrich avait surpassé son mentor en termes de splendeur architecturale, songea Sorge.

Au dernier étage, le bureau en angle du Reichsführer Himmler donnait sur le nord et sur l'est. Un aide de camp conduisit Sorge dans une antichambre ; il apporta une cafetière en argent poli, gravée de l'emblème de la Schutzstaffel, et lui servit un café dans une tasse en porcelaine décorée de croix gammées. La main tremblotante, Sorge en renversa un peu sur sa chemise.

Puis il fut invité à entrer.

L'aide de camp lui ouvrit la porte. Dans la vaste pièce, le Reichsführer ne paraissait pas imposant à son bureau d'une teinte chocolat. Derrière, un buste sombre se découpait sur des murs blancs comme ceux d'un asile. Sorge fit le salut nazi. Himmler répondit et lui indiqua un fauteuil bas près d'une fenêtre.

Sur le canapé était assis Schellenberg, la posture pleine d'assurance, les jambes croisées de façon féminine, la tête calée dans ses mains jointes. Il souriait. Le soleil soulignait la cicatrice en demi-lune qui dominait le bas de sa mâchoire et détournait l'attention de son regard noir. Un regard ambigu, du genre dont les femmes savent instinctivement qu'il n'apporte que des problèmes et par lequel elles se laissent néanmoins séduire, songea Sorge.

Le Reichsführer était un homme de petite taille, à lunettes, aux épaules étroites et aux hanches larges. Loin des affectations d'un

4. RSHA (Reichssicherheitshaupthamt) : office central de la sûreté du Reich.

Schellenberg, il dégageait un certain enthousiasme sans apprêt. Le Reichsführer lui rappelait un banquier, ou alors un rongeur.

Les gens qui avaient sous-estimé Heinrich Himmler avaient payé le prix de leur naïveté. C'était le troisième homme le plus puissant du Reich, après le Führer et le Reichsmarschall Göring.

« Je serai bref, déclara-t-il quand Sorge eut pris place. Comme vous le savez, notre organisation connaît des temps difficiles depuis la tragique attaque terroriste de Prague. »

Cela ne faisait pas plus de deux semaines que le dauphin de Himmler, Reinhard Heydrich, avait été victime d'un attentat en Bohême, commis par des partisans tchécoslovaques. Il était mort des suites de complications.

Depuis, l'ensemble de la SS craquait aux entournures.

« Je vous présente toutes mes condoléances, mein Reichsführer. Cela illustre bien que le terrorisme ne connaît pas de frontières.

– Merci. Cependant, les missions à accomplir restent inchangées, Heydrich en conviendrait tout à fait, j'en suis sûr. Comme vous le savez certainement, nous avons procédé à des changements au sein de la direction du RSHA et des organisations attenantes.

– C'est l'une des mesures que nous prenons pour mettre un terme au terrorisme et à l'activité partisane dans notre pays et ailleurs, enchaîna Schellenberg. Nous œuvrons depuis longtemps pour démasquer l'espionnage soviétique et ses liens avec les intellectuels bolcheviques gauchistes du Reich. Ce travail est en train de porter ses fruits. »

Sorge lança un regard sur la tache de café qui ornait le rabat de sa poche. Il se souvenait des qualités qu'il avait à la fois admirées et méprisées chez son vieil ami, ses analyses cristallines qui se mêlaient à de la flatterie pour servir ses propres intérêts.

« En revanche, l'espionnage occidental en terre allemande demeure un mystère, précisa Schellenberg en regardant Himmler. C'est calme, particulièrement depuis que les journalistes américains ont quitté Berlin quand la guerre a éclaté, en décembre.

– Les Britanniques ! s'exclama Himmler. Où sont-ils ? Nous n'avons pas arrêté un seul espion britannique dans le Reich depuis le début de la guerre. Pas un seul. Pourquoi ? Les Anglais sont-ils trop bons ?

– Non, trancha Schellenberg avec assurance en se frottant les mains. Dans d'autres zones occupées, nous avons démantelé un grand nombre de leurs réseaux d'agents. »

Sorge hocha lentement la tête, parce qu'il ne savait pas quoi dire et aussi parce qu'il était stupéfait d'être inclus dans de telles discussions avec les dirigeants du service de sûreté.

« Nous sommes tombés sur des informations crédibles par l'intermédiaire de l'Abwehr, qui a un agent double dans une délégation britannique. Nom de code : Cicéron. Cicéron affirme que les Britanniques ont un espion haut placé dans le Reich. La profession et le poste de cet individu sont inconnus. Il s'agirait d'une personne disposant de connaissances particulières sur nos programmes d'armes les plus secrets. Ce qui nous inquiète, c'est que l'espion est bien informé au sujet du programme de fusées de Peenemünde. Il porte le nom de code "le Griffon". Nous pensons qu'il s'agit d'un homme qui a des relations. Probablement un membre du parti, peut-être un militaire de carrière ou un universitaire, ou alors un industriel.

– Avons-nous des pistes ? »

Comme presque tout le monde au sein de l'organisation de la SS, il avait entendu des rumeurs au sujet de la base de fusées visionnaire de Peenemünde.

« J'y viens tout de suite. Nous savons que l'Armée de l'intérieur polonaise a développé un vaste réseau d'agents dans la région est du Reich, ce qui ne surprendra personne. Nous disposons d'indications d'activités subversives parmi les travailleurs étrangers polonais. Ils sont partout dans le Reich, à Peenemünde, à Berlin, Dieu sait où. Notre hypothèse *ad hoc* est que les renseignements sortent du pays par des agents de liaison polonais et finissent entre les mains du gouvernement polonais en exil à Londres.

– Le Griffon fait donc appel à des Polonais comme intermédiaires ?

– C'est probable. »

Schellenberg caressa sa cicatrice.

« En perquisitionnant une cachette de l'Armée de l'intérieur à Varsovie, nos hommes sont tombés sur des informations concernant le mélange spécial de carburant utilisé dans nos fusées. Inutile de préciser que cela nous oriente vers la base expérimentale de Peenemünde. »

Himmler planta ses petits yeux dans ceux de Sorge, puis son regard tomba sur la tache sur sa chemise.

« Il faut opposer un frein à cet espion. Nous devons le trouver et nous devons découvrir quelles méthodes et quels agents de liaison il emploie pour faire sortir l'information d'Allemagne. Le Griffon en soi n'est pas ce qui nous intéresse le plus, mais les secrets qu'il divulgue sont de la plus haute importance. La technologie de l'armement et la recherche sur les fusées pourraient déterminer l'issue de la guerre. Nous devons impérativement protéger le programme des fuites d'information et des dangers extérieurs, par tous les moyens. »

Le Reichsführer marqua une brève pause avant de continuer.

« Si vous l'acceptez, vous serez chargé de diriger une nouvelle unité, un commando spécial protégeant le programme de fusées de l'espionnage. Vous serez aussi promu immédiatement au rang de Sturmbannführer. »

Ce n'était pas une question, bien sûr.

« Je... », bredouilla Sorge, dépassé par les événements.

Étant quelqu'un qui recherchait les routines et le contrôle, il n'aimait pas cette situation, aussi flatteuse que la proposition puisse apparaître.

« Pouvez... pouvez-vous m'en dire davantage sur les modalités pratiques de ce commando spécial ? demanda-t-il à Schellenberg.

– Nous n'avons pas une minute à perdre. Dans un premier temps, on vous adjoindra l'un des enquêteurs les plus talentueux de la Gestapo, ce sera votre commandant en second. Il est déjà sur place, à Peenemünde, pour explorer la piste polonaise. Vous rejoindrez la côte de la Baltique dès que vous serez informé des développements de l'affaire.

– Vous n'aurez aucun problème de financement », ajouta le Reichsführer en hochant la tête d'un air amical avant d'esquisser un sourire timide.

Il consulta sa montre pour signifier la fin de la réunion.

« Il n'y a qu'un seul problème, déclara Schellenberg en souriant alors qu'ils se levaient. C'est que pendant que ce travail sera en cours, vous pourrez compter sur les doigts d'une main les jours où vous rentrerez chez vous pour dîner. Je vous conseille de faire un saut chez un bon bijoutier.

– Pourquoi donc ?

– Parce que votre épouse aura besoin d'un lot de consolation. »

Himmler raccompagna Sorge à la porte.

« Avez-vous l'expérience du front ? s'enquit-il d'un ton prévenant en désignant l'emblème de la 2e division de la Waffen-SS cousue sur son uniforme. La bataille de Moscou, c'était bien vous, la division Das Reich ?

– J'ai participé à la campagne contre les Pays-Bas et la France au printemps 1940, mein Reichsführer. À Rotterdam et à Paris. Mais je ne voudrais pas vous faire perdre votre temps sur le sujet, de nombreux hommes ont fait bien plus de sacrifices pour l'Allemagne que moi.

– Le symbole de la division Das Reich est un *Wolfsangel.* »

Himmler montra le crampon cousu sur l'uniforme de Sorge, qui lui trouvait la ferveur d'un garçonnet découvrant pour la première fois un modèle réduit de chemin de fer.

« La mythologie teutonne a toujours été l'un de mes grands centres d'intérêt.

– C'est exact. Le symbole est un Wolfsangel, un piège à loup. »

Himmler sourit.

« Attrapez donc le Griffon et tous ceux qui pourraient travailler avec lui dans ce piège à loup. C'est compris ?

– *Sonderkommando Wolfsangel,* fit Schellenberg en toussotant derrière eux. Un nom seyant, n'est-ce pas ? »

Chapitre 3

OSLO

Juin 1942

Henry se réveilla à l'annonce de l'arrivée à la gare de l'Est.

Il avait fait un rêve, une variation sur le thème de ses cauchemars récurrents : le wagon de train était obscur et les températures négatives. Henry glissait sur le verglas qui recouvrait l'allée centrale. Au bout du wagon, il entrevoyait une silhouette. Un homme en uniforme de contrôleur, muni d'un drapeau vert. L'haleine de Henry se givrait. Il constatait seulement maintenant que les gestes du contrôleur étaient figés, comme sur une photographie, son visage était dépourvu de toute expression, ses doigts, gainés d'une fine épaisseur de glace. Épouvanté, Henry pivotait sur ses talons et s'élançait dans la direction opposée, passant devant les sièges inoccupés. D'un geste brusque, il tirait sur la poignée de porte du wagon suivant, elle était si glaciale qu'il y laissait la peau de sa main. Il se précipitait dans un compartiment séparé. Tous y étaient : Johansen et Grande, mais aussi son père et Astrid, pétrifiés et reconnaissables, tels des chevaux morts tombés à travers la glace et prisonniers d'une immense vitrine naturelle.

Ébranlé par son rêve, il rassembla ses pensées dans le compartiment couchette. Son uniforme était resté au centre démobilisateur en Allemagne, mais il avait conservé un ceinturon à la boucle ornée de l'inscription *Meine Ehre heißt Treue*, « Mon honneur s'appelle fidélité ». De loin, il ressemblait à un élégant viveur ; feutre gris en biais sur la tête, manteau de laine croisé bleu marine, à la large ceinture nouée négligemment, pantalon ample en lin gris et chaussures fines noires. De plus près, on se serait aperçu que les revers du manteau étaient tachés et les coutures sur le point de craquer.

Un état proche de celui dans lequel il se sentait lui-même.

Henry prit une pervitine et descendit sur le quai.

Bon Dieu, il aurait dû faire davantage de réserves.

Il fallait qu'il trouve Astrid. Lors d'un week-end de permission en Allemagne, une vieille copine à elle, la bavarde infirmière de front Solveig Cappelen, lui avait révélé ce qu'il soupçonnait depuis longtemps : pendant qu'il était au front, Astrid avait rejoint la résistance. Aussitôt après avoir trahi cette information sur son amie, Solveig s'était couvert la bouche en lui demandant d'oublier ce qu'il venait d'entendre.

Comme si c'était possible.

Au sanatorium, il avait reçu une lettre d'Astrid, qui lui souhaitait un bon rétablissement, le disait dans ses pensées et ajoutait quelques mots énigmatiques sur la situation en Norvège : *tout durcit, Chérie, la guerre, l'occupation…* Mais la guerre ne semblait pourtant pas durcir, songea Henry en traversant la gare. Un drapeau allemand pendait de la verrière ; des employés de bureau et des ouvriers d'usine partaient d'un pas vif vers leur lieu de travail, des vieillards voûtés avançaient sur les quais, de joyeux jeunes gens déambulaient.

Si cela était la guerre, alors les campagnes allemandes en Union soviétique étaient un phénomène d'une telle démence que le cerveau humain n'était pas calibré pour le comprendre, à l'instar de l'immensité de l'espace ou de la vitesse d'une comète dans le ciel.

Astrid avait bien sûr été furieuse qu'il s'enrôle dans le régiment Nordland. Elle l'avait qualifié de rêveur mégalomane, qui plaçait ses considérations idéologiques et son goût puéril de l'aventure au-dessus de leur relation.

Au début de l'opération Barbarossa, Henry s'était dit que le monde deviendrait meilleur une fois les rouges écrasés. Mais comment raconter à Astrid ce qu'il avait vu, ce qu'il avait fait ? Les villages et synagogues incendiés, les femmes et les enfants tués à coups de pelle et de baïonnette par les milices ukrainiennes pendant la première étape de l'invasion ? Ou encore les milliers de prisonniers de guerre enfermés comme des bêtes et morts de froid ?

Aux toilettes de la gare, il noua sa cravate et recoiffa ses cheveux séparés par une raie sur le côté. Il pesait encore quinze kilos de moins que son poids idéal ; au niveau des articulations, ses os protubéraient comme des tumeurs. Ses infections n'avaient pas guéri pendant sa convalescence. En revanche, ses joues commençaient à reprendre couleur.

Son humeur s'améliora grâce à la pervitine. À la consigne à bagages, il fuma une Timm rapportée d'Allemagne avant d'enfermer sa valise dans un casier, en repensant soudain à cette fois où Astrid et lui, encore lycéens, avaient voulu improviser un voyage à Paris. Il sourit.

À la sortie de la gare, il fut arrêté par deux soldats allemands en patrouille. Ils lui demandèrent ses papiers. D'un geste lent, Henry fouilla dans sa poche de poitrine et tendit sa carte d'identité norvégienne.

« Henry Sturm, lut l'un des Allemands.

– Storm, corrigea Henry.

– Que dites-vous ? demanda l'autre soldat de la Wehrmacht. Avons-nous affaire à un petit malin ? Ou devriez-vous avoir une étoile cousue sur votre poche de poitrine ? »

Bien qu'il soit grand et blond comme bon nombre d'individus d'origine nordique, Henry avait le nez fin et busqué, ce qui contribuait sans doute à éveiller les soupçons. Le soldat consulta à voix basse son équipier, en allemand : « Storm pourrait être un nom juif. C'est peut-être un *Mischling.* »

Henry secoua la tête et tira de sa poche une autre pièce d'identité, son livret militaire de la Schutzstaffel.

« Faites attention à ce que vous dites, soldat, dit-il en allemand. Je viens de rentrer et je n'ai pas envie d'être importuné, je veux seulement qu'on me laisse tranquille. Mais puisque vous me posez la question, je vous demande dorénavant de vous adresser à moi comme au SS-Untersturmführer Storm. C'est compris ? »

L'Allemand blêmit, son visage avait désormais la teinte bleuâtre du lait écrémé.

Il trouva la croix de fer de Henry dans son livret militaire ; les yeux baissés, l'air gêné, il lui rendit le document avant de tendre le bras en salut nazi.

« Toutes mes excuses, Herr Untersturmführer, merci de votre sacrifice pour l'Allemagne et passez une très bonne journée. »

Sans répondre, Henry s'engagea sur la place de la gare, où s'était déposé un front froid. Cependant, il ne faisait pas *froid.* Non, cette notion avait été redéfinie par son hiver dans l'Est. Henry dédaigna les stands du marché et emprunta Karl Johans gate, passant devant le Storting orné d'une croix gammée.

Astrid préparait sa licence de droit. La connaissant, elle devait déjà être en salle de lecture. Il essaya de la visualiser, mais son visage s'émiettait dans son esprit. À quoi ressemblait-elle aujourd'hui ? Un an, ce n'est rien, songea-t-il, mais avec la guerre, on aurait dit que le temps se relativisait et se chargeait de sens. Le filtre coloré des lunettes à travers lesquelles lui-même voyait le monde n'avait-il pas radicalement changé par rapport au printemps 1941 ? En allait-il de même pour elle aussi ?

Il traversa Universitetsplassen et grimpa le large escalier de pierre au petit trot. Il était 9 heures, la salle de lecture était presque vide.

Parcourant les tables du regard, Henry l'aperçut très vite. Elle était plongée dans un texte, le pavé des *Lois de Norvège* bien en évidence sur la table. Il resta à la contempler discrètement. Elle lisait en se balançant à peine d'avant en arrière. L'envoûtement était entrecoupé de brefs intermèdes au cours desquels elle levait un regard rêveur, puis la scène se répétait. Il l'avait si souvent vue ainsi. C'était l'Astrid qu'il connaissait si bien. Il se faufila sans bruit le long d'un mur tapissé de livres aux reliures sombres et s'arrêta à sa rangée.

« Chérie », dit-il en se penchant pour l'enlacer.

Ils échangeaient des mots en français depuis leur rencontre en seconde à la Katedralskole, bien avant que leur relation ne se développe et prenne une autre forme. Astrid était francophile, tandis que les prononciations s'empêtraient dans la bouche de Henry le germaniste. Il avait plaisanté avec Solveig Cappelen en disant que c'était l'occupation de la France, et non celle de la Norvège, qui avait incité Astrid à entrer dans le combat contre les Allemands.

« Henry », fit-elle, submergée d'émotion, en portant la main à sa poitrine.

Physiquement, elle était inchangée, longiligne, blonde, gracieuse. Elle portait une chemise en toile grossière, un foulard dans les cheveux. Si son but était d'avoir l'air plus prolétaire, c'était raté, car Astrid rendait élégante cette tenue de guerre androgyne.

« Ça fait longtemps », déclara Henry en souriant.

Ses yeux n'ont pas changé, songea-t-il quand le regard d'Astrid croisa enfin le sien, même l'occupation n'a pas pu les changer. Leur bleu pâle d'avant-guerre était intact.

« Un an et deux mois pour être plus précis, ajouta-t-il. Tu n'imagines pas comme je suis content d'être rentré. »

Elle enfouit son visage dans ses mains. Pleurait-elle ?

« C'est bien que tu sois rentré, finit-elle par articuler en se redressant. Je me suis fait du souci pour toi. »

Elle prononça ces paroles avec une intonation qui effraya Henry, comme s'il n'était qu'un membre de la famille un peu perdu et pas son compagnon de vie.

« Comment va le vieil Aubert ? s'enquit-il en hésitant. Toujours dans une forme insolente ? »

Il lança un regard par-dessus son épaule, vers la sortie.

« Papa et maman survivent, ça va.

– Le service de poste de campagne fonctionnait mal en Ukraine. Au cas où tu n'aurais pas reçu mes lettres. Je t'ai écrit toutes les semaines.

– Henry… Je ne sais pas quoi dire. C'est bizarre de te voir. C'est bien, mais c'est surtout bizarre.

– Il faut qu'on se parle. »

Sans un mot, elle rangea ses affaires et désigna la sortie d'un geste de la tête. Dans le hall, elle le jaugea des pieds à la tête.

« Tu as l'air plus vieux. Et comme tu as maigri !

– Tu as toujours été directe, Astrid. »

Elle secoua tristement la tête.

« J'ai bien peur que non.

– Et si nous faisions une promenade en bateau sur le fjord un de ces jours ? Nous avons bien des choses à nous dire.

– Ce n'est pas si simple, Henry. Il ne te suffit pas de rentrer pour que tout soit comme avant. Le monde a changé, moi, j'ai changé. Toi aussi, certainement. »

Elle le fixa d'un air impassible, le regard dur. Leur échange prenait un tour déplaisant.

« Nous avons déjà eu cette conversation..., répondit-il. Quand je me suis entraîné pour les Jeux olympiques au lieu de t'accompagner en vacances, ou quand je suis parti faire mes études à Berlin et que tu as commencé à sortir avec ce psychiatre. À combien de temps remonte notre rencontre ?

– Cela fera dix ans à l'automne. Et il était psychologue.

– Quand deux personnes se donnent la peine de se fréquenter pendant dix ans, c'est qu'il y a un truc en plus. Sur quoi on ne peut pas simplement tirer un trait. »

La voix de Henry avait revêtu une âpreté non intentionnelle qui résonna dans le hall. D'un regard, Astrid lui signifia de se modérer.

« Tu es parti, comme ça, dit-elle tout bas. J'étais bien déprimée l'été dernier. Pas parce que tu es aussi exceptionnel que tu te le figures, mais parce que tu comptais pour moi. J'avais constamment peur. La terreur que m'inspiraient le bruit du courrier glissé dans la boîte ou la sonnerie du téléphone me donnait la nausée. Chaque fois, pendant des mois et des mois. Tu t'imagines vivre ainsi ?

– Non.

– Un jour, j'étais ici, dans la salle de lecture, et un prêtre est entré. Oui, un prêtre, en robe et col. Ne me demande pas pourquoi. Quoi qu'il en soit, je me suis mise à suffoquer et à trembler comme une feuille. J'étais persuadée qu'il venait m'annoncer un décès. Ça m'a réveillée. Personne ne peut vivre ainsi.

– Personne ne peut vivre ainsi, répéta Henry d'une voix faible.

– Mon salut a été de découvrir que la peur pouvait être transformée. En colère. Je me suis mise à haïr tout le système dont tu faisais partie, la propagande, ces histoires d'Allemagne victorieuse sur tous les fronts... Il s'est passé beaucoup de choses depuis ton départ. L'état d'urgence, les exécutions. Quisling est devenu ministre-président. Nous nous sommes dressés contre les occupants. Les enseignants, les évêques, les étudiants, les gens ordinaires, unis dans le combat pour une Norvège libre. Et bien que ce soit dangereux, Henry, je n'ai plus jamais eu peur. »

Elle parlait à voix basse, mais avec un pathos révolutionnaire qu'il ne lui connaissait pas. Quand il avait quitté la Norvège, elle était apolitique. En aucun cas national-socialiste, mais pas non plus l'opposé.

« Je sais ce que tu fais, répondit Henry, et c'est l'une des raisons pour lesquelles je souhaite te parler. »

Elle le dévisagea entre ses cils.

« Tu t'es battu pour l'Allemagne, pour ceux qui nous occupent. Tu peux l'imputer à ton père, à tes séjours à Berlin ou à ton goût de l'aventure ou je ne sais encore quel argument tu avais l'habitude d'invoquer, mais tu as fait un choix, un mauvais choix, qui fait de toi un traître à ceux qui se battent pour une Norvège libre. Tu pensais pouvoir tout arranger avec quelques lettres creuses sur les champs de colza et sur les couchers de soleil en Ukraine ! Pour être honnête, elles ont fini par m'écœurer.

– Étant allé en Ukraine, j'ai plus de raisons que quiconque de haïr le nazisme. Nous sommes du même côté à présent, Astrid, laissa-t-il échapper, alors qu'il n'entendait lui en parler que plus tard. Et j'ai des informations pour vous.

– Des nazis pétris de remords ont échoué à entrer dans la résistance en ayant de bien meilleurs prétextes que toi, déclara-t-elle froidement. D'après ce que j'ai entendu dire, de possibles provocateurs ont été mal accueillis. Et pourquoi plaiderais-je ta cause ? »

Plusieurs étudiants marchaient en direction de la salle de lecture. Henry entraîna Astrid derrière une colonne pour se mettre à l'abri des oreilles indiscrètes.

« Pourquoi es-tu antinazie, Astrid ? Parce que les Allemands occupent ton pays. Soit. C'est un motif honorable. En ce qui me concerne, j'ai viré de bord parce que j'ai vu de mes propres yeux que non seulement le national-socialisme conduit à l'occupation, mais surtout, c'est une force qui finira par détruire le monde. Et qui doit donc être stoppée.

– Pourquoi te croirais-je ? »

Arrivant à bout de ressources, il joua son dernier va-tout et murmura :

« Quand on a été dans la Waffen-SS, on dispose d'informations. Des renseignements secrets. Qui peuvent être exploités par l'ennemi. »

Elle haussa les sourcils.

« Et quels sont ces *renseignements secrets* ?

– J'étais dans un hôpital de campagne aux abords de Rostov. C'est une longue histoire, mais en deux mots j'avais reçu une balle dans l'épaule. La situation était épouvantable, les soldats étaient tous plus grièvement blessés les uns que les autres. Ils attendaient la mort en hurlant de douleur. Alors qu'un de mes camarades de chambre blessés allait manifestement vers sa fin, une lotta est venue s'asseoir au bord de son lit. De toute évidence, elle me croyait endormi. Elle a commencé à murmurer une histoire au sujet de son frère, qui travaillait dans une base secrète, au bord de la Baltique, et qui détenait un gros secret, sur une nouvelle arme, une arme miraculeuse. Une fusée allant plus vite que le son. *Un beau jour,* chuchotait la lotta, *la vengeance pleuvra sur Londres et sur Moscou, nous allons les éradiquer avec la nouvelle arme miracle, mon cher soldat, dors maintenant, et sache que les représailles viendront.* Et puis il est mort, conclut Henry. Et j'ai continué de faire semblant de dormir. »

Astrid inspira à pleins poumons avant de répondre.

« Tu reviens après dix-huit mois d'absence, pendant lesquels tu as combattu avec la Waffen-SS, et tu nous sers une rumeur de troisième main que tu as saisie au vol auprès d'une infirmière dans un hôpital de campagne, comme si tout cela sortait d'un roman pour enfants de Jules Verne ?

– Ce n'est pas tout… »

À cet instant, la porte battante au fond du couloir s'ouvrit et un personnage nonchalant en veste de lin et pantalon ample se dirigea vers eux. Ses chaussures claquaient sur le sol. Le visage hâlé et les cheveux tout blancs de l'homme lui semblaient vaguement familiers. Il balaya Henry du regard avant d'embrasser Astrid.

« Tout va bien, *chérie* ? »

C'était l'estocade finale. Un foutu gandin qui embrassait Astrid et employait leur ancien terme d'affection français.

« Bjørn, je te présente Henry Storm, un vieil ami. Il vient de rentrer. »

Elle marqua une pause et ajouta :

« De l'étranger.

– Londres ou l'Écosse, je suppose ? fit l'homme en souriant. J'ai plusieurs camarades qui s'entraînent là-bas. Bjørn Robshamn, au fait. »

Il tendit la main.

« L'Ukraine, répondit Henry en soutenant son regard. »

Robshamn retira sa main et la posa sur l'épaule d'Astrid.

« Nous nous sommes rencontrés par le passé, du reste, lui rappela Henry d'un ton glacial. À une rencontre de la Landnåm[5] sur la menace bolchevique. C'était en 1938, il me semble. Tu te préoccupais de ce que tu appelais "le rire froid des membres du mouvement Mot Dag[6]", si je me souviens bien. »

Bjørn Robshamn sourit.

« Bon, Astrid, il faut que j'aille étudier un peu. »

Ils le suivirent du regard jusqu'à ce que la porte se referme derrière lui.

« Je dois dire que bien des gens retournent leur veste », nota Henry.

Furieuse, Astrid s'emporta.

« Va te faire voir. C'est tellement minable de sous-entendre que Bjørn est un collabo, ça me laisse sans voix. Avant que tu répandes davantage tes saloperies, sache que Bjørn a couru d'énormes risques en réalisant des actes qui ont sauvé la vie de patriotes norvégiens. Parce que sa conscience lui a dicté qu'il préférait mourir pour la liberté que vivre passivement sous l'occupation. Il m'a appris que nos propres vies valent d'être sacrifiées quand la cause l'exige. Ne

5. Association culturelle fondée en 1937 par des sympathisants nationaux-socialistes pour la promotion des cultures norvégienne et nordique.
6. Groupement politique rattaché au parti communiste norvégien dans les années 1930, puis au parti travailliste.

reviens pas. Je ne veux plus te voir. Si je n'ai pas répondu à tes lettres, ce n'est pas sans raison. Tu as fini par être mort pour moi, Henry. »

Elle regagna au pas de charge la salle de lecture. Henry repartit lentement. Le ciel au-dessus d'Universitetsplassen était gris comme de l'ersatz de café sans colorant.

Elle n'avait même pas répondu à ses lettres.

Il avait fini par être mort à ses yeux.

C'était plus près de la vérité qu'elle ne le suspectait.

Chapitre 4

USEDOM, ALLEMAGNE

Juin 1942

À l'entrée du pont menant à la base de recherche de Peenemünde, des camions attendaient en file indienne, leurs moteurs tournaient à vide. Ils arboraient les noms d'équipementiers de la base : AEG, Siemens, IG Farben, Askania-Werke, Luftschiffbau Zeppelin. La file avançait si lentement que plusieurs conducteurs étaient sortis profiter du beau temps.

Bon dieu, songea Sorge, il ne disposait pas de tout ce temps. Avant de rencontrer le Kriminalobersekretär Friedrich, puisque c'était ainsi que s'était présenté au téléphone son commandant en second, il avait rendez-vous avec le directeur civil de la base de fusées, Wernher von Braun.

Dans son cabriolet rutilant, une Mercedes 540K, il déboîta et dépassa la file. À un point de contrôle au bout du pont se trouvaient des soldats de la Feldgendarmerie, reconnaissables à leurs hausse-cols caractéristiques, qui brillaient au soleil. Ils firent signe à Sorge de se ranger sur le côté.

« J'ai rendez-vous avec le docteur von Braun », expliqua-t-il en leur tendant une lettre du Reichsführer, document qui, dans la pratique, équivalait dans le Reich à un blanc-seing.

Les soldats lui signifièrent aussitôt de passer.

Voilà ce qu'il en était désormais. On lui ouvrait grand des portes qui auparavant lui auraient été claquées au nez. Cela lui rappelait les temps qui avaient suivi les Jeux olympiques de 1936. Tout le monde s'intéressait à lui. Les louanges ne l'avaient pas rendu heureux, se souvenait-il, il n'en avait retiré que du narcissisme et des tensions maritales. C'est pourquoi il s'était tourné vers le calme bureaucratique du RSHA.

À présent, il était de nouveau en déséquilibre. Au sein de la SS, les gens du renseignement incarnaient une caricature des athlètes et des vedettes de cinéma de l'UFA. Ils avaient l'aura mystérieuse des élus. Le silence les nimbant ne faisait que renforcer leur éclat. Nul ne devait savoir qui étaient les hommes du renseignement, et c'est précisément pourquoi, dans certains cercles, tous le savaient.

Sorge accéléra. L'île d'Usedom s'ouvrit devant lui, révélant ses prés ondoyants, ponctués de hameaux et de bosquets ombragés, puis la route traversa un chemin de fer. La forêt de pins et de bouleaux se densifia, la brise salée et la lumière brumeuse bleutée entre les arbres suggéraient la proximité de la Baltique. Une plage de sable d'une blancheur de craie s'étirait comme une ceinture entre la végétation dense et la mer d'azur, conférant à Peenemünde une allure d'île polynésienne.

Ici, de tous les endroits possibles, résidait le plus grand secret militaire du Reich.

Sorge franchit deux autres points de contrôle avant de se garer devant un bâtiment administratif en brique.

Peu après, Von Braun apparut avec un aide de camp, qu'il congédia aussitôt. Il était habillé en civil, nœud papillon et veste en tweed écossais gris cendré sur une chemise blanche à rayures bleu pâle. Son visage était dominé par une bouche sensible aux lèvres épaisses et des yeux bleus comme un océan bien au sud de la Baltique. Ses boucles blondes de chérubin étaient peignées en crans sévères et séparées par une stricte raie sur le côté.

« Sturmbannführer Sorge, c'est un plaisir.

– Tout le plaisir est pour moi, *Freiherr.* »

Parmi les officiers cancaniers du Prinz-Albrecht-Palais – et les ragots ne manquaient pas quand des SS en début de carrière se retrouvaient –, Wernher von Braun en prenait pour son grade depuis longtemps. Cela s'expliquait en partie par l'envie, qui surgit toujours dans le sillage des jeunes gens qui ont du succès, mais aussi par son identité et par ses positions politiques. Von Braun descendait d'une famille junker aristocrate de Prusse-Orientale. Certes les dossiers de Sorge montraient qu'il avait demandé à être intégré comme SS-Anwärter en 1933, mais c'était à l'école d'équitation de la Schutzstaffel à Berlin-Halensee, où il avait monté pendant environ un an, avant de disparaître.

Ensuite, les archives de la SS étaient muettes sur Von Braun jusqu'à son apparition le 1er mai 1940, à peu près au moment de l'offensive de la Wehrmacht en Europe de l'Ouest. Il avait reçu le numéro 185068. Sans doute n'était-ce pas le moment le plus inopportun pour rejoindre à nouveau la SS.

Qu'il ait développé la base militaire de Peenemünde ne l'affranchissait pas des soupçons de Sorge. Les courants apolitiques et défaitistes coulaient à travers le corps d'ingénieurs de la base et suintaient jusqu'à la direction, où certains officiers étaient incontestablement en contact avec les prêtres catholiques de l'opposition. Voire pire. Il se pouvait qu'ils entretiennent des relations avec l'opposition au sein des forces armées.

« Je suis navré de n'avoir pas pu vous faire visiter Karlshagen, où vivent nos ingénieurs, s'excusa Von Braun. C'est un bon village où aller au café ou monter à cheval, selon ses préférences. Et je ne parle pas de la voile ici et autour des îles. Mais je pensais en discuter avec vous un peu plus tard.

– Je me tiens bien sûr à votre disposition, Freiherr. »

Von Braun accompagna Sorge dans un long couloir lumineux, puis ils gravirent une large volée de marches, le tout bâti dans un fonctionnalisme dépouillé des années 1920, comme tant de bâtiments industriels du Reich. Chaque fois qu'ils croisaient quelqu'un, qu'il s'agisse d'un garde militaire ou d'un technicien civil, Von Braun s'arrêtait pour bavarder avec lui. Son ton semblait s'adapter chaque fois à son interlocuteur, chaleureux quand il croisait des gardes d'origine populaire, docte avec le personnel éduqué, soutenu et presque ironique quand il s'adressait à des personnes de son rang.

Quel caméléon ! songea Sorge. Ce mélange d'enthousiasme naturel, d'aplomb et de cynisme calculateur était le bois dont était fait aussi un certain Schellenberg. Von Braun était-il un national-socialiste convaincu ? Peut-être pas, mais il partageait cet opportunisme avec de nombreuses personnes, y compris sur le lieu de travail de Sorge. Magnétique, il n'en était pas moins une anguille impossible à saisir entre ses mains.

Cependant, son programme de fusées connaissait des difficultés. Les derniers essais avaient été le fiasco le plus complet. Au sein de l'armée de terre et du ministère de l'Armement, certains tenants de la sobriété plaidaient de longue date pour une réallocation des énormes ressources de Peenemünde aux munitions et aux armes conventionnelles. L'Allemagne se trouvait au cœur d'une guerre sur plusieurs fronts, l'heure n'était pas aux châteaux en Espagne. D'aucuns qualifiaient Von Braun de fanfaron utopiste.

Le ministre de l'Armement Speer protégeait la base. Il se reconnaissait dans le petit prodige Von Braun, disait-on. Mais jusqu'à quand pourrait-il continuer ?

De l'autre côté d'une esplanade non goudronnée s'élevait un bâtiment industriel gigantesque, presque de taille à abriter le stade olympique de Berlin sous ses toits, dont la silhouette évoquait les dents de scie d'une chaîne de tronçonneuse. Ils entrèrent dans cette halle massive, l'usine de production F1. Le soleil pénétrait par les fenêtres verticales. Une bouffée d'air goudronné leur parvint. Au milieu d'une véritable fourmilière d'ingénieurs et de techniciens, d'imposantes grues s'élevaient vers le toit.

Sorge entrevit dans un coin les contours d'une immense construction couverte et entourée d'échafaudages. Von Braun donna des instructions à un technicien, qui ôta la bâche à l'aide d'une grue.

La fusée apparut.

Hésitant, comme s'il s'approchait d'un dragon cracheur de feu et qu'il était lui-même un personnage de conte, Sorge fit un pas dans sa direction.

« Vous n'avez pas grand-chose à craindre, Sturmbannführer, assura Von Braun en riant. Contrairement à nos ennemis. »

Ce n'est qu'en le voyant de près que Sorge prit la mesure de l'arme. Elle était haute comme un obélisque moyen, svelte et pointue comme une lame de couteau, décorée d'un damier noir et blanc. Rien que les empennages étaient longs comme trois hommes.

« Aggregat 4, mon seul enfant à ce jour, déclara Von Braun en tapotant le fuselage comme la croupe d'un cheval de course. Mais attention, ce n'est pas n'importe quelle progéniture ! Quatorze mètres de haut. Actuellement, elle pèse environ quatre tonnes, une fois rempli, le réservoir en ajoute environ treize. Un A-4 est composé de vingt mille pièces, ce qui donne peut-être une petite idée de la complexité de cette merveille. Sa vitesse dépasse celle du son. Pouvez-vous imaginer une chose pareille ? »

Sorge resta sans voix.

« La grande difficulté a résidé dans le choix du carburant, poursuivit Von Braun d'un ton énergique. Vous l'avez compris, de robustes forces sont en action quand on lance un tel engin. Plus exactement vingt-cinq tonnes de poussée. Nos experts ont travaillé nuit et jour pour trouver le combustible optimal. Nous avons atterri, passez-moi l'expression, sur un mélange d'environ vingt-cinq pour cent d'eau et soixante-quinze pour cent d'alcool, plus de l'oxygène liquide. Ce qui permet en outre de se dispenser d'un mécanisme d'allumage : la réaction chimique de l'éthanol et de l'oxygène est instantanée. Acheminer tout cela dans la chambre de combustion puis dans le moteur, voilà un processus fort compliqué, à mon sens le plus perfectionné depuis la création du corps humain. »

Von Braun était un formidable vendeur ; quand il parlait, les techniciens au teint pâle qui s'étaient rassemblés autour de lui prenaient un regard rêveur, ensorcelé.

« Comment obtenir la puissance nécessaire pour qu'une fusée brise le mur du son et puisse sortir de l'atmosphère tout en évitant l'explosion du moteur ? Nous n'avons toujours pas résolu ce paradoxe, mais nous en sommes tout près. »

Le nez de l'engin cachait la charge militaire. Von Braun désigna le gyroscope au-dessous, toujours dans la partie pointue de l'arme.

« Vous l'avez compris, ce composant est crucial. Le gyroscope stabilise et guide la fusée qui, au lieu de plonger, poursuit son vol dans la direction souhaitée et atteint sa cible. C'est une technologie balistique.

– Comment donc ?

– Quand elle a atteint sa hauteur optimale, à environ quatre-vingt-dix kilomètres d'altitude, le moteur s'arrête et l'engin entre dans ce qu'on appelle une orbite parallèle sous l'effet de la gravitation. Et il touche sa cible, avec effet mortel.

– Et la femme sur le fuselage ? »

Sorge désigna une silhouette évoquant une sirène peinte sur un empennage.

« Ah, fit Von Braun. Vous vous souvenez de la *Frau im Mond* de Fritz Lang ? La "femme sur la Lune" ? »

Sorge acquiesça, tout Allemand de son âge se souvenait de ce film, qui avait su saisir le *Zeitgeist* à la perfection.

« Eh bien, c'est elle ! La femme qui va sur la Lune. Ce n'est que le début, Sturmbannführer. La fusée que vous avez devant vous est le premier pas. Une fois la guerre gagnée, nous conquerrons l'espace. »

À l'extérieur de la halle soufflait une petite brise marine. Seules quelques centaines de mètres séparaient les bâtiments industriels de la mer.

Un officier de taille moyenne arriva sur ses jambes légèrement arquées. Plus qu'un torse musclé, il avait une carrure grossière de bûcheron, et pendant les prémices de l'été son front avait déjà réussi à se parer d'un rose porcin.

« *Heil Hitler*, je suis le Kriminalobersekretär Friedrich », se présenta-t-il dans les formes.

Les mains fines de Sorge disparurent dans les larges pognes rugueuses de l'officier.

Son menton carré et ses cheveux dressés en une brosse bien droite lui donnaient l'air un peu replet, que renforçait son accent provincial du Brandebourg, mais ses yeux vifs contredisaient le cliché de la chemise brune. Friedrich devait avoir quelques années de plus que lui, il approchait probablement de la quarantaine. Un homme difficile à battre au bras de fer, se dit Sorge.

« Le travail que vous avez accompli en démantelant les groupes d'opposition des universités vous a valu d'excellentes recommandations. On m'a parlé de cette enquête en des termes très élogieux. »

Le Kriminalobersekretär répondit d'un hochement de tête poli. Un type pas précisément flamboyant, songea Sorge, et quelqu'un dont la confiance se gagne. Friedrich avait en quelque sorte le mot Gestapo tatoué sur le front ; dans ce corps de police, on trouvait des hommes simples, faits pour recenser, pister, interroger et tabasser les ennemis du Reich.

« Je reviens d'un entretien avec Von Braun. Vous le connaissez ?

– Wernher Magnus Maximilian Freiherr von Braun, fit Friedrich, témoignant d'une rigueur toute vétilleuse. Bien entendu.

– On ne saurait prendre votre mémoire en défaut.

– Alors, quelle avancée est-elle ressortie de ce rendez-vous ? »

Ce ton sarcastique inquiéta Sorge, qui fit un geste apaisant.

« Nous sommes au début de l'enquête, Kriminalobersekretär. Qu'une chose soit d'une clarté cristalline : si nous voulons parvenir au fond de cette infiltration, il nous faut opérer à plusieurs niveaux. Nous devons exploiter la compétence stratégique qui vous vient de la Gestapo, mais nous devons aussi comprendre l'élite scientifique sur un plan plus élevé. »

Un discours faible, Sorge s'en rendit compte aussitôt.

« Tout à l'heure, j'ai rencontré le commandant du camp de travail de Karlshagen, déclara Friedrich. Il a peut-être une piste. »

Ils rejoignirent la voiture de Sorge, qui ouvrit la portière passager au Kriminalobersekretär. Pour la première fois, Friedrich parut impressionné.

« Ça alors, vous avez un sacré véhicule ! Où l'avez-vous acheté ? »

À l'instar de l'appartement confisqué, la Mercedes était le fruit du vol, du dur labeur et d'un peu de chance. Sorge l'avait achetée bon marché l'année précédente, quand la veuve d'un colonel de la Luftwaffe avait vendu les possessions de son conjoint décédé. Le malheur des uns..., s'était dit Sorge. Il s'était ensuite livré à une restauration extensive du véhicule. La haute calandre était polie et les longues ailes, remplacées.

« Oh, on trouve des voitures à vendre, répondit-il. Il faut seulement garder les yeux ouverts. »

La Mercedes était sa petite folie, le seul excès qu'il s'autorisait.

Le camp de travail ne se situait qu'à une courte distance en voiture. Derrière les barbelés, des groupes d'hommes de grande taille, décharnés, erraient sans but entre les baraquements. Sorge et Friedrich s'arrêtèrent devant l'intendance, un officier vint à leur rencontre.

Le commandant du camp leur souhaita la bienvenue et, alors qu'ils avançaient sur un sentier provisoire entre les baraques basses, il leur exposa le fonctionnement du ravitaillement :

« Le camp est divisé selon des critères de race. Ici, sur la gauche, on a les ouvriers français et italiens, les Slaves sont relégués du côté opposé. Bien que les rations caloriques des premiers soient nettement plus importantes et incluent de la viande sur une base hebdomadaire, c'est là que nous connaissons des problèmes disciplinaires. Si vous me permettez une remarque personnelle, il est manifeste que les travailleurs slaves ont un seuil de tolérance à la douleur bien plus élevé...

– Tout cela est très bien, coupa Friedrich, mais où est l'informateur ? »

Le commandant désigna une annexe près de la clôture intérieure. Un garde les fit entrer par une lourde porte. Ils avancèrent dans un couloir ténébreux. L'air sentait le béton et la lumière des soupiraux juste au-dessous du toit révélait qu'il était chargé de poussière.

« Nous gardons ici les travailleurs qui ont enfreint notre règlement disciplinaire. »

La voix du commandant résonna entre les murs, Sorge entendit de légers battements d'ailes sous le plafond.

Au bout du couloir, le commandant ouvrit une cellule. Un individu rachitique, couvert de suie, était assis dans un coin de la pièce.

« Ce Polonais a passé clandestinement de l'information hors de Peenemünde. Nous l'avons arrêté la semaine dernière.

– Vous cherchez au mauvais endroit », dit l'homme avant de murmurer des paroles en polonais.

De son pied chaussé d'une botte de cheval, le commandant lui asséna dans la cuisse un coup violent, qui le laissa en position fœtale, gémissant.

Sorge s'accroupit. Le sol de la cellule empestait l'urine et les excréments.

« Au mauvais endroit, disiez-vous ? »

Le regard éteint du prisonnier croisa celui de Sorge.

« Les agents de liaison de l'Armée de l'intérieur ne se préoccupent plus de Peenemünde, chuchota-t-il. Le risque est trop élevé. La base a recours à des équipementiers. C'est par là que le renseignement est transmis.

– Il ment pour sauver sa peau ! » s'écria le commandant.

Sorge l'empêcha de frapper et s'adressa ensuite au prisonnier d'un ton pondéré.

« Des agents de liaison sont-ils en route pour l'Allemagne actuellement ?

– Laissez-moi partir…

– Nous allons vous sortir de la cellule d'isolement, n'est-ce pas ? »

Sorge se tourna vers le commandant, qui acquiesça à contrecœur.

« Quelqu'un part de Varsovie aujourd'hui et va arriver à Berlin demain matin. Elle s'appelle… Beatrice Skarbek. »

Beatrice Skarbek, songea Sorge, ça ne sonne pas très polonais.

« J'espère pour vous que vous dites la vérité. »

Chapitre 5

OSLO

Juin 1942

La maison de convalescence des combattants du front, un bâtiment en rondins, se trouvait dans la forêt derrière le tremplin de ski de Holmenkollen. L'établissement affichait complet, jusqu'à ce que Henry pousse discrètement sa croix de fer sur le comptoir. Le gérant lui attribua alors une chambre individuelle et lui tendit une enveloppe.

« Pour moi ? s'étonna Henry. Personne ne sait que je viens. »

Certes, il avait écrit à Johansen, mais l'écriture sur le pli n'était pas la sienne.

« À moins que vous ayez indiqué une fausse identité, c'est votre nom qui est inscrit sur l'enveloppe, répondit le gérant d'un ton acerbe. Je n'en sais pas plus. »

Les murs du vestibule étaient tapissés d'affiches d'enrôlement de la division Wiking et de photos de combattants tombés. Henry évita leur regard alors qu'il montait au premier étage. Il redoutait de lire la lettre, que pouvait-elle contenir hormis de mauvaises nouvelles ? Qui la lui avait envoyée ?

L'odeur des rondins traités au goudron était plus marquée ici. La porte de la chambre en bout de couloir était entrebâillée. Sur le lit le plus éloigné, un homme serrait entre ses dents une ceinture enroulée autour de son biceps tout en essayant de piquer une syrette dans son avant-bras. Le morphinomane avait le dos tourné, mais il ne cherchait nullement à cacher ce qu'il faisait.

Meublée d'un lit en fer, d'une table de chevet et d'une chaise, la chambre attribuée à Henry se situait dans une aile latérale, la fenêtre était orientée vers l'ouest. Il s'allongea sur le matelas dur, regarda au plafond. Il alluma une cigarette, avala une pervitine, et le regretta aussitôt. Avec ça dans le sang, il pouvait renoncer à tout espoir de sommeil. Sur le front, il en consommait pour nourrir une meilleure version de lui-même. Désormais, il en avait besoin non pas pour planer, mais pour rester à la surface.

Pour finir, il ouvrit l'enveloppe :

> Henry. Il faut que nous parlions. C'est urgent. J'ai une mission potentielle. Tu me le dois. Santé et bonheur. Grande.

Henry n'avait pas vu le mitrailleur depuis le jour où tout était arrivé : le froid, le sifflement de la balle qui perforait l'uniforme de Johansen. Le tireur d'élite. Grande qui le portait hors du clocher dans ses énormes mains, tout en murmurant : « Il y a quelque chose de pas normal dans cette histoire, bordel. »

Il se servit un verre d'eau, les mains légèrement tremblantes. Il se dirigeait déjà vers un heurt avec le mitrailleur avant ce dernier jour en Ukraine. Toutes les saloperies de cette année-là n'avaient pas diminué la foi de Grande dans le national-socialisme, au contraire. Servir dans la Waffen-SS exerçait cet effet sur la plupart des gens : la mission historique qui s'y rattachait devenait de plus en plus prégnante. La civilisation judéo-bolchevique devait être éliminée, sans pitié. Il fallait exterminer les partisans qui se cachaient dans les bois, les agitateurs qui faisaient de la propagande sur les places de village, bien entendu, mais aussi les femmes qui portaient de futurs ennemis du Reich grand-allemand et les enfants qu'elles avaient mis au monde.

À présent, Grande était dans la Stapo[7]. Et il voulait parler d'une possible mission.

7. Stapo : Statspolitiet, force de police national-socialiste établie en Norvège en 1941, sur le modèle des organisations de sécurité allemande. Sa mission était en premier lieu de lutter contre la criminalité de nature « politique » : espionnage, sabotage et résistance armée.

Henry trouva la chambre du soldat Johansen et entra sans frapper.

« Henry Storm. Tu as donc fini par rentrer. C'est bon de te voir, camarade. »

Son corps prolétaire musclé et son visage enfantin au front disproportionné, cette allure qui pouvait rappeler Fred Astaire jeune, avaient cédé la place à une silhouette augmentée d'un double menton et d'un ventre naissant. Depuis la dernière fois qu'ils s'étaient vus, on aurait dit que Johansen avait changé de catégorie de poids à trois reprises. Néanmoins, Henry le reconnut en un dixième de seconde. On apprend à reconnaître ses compagnons d'escouade en toute circonstance. C'est la seule façon de distinguer un ami d'un ennemi.

« Pourquoi as-tu dit à Grande que j'étais rentré ? demanda Henry d'un ton agressif.

– Oh là ! Tout doux, l'ami ! »

Johansen fit un pas en arrière, les mains devant lui.

« Premièrement, on ne s'est pas vus depuis que tu m'as mis à l'abri quand j'étais blessé en Ukraine et que tu es devenu un héros de guerre. L'usage est de partager le plaisir qu'on a de se revoir.

– L'usage ne précise rien sur l'attitude à adopter quand on se fait tirer dessus.

– C'est vrai, mais deuxièmement : pourquoi n'aurais-je *pas* dit à Grande que tu étais en route pour la Norvège ? On est compagnons d'escouade, Henry, et même si Grande est parfois agité du bocal, il sait que les compagnons d'escouade passent d'abord. Enfin, de toute façon, je n'ai rien dit à personne. »

Johansen avait une barbe clairsemée sur le menton et des cernes noirs.

« Si tu es venu en ville pour te mettre à couvert, tu n'es pas au bon endroit.

– Quand Grande est-il venu ici ?

– Plusieurs fois. Au début, je pensais que c'était pour me rendre visite, mais j'ai fini par comprendre qu'il te cherchait.

– Il est à la Stapo ?

– Exact. J'ai toujours été parfaitement franc avec Grande et je pense qu'il le respecte, alors je lui ai fait part de mon opinion sur le fait qu'il travaille dans ce trou à rats. Et ça ne signifie pas que je suis un *jøssing*[8]. Mais Göring n'a fait que rigoler en me donnant un petit coup dans les côtes avant de repartir. Pour chasser les Juifs, les *jøssings* et Aslak, comme il disait.

– Aslak ?

– Sûrement un résistant. J'en sais rien. Quoi qu'il en soit, c'est seulement une fois qu'il était parti que je me suis rendu compte que ce bon Grande a compris une chose que nous, nous n'avons pas comprise. Une fois que tu es allé dans l'Est, il faut oublier l'idée de retrouver une vie civile ensuite. Les gens nous tournent le dos, nos copains nous dénigrent, nos petites amies rompent. Comment ça va avec la fille avec qui tu sortais ?

– Aussi mal que la campagne en Ukraine, répondit Henry en détournant le regard. Pendant qu'on claquait des dents sur le front du Mious, elle s'est mise en couple avec quelqu'un qu'elle prend pour un putain de héros de la résistance.

– Qu'elle *prend* pour un héros de la résistance ?

– C'est un faux-cul, qui a soutenu Franco pendant la guerre civile…

– Henry, allons, je t'en prie. Il peut sûrement être un chic type même s'il t'a pris ta femme. »

Dans une chambre voisine, ils entendirent un type parler tout seul et beugler *Achtung Panzer*. Pauvre homme, il était encore au front.

« C'est curieux, fit pensivement Johansen. Au front, personne ne hurlait, quel que soit son état intérieur. La peur ne vient qu'une fois qu'on est en sécurité.

– Le jour qui m'a valu la croix de fer, je n'ai pas eu peur une seule seconde, renchérit Henry, mais la nuit dernière, j'étais terrifié.

– Par quoi ?

– Par les ombres dans la forêt, par les pas dans le couloir, par les craquements du plancher. Toutes sortes de broutilles. »

Les gens congelés dans des vitrines de glace, les prisonniers de guerre russes.

8. *Jøssing :* résistant norvégien.

Après un long silence, il ajouta :

« Tu vas retourner au front, Johansen ?

– Peut-être. Il y a une légion norvégienne à Leningrad maintenant. Et toi ? Tu parles comme un patient sous médicaments. Sans aucune ferveur. Le service au front ne serait peut-être pas une mauvaise idée. C'est la pire chose que nous connaîtrons de toute notre vie, mais si tu survis, c'est une vie relativement simple, en fin de compte. Qui a du sens, à sa manière.

– Non. »

Henry le fixa durement.

« Je déteste ça. Chaque fois que quelqu'un mentionne le Kommissarbefehl[9], chaque fois que quelqu'un parle d'exécuter les prisonniers de guerre soviétiques, j'ai mal au ventre.

– C'était dément, murmura Johansen, mais qu'est-ce qu'on est censés faire après un truc pareil ? On ne peut pas juste se coucher et mourir. Ou rester à contempler le mur en maison de convalescence. Le monde est toujours là. L'odeur d'un sentier forestier au début de l'été ou le spectacle de traces de skis entre des arbres couverts de neige. La peau de porcelaine sur l'intérieur des cuisses d'une femme. Ces choses-là, des choses belles. Elles n'ont pas disparu. On doit continuer de vivre.

– Tu es intelligent, Johansen, tu ne t'es jamais demandé ce qu'on foutait en Ukraine ? Serait-il juste que l'Allemagne soit victorieuse, qu'on chasse les Mongols à l'est de l'Oural et qu'on plante les pieds dans l'océan Indien ?

– Nous sommes allés éradiquer le bolchevisme pour éviter d'être éradiqués par le bolchevisme, rétorqua froidement Johansen.

– Là, on dirait que tu cites un article du *Hirdmannen*. J'ai essayé cette stratégie, résoudre toutes mes interrogations en devenant plus catholique que le pape. J'ai essayé de croire à la *Weltanschauung* du Führer. Mais c'est un mensonge.

– Et tu as l'intention de faire quoi ?

9. « Ordre des commissaires » signé dans le cadre de l'opération Barbarossa prévoyant l'exécution systématique de tout commissaire politique identifié au sein des prisonniers de l'Armée rouge.

– De toute façon, tu raconterais tout à ton compagnon d'escouade.

– Si tu me demandes de me taire, je me tairai. »

Henry se pencha vers lui.

« Quand j'étais à l'hôpital de campagne, j'en suis venu par hasard à entendre une infirmière rassurer un soldat allemand hystérique sur son lit de mort, elle lui parlait de l'arme miracle secrète. Des fusées plus rapides que le son, qui vont permettre à l'Allemagne de remporter la guerre. Tu en penses quoi ? Ça te dirait que ces fusées soient tirées sur la Norvège ?

– Descendre quelques rouges en Ukraine, c'est une chose, Henry. Mais c'en est une tout autre d'imaginer que tu peux changer le cours de l'histoire en te fondant sur une putain de rumeur du front. »

Il leva les mains pour signifier qu'il ne recherchait pas le conflit.

« Je ne dirai rien, tu m'as sauvé la vie, Henry. Mon honneur s'appelle fidélité. Mais grandis un peu. La vie est comme elle est. Toi et moi, on ne peut strictement rien faire pour changer le cours de la guerre. Nous pouvons seulement continuer de vivre. Bon, sur ce, je vais me coucher. »

Le bruit de pneus en caoutchouc roulant sur le chemin de terre tira Henry de sa somnolence. Il se leva et se dirigea vers la fenêtre. Il avait le vertige. Dehors le crépuscule était tombé, il avait dû rester étendu sur le lit pendant plusieurs heures. Une portière s'ouvrit et se referma.

Il reconnut aussitôt la silhouette : on reconnaît toujours la démarche de ses camarades d'escouade.

C'était Grande.

Qui avançait vers l'entrée.

Henry aurait dû l'affronter comme un homme, mais son corps s'y refusa. Grande avait raison : il lui devait un service.

Henry se glissa prestement hors de la chambre. Où aller ? La porte du morphinomane était entrebâillée. Il jeta un coup d'œil à l'intérieur, l'ancien combattant planait dans les limbes pesants de l'opium. L'autre lit, près de la porte, était vide. Henry s'y coucha. Le morphinomane ronflait lentement. Des pas retentirent dans l'escalier. Des pas reconnaissables. Ceux de Grande. Qui tapa à la porte de la chambre de Henry et l'ouvrit sans attendre.

« Il n'est pas là, déclara Grande.

– Non, répondit Johansen à voix basse. Tu ne peux pas le laisser tranquille ? Il vient d'arriver. C'est un compagnon d'escouade. Mon honneur s'appelle fidélité, tu as oublié ?

– Moi non, mais Storm si. »

Les pas se déplacèrent dans le couloir.

Une porte fut ouverte, puis une autre, jusqu'à ce que Henry entende des bruits devant celle de la chambre où il se cachait.

« Je te préviens, déclara Johansen. Le type qui est à l'intérieur utilise des seringues de morphine, il a été blessé dans la bataille du Dniepr.

– J'ai toujours eu horreur des morphinomanes. Je ne veux pas mettre les pieds dans leurs cochonneries, putain.

– Henry m'a dit qu'il allait faire un tour dans la forêt. »

Henry ne put s'empêcher de sourire. Johansen avait un cœur en or.

« Si j'étais toi, c'est là que je le chercherais, et sérieusement, continua Johansen. J'ai peur de ce qui pourrait lui passer par la tête, il avait l'air passablement déprimé.

– Et il a toute raison de l'être. Je vais lui donner un boulot pour qu'il prouve qu'il est toujours national-socialiste. »

Puis les pas s'éloignèrent dans le couloir.

Il aurait dû être soulagé, mais lorsque la voiture repartit, Henry se sentit plus abattu que jamais. Grande le tenait. Astrid l'avait congédié. Tout son retour avait été fondé sur des chimères. Non seulement le front lui avait démoli l'épaule et l'avait rendu grand consommateur de *Panzerschokolade*, mais encore il avait fait de lui un songe-creux ignorant des réalités de ce monde. Penser à Bjørn Robshamn ne le mettait même pas en colère. Convenablement canalisée, la fureur est productive, c'était ainsi qu'il avait gagné des médailles, ainsi qu'il avait survécu à l'Est. Henry n'arrivait même pas à jeter son pathétique porte-bonheur.

Il n'existait aucune issue pour sortir de tout cela.

Si, du reste, il y en avait une.

Henry approcha du lit du morphinomane. Gardant les yeux sur son visage éclairé par la lune, il traversa la chambre sur la pointe des pieds. Le bois tendre grinça, l'homme se retourna. Henry ouvrit le placard le plus proche. Premier tiroir, rien.

Dans le deuxième, en revanche, se trouvaient la syrette et les doses attenantes. Il en prit une triple, referma le tiroir et regagna sa chambre en vitesse. Il notait à présent que son corps tremblait, pour la première fois depuis qu'il avait pris sa décision. Il essaya de respirer calmement, de se reconvaincre. Johansen pouvait peut-être survivre ainsi, sans but ni direction, mais pas lui. C'était pire que de ne plus exister. Au fond ce n'était là qu'un choix comme tous les autres, se dit-il, qui plus est nettement moins lourd de conséquences que son enrôlement dans la division.

Henry prépara la syrette et la dose.

Puis il serra son ceinturon de SS autour de son bras. Ses veines apparurent peu à peu. Il piqua la veine médiane au pli du coude avec une précision d'horloger.

Ensuite, il s'allongea sur le lit et se laissa gagner par le bien-être. Il allait enfin pouvoir dormir. Il allait dormir pendant mille ans. Car mourir n'est pas pire que retourner à l'état dans lequel nous nous trouvions avant de naître, songea-t-il en nageant dans le liquide amniotique sombre, anesthésique et parfaitement tempéré.

Chapitre 6

BERLIN

Juin 1942

Sorge regagna aussitôt Berlin. Ils ne disposaient que d'un soir avant l'arrivée de l'agente de liaison.

Les voyageurs du tronçon Varsovie-Berlin étaient en grande majorité des hommes polonais travaillant dans les chantiers navals autour de Stettin. N'avaient acheté de billet pour le terminus qu'une cantatrice retraitée de quatre-vingt-un ans et, en effet, Fräulein Beatrice Skarbek.

Le train devait arriver à Berlin, à la Stettiner Bahnof, le lendemain à 7 h 43.

S'abstenant de solliciter l'aide des secrétaires, Sorge monta lestement aux riches archives centrales, dans l'aile est du bâtiment de la SS. Un archiviste vint à sa rencontre.

« En quoi puis-je vous aider, Sturmbannführer ?

– Skarbek. Regardez ce que vous avez sur Beatrice Skarbek. »

L'archiviste trouva sans tarder le dossier. Beatrice Krystina Skarbek était née à Varsovie en 1916. Sorge poursuivit sa lecture ; elle avait le profil d'une possible suspecte. Toute jeune lycéenne en 1933-1934, elle avait entretenu des relations avec des nationaux-socialistes du cercle de Rudolf Diels, alors chef de la Gestapo. Leurs premiers contacts remontaient à janvier 1934.

Études à Berlin : médecine à l'université Humboldt. Recommandations élogieuses de professeurs et de chercheurs. Retour en Pologne quand la guerre avait éclaté à la fin de l'été 1939. Ensuite, des sorties sporadiques du territoire du Gouvernement général de Pologne pour se rendre en Allemagne. Contacts avec des résistants polonais majeurs, même si rien d'illégal ne pouvait être relié à elle.

Ce devait être elle. La raison et l'intuition de Sorge parlaient d'une seule voix.

Le dossier était substantiel, mais ils pouvaient attendre de préparer les interrogatoires pour se pencher sur les détails.

« Je vous remercie. Pourriez-vous envoyer l'ensemble du dossier sur Fräulein Skarbek au Sonderkommando D22 dès que possible ?

– Bien entendu, répondit servilement l'archiviste. Ce sera tout ?

– Oui. »

Sorge s'avança vers lui.

« Enfin non, du reste, j'aurais voulu voir un dossier du personnel. Celui du Kriminalobersekretär Hubert Friedrich, de la Gestapo. »

Après le rendez-vous avec le Reichsführer, Schellenberg l'avait seriné sur le sujet. Toujours examiner le parcours des gens de la Gestapo plus attentivement qu'eux n'examineront le vôtre – à savoir au microscope – pour avoir une riposte dans la manche si jamais ils se livraient à leurs intrigues. Mais quel était le talon d'Achille de Friedrich ? Il était décrit comme le parfait employé, appliqué, dégourdi et d'une loyauté sans limites. Il faisait une belle carrière à la Gestapo : il avait participé à plusieurs grands démantèlements de réseaux d'opposants étudiants et d'éléments antiallemands au sein de l'Église et il avait pris part à l'enquête sur l'Orchestre rouge, nom de code de l'infiltration bolchevique du Reich, qui avait des ramifications dans les milieux intellectuels allemands de gauche.

Cependant, nous avons tous un bagage, songea Sorge, et celui de Friedrich était ses liens avec la Sturmabteilung (SA) pendant la période de lutte[10]. Être une brute qui buvait de la bière en gueulant la chanson de Horst Wessel était peut-être mal vu au SD, mais ce n'était pas discréditant en soi. La SS regorgeait d'anciennes chemises brunes. Dans la majorité des cas, les puérilités de ce genre passaient

10. *Die Kampfzeit* – la période de lutte – était un terme employé dans l'Allemagne nazie pour désigner la période de 1919 à l'accession au pouvoir en 1933.

avec le temps. Toutefois, en regard de la plupart des autres hommes de la SA, Friedrich avait tout de même ouvertement milité pour l'idéologie des frères Strasser, favorable aux travailleurs. C'était un national-*socialiste*.

Un socialiste, se dit Sorge, satisfait, alors qu'il regagnait son bureau à l'unité spéciale, voilà qui pourrait se révéler utile.

Pour son plus grand agacement, le Wolfsangel, ou le Sonderkommando D22, puisque c'était sa dénomination officielle, s'était vu attribuer ses quartiers dans l'aile sud du bâtiment de la Gestapo, 8 Prinz-Albrecht-Straße. À l'époque où l'édifice accueillait encore une école d'art, cette aile était celle des ateliers, qui étaient désormais remplacés par de vastes salles inhospitalières et des cellules individuelles au sous-sol. Pendant son absence, une ordonnance était allée chercher ses affaires dans le palais du RSHA, de l'autre côté du jardin. Point de lustres somptueux ni de chandeliers dans cette pièce sans fenêtres qui était désormais la leur et le crépitement des machines à écrire des secrétaires faisait mal aux tympans. En saluant le Kriminalobersekretär Friedrich avant de s'asseoir à un bureau vide, Sorge nota que son équipier était ici chez lui.

« Le Polonais de Peenemünde disait la vérité, annonça Sorge. Mettez les équipes de filature en mouvement. »

Friedrich lança un regard vers les deux secrétaires au fond de la salle, qui le saluèrent poliment avant de baisser aussitôt les yeux.

« Pourriez-vous sortir une minute dans le couloir ? Je souhaite aborder des dossiers secrets du Reich avec le Sturmbannführer Sorge. »

Les femmes rangèrent docilement leurs affaires et s'apprêtaient à partir quand Sorge les arrêta.

« Attendez ! Nos secrétaires sont habilitées à traiter les informations classées *secret du Reich*. »

Il les regarda brièvement.

« Restez, jusqu'à ce que je vous dise le contraire. »

Hésitantes, les secrétaires observèrent d'abord Sorge, puis Friedrich. Pendant une longue seconde, celui-ci resta parfaitement immobile, puis il esquissa un hochement de tête.

« Comme vous voudrez, Sturmbannführer.

– Bien. »

Sorge hocha la tête à son tour, pour s'assurer que la question de savoir qui détenait l'autorité dans la pièce était tranchée.

« Après avoir consulté les listes de passagers, il nous reste un nom. »

D'un geste nonchalant, il posa le dossier Skarbek devant son équipier.

« L'ancienne muse de Rudolf Diels », déclara-t-il en fixant Friedrich pour voir sa réaction.

Himmler s'était méfié de Diels, qu'il considérait trop faible pour briser les frères Strasser et la SA, et comme toujours, il avait remporté la lutte de pouvoir. Néanmoins, le visage de Friedrich ne trahit pas la moindre grimace, pas le moindre regard de côté. Si cela lui était désagréable, il le cachait bien.

Il acquiesça.

« Nous devrions pouvoir faire bon usage de Fräulein Skarbek, continua Sorge.

– Il appartiendra au tribunal du peuple de le décider. Je vais transmettre le signalement de Skarbek à nos hommes du contre-espionnage. »

Le lendemain matin, les deux équipes de filature étaient en position.

Friedrich conduisait une modeste Volkswagen, véhicule de surveillance qu'ils avaient réquisitionné, Sorge occupait le siège passager. Ils roulaient vers le nord. Les énormes verrières de la Stettiner Bahnhof réfléchissaient le soleil cru du matin. Un agent de la circulation voulut les rediriger et Sorge dut lui montrer discrètement sa carte professionnelle pour l'y faire renoncer. Il n'arrivait pas à chasser de son esprit le commentaire de Friedrich sur Skarbek et sur le tribunal du peuple. Ce n'était justement pas à cette cour de décider du sort des espions, mais à lui.

Les passagers encore engourdis de sommeil descendirent. Beatrice Skarbek fut facile à repérer. Elle était l'une des rares femmes, mais surtout elle était de celles sur lesquelles les hommes se retournaient dans la rue. D'allure androgyne, elle était vêtue d'un tailleur beige qui révélait la majeure partie de ses longues jambes. La veste était cintrée à la taille, mettant en valeur un buste discret. Cette femme avait l'air de quelqu'un qui partait se baigner au Wannsee, et c'était certainement l'impression qu'elle cherchait à donner.

Beatrice marchait d'un pas vif et décidé. En sortant de la gare, elle se dirigea vers la station de taxis, passant juste devant leur Volkswagen. Le taxi noir s'inséra dans la circulation. Les pénuries de carburant se faisaient sentir, même aux heures de pointe du matin, les véhicules étaient peu nombreux, et en descendant vers Unter den Linden, Friedrich dut garder ses distances pour éviter d'éveiller les soupçons. Il pratiquait la filature avec talent, devait admettre Sorge, et quand le taxi de Skarbek se gara sur Budapest Straße, devant l'hôtel Eden, Friedrich s'arrêta à cent mètres de distance.

Il avait demandé à une équipe de filature supplémentaire de se positionner autour de l'Eden. Ils attendirent. Ni Friedrich ni Sorge ne parlaient. Sorge tambourinait doucement des doigts sur le tableau de bord.

Friedrich rompit le silence.

« Vous saviez qu'il y avait des renards dans le Tiergarten ? »

C'était la première fois qu'il parlait d'un sujet extraprofessionnel. Une réflexion bien curieuse, trouva Sorge.

« J'y fais de l'exercice tous les jours.

– Vous courez dans le parc ?

– Je courais, oui, mais désormais, je pratique surtout la contrôlogie, la doctrine du docteur Pilates sur la relation entre le corps et l'esprit.

– Vos succès sportifs ne m'ont pas échappé, répondit Friedrich. Ils sont très impressionnants.

– Voilà notre dame qui revient », dit Sorge en désignant l'entrée de l'hôtel.

Si elle était nerveuse, elle le cachait bien. Fumant une cigarette, elle héla un taxi.

« C'est l'un de nos hommes qui est au volant, précisa Sorge. Laissez quelques voitures entre eux et nous.

– Les employés du parc ont ordre de procéder à l'arrestation lors de la livraison, pas avant. »

Friedrich quitta son stationnement et se plaça à distance convenable du taxi. Le Tiergarten sur leur gauche, ils roulèrent sur Hermann-Göring-Straße jusqu'à la porte de Brandebourg, où le taxi effectua un virage à 90 degrés vers l'ouest et continua sur la large avenue qui traversait le parc, avant de s'arrêter.

Beatrice emprunta un sentier partant droit vers le sud. Après une centaine de mètres, une autre femme sortit de la forêt, et le plus discrètement du monde, elle remit un petit paquet à Beatrice.

C'était le signal. Les policiers déguisés en gardiens du parc apparurent de tous côtés.

L'arrestation ne prit guère plus de quelques secondes.

Ils se jetèrent sur les deux femmes, tandis que des collègues assuraient leurs arrières.

Sorge se précipita vers les deux interpellées.

« Ne les laissez rien avaler ! Emmenez-les Prinz-Albrecht-Straße. »

Chapitre 7

OSLO

Juin 1942

Pourquoi tout était-il si blanc ?

Il respira, essaya de lever le bras gauche, mais celui-ci n'obéissait pas. Des mouches dansaient devant ses yeux. En bruit de fond bourdonnaient doucement les bulletins d'information de la radio. La division blindée de Rommel avait reconquis Tobrouk, en Libye ; la résistance soviétique à Sébastopol et dans le reste de la Crimée atteignait le point de rupture.

« Henry », entendit-il appeler.

Il se tourna sur le côté dans un mouvement sans vigueur. Son regard tomba sur une table de chevet blanche, un journal froissé. Il distingua en une le ministre-président Quisling et le ministre de la Police Lie. Derrière eux, une photo encadrée de lui-même sur un voilier. Henry écarquilla les yeux : les bibliothèques, les médailles, la fenêtre par laquelle il avait si souvent grimpé, l'odeur caractéristique de sa maison d'enfance… Il était de retour.

« Tu as dormi pendant vingt-quatre heures. »

Son père se leva et se dirigea vers la fenêtre.

« Maintenant, il faut te reposer et rien d'autre. Et ensuite, tu enverras tes remerciements au docteur Eng, qui t'a sauvé la vie, ainsi qu'à cet ancien combattant, Johansen, qui t'a trouvé et a donné l'alerte. »

Trop faible et trop embrumé pour répondre, Henry s'enroula dans le sommeil. Lorsqu'il se réveilla finalement, il était moite de sueur et hâve de faim. Il tituba dans la pièce. La chambre dans laquelle il avait grandi semblait avoir été laissée parfaitement intacte. Pourtant, elle lui paraissait étrangère, comme si elle était habitée par un autre. Les coupes remportées quand il naviguait. Les photos de lui les cheveux au vent, sur fond de baie de Frognerkilen. L'entrée dans le monumental stade olympique de Berlin en 1936, derrière le porte-drapeau Otto Berg.

Henry contempla sa médaille d'argent de dériveur et la photo encadrée de lui-même en compagnie des plus grands compétiteurs de l'époque : Daan Kagchelland, Werner Sorge, Peter Scott... Que faisaient-ils aujourd'hui ? La flamme olympique était éteinte, pour de bon, et la compétition pacifique morte, crevée comme un hareng.

Il retrouvait sa bibliothèque telle qu'il l'avait laissée, la poussière en plus. Les livres de Jules Verne et de Robert Louis Stevenson, usés jusqu'à la corde, la collection de romans d'Indiens de Karl May en traduction allemande, le classique de la voile *L'Énigme des sables*, d'Erskine Childers, et la première édition de *Das Land Noruega* de Per Imerslund, avec une dédicace personnelle de Per, le pauvre bougre, qui avait été grièvement blessé en Finlande dans le combat contre les bolcheviques.

Derrière lui, son père se posta dans l'embrasure de la porte.

« Tu ne m'as pas dit que tu étais rentré en Norvège. Après plus d'un an d'absence. »

Henry ne croisa pas son regard.

« Non, en effet.

– Nous t'aurions trouvé un autre logement temporaire que cet épouvantable foyer des combattants du front. Je vais demander au ministre des Affaires sociales Lippestad d'effectuer un sérieux examen des conditions de vie dans cet établissement. C'est une honte que la morphine y coule à flots. Enfin. Maintenant tu vas chasser de tes pensées cette mélancolie dont tu sembles souffrir. »

Comme tant d'hommes de sa génération, Olav Hansson était vacciné contre l'idée de parler de sa vie intérieure, chose qu'il rejetait, car il la tenait pour des idioties de psychanalystes judéo-bolcheviques. L'inconscient, aimait-il à répéter d'un ton railleur, comptait peut-être pour les Juifs, mais pas pour les peuples germaniques.

« Je vais parler avec le président de la Fédération des sports, Charles Hoff, de l'idée de t'établir un programme personnalisé de rééducation, pour renforcer à la fois ton corps et ton esprit. Je pense aussi que tu pourrais avoir besoin d'idées et d'influences venant d'ailleurs que de ces anciens combattants, alors j'ai invité un petit groupe de messieurs ce soir. Quelques types intéressants, qui viennent du gouvernement et du côté allemand. »

À cet instant précis, Henry se sentait plus tenté par une nuit de garde en Ukraine, l'hiver.

« Je suis encore fatigué.

– Ta présence n'est pas optionnelle, mon garçon.

– Arrête avec tes "mon garçon".

– Habille-toi. Tes vêtements sont repassés et t'attendent dans la penderie. »

Henry s'exécuta à contrecœur. Il retrouva son vieux couteau pliant dans un tiroir, le retira de son fourreau, appuya le doigt sur le fil, il était toujours d'un tranchant extrême. Les amateurs pensent qu'il faut couper en travers des artères, mais c'est dans la longueur qu'il faut le faire. Cela étant, ce couteau pouvait peut-être servir autrement, non ? Libérer le monde d'un ou deux nazis de premier plan… La plupart des *jøssings* n'en avaient pas autant sur la conscience.

Henry glissa l'arme dans sa poche de poitrine, puis il descendit.

Le premier arrivé fut Finn Sofus Støren, qui était à la tête de la Direction générale de la documentation spéciale. C'était un type d'âge mûr, légèrement excentrique. Nœud papillon, cheveux plaqués, moustache fine. Il avait fait la connaissance d'Olav Hansson dans les cercles du club norvégien de Berlin, où Henry avait traîné dans son enfance. Par la suite, il avait beaucoup travaillé en Amérique du Sud, avant que Quisling ne fasse de lui son émissaire.

Les deux hommes restèrent sur le balcon, à fumer le cigare. Olav Hansson évacua un peu de la contrariété que lui causaient les nombreux acteurs de la guerre. Churchill n'était qu'un aristocrate alcoolique, Roosevelt, un infirme, le roi exilé Haakon, un Oldenburg consanguin, même les alliés de Støren n'en réchappèrent pas, le ministre-président Quisling était un pasteur maussade, à l'esprit rustre.

« Le Führer est un génie, soupira-t-il, mais il écoute les généraux prussiens. Qu'en penses-tu, Henry ? »

À l'instar d'autres hommes d'un certain âge sans expérience militaire, Olav Hansson était persuadé que les solutions qu'il proposait mèneraient à une rapide capitulation soviétique.

Henry secoua la tête.

« Pourrions-nous parler d'autre chose que de campagnes militaires ?

– Ces champs de pétrole dans le Caucase ! poursuivit son père. Ce que le groupe d'armées sud devrait faire est pourtant évident ! Il faut traverser les steppes kalmoukes pour rejoindre la mer Caspienne sans délai. »

Par bonheur, Henry n'eut pas le temps de répondre, car l'Untersturmführer Georg Wolff faisait son entrée. Pour l'occasion, il était vêtu d'un superbe uniforme de gala noir orné de médailles sur la droite et d'une bride argentée descendant de son épaulette, et il portait coquettement sa casquette de SS sous le bras.

« J'arrive droit de chez le commissaire du Reich Terboven, déclara-t-il, essoufflé, en guise de salutation. D'où ma tenue, qui n'est pas mon genre, qu'on se le dise. »

Malgré son grade modeste, Wolff se révéla vite être un homme plein d'énergie et de charme ; qui plus est, il n'était pas tellement plus vieux que Henry.

« Et qu'avait à dire le commissaire du Reich ? s'enquit Støren.

– Bienheureux qui le sait, répondit Wolff d'un ton dégagé. Il passe ses journées dans son bain, à boire en maudissant les Norvégiens. »

De toute évidence, l'audace était sa marque de fabrique, mais Wolff ne tarda pas à enchaîner sur une critique plus sérieuse du despotisme de Terboven, qui entravait l'adhésion des Norvégiens au national-socialisme et pavait la voie d'un fascisme d'État à l'italienne.

« Dans l'Italie de Mussolini, le peuple est soumis à l'État. C'est l'erreur historique des Italiens. Alors qu'en Allemagne, l'État n'est rien d'autre qu'une expression organique de la volonté populaire.

C'est l'aspect réellement révolutionnaire du national-socialisme. Chose à laquelle l'employé de banque Terboven n'a pas réfléchi sérieusement. »

Wolff était un type fascinant. En Allemagne, Henry avait rencontré de nombreux nationaux-socialistes citadins et intellectuels, en Norvège, c'était à peine s'ils existaient. La Hird[11] et la Stapo regorgeaient de petits épargnants étriqués, de persécutés ivres de vengeance ou encore de tarés comme Grande. Au SD, Wolff travaillait sur l'influence culturelle à long terme et il connaissait le gratin du service public norvégien, dans les cinq minutes suivant son arrivée il avait lâché plusieurs noms connus.

Le rôti de veau était accompagné d'un vin rouge allemand de la vallée du Rhin, mais son père insista lourdement pour servir de l'eau à Henry.

Ce dernier parlait peu. Il répondait laconiquement quand on lui posait une question. Son spleen ne s'était pas dissipé, au contraire. Il palpa l'étui dans sa poche de poitrine. Peut-être pourrait-il poignarder mortellement le directeur général Støren et l'officier allemand ? Le vieux Støren ferait une proie si facile que c'en était presque lâche.

« L'Untersturmführer Wolff connaît bien Kiel, lui signala son père, cherchant de toute évidence à le rendre plus enjoué. C'est une ville dont tu as de bons souvenirs, non ?

– De bons souvenirs de Kiel ? »

Wolff s'avança au-dessus de la table pour se rapprocher de Henry.

« Les épreuves de voile des Jeux olympiques de Berlin s'y sont tenues, déclara fièrement le père en regardant sa progéniture.

– Les Jeux olympiques ?

– Et comment ! Le point culminant d'années de dur labeur. Messieurs, vous auriez dû voir Henry avant qu'il ne découvre la voile. Un vaurien à la dérive. L'œil au beurre noir parce qu'il s'était fait castagner par des garçons plus âgés, c'était la règle plus que l'exception. Et puis il est parti en mer, et revenu, et c'était tout vu. Quel âge avais-tu, Henry ? Dix, onze ans ? C'est jeune pour trouver le grand amour. Ton regard était différent, presque ensorcelé.

11. Hird : organisation paramilitaire du Nasjonal Samling.

J'ai vite compris que tu allais devenir bon. Certains avaient de la force dans les jambes et un bon cerveau de marin. Certains étaient maîtres d'eux-mêmes, d'autres, intrépides. Mais tu étais le seul qui ait ce mélange de concentration et de sauvagerie. Je me souviens d'un jour où tu avais perdu une régate contre ces maudits frères Ditlev-Simonsen, tu étais furieux. Le prince héritier Olav est venu me parler, il m'a offert une cigarette. Je me rappelle encore ce qu'il a dit de sa voix râpeuse avec son débit précipité : *Votre fils a perdu aujourd'hui, mais il deviendra le meilleur, s'il le veut.* Quand tu t'investis, Henry, rien ne peut t'arrêter.

– Il ne s'agit pas de ça », répondit Henry à voix basse.

Tous les regards se tournèrent vers lui.

« C'est de la physique. Transformer la force du vent en vitesse. De la physique, de la concentration et la liberté, et puis ce sentiment de dominer des forces qui dépassent tout le reste. Muer la peur de la mer en une possibilité. Il faut prendre des décisions en se fondant sur des informations lacunaires. Sentir dans son corps que le vent tourne en sa faveur ou en sa défaveur. L'intuition, ça ne s'apprend pas.

– Quel parcours ! s'exclama Wolff, impressionné. Gagnant des Jeux olympiques et ensuite service méritoire sur nos fronts.

– J'ai eu la médaille d'argent, précisa Henry. On peut être aussi sauvage qu'on veut, il en vient toujours un de plus sauvage que soi. »

S'il voulait exécuter Støren et Wolff au couteau, il fallait commencer par l'Allemand. Le problème étant qu'il était assis de l'autre côté de la table. Cela rendait la chose difficile, mais pas impossible.

« Est-ce exact que vous étiez avec Borgar Grande dans le régiment Nordland ? l'interrogea en toussotant Støren, qui gardait le silence depuis un certain temps.

– C'était le mitrailleur de mon escouade.

– Une sacrée légende.

– Au sein des rédactions de *Hirdmannen* et de *Fritt Folk*, on souhaite faire appel à ses services pour le recrutement dans la Légion norvégienne, continua Støren. Il représente l'Aryen parfait. Comme Imerslund. »

Wolff se joignit à la conversation.

« Un type intéressant, Imerslund.

– Il a été blessé en Carélie, déclara Støren d'un air grave. Grande n'est pas à sa place à la Stapo. Imerslund hospitalisé, personne n'incarne l'esprit guerrier et le courage vikings comme lui. À moins que vous vouliez faire le travail ?

– Grande et moi sommes des combattants, pas des politiques », répondit Henry.

Penser à Grande éveilla en lui un malaise.

« Ne pourriez-vous pas au moins lui en toucher deux mots ?

– Je peux essayer, mais je ne l'ai pas vu depuis longtemps. »

Lorsque son père et Støren commencèrent à partager les dernières rumeurs de Berlin, Henry et Wolff sortirent sur le balcon. La directive concernant les mesures d'extinction d'éclairage produisait son effet. Au-dessus de la ville plongée dans le noir se déployait une vaste voûte étoilée.

Ils allumèrent chacun une cigarette.

Henry posa le regard sur le ceinturon de Wolff. L'homme était de carrure normale, le neutraliser ne devait pas être infaisable, ce n'était pas un chasseur alpin.

« Tu navigues encore ? »

Le vouvoiement avait disparu. Wolff comprenait la Norvège.

« À peine. Ça me rappelle trop ce qui a été et ne reviendra pas. Je n'ai jamais aimé les compétitions de voile. Ma spécialité, c'était la régate en mer. Et puis les possibilités de se livrer à ce genre d'activités étaient limitées pendant Barbarossa. »

Il alluma une autre cigarette avec la précédente. Wolff se tenait à deux mètres de lui. Il verrait la lame du couteau avant qu'elle ne plonge dans sa gorge.

« Au fait, Støren a mentionné que tu avais fait des études à Berlin ?

– Après les Jeux olympiques, jusqu'au printemps 1940. Études d'ingénieur à la Technische Hochschule de Charlottenburg.

– Nos grandes écoles techniques conservent un niveau d'excellence, mais la pénurie d'étudiants masculins pose problème. La plupart d'entre eux sont mobilisés. Tu n'as pas envisagé d'y retourner pour reprendre tes études ? »

Retourner à Berlin ? Cette perspective était sans doute encore moins séduisante que de repartir au front.

« Paradoxalement, la guerre a amélioré nos écoles, poursuivit Wolff. Leurs liens avec l'industrie de l'armement sont plus étroits que jamais. Y a-t-il un domaine particulier dans lequel tu aimerais étendre tes connaissances ? »

Henry leva le regard vers le ciel. Un frisson lui parcourut l'échine. Et pour la première fois, il sentit en lui une émotion qui ressemblait à de l'envie d'entreprendre. D'un seul coup, il fut de retour à l'hôpital de campagne de Rostov : *Sache que les représailles viendront.*

« Les fusées ! s'exclama-t-il. Depuis que j'ai lu Hermann Oberth quand j'étais adolescent et que j'ai vu les films de Fritz Lang au cinéma. N'oublie pas que j'ai passé plusieurs années de mon enfance sur les bancs de l'école en Allemagne. Les garçons allemands rêvaient tous de fusées. De fusées qui allaient gagner la guerre pour les venger du traité de Versailles, et qui allaient nous mener sur la Lune puis dans l'espace.

– Si tu le souhaites, je peux me renseigner un peu, proposa Wolff, d'un ton enjôleur. J'ai quelques contacts à l'école de Charlottenburg et à la faculté militaire qui travaillent sur la technologie des fusées, même si la sécurité y est considérablement renforcée. Un an là-bas, ce serait pas mal, non ?

– Pourquoi veux-tu m'aider ?

– Parce que ma position de principe est qu'à long terme, l'Allemagne a intérêt à s'associer avec des individus de première qualité. »

Cherchant à dissimuler son enthousiasme, Henry tira une profonde bouffée de tabac. L'Allemand venait de lui servir une possibilité, la plus grande qui se présenterait à lui. Bien sûr qu'il irait à Berlin. L'infirmière de Rostov avait parlé de représailles. Il avait maintenant un as dans sa manche pour Astrid.

Voilà : c'était ça, son arme de représailles.

Il toussota.

« Tu parles sérieusement pour Berlin ?
– Je pense toujours ce que je dis. Trinquons à la victoire finale ! »
Leurs verres tintèrent l'un contre l'autre, le regard de Wolff croisa celui de Henry.
« Et à la meilleure ville du monde. »

Chapitre 8

BERLIN

Juin 1942

Les femmes arrêtées avaient été conduites dans les locaux de la Gestapo et placées en cellules individuelles au sous-sol de l'aile sud, non loin du centre opérationnel du Sonderkommando.

Celle qui avait fourni l'information se révéla travailler pour Askania-Werke, l'un des principaux équipementiers de Peenemünde. Maria Warstein étala tout de suite ses cartes. Elle était née à Danzig et y avait grandi. Après l'invasion allemande et afin de trouver plus facilement du travail en Allemagne, elle avait germanisé son nom de famille polonais, qui de Warsinski était devenu Warstein. D'éducation bilingue, elle maîtrisait la langue allemande à la perfection, ce qui lui avait permis de décrocher un emploi de secrétaire chez Askania-Werke.

Sa trahison pouvait s'expliquer par sa relation avec un résistant du réseau de l'Armée de l'intérieur polonaise qu'elle appelait Pavel. Ils avaient entretenu une liaison amoureuse qui, fortuitement, avait commencé juste après son embauche, en décembre 1941. Il l'avait forcée à sortir des documents de l'entreprise, ce qu'elle avait fait, de toute évidence sous l'effet conjugué de menaces et de sa passion éperdue pour Pavel. Il lui avait expliqué comment reproduire un document sur un microfilm et lui avait donné l'instruction d'apporter son butin à un lieu de rendez-vous fixe au Tiergarten. Aucun nom, seulement un lieu. C'était tout.

Courageuse, cette femme éplorée approchant de la quarantaine ne l'était guère. Il était incompréhensible qu'elle ait ne serait-ce qu'osé passer en douce un microfilm en provenance d'un équipementier de l'industrie allemande des fusées. Ou alors elle jouait la comédie et avait un talent digne des studios de cinéma de Goebbels.

Friedrich verrouilla la porte de sa cellule.

« Elle en sait plus, j'en suis sûr.

– Non, répondit Sorge. Bien entendu, les renseignements doivent être vérifiés, mais je pense qu'elle dit la vérité. Un aventurier charismatique de la résistance séduit une souris grise pour avoir accès à des informations précieuses. Le triste refrain habituel. Je parie vingt Reichsmarks que "Pavel" n'est pas le nom de cet homme et je mets ma Mercedes sur le fait que cette Warsinski n'est pas l'amour de sa vie. Avec les traîtresses dans son genre, il s'agit toujours d'amour malheureux. Hélas pour elles, hélas pour nous. Je crois davantage en Skarbek. »

Sorge et Friedrich avancèrent d'un pas vif sous les arcades. Les murs renvoyaient l'écho des semelles de leurs bottes de cheval : *clac-clac-clac*.

« Laissez nos experts chevronnés l'interroger convenablement, dit Friedrich. Cela pourrait faire partie d'une vaste opération organisée par l'Armée de l'intérieur polonaise. Les résistants polonais ne sont pas étrangers au terrorisme et ils souhaitent depuis longtemps frapper le Reich. Faire apparaître la vérité immédiatement pourrait sauver des vies allemandes innocentes. »

Sorge se fit la réflexion que son équipier travaillait contre lui. Son obéissance maniaque masquait un adversaire. *Nos experts chevronnés des interrogatoires*... Friedrich était un laquais de la bataille administrative que la direction de la Gestapo livrait au SD. Les gestapistes étaient hostiles aux approches originales. Rien de nouveau sous le soleil, l'administration d'État de Bismarck avait été percluse de ces mêmes luttes intestines. Toutes les organisations étaient hantées par cette peste, le Reich de mille ans ne faisait pas exception.

« Réfléchissez, insista Sorge. Deux femmes sont arrêtées quand l'une reçoit de l'autre des informations secrètes. Cela ne ressemble pas à un scénario de bombe à retardement, mon bon

Kriminalobersekretär, mais à un rendez-vous d'agents classique, dans toutes ses caractéristiques. Nos conversations avec Skarbek tireront la question au clair.

– Le Sturmbannführer s'est-il souvenu d'acheter du café et des croissants frais à la pâtisserie pour les interrogatoires, pardon, les *conversations*, qui vont avoir lieu ? »

Sorge s'arrêta brusquement dans la galerie. Il resta les mains sur les hanches et la tête inclinée sur le côté.

« Qu'avez-vous dit, Kriminalobersekretär ?

– J'ai une... comment l'exprimer... une conception légèrement différente de la façon de procéder la plus efficace, Sturmbannführer, expliqua Friedrich en pinçant les lèvres.

– Je présenterais volontiers à Fräulein Skarbek du caviar de la mer Caspienne acheminé par avion si c'était nécessaire pour servir au mieux les intérêts de l'Allemagne. Vous comprenez ? »

Soutenant le regard de son équipier, Sorge fit un pas vers lui.

« Je me contrefiche de savoir si ces méthodes contrastent avec les vues en vigueur. L'Allemagne, Friedrich, la victoire de l'Allemagne, c'est tout ce qui compte ici. Vous comprenez ? »

Friedrich acquiesça en baissant les yeux.

« Voici ce que je pense, continua Sorge. Warstein n'est qu'une source d'information. Une source importante, mais sans connaissance des autres activités de l'Armée de l'intérieur. L'agente de liaison, c'est Skarbek. C'est elle qui sait quelque chose. Elle est d'un autre calibre. Diplôme de médecine de l'université Humboldt avec mention, qu'en dites-vous ? Elle est spécialiste du lien entre l'exposition à l'amiante présente dans les bâtiments et diverses formes de cancer. Elle travaillait comme assistante du Professor Doktor Heinrich Bohl, l'un des plus grands spécialistes du lien entre tabagisme et cancer du poumon. Skarbek est manifestement très intelligente. Et elle connaît Berlin.

– J'ai reçu des informations supplémentaires sur Skarbek de la part de mes contacts de la Gestapo à Lublin, dans le Gouvernement général.

– Et ? fit Sorge, décontenancé.

– Elle s'est trouvée sous les projecteurs après le démantèlement d'une cellule de l'Armia Krajowa, à Varsovie à l'automne 1941. À l'instar de plusieurs autres personnes de l'Armée de l'intérieur, Fräulein Skarbek a été interrogée, mais elle a été relâchée aussitôt. Le meneur Andrzej Pietrowski, un aventurier charismatique, et ses conjurés ont été déférés à la cour martiale et exécutés pour activité partisane. Il apparaît aussi que Skarbek a un enfant avec Pietrowski. Elle a un fils.

– Parfait, Friedrich ! Franchement parfait ! »

Ils étaient arrivés devant la salle d'interrogatoire.

Sorge frappa durement à la porte. Finalement, un gestapiste passa une tête dehors.

« Oui ? »

Sans demander la permission, Sorge entra, Friedrich à la traîne. Un relent doucereux d'alcool le frappa. L'homme de la Gestapo ne s'était même pas donné la peine de la dissimuler : il tenait paresseusement la bouteille de schnaps dans la main, à la manière d'un clochard. Un autre officier était avachi sur une chaise.

La prisonnière était couchée dans un coin de la pièce, recroquevillée en position fœtale, les bras devant la poitrine, agrippant un ballot de vêtements. Elle avait le visage couvert d'ecchymoses, les lèvres fendues.

« Mais c'est obscène ! s'exclama Sorge. Qui est responsable de cela ? »

D'un geste guilleret, l'homme à la bouteille leva la main en hoquetant pathétiquement.

« C'est moi, Sturmbannführer.

– Que cet interrogatoire cesse immédiatement. Friedrich, pouvez-vous rassembler les vêtements de cette femme ? »

Friedrich obéit en hésitant.

« Scharführer, ordonna Sorge. Venez avec moi. »

Ils sortirent dans le couloir.

« L'interrogatoire et l'état dans lequel se trouve la suspecte constituent une infraction au document PS-1531, US-248.

– Je connais bien sûr le PS-1531. »

L'officier posa sa bouteille, étonnamment offensif.

« On ne peut recourir à l'interrogatoire renforcé que lorsque l'information subversive pour le Reich ne peut pas être obtenue autrement, cette condition était remplie. Voilà pour le premier point. Le deuxième point était rempli aussi : *ne peut être employé que contre des communistes, des marxistes, des témoins de Jéhovah, des saboteurs, des terroristes, un mouvement de résistance, des agents parachutistes, des éléments antisociaux, des agitateurs polonais ou russes et des sans-abri.* »

Sorge était muet de rage.

« Alors vous devriez aussi savoir que le quatrième point de cette ordonnance traite des méthodes qui peuvent être employées comme techniques d'interrogatoire renforcées. La sodomie et les attentats aux mœurs n'en font pas partie. Il en va de même pour la consommation d'alcool. Rompez les rangs et disparaissez. »

Sorge le chassa d'un geste, puis il regagna la salle.

« Il est 20 heures et nous reprenons l'interrogatoire », déclara-t-il.

Beatrice Skarbek était immobile sur sa chaise. Elle avait l'air éprouvée. Ses yeux tuméfiés abritaient un regard vide. Elle n'en demeurait pas moins une femme séduisante, avec ses cheveux bruns ondulés, ses lèvres pleines et ses traits slaves saillants. Le sous-sol de la Gestapo n'y avait rien changé. Observant ses doigts enchevêtrés, Sorge constata qu'elle portait encore son alliance. Fräulein Skarbek regarda autour d'elle, s'attarda avec condescendance sur le Kriminalobersekretär Friedrich, qui lui tendit une cigarette et la lui alluma. Skarbek en aspira une longue bouffée, se rassit. Son regard croisa celui de Sorge et au bout de deux longues secondes, elle retrouva son assurance. Elle reconnaît quelque chose en moi, se dit-il, mais quoi ?

Beatrice Skarbek sourit à Sorge.

Il pensa au docteur Pilates : inspiration, expiration.

Skarbek adressa un hochement de tête à Friedrich :

« Pourriez-vous s'il vous plaît m'enlever ces menottes ?

– Le microfilm d'Askania-Werke, dit Sorge. Qui en était le destinataire ? »

Skarbek souffla la fumée par le nez.

« Eh bien, c'est évident, non ? »

Friedrich intervint.

« Récapitulons les événements de ces derniers jours. Notre documentation montre que vous êtes arrivée à Berlin de Varsovie *via* Stettin.

– Ce devrait être exact, oui.

– Qui vous envoyait ?

– C'est une longue histoire... »

Dans un allemand impeccable, elle relata sa jeunesse à Varsovie, ses études à Berlin, sa rencontre avec Andrzej à Zakopane, son parcours universitaire réussi à l'université Humboldt, qui avait été interrompu quand la guerre avait éclaté, elle expliqua qu'elle avait été attirée par la résistance sans réellement être quelqu'un de politique – elle restait et demeurait une chercheuse avant tout. Son engagement avait culminé en une mission d'agente de liaison entre la Pologne et l'Allemagne.

« Vous avez étudié le lien entre le tabagisme et le cancer du poumon, nota Sorge, et cependant vous fumez ? »

Beatrice rit, découragée.

« Vous, les hommes du Sicherheitsdienst...

– Plaît-il ? »

Elle secoua la tête.

« Toujours ce même discours intellectuel nébuleux. Aurais-je une raison de m'en abstenir ? Nos études montrent que le développement de cette forme de cancer prend de nombreuses années. Je me figure que le risque accru de cancer du poumon n'est pas mon problème le plus pressant à cet instant précis.

– Vous parlez d'Andrzej Pietrowski comme de votre contact principal au sein de l'Armée de l'intérieur, glissa Friedrich.

– C'est exact.

– J'ai de la peine à comprendre comment ce rôle peut être endossé par un homme mort. *A fortiori* un homme mort depuis près d'un an, exécuté en vertu de la loi des pleins pouvoirs, en septembre 1941. »

Conformément aux prévisions de Sorge, elle ne cilla pas, mais elle déglutit à deux reprises. Personne ne s'exprima. Elle s'appuya contre le dossier de sa chaise en bois dur.

Elle s'adressa à Sorge :

« Puis-je demander à l'officier de la Gestapo de sortir un instant ? »

Sorge resta sans bouger, le menton entre les mains. Friedrich ne dit rien non plus. Finalement, Sorge hocha la tête vers son équipier, qui se leva à contrecœur et sortit en refermant la porte derrière lui.

« Une difficulté se pose à vous, Fräulein, une grosse difficulté.

– Sans blague. J'ai une proposition à vous faire, Sturmbannführer. Vous pouvez me déférer à la cour martiale ou alors vous pouvez me laisser partir et avoir accès à de l'information dont vous n'imaginez pas la portée. »

Il attendit longtemps avant de répondre en souriant.

« J'apprécie votre proposition frivole, Fräulein Skarbek, et votre idée est notée. »

Elle lui rendit son sourire.

« Cependant, votre sort ne dépend pas de moi, il appartient au juge Freisler et au tribunal du peuple d'en décider. En attendant, je vous souhaite une bonne nuit. Même si le couchage n'est pas celui auquel vous êtes habituée en Pologne.

– Bonne nuit, Sturmbannführer.

– Au fait, ajouta Sorge, toujours le sourire aux lèvres. Vous avez un fils, n'est-ce pas ? »

Pendant une seconde, elle sembla baisser la garde, comme un boxeur à bout de forces, au douzième round. Elle enfouit la tête dans ses mains.

« Ce n'est qu'un enfant », murmura-t-elle.

Sorge vit qu'elle tremblait.

« Un tout petit enfant. Faites de moi ce que vous voudrez, mais gardez Gregorz en dehors de cela.

– Nous ne sommes pas des monstres barbares », affirma Sorge en se levant.

Friedrich attendait de l'autre côté de la porte.

« Que voulait-elle ?

– Peu importe. Elle sera déférée au tribunal du peuple.

– Parfait, je partage vos vues sur l'affaire.

– Reconduisez Fräulein Skarbek à la cellule d'attente. Veillez à ce qu'elle soit traitée de façon humaine. Ensuite, vous briquerez la salle d'interrogatoire pour faire disparaître toute odeur d'alcool, n'hésitez pas à vous faire accompagner de *vos excellents experts des interrogatoires*, je m'en moque, tant que le travail est fait correctement. J'inspecterai les lieux demain matin. C'est compris ? »

Satisfait de la conclusion des événements, Sorge roula dans les rues désertes avant de garer sa Mercedes dans une ruelle au nord de Nollendorf Platz. Il flâna entre les arbres dans l'obscurité de la nuit ; l'espace d'un étrange instant, il se laissa saisir par l'idée qu'il aurait pu parcourir ces rues avec Fräulein Skarbek à son bras. Dans un univers parallèle, peut-être. Le fœhn soufflait, l'été était arrivé. Il repoussa cette idée. Chez lui, il resta dans l'embrasure de la porte des jumelles à écouter leur souffle léger.

Que ne ferait-il pas pour elles ? songea-t-il avant de se glisser sous l'édredon léger de la chambre parentale alors que les premières lueurs de l'aube filtraient sous le store roulant. Et il connaissait la réponse.

Il ferait tout, absolument tout.

Chapitre 9

OSLO

Juillet 1942

Le programme spécial d'éducation physique commençait à porter ses fruits. Henry devait donner raison à son père : il restait loin des stupéfiants, ne touchait pas à l'alcool et courait dans la forêt tous les matins à la même heure, avant d'effectuer trente minutes de gymnastique, puis de s'adonner à la lecture d'articles scientifiques à la bibliothèque universitaire de Solli plass.

L'Obersturmbannführer Wolff avait tenu sa promesse.

Son dossier de candidature à la Technische Hochschule de Berlin avait été examiné à une vitesse record et avec une bienveillance suspecte ; sa carte d'étudiant et son permis de séjour pour l'année universitaire suivante étaient délivrés.

Il allait retourner à l'université. Comment toutefois convaincre Astrid et les gens de la résistance qu'ils avaient besoin de ses services ? L'admission à l'école technique de Berlin était un bon début, mais même en ces temps de guerre, les étudiants norvégiens demeuraient nombreux dans l'enseignement supérieur du Reich. Il y en avait sans doute plus d'un qui travaillait pour le renseignement allié, alors pourquoi le choisirait-on lui plutôt qu'un autre, avec son lourd passif ? Il repensait encore aux paroles chuchotées par l'infirmière, à l'hôpital de campagne de Rostov… Personne ne le croyait, c'était légitime. Mais elle avait dit la vérité, pourquoi aurait-elle inventé un mensonge si sophistiqué pour un mourant ?

Quoi qu'il en soit, cette anecdote ne lui était d'aucun secours. Il lui fallait vendre ses services aux résistants d'une façon plus convaincante.

Il finit par trouver comment s'y prendre, ou du moins comment essayer. Par une chaude journée de juillet, Henry entra dans un magasin de jouets où il acheta une simple toupie, qu'il glissa dans sa poche. Puis il rejoignit d'un pas vif Stortingsgaten et s'arrêta au 12. Il se présenta, on le fit passer par un petit vestibule. À la porte du sixième étage, une pancarte provisoire indiquait le *Bureau des combattants du front*. On le conduisit à travers un local fraîchement repeint, où régnait un désordre total d'affiches d'enrôlement pour la Légion norvégienne et de cartons de la collecte nationale pour les garçons norvégiens du front.

Le directeur Olaf Willy Fermann l'accueillit au fond de la pièce. Cette dernière était décorée de distinctions de la SS germanique de Norvège et de la Croix-Rouge norvégienne, dont Fermann était sous-directeur.

« C'est bon de te voir, Henry. Je suis navré de cette pagaille. Veiller au bien-être de nos milliers de volontaires à l'Est n'est pas une mince affaire, je peux te l'assurer. J'ai confié une grande partie des responsabilités pratiques à Bjørn, Bjørn Nordeger, je ne sais pas si tu le connais. Au début, l'hiver dernier, nous n'avions rien du tout. Ajoute là-dessus les différends administratifs concernant la répartition des responsabilités, les anciens combattants en colère qui n'ont pas touché leur solde, et d'incessants rapports nous informant que ces mêmes anciens combattants ont troublé l'ordre public et se sont livrés à des excès de boisson au Victoria ou ailleurs, et tu auras une idée de la situation à laquelle nous sommes confrontés. Pardonne mon aplomb, mais je juge parfaitement honteux que ni le gouvernement d'occupation ni la chancellerie ne puissent s'occuper de vous qui avez tout sacrifié dans le combat contre les bolcheviques. C'est une honte. Enfin, passons… Sois le bienvenu en Norvège. Tu t'es vraiment distingué sur le front de l'Est. »

Henry désigna une plaquette du Kommandostab-SS.

« Toi aussi, de toute évidence. »

L'air assuré de Fermann se volatilisa instantanément.

« C'était l'an dernier. Un projet de colonisation de dimension historique. Ton père se porte bien ? C'est un homme éminent.

– Ça va. »

Bien que le poste de chef d'un bureau de combattants du front soit peu clinquant, Henry savait que, depuis plusieurs années, Fermann œuvrait comme l'un des principaux défenseurs du national-socialisme en Norvège. En tant qu'homme d'affaires, il avait travaillé en Russie en même temps que Quisling et Nansen. Il suffisait de regarder les photos qui décoraient la pièce : avec Heydrich et le Reichsführer-SS, en Norvège et au front. Il fréquentait Himmler en privé depuis les années 1930 et on disait qu'il était son confident dans la bataille contre le ministre-président Quisling en Norvège. Aucun autre Norvégien n'était près de connaître personnellement tant de dignitaires en Allemagne. Un type fascinant. Il avait l'air vieilli, son front se dégageait, ses cheveux grisonnaient et il avait des cernes noirs.

« Nous avons de grands projets pour la Russie dès que la campagne sera terminée et que les bolcheviques seront enfin écrasés, continua Fermann avec une vigueur renouvelée en saisissant un mémorandum perforé. Le ministre de la Police Lie souhaite établir une colonie de Norvégiens au Bjarmeland.

– Où ?!

– C'est l'ancien nom de la Russie dans les sagas. Tu as l'expérience du front. Cela t'intéresserait de participer à un avant-projet concernant la colonisation norvégienne de la Sibérie ?

– Plus tard peut-être, répondit poliment Henry, mais je retourne à Berlin. Je vais reprendre mes études à l'école technique de Charlottenburg au semestre d'automne. »

Fermann coupa un cigare avant de l'allumer.

« Berlin, c'est toujours un choix intelligent. Depuis que je t'ai rencontré là-bas quand tu étais gamin, tu es tiraillé entre ton goût de la pratique et ton amour de la théorie. Très peu de gens ont ne serait-ce qu'un seul talent, toi, tu en as deux. Puis-je t'aider en sous-main pour ton séjour à Berlin ?

– J'espère mélanger théorie et pratique.

– Je vois. »

Fermann tira sur son cigare.

« Du nouveau depuis notre dernière entrevue ? Une épouse ? Des enfants ?

– Le service au front a coupé court à tout cela. L'usure de la distance a détruit notre relation.

– Tu n'es pas le premier ancien combattant à le dire. Un petit verre, au fait ? »

L'offre était tentante, mais Henry la déclina d'un geste.

« Je ne bois plus, pas depuis l'Est. Toi qui as tant de relations, Olaf, tu ne connaîtrais pas par hasard des employés de la faculté des techniques militaires à l'école technique de Berlin ?

– Voyons voir. »

Il recula sur son siège, se frotta les mains.

« J'ai bien sûr rencontré le général Becker une ou deux fois, mais il a connu une mort tragique en 1940… Non, je n'ai personne en tête.

– Quel est ton niveau en physique ?

– Je suis avant tout un administrateur.

– Regarde. »

Henry sortit sa toupie.

« Tiens donc, fit Fermann en riant. On ne voit pas des jouets tous les jours au Bureau des combattants du front. »

Concentré, Henry fit tourner l'objet sur le bureau.

« Quand je faisais mes études en Allemagne, je travaillais sur la technologie des fusées, plus précisément sur le mécanisme de guidage, qu'on appelle gyroscope. Cela se fonde sur les mêmes principes physiques que cette toupie plate.

– Ah bon ?

– Le disque tourne autour d'un axe et le principe est que la rotation de ce disque contrecarre les changements de son orientation. N'importe quel enfant de trois ans le comprend : plus la toupie tourne vite, plus elle est stable. Pour une fusée, c'est primordial. Étant sans pilote, elle a besoin d'un mécanisme de guidage interne pour stabiliser le vol. C'est pourquoi les fusées sont équipées de gyroscopes, qui au fond sont des toupies perfectionnées. »

Fermann haussa les sourcils.

« Eh bien, on en apprend tous les jours ! Bien expliqué !

– Mon rêve est de travailler au développement de fusées allemandes. De mettre en œuvre les principes physiques que j'ai appris avant la guerre, au service du Reich. Es-tu déjà allé dans notre usine expérimentale de fusées au bord de la Baltique ? »

Fermann écrasa lentement son cigare.

Henry respira. Voilà, il l'avait dit.

Fermann se leva, regarda par la fenêtre. Henry avait pris un risque en mentionnant l'usine. La réaction de son interlocuteur suggérait que le tampon brûlait. Fermann se tourna vers lui.

« Dans le régiment Nordland, tu étais Unterscharführer, non ? Je dois dire que tu es bien informé pour quelqu'un de ton grade.

– Tout le monde n'a pas deux talents, rétorqua Henry en souriant. Quand j'étais étudiant déjà, les meilleurs de ma promotion y étaient recrutés. Tout le monde le savait, les rumeurs vont vite dans la nouvelle Allemagne. Pendant ma convalescence à Hohenlychen, j'ai rencontré plusieurs officiers de la Luftwaffe qui y avaient travaillé et, selon eux, ce serait un endroit pour moi. »

Il s'agissait de purs mensonges, mais Fermann n'avait aucun moyen de le vérifier.

« Tu penses à la base de Peenemünde ? »

Peenemünde, pensa Henry. Le nom lui paraissait vaguement connu, bien qu'il ne parvienne pas vraiment à le situer. Ce devait se trouver à proximité de Swinemünde, où il avait navigué.

« La raison pour laquelle je repars en Allemagne, c'est bien sûr que je voudrais travailler avec les meilleurs de tous. »

L'assurance de Henry grandissait à chaque phrase.

« Ma question est donc : pourrais-tu te renseigner sur les possibilités de stage à Peenemünde ? »

Fermann le scruta, un sourire singulier aux lèvres.

« Je dois dire que j'admire ton aplomb et ton ambition, jeune homme. Peenemünde, ce sont les meilleurs parmi les meilleurs. Les perspectives qu'ouvrent ces gens laissent sans voix. Wernher von Braun parle de conquérir l'espace une fois que nous aurons gagné la guerre… »

Wernher von Braun ? Jamais entendu ce nom.

« Cependant... »

Fermann brandit l'index.

« Je ne connais pas les détails autour de la base, mais ce n'est pas un site militaire ordinaire, c'est le plus grand secret du Reich. Si j'étais toi, même avec tes décorations, je ferais usage de la plus grande prudence quand j'aborde ce sujet en Allemagne, aussi inébranlables que puissent être tes convictions national-socialistes. Le Reichsführer ne laisse aucun étranger accéder aux niveaux élevés de la SS et rien ne suggère que son attitude soit différente pour la base des fusées. Fais tes études du mieux possible afin que nos ennemis soient atteints, mais tiens-toi à l'écart de tout cela. La chasse aux espions ennemis est renforcée.

– Ce n'est pas interdit de demander.

– Bien sûr. Bonne chance en Allemagne. Et n'oublie pas ta toupie, mon garçon. »

En traversant le centre-ville ensuite, Henry se sentait pousser des ailes. Son rendez-vous avec Fermann avait surpassé ses délires fébriles les plus fous. Le bonhomme était tombé droit dans le panneau. Il lui avait donné par inadvertance les noms d'une personne, Von Braun, et d'un lieu, Peenemünde.

Il monta trois à trois les marches en pierre de l'université.

Astrid était assise au même endroit.

« Tu ne m'as pas entendue te dire de ne plus t'approcher de moi ?

– C'était impossible. »

Elle secoua la tête, l'air de tomber des nues.

« Serait-ce une tentative de me faire la cour ?

– Sans aucun doute. »

Chapitre 10

BERLIN

Août 1942

Le temps passé dans une cellule individuelle, même quand il précède l'échafaud, est avant tout caractérisé par l'ennui. Les premiers jours, Beatrice se mit sérieusement à l'exercice, avant de s'effondrer, désespérée, au milieu d'une série de ponts. À quoi bon s'entraîner maintenant ? C'était presque aussi nécessaire que d'arrêter de fumer.

Elle avait été déférée au tribunal du peuple, à Berlin, au début du mois. Maria Warsinski et elle étaient accusées de trahison et d'espionnage pour une puissance étrangère. Dans les prétoires, les seuls spectateurs étaient les jeunes hommes de la Hitlerjugend, quelques étudiants en droit et des caciques du parti. Juste avant l'ouverture de l'audience, l'insondable Sturmbannführer Sorge avait fait irruption sur le banc du fond, sans que Beatrice ne parvienne à tirer d'information de son regard ambigu.

Le tribunal du peuple était dirigé par Roland Freisler, qui faisait office de juge, de procureur et de jury. Sous sa robe, il ne se donna même pas la peine de maintenir le vernis de la justice impartiale, et il employa la majeure partie de son temps limité à une invective théâtrale contre les accusées. Comme on s'y attendait, Warsinski et Skarbek furent déclarées coupables de l'ensemble des chefs d'accusation.

La sentence fut la condamnation à mort, par décapitation.

Beatrice avait pris parti du risque inhérent à sa mission d'agente de liaison. Andrzej et les autres membres de l'Armée de l'intérieur n'avaient fait mystère ni du danger présenté ni de ce qui l'attendait en cas d'arrestation.

Il n'existait pas un Polonais qui n'ait perdu de la famille ou des amis depuis l'invasion allemande en septembre 1939. La peur de la mort, pensait Beatrice dans sa cellule exiguë, est surtout due à cette idée terriblement autocentrée que notre disparition causera un chagrin et une douleur immenses à nos proches. En ce qui nous concerne, cela ne fait que se terminer. Cette peur, toutefois, est exagérée. Nous autres, les humains, nous nous relevons. En Pologne, la mort était relativisée. Elle avait perdu son stigmate. Tant d'amis étaient morts. Les filles juives avec qui elle jouait dans les rues quand elle était enfant, mortes. Andrzej, mort.

Bientôt, elle-même redeviendrait poussière, mais Gregorz s'en sortirait. Les parents ne se remettent jamais de la mort d'un enfant, pensa-t-elle, un enfant en revanche se remet de la perte de ses parents. La semaine précédente, Gregorz avait eu cinq ans. Elle ne l'avait pas vu depuis la mi-juin. Les parents d'Andrzej s'occupaient bien de lui.

Ils vivaient dans une petite ferme dans le sud du pays, entre Cracovie, le siège du Generalgouvernement, et Lublin. C'était un bon endroit pour un enfant ; la nature était magnifique, le potager, fourni, le bétail enrichissait une alimentation de guerre. La dernière fois qu'elle l'avait vu, il avait même un nouveau camarade de jeu, Rudolf le berger allemand, un chiot qui folâtrait avec lui dans la cour de ferme.

Avoir si peu vu son fils était la seule chose qui tourmentait réellement Beatrice. Elle avait été si jeune à sa naissance, trop jeune. Cette année-là, à Berlin, elle potassait ses cours nuit et jour. Puis la guerre était venue, avec tout le travail que cela impliquait pour l'Armée de l'intérieur. Travail qui avait fini par lui prendre Andrzej, et à présent c'était son tour. Gregorz ne se souviendrait jamais de son père. Elle souhaitait seulement qu'il conserve quelques impressions d'elle quand elle ne serait plus là.

Elle se réveilla brusquement.

Elle entendait manipuler un trousseau de clefs. Sa cellule était plongée dans l'obscurité de la nuit. On ouvrit. À la lumière crue, elle entrevit dans les brumes du sommeil un homme, en robe noire, un col romain autour du cou.

Le jour était donc venu.

Elle posa la main autour de son annulaire. Sur la bague qu'elle portait toujours était monté un petit morceau de fer gravé. En hommage à l'un de ses ancêtres rebelles, un homme qui, de nombreux siècles auparavant, avait refusé de céder aux promesses d'or du roi prussien. Donne-moi de la force, pensa-t-elle, que l'or dévore l'or, nous les Polonais, nous préférons le fer.

« Vous êtes-vous réconciliée avec le Seigneur ? » demanda le pasteur.

Sa première pensée en le voyant fut qu'il était jeune, avec son visage nord-européen sans barbe ni rides.

« Si ce n'est pas le cas, le moment est venu de le faire. Avez-vous reconnu vos crimes ?

– J'ai agi pour ma patrie, dit Beatrice. Et vous, avez-vous reconnu les vôtres ? »

Le prêtre la dévisagea, l'air surpris.

« Quand j'étais petite, je fréquentais une école pour filles catholique. À proximité de Lodz, en Pologne. Vous qui connaissez l'amour du Christ et son infinie bonté, comment pouvez-vous justifier vos actes pour un régime misanthrope ? Comment pouvez-vous regarder votre femme dans les yeux quand, du matin au soir, vous vous rendez dans un lieu pour prisonniers condamnés à mort ?

– J'ai une parole pour vous, de l'Épître aux Philippiens, chapitre 1, verset 21. *Car le Christ est ma vie et la mort m'est un gain.*

– Je suis réconciliée. Partez à présent. »

Ensuite, vint dans sa cellule un médecin chauve, à lunettes, en blouse blanche, avec un stéthoscope autour du cou. Il se livra à un rapide examen de santé générale : pouls légèrement élevé, pour le reste, rien à redire.

Lorsque le médecin disparut, une coiffeuse d'âge mûr au fort accent berlinois vint arranger ses cheveux. Le tout ressemblait à une liturgie étudiée, soupçon qui fut renforcé aussitôt après lorsqu'un gardien lui apporta un dernier repas, constitué de pain beurré, et de deux cigarettes.

« Beurre et cigarettes sans tickets de rationnement, fit-il en riant. Et du vrai beurre, en plus.

– Cette blague, ce n'est pas la première fois que vous la faites. »

Assise sur le lit, elle fuma une cigarette, mais elle n'avait pas d'appétit pour le pain. Deux gardiens apparurent sur le seuil.

« C'est l'heure », déclara l'un d'eux.

Beatrice fut conduite hors de sa cellule. Même aux aurores, le couloir à l'éclairage grêle était plein ; le long des murs s'alignaient des officiers et des gardiens curieux de voir le spectacle, la direction de la prison, le procureur du tribunal.

Devant, elle distingua Maria Warsinski, flanquée de deux gardiens.

Beatrice suivait la procession d'un pas lourd, comme si elle avançait dans des sables mouvants. Le cortège avançait dans un mouvement de balancier lent. Une double porte s'ouvrit, ils sortirent dans une cour. Une faible lumière se dessinait dans le ciel, les sauterelles stridulaient. La journée d'août s'annonçait chaude à Berlin.

Une autre porte s'ouvrit. Alors que Beatrice restait en arrière, entourée des gardiens de prison, Maria Warsinski fut conduite dans une pièce fortement éclairée. Le directeur de la prison relut le jugement de condamnation pour espionnage et haute trahison. Beatrice fixa l'homme d'un air apathique, puis son regard se posa sur les personnes derrière lui. En uniforme gris, tout de suite à gauche, se tenaient le Sturmbannführer Sorge et son déplaisant assistant de la Gestapo. Que faisaient-ils ici ?

Le directeur de la prison se tourna vers le bourreau.

« Monsieur l'exécuteur des hautes œuvres, effectuez votre travail comme cela l'est décidé dans le jugement du tribunal du peuple. »

Un rideau noir fut baissé. La silhouette de la guillotine se détachait dans la lumière puissante.

On dirait un métier à tisser, songea Beatrice.

On força Warsinski à appuyer son visage contre un banc vertical, une espèce de sarcophage qu'on bascula juste au-dessous de la lame, dès que la condamnée fut attachée.

« Monsieur l'exécuteur des hautes œuvres, attendez ! »

Tous se retournèrent. Le Sturmbannführer Sorge déambula d'un pas nonchalant jusqu'au lieu d'exécution.

« Cela est une infraction à l'usage établi, protesta le directeur de la prison.

– Non, *ceci* est une infraction à l'usage établi ! rétorqua Sorge avec assurance en observant l'assistance.

– De quoi parlez-vous ? cria le directeur.

– L'ordre du Führer est sans ambiguïté, monsieur le directeur. Les espions étrangers doivent avoir le visage tourné vers le *haut*, pour voir la lame qui s'abat sur leur gorge et pouvoir ainsi réfléchir à leur crime pendant les dernières secondes de leur vie. »

Il présenta un document au directeur et au procureur.

Ils adressèrent un hochement de tête à l'exécuteur des hautes œuvres.

Lequel défit les sangles de cuir autour des poignets de Warsinski. De nouveau, elle fut obligée de montrer au public son visage terrifié avant d'être repositionnée, sur le dos cette fois.

L'exécution proprement dite fut rapide.

Le bourreau appuya sur un bouton, la lame pesante tomba sur le cou de Warsinski, projetant sa tête coupée dans une corbeille à côté.

« Monsieur le procureur, la sentence a été exécutée », déclara-t-il d'un ton solennel.

Beatrice était restée calme pendant la cérémonie morbide. Lorsqu'un gardien lui saisit le bras, elle s'écria :

« Lâchez-moi ! Écoutez-moi, lâchez-moi ! »

Un deuxième gardien l'empoigna par l'autre côté.

« Je ne veux pas mourir, sanglota Beatrice, je ne veux pas mourir, vous m'entendez, je n'ai rien fait de mal, je n'ai fait que suivre les instructions qu'on m'avait données, laissez-moi partir, laissez-moi partir ! »

Elle fut attachée au banc. Le banc fut pivoté. Le rideau, tiré. Beatrice leva les yeux au plafond. Elle était à bout de forces.

Cinq, pensa-t-elle. Faites au moins que cela se termine vite.

Elle observa fixement la guillotine. Tel un plongeur en mer qui voit soudain la gueule du requin devant lui.

Quatre. Trois.

Donne-moi de la force, pensa Beatrice, bientôt je serai libre.
Deux. Un.
« Monsieur l'exécuteur des hautes œuvres, attendez ! »
Quelle était cette voix ? Rêvait-elle ?
C'était la même, celle de Sorge.
« Qu'y a-t-il encore ? »
Derrière le rideau, elle perçut cette fois un certain agacement chez le directeur de la prison.
Beatrice pensa : je ne rêve pas.
La voix de Sorge retentit dans la pièce.
« J'ai ici une missive du Reichsführer-SS en personne. Cette exécution ne doit pas être mise en œuvre, je répète, elle ne doit être mise en œuvre sous aucun prétexte.
– Mais qu'est-ce donc que tout ce cirque ?! s'exclama le procureur Freisler.
– Posez la question au Reichsführer-SS, répondit Sorge. L'ordre est irrévocable. »
Murmures épars et hésitants dans la pièce.
Le rideau noir remonta.
Sorge se tenait devant elle. Les boutons de son uniforme reluisaient. Puis il se baissa vers elle, sous la guillotine, et chuchota :
« J'ai fait comme vous le disiez, Fräulein Skarbek. Je suis persuadé que nous avons plus besoin de vous avec que sans tête. »
Le banc fut hissé en position verticale. Deux assistants du bourreau la libérèrent de ses sangles, sans un mot.
Beatrice s'assit. Ses mains tremblaient comme après un bain glacé. C'était sans doute le signe que la scène était réelle, que cela se produisait réellement. Oui, elle avait les marques du cuir serré autour de ses poignets. Oui, elle ressentait de la douleur quand elle se pinçait le bras. Beatrice se leva. Elle se sentait à la fois vieillie et rajeunie de dix ans.
La vie était terminée.
La vie avait recommencé.

Un attroupement – le directeur de prison, le juge Freisler et les autres – la dévisageait d'un air incrédule.

Avec son assistant de la Gestapo, le Sturmbannführer Sorge la mena dans un corridor éclairé. Ils passèrent devant un garde armé, empruntèrent un autre couloir et traversèrent la dernière enceinte, peuplée de policiers militaires.

Beatrice ne croisa pas leur regard.

Le sas des prisonniers se referma derrière eux.

Sorge et son assistant de la Gestapo s'engagèrent dans un dialogue dont elle ne saisit que des bribes :

« Là, vous nous avez vraiment mis dans une sacrée situation, Sturmbannführer... Le chef Müller va être furieux... Vous les gens de la police, vous ne comprenez pas les opérations de renseignement... »

L'assistant disparut. Une brise légère et chaude fit scintiller les tilleuls au soleil. Beatrice leva les bras en l'air. Où suis-je ? pensa-t-elle.

« Venez avec moi », dit Sorge.

Les jambes de Béatrice obéissaient à peine. Ils traversèrent un parking, Sorge en tête, de son pas plein d'allant, devant elle, comme si la possibilité qu'elle s'enfuie ne l'avait même pas effleuré. La peinture de sa voiture était rutilante comme du rouge à lèvres. Un cabriolet, capote relevée. L'habitacle sentait le cuir imprégné. Le véhicule était d'une propreté éclatante, y compris à l'intérieur, et lorsqu'il posa une main sur le volant, des ongles soignés, parfaitement coupés, apparurent.

« Je suppose... que je devrais vous remercier », balbutia Beatrice.

Comment remercier quelqu'un qui vous sauve de la guillotine ?

Elle tremblait encore.

Sorge ôta sa casquette d'uniforme. L'odeur d'eau de Cologne se répandit dans la voiture à la manière du savon dans une salle de bains. La marque rouge de la visière barrait son front comme une cicatrice. Au-dessus de ses oreilles perlaient des gouttes de sueur. Pour la première fois, du moins depuis les interrogatoires, Beatrice examina attentivement son visage. Son aristocratique lèvre supérieure haute et légèrement pendante lui conférait une pointe d'arrogance. Le feu de sa peau lisse suggérait que la situation l'excitait ; vivacité qui contrastait avec ses petits yeux gris-bleu évoquant un canidé. Un husky, peut-être, ou un loup-garou.

« Vous avez un parcours intéressant, Fräulein Skarbek. »

Quand il parlait, elle voyait ses maxillaires vibrer, ce qui témoignait de sa nature athlétique.

« Vous pourriez constituer un excellent ajout au service de sûreté. Si vous faites le travail que nous espérons, vous rendrez de grands services au Reich. »

Elle avait réussi. Ce n'avait même pas été une stratégie de sa part, plutôt un vain espoir. Elle avait connu des hommes comme Sorge. Elle savait comment leur parler, comment les regarder. Et il s'était laissé séduire. Elle se détourna vers la vitre et sourit pour la première fois d'aussi longtemps qu'elle se souvienne.

Le Sturmbannführer démarra la voiture. Il s'engagea dans la circulation tranquille du matin, en pianotant sur le tableau de bord alors qu'il fredonnait un standard de Zarah Leander : *Ich weiß, es wird einmal ein Wunder gescheh'n.* Beatrice s'enfonça dans son siège. L'odeur de cuir et d'eau de Cologne douceâtre resterait à jamais liée à cet instant.

Sorge glissa la main droite dans sa poche, avant de la poser sur sa gauche à elle.

« Voilà un objet pour vous, je trouve que vous devriez l'avoir », dit-il.

Il le lui mit dans la main. Elle le tâta.

C'était un collier gravé du nom de Rudolf.

Le chien de Gregorz.

« Vous avez pris mon fils ?! »

Sorge caressa son menton impeccable du pouce et de l'index.

« Vous avez pris Gregorz ?

– Le petit Gregor est en sécurité, murmura Sorge en prononçant le prénom à l'allemande. Il y a quelques jours, nos hommes sont allés le chercher dans le Gouvernement général et il est logé dans un foyer pour enfants germanisés dans le Brandebourg. Comme vous le savez peut-être, nous menons plusieurs vastes programmes de recensement du matériel génétique allemand chez les enfants polonais. Les études préliminaires de nos spécialistes de craniologie et de physionomie suggèrent qu'il est d'excellente ascendance allemande et certainement pas d'origine slave dégénérée ou pire encore.

Au foyer, la nourriture est bien plus savoureuse qu'en Pologne en ce moment, je peux vous l'assurer. Et meilleure nouvelle encore, Beatrice, vous allez pouvoir le voir, si bien sûr vous respectez nos conditions.

– Espèce de démon ! hoqueta-t-elle. Vous êtes un démon.

– Vous allez travailler pour moi, Beatrice. Croyez-vous que je vous sauverais la vie sans garantie que vous ne me poignardiez pas dans le dos ? »

Sorge sourit en ajoutant :

« Malheureusement nos hommes ont dû éliminer Rudolf. L'approvisionnement dans le district de Lublin ne permet pas de nourrir des animaux de compagnie. »

Chapitre 11

OSLO

Août 1942

Henry suivait son itinéraire habituel. Sa condition physique lui permettait désormais de courir à un rythme rapide pendant près d'une heure. Il accéléra sur la côte qui montait de la baie.

Cinq jours s'étaient écoulés depuis sa conversation avec Astrid et toujours pas de réponse. Il lui avait expliqué qu'il était inscrit à l'école technique de Berlin, qu'il détenait des informations concrètes sur le développement d'armes en Allemagne, des éléments allant au-delà de simples rumeurs, mais de toute évidence, les résistants ne lui faisaient pas encore confiance.

Soudain, une Ford noire le dépassa, pila et lui barra la route quelques mètres plus loin.

Les portières arrière s'ouvrirent simultanément. Deux hommes en bondirent. Il ne les avait jamais vus.

« Henry Storm ? » vérifia l'un d'eux.

Qui étaient-ils ? Henry envisagea de détaler à travers champs, mais quelque chose l'en empêcha.

« Qui êtes-vous ? »

Les deux hommes l'empoignèrent de part et d'autre et le poussèrent d'un geste résolu vers la banquette arrière. Henry eut le temps d'entrevoir deux visages graves, puis on lui enfonça un sac sur la tête et il sentit la voiture se mettre en branle et regagner la circulation.

Il était dans le noir complet.

De qui s'agissait-il ?

Des hommes de Grande à la Stapo ?

Sa respiration haletante plaquait le sac contre son visage. Il avait chaud. On a tendance à perdre la notion du temps quand on est privé de la vue, il lui était difficile de calculer les durées, mais au bout de ce que Henry estima être une demi-heure, il nota que la chaussée devenait plus cahoteuse. Environ quinze minutes plus tard, il entendit crisser des cailloux sous les pneus. Les portières s'ouvrirent et les deux gardes l'emmenèrent entre eux.

Ils entrèrent à l'intérieur d'un bâtiment. On lui arracha le sac de sa tête. Il s'assit à une table en chêne brut, à la place qu'on lui indiquait. Il se trouvait dans une hutte en rondins grossiers, à peine éclairée par deux soupiraux haut sur l'un des murs de la longueur. Il régnait une forte odeur de goudron de Norvège.

En face de lui était assise Astrid.

La surface du plateau de table était balafrée de traces de couteau.

« Bonjour, Henry.

– Je dois dire que vous prenez la sécurité au sérieux.

– Voilà comment cela va se dérouler : quelqu'un a envie de t'interroger depuis la pièce voisine. Pour des raisons de sécurité, cette personne le fera sans montrer son visage, en tapant sur la cloison quand elle souhaitera te poser une question. Tu comprends ? »

Henry hocha brièvement la tête.

« Je comprends. »

L'inconnu tapa deux fois sur la cloison.

« D'après votre dossier médical, en date du 27 juin, vous avez été découvert dans votre chambre à la maison de convalescence Ragnar Berg avec une forte dose d'eukodal dans le sang. Pouvez-vous nous en expliquer les raisons ? »

Henry essaya de déchiffrer la voix dans l'autre pièce, elle était grossière et vigoureuse, dotée de la précision clinique d'un homme éduqué, probablement un peu plus âgé que lui. De toute évidence, ils cherchaient à lui montrer qu'ils en savaient long et qu'ils avaient de bons informateurs.

« C'était un acte auto-infligé.

– Pourquoi ?

– Je ne sais pas si vous avez déjà été au combat. Si oui, vous savez que c'est une expérience tellement extrême que la vie ensuite paraît souvent vide de sens. Morne, vide, plate. Pas une vie qui vaille la peine d'être vécue. »

Il marqua une pause. Astrid lui signifia de continuer.

« Je me suis engagé dans le régiment Nordland parce que je croyais à la lutte contre le bolchevisme. À mon retour, j'avais perdu la foi. J'abhorrais le nazisme. Quand j'ai compris que les chemins de la résistance m'étaient fermés, je n'avais plus de raison de vivre. »

Il regarda avec insistance Astrid, qui resta immobile, si l'on excepte un tressaillement à la commissure gauche des lèvres.

« Parlez-nous de votre parcours d'entrée dans le nazisme, fit la voix derrière la cloison.

– La version courte ou la version longue ? »

Pas de réaction dans la pièce voisine, seulement un chuchotement bas.

« J'ai passé une partie de mon enfance en Allemagne et j'ai développé une sympathie pour ce pays. Mon père était très germanophile et antibolchevique. On peut donc dire que tout cela s'est ancré en moi tôt. Ensuite j'ai étudié en Allemagne, mais cet appel, vous le connaissez aussi bien que moi.

– Quel appel ?

– Celui du national-socialisme. Je suis arrivé en 1937, un an après les Jeux olympiques. Je me rappelais à quoi le pays avait ressemblé dans les années 1920, le chaos, l'inflation, les combats de rue. En 1937, j'ai vu autre chose : l'ordre, la prospérité, la stabilité. Ça m'a impressionné. À la place d'une démocratie en ruines, j'ai trouvé une société sobre, ordonnée et en bonne santé. À cela s'ajoute que je gravitais en périphérie de la revue *Ragnarok*, qui promouvait la pensée pangermanique tout en méprisant le christianisme de Quisling et du Nasjonal Samling. »

Astrid alluma une cigarette.

« Et puis il y avait le péril de l'Est, continua Henry, un bolchevisme russe vénéneux, qui menait la société soviétique à la misère et que des agitateurs socialistes tentaient d'exporter en Occident, ils voulaient nationaliser les entreprises, exproprier les citoyens. »

Il fut interrompu par deux coups sur la cloison.

« Mais y avait-il dans le nazisme quelque chose qui vous parlait sur un… plan plus profond ?

– Il y a au cœur du nazisme quelque chose qui nous parle à tous. »

Toc-toc-toc.

« Voilà qui est intéressant.

– Et je ne pense pas à cette idée révolutionnaire que le garçon de ferme et le grand exploitant agricole ou l'ouvrier et le propriétaire d'usine sont d'égale valeur, qu'ils font partie d'une entité organique. Cela, le national-socialisme l'a compris mieux que le communisme, qui crée toujours des conflits avec l'élite économique de la société. Non, le national-socialisme possède aussi une force d'attraction plus ténébreuse, qu'il partage avec le fascisme. Non seulement l'idée de la violence peut être justifiée, mais elle a sa propre valeur, et sans elle nous perdons un élément essentiel de l'existence. Qui n'a jamais éprouvé l'envie et la joie d'user de violence ?

– En ce qui me concerne, je garde l'impression d'entendre parler un national-socialiste convaincu, glissa Astrid.

– Vous me demandez quel était l'appel profond du national-socialisme, je réponds. Il y a une différence entre la réalité telle qu'elle est et telle qu'elle devrait être. »

Deux coups rapides sur la cloison retentirent.

« Nous supposons que vous n'avez pas pris contact avec nous pour nous convertir au national-socialisme. Mais vous prétendez donc avoir perdu la foi. D'après notre expérience, la grande majorité des anciens combattants reviennent du front de l'Est avec des convictions antijuives et antibolcheviques renforcées. Pourquoi seriez-vous différent ?

– L'endoctrinement est fort, répondit Henry. Nous devions prêter un serment de fidélité. Néanmoins, de nombreux soldats doutent. Simplement, ils ne le disent pas.

– Mais vous si ?

– De nombreuses recrues de la division Nordland sont à peine majeures. Elles n'ont jamais vu le monde, jamais rencontré ni Juif ni Russe. Et c'est alors plus facile de croire à la propagande. Pour ma part, je suis toujours allé à contre-courant, je suis comme ça.

– Que voulez-vous, au juste ? »

Henry récapitula brièvement le dîner chez son père et sa conversation avec l'officier du renseignement Georg Wolff.

« Qu'a dit l'officier à propos de l'école technique ? »

Henry expliqua que l'Allemand considérait que l'éducation technique avait été améliorée par la guerre.

« Que nous apporteront vos renseignements, selon vous ?

– Sur le front de l'Est, j'ai entendu un jour une infirmière allemande communiquer à un soldat mourant un secret sur des armes miracles allemandes, plus précisément des fusées. Ayant vécu en Allemagne et vu la passion des Allemands pour ces engins, avant de moi-même étudier la technologie du gyroscope, qui peut notamment être utilisée comme mécanisme de guidage de fusées sans pilotes, mon intérêt a été piqué. Ensuite, j'ai contacté un Norvégien particulièrement bien informé en me servant des renseignements fournis par l'infirmière pour qu'il m'en dise plus… »

Trois coups sur la cloison.

« Nom.

– Je vous le donnerai en temps utile. Mon contact m'a révélé le lieu. Je sais ce qu'est le nazisme et je vais me rendre en Allemagne pour découvrir ce qui se passe à Peenemünde, puisque c'est le nom de cet endroit.

– Personne ne pourra t'accuser de manquer d'ambition, déclara Astrid.

– Astrid, viens ici une minute, pour qu'on parle tous ensemble », dit la voix de l'autre côté de la cloison.

Alors qu'elle disparaissait dans l'autre pièce, Henry resta à pianoter sur la table. Pourquoi le chef avait-il ordonné une pause ? Ne le croyaient-ils pas ? Ou le croyaient-ils, justement ?

Astrid se rassit sans un mot.

« Vous avez toujours des contacts avec d'autres combattants du front ? poursuivit la voix.

– Pas réellement. Je n'ai pas la force de les voir.

– Pourtant, c'est précisément ce que vous devez faire. Vous allez continuer de les voir. Nous devons savoir ce qu'ils savent sur nous. Vous êtes national-socialiste et ancien combattant décoré. C'est compris ? »

Henry s'éclaircit la voix.

« Oui.

– Merci d'avoir communiqué vos vues. Nous avons terminé. Vous serez bientôt informé de la suite des événements. Astrid vous tiendra au courant… »

La procédure de l'aller se répéta au retour. Henry fut déposé à l'endroit exact où on l'avait ramassé. Astrid sortit de la voiture avec lui, le véhicule repartit. En proie à une légère nausée occasionnée par le trajet, et à la joie causée par le rendez-vous, il respira à fond. L'adrénaline affluait dans son corps. Il avait envie de courir encore, de naviguer jusqu'en Allemagne.

« Je reste dubitative, dit Astrid, mais je reconnais que tu as été convaincant aujourd'hui.

– Tu es toujours dubitative.

– Lundi 24 août. Dans une semaine et demie. Tu te souviendras de la date ? Bien, alors on se voit à la gare d'Østbanen, où tu recevras tes instructions. »

Deux soldats allemands qui bavardaient gaiement arrivaient vers eux. Henry s'empara aussitôt de la main d'Astrid. Elle le laissa faire en hésitant. Ils marchèrent en direction des Allemands. Sur une petite hauteur donnant sur l'échancrure d'une baie, Henry s'arrêta, alors qu'ils étaient tout près de croiser les Allemands. Il glissa son bras autour de la taille d'Astrid. Elle ne protesta pas. Les soldats de la Wehrmacht étaient proches à présent, leurs voix enjouées rompirent le silence. L'air marin se mêlait de relents de bouses de vache.

« Tu te souviens de ce que chantait Édith Piaf ? murmura-t-il.

– Tu ne parles pas le français, Henry.

– *Je m'rappelle plus comment on s'était rencontrés.*

– Moi, je m'en souviens encore. »

Les Allemands les saluèrent d'un modeste hochement de tête en passant.

Henry l'embrassa.

Elle le repoussa quand ils furent hors de vue et s'essuya la bouche du revers de la main.

« Mais qu'est-ce qui te prend ? Tu essayais de cacher quelque chose aux soldats allemands ? La sécurité est assurée, n'aie pas peur.

– Je cherchais juste une occasion de t'embrasser. Tu te souviens du refrain, Astrid ? *C'est lui que mon cœur a choisi.*

– C'est lui que mon cœur a choisi.

– Tu veux dire *moi*, pas *lui*. »

Elle ne répondit pas, et c'était une réponse suffisante. Henry la regarda s'éloigner. Ses longues enjambées, son pas rapide, elle avait toujours marché vite, les cheveux blonds qu'elle rejetait en arrière. Au bout de quelques mètres, elle lança un regard souriant et énigmatique par-dessus son épaule ; s'apercevant qu'il la regardait, elle tourna la tête et allongea le pas. Elle et moi, pensa Henry, quand la guerre sera finie, ce sera elle et moi.

Chapitre 12

BERLIN

Août 1942

Un jour, Sorge avait réussi à quitter son bureau tôt.

Les jumelles tourbillonnaient dans l'appartement, excitées comme seuls des enfants peuvent l'être.

« On va se baigner au Wannsee ! criaient-elles en chœur.

– Il faudra prendre garde aux rayons ultraviolets quand les filles se feront bronzer », exhorta Sorge.

Les autorités avaient lancé une grande campagne contre le bronzage inconsidéré.

Dans la cuisine, Greta finissait de préparer un sac. Maillots de bain, serviettes, crème solaire, un roman de Trygve Gulbranssen. Elle déposa dans une boîte de la nourriture enveloppée de papier aluminium.

« Viens ici et ferme les yeux, dit-elle.

– Hmm, ça sent bon. Qu'as-tu préparé ?

– Des cuisses de poulet marinées aux herbes, chuchota-t-elle. Fraîchement fournies par mon contact local, à savoir tante Birgit. Elle est arrivée du Mecklembourg avant-hier avec ses petites affaires. Si je vendais ça au marché noir, nous pourrions devenir riches.

– Tu es épatante, conclut Sorge en l'embrassant. Allez viens, on y va ! Le soleil se couche tard. Si on part maintenant, on aura une demi-journée de baignade. »

La fin de l'été avait été très chaude et à la moindre occasion, les habitants partaient en procession se baigner dans les grands lacs à la périphérie de la ville ou sur la côte baltique. Après un hiver démoralisant, les nouvelles des fronts de l'Est et du Sud étaient bonnes. La Luftwaffe bombardait les faubourgs de Stalingrad avec une intensité croissante, l'Afrikakorps de Rommel était sur le point d'en finir avec les Britanniques en Afrique du Nord.

La famille arrivait dans le vestibule quand la sonnerie du téléphone retentit. Sorge sentit son ventre se tordre. Devait-il simplement partir ? Il échangea un regard avec sa femme.

Elle haussa les épaules d'un air découragé.

Il revint sur ses pas et décrocha.

« Oui ?

– C'est Walter. »

Walter ?

« Ou devrais-je dire le Standartenführer Schellenberg ? poursuivit son interlocuteur d'un ton assuré. Tout va bien de ton côté, Werner ? J'ai essayé de te joindre toute l'après-midi.

– Très bien, oui », répondit Sorge, gêné, en regardant les visages interrogateurs des jumelles et de Greta.

Pourquoi ce ton de camaraderie informelle chez Schellenberg ?

« Et tout va bien pour toi, Walter ? »

Greta se figea. Elle avait l'expression d'une mère inquisitrice qui comprend que son fils a de mauvaises fréquentations.

« Tout va parfaitement, oui, poursuivit Schellenberg en riant. Écoute, Werner. Quelqu'un t'invite à monter à cheval dans le Tiergarten. Pas n'importe qui, un homme important, qui connaît toutes les personnes à connaître et qui a un accès personnel au Führer.

– Quand ? murmura Sorge.

– Il a un programme serré. Tout se passe au coup par coup. Il y sera dans quarante-cinq minutes. Avec des renseignements sur notre affaire.

– Je vois, répondit Sorge à voix basse en observant sa femme, qui avait bien sûr compris la situation.

– On se retrouve dans une demi-heure à l'écurie derrière le jardin zoologique, près du canal. Tenue civile.

– Bien entendu. »

Sorge raccrocha.

Il y eut du tapage, naturellement. Les jumelles criaient à qui mieux mieux, sur ce mode théâtral fanatisant qu'adoptent les enfants qui s'attisent les uns les autres.

Greta fulminait.

« Pour une fois que nous allions faire quelque chose ensemble, tu te désistes !

– Tu sais aussi bien que moi que ce travail est imprévisible.

– Parfois je me demande si tu ne devrais pas t'en débarrasser, justement, de ce maudit travail. »

Assez, pensa Sorge.

« Sans mon travail, notre appartement n'aurait pas été de ce standing ! Enfin, tu préférerais peut-être retourner dans le deux-pièces de Mariendorf ?

– Plutôt un abri antibombe sans fenêtres que ça ! hurla-t-elle. Je n'en peux plus.

– C'est pour l'Allemagne », répondit Sorge, s'efforçant de parler d'un ton calme.

Greta se détourna quand il essaya de lui caresser les cheveux.

« Et ça, c'est pour la famille ! » sanglota-t-elle en jetant le poulet dans la poubelle, éclaboussant de la marinade sur le sol de la cuisine.

« Nettoie ces cochonneries avant mon retour ! fit-il froidement.

– Mais écoute-toi donc ! Ton snobisme, ta foutue Mercedes, l'appartement et cette manie maladive du rangement ! Ce n'est pas le Werner que j'ai épousé, qui était un homme bien, terre à terre. En plus, tu commences à manquer tes séances matinales de culture physique. Tu ne comprends pas que ce travail te corrompt ? »

Sorge prit sa voiture pour effectuer le court trajet vers l'écurie du Tiergarten. Il retrouva son calme. Le travail était une soupape. Mais la réflexion de Greta sur ses séances de culture physique le touchait, comme toute vérité qu'une dispute révèle.

Le contrôle de soi était son insigne, sa marque de noblesse, jamais il ne devait le perdre.

Et puis qui Schellenberg avait-il déniché cette fois ?

Une odeur renfermée de foin et de fumier planait entre les box de l'écurie. Les bêtes hennirent nerveusement, des chauves-souris et des passereaux battirent des ailes entre les poutres du plafond.

« Sturmbannführer Sorge, c'est bon de vous voir », fit Schellenberg en souriant.

Dans la pénombre de l'écurie, il entrevit la denture immaculée de son supérieur hiérarchique.

Ils avaient tous les deux abandonné l'uniforme. Vêtu de bottes de cheval civiles en cuir marron, d'un pantalon kaki ajusté, d'une chemise et d'un gilet, Schellenberg avait des airs de noble britannique.

« Savez-vous monter à cheval ?

– Je ne suis pas grand cavalier, mais je me débrouille, répondit Sorge. C'est en galop enlevé que je suis le meilleur, plus ça va vite, plus c'est facile. »

Schellenberg sourit.

« Ç'aurait pu être ma devise. »

Interrogé sur les progrès du Wolfsangel, Sorge répondit la vérité : la piste polonaise avait été explorée de toutes les façons possibles. Les mouvements de Warsinski avaient été passés au peigne fin, ses rendez-vous, les lieux où elle s'était trouvée, le genre d'informations qu'elle avait possédé. Ces recherches n'avaient abouti nulle part, et encore moins au Griffon.

« Le Reichsführer en personne souhaite une percée dans l'affaire », souligna Schellenberg en conduisant un lipizzan dehors.

Un garçon d'écurie tendit à Sorge les rênes d'un pur-sang arabe svelte et gracieux à la robe gris pommelé. Il monta en selle.

« Puis-je vous livrer mon opinion en toute franchise ? demanda Sorge.

– Je n'emmène pas mes relations en promenade à cheval pour entendre des évidences. Ce qui se dit à l'écurie reste à l'écurie.

– Mon subordonné, le Kriminalobersekretär Friedrich, est un homme compétent, mais il est modelé par la pensée de la Gestapo. Il veut élucider les affaires et déférer les coupables en justice. L'idée que certaines personnes, comme Fräulein Skarbek, qui certes a commis des crimes graves contre le Reich, puissent être plus précieuses en liberté que décapitées ne l'effleure pas. Le renseignement et l'espionnage, il n'y comprend rien.

– Et la piste polonaise ?

– Rien ne porte à croire qu'elle nous mènera au Griffon. Comprends-moi bien, en enquête judiciaire, Friedrich est formidable. Les Polonais de l'Armée de l'intérieur ont placé du monde à des postes subalternes dans des groupes industriels stratégiques, et dans des camps de travail. Ensuite ils ont recours à des agents de liaison pour sortir l'information du Reich, comme dans l'affaire de la secrétaire Warsinski et de Skarbek. En revanche, ils n'ont pas d'agent tel que le Griffon. Tu te souviens du rendez-vous préliminaire avec le Reichsführer, Walter ? Initialement, ce qui a lancé la traque du Griffon menée par le Wolfsangel était une information de l'Abwehr, n'est-ce pas ? Nous devons retourner aux sources. J'ai personnellement ordonné à Friedrich de chercher les fichiers de l'Abwehr qui apportent un éclairage sur la situation, mais sous divers prétextes, notamment le départ en retraite de leur officier traitant, les gens de l'Abwehr ont saboté l'affaire. Les problèmes de coopération entre le SD et le renseignement militaire constituent une grosse entrave pour résoudre l'affaire. Personnellement, je pense qu'il serait utile de transférer du personnel de l'Abwehr vers le Wolfsangel.

– D'un point de vue strictement financier et logistique, ce n'est pas problématique, assura Schellenberg. En revanche, cette solution pose certaines difficultés sécuritaires. »

Difficultés sécuritaires, songea Sorge alors que son cheval partait au trot. Qu'était-ce censé signifier ? Il ne posa pas la question.

« Je préférerais donc que nous nous adressions directement à l'Abwehr. »

Que voulait dire Schellenberg ? Dans une clairière vers le nord se trouvait un autre cavalier. Ils ralentirent lorsqu'ils furent tout près. De prime abord, Sorge ne le reconnut pas.

« Sturmbannführer Sorge, déclara Schellenberg en tirant sur ses rênes, c'est pour moi une joie et un honneur de vous présenter l'amiral Canaris, le commandant en chef de l'Abwehr. »

L'amiral s'était lui aussi habillé en civil, veste d'intérieur en tweed gris cendré et casquette assortie. Des sourcils blancs broussailleux surmontaient deux yeux vigilants et un nez droit et long qui dominait tout son visage et se terminait par des narines invisibles, d'où émergeaient des poils gris. Sur son cheval, l'amiral avait l'air petit et, comparé aux fringants officiers de Prinz-Albrecht-Straße, d'un âge avancé. À ses côtés, un teckel docile remuait la queue.

Ils se saluèrent.

« L'amiral Canaris et moi montons souvent dans le Tiergarten le matin, précisa Schellenberg. C'est un excellent endroit pour discuter de toutes sortes de questions concernant la sûreté du Reich. Mais aujourd'hui, l'affaire étant pressante, nous avons décidé de nous réunir dès cet après-midi.

– Nos rendez-vous se sont espacés depuis que Heydrich a été assassiné dans une embuscade, déclara l'amiral d'une voix claire, un léger cheveu sur la langue, avant d'ajouter laconiquement : Il faut bien que je me tienne au courant et que je sache à quoi les jeunes loups du Reich occupent leurs journées. »

Il sourit à Sorge.

« Et qui êtes-vous donc, Sturmbannführer ?

– Sorge travaille au RSHA sur les menaces contre la sûreté du Reich, glissa Schellenberg. Il est responsable d'une unité spéciale qui se concentre sur l'espionnage visant nos programmes de recherche industrialo-militaires les plus secrets. Nom de code : Wolfsangel.

– Un travail important », commenta poliment Canaris avant d'être interrompu par une quinte de toux.

Quand il osa enfin ouvrir la bouche, Sorge aspirait à la précision.

« Nous avons reçu des informations capitales révélant la présence d'un espion au sommet de nos programmes de recherche militaires, plus précisément à Peenemünde. Notre hypothèse principale – à savoir que le Griffon emploie des agents de liaison de l'Armée de l'intérieur polonaise pour acheminer des renseignements aux Britanniques – n'a pas pu être vérifiée. Nous nous trouvons tout bonnement démunis, amiral.

– Et en quoi puis-je vous aider en la circonstance, Sturmbannführer ?

– Nous avons besoin des dossiers de l'Abwehr faisant la lumière sur les activités de l'agent Cicéron. Nous pensons que l'explication de la fuite d'information s'y trouve. »

Canaris était bon cavalier. Il fit un tour dans la clairière et arrêta son cheval devant eux, alors que l'animal projetait nerveusement la tête en arrière.

« Mon cher Standartenführer, fit-il en observant Schellenberg. Est-ce vous qui avez véhiculé ces illusions que Cicéron aurait un rapport avec les Polonais ?

– Mais vous avez dit…

– J'ai dit que la piste polonaise valait la peine d'être poursuivie, coupa l'amiral avec la mine d'un professeur admonestant le lycéen Schellenberg. Et elle *vaut* la peine d'être poursuivie. L'Armée de l'intérieur dispose du réseau d'agents le plus développé du Reich, c'est un fait. En revanche, l'agent Cicéron est une tout autre histoire. Voyons, par où commencer ?

– Par le début ? proposa timidement Schellenberg.

– C'était en 1939. À l'automne, avant le début de la guerre défensive contre la Pologne. Un jour, j'ai été convoqué chez le ministre des Affaires étrangères Ribbentrop, au sujet d'une affaire très secrète, selon sa formule. Un télégramme urgent était arrivé de l'une de nos missions diplomatiques à l'étranger. Il n'a pas précisé laquelle. Une source proche de l'ambassadeur britannique expliquait être tombée sur un rapport surprenant. Très surprenant, en vérité. Il contenait des informations détaillées sur nos programmes d'armement les plus sensibles. Il est apparu que le rapport provenait d'Oslo, en Norvège.

– En Norvège ?! s'exclamèrent Sorge et Schellenberg à l'unisson.

– Exact. N'oubliez pas que cela se passait six mois avant l'opération Weserübung et la mise en place du commissariat du Reich pour les territoires norvégiens occupés, nos ressources en termes de renseignement étaient extrêmement limitées. Le SD avait envoyé en Norvège un attaché de presse lymphatique et relativement incapable qui ne comprenait même pas le norvégien, un Autrichien, je crois qu'il s'appelait von der Hagen. Il était censé effectuer du travail de précision et bâtir un réseau avec les nationaux-socialistes norvégiens.

– La Gestapo n'a-t-elle pas mis Werner Knab à disposition de l'ambassade ? demanda Schellenberg.

– C'était un peu plus tard, en février 1940. À l'époque, tout le renseignement opérationnel en provenance de Norvège résultait du travail de mes hommes de l'Abwehr. La source des Britanniques était un type paranoïaque, et ce n'est qu'après une longue période d'amadouement qu'il a accepté de rencontrer un de nos agents de liaison, le commandant Klein.

– Ce nom ne me paraît pas particulièrement allemand », nota Schellenberg.

Canaris le remit vertement à sa place.

« Le commandant Klein n'était pas d'origine juive, c'est une certitude. Son antisémitisme inébranlable remontait aux corps francs et à la guerre, à des temps où vous étiez encore sur les bancs de l'école à Saarbrücken. Klein était aussi l'un de nos meilleurs agents. Il nous a expliqué que le "rapport d'Oslo", comme nous l'avions baptisé, avait été remis à la délégation britannique dans la capitale norvégienne à la fin de l'automne 1939.

– Je voudrais vraiment parler avec l'agent Klein, souligna Sorge.

– Si j'ai évoqué le commandant Klein au passé, ce n'est pas par hasard. Il a perdu la vie l'année dernière, dans un accident de voiture tragique près de Minsk, en Biélorussie. Et il était le seul qui connaisse le nom de l'informateur de la délégation britannique.

– Il doit tout de même exister un dossier sur l'affaire ?

– Très certainement, je vais me renseigner auprès de mon état-major. »

Canaris signala que la conversation était terminée.

« Si ces messieurs veulent bien m'excuser. »

Ils ramenèrent les chevaux à l'écurie, le teckel de l'amiral les suivait fidèlement. Sorge pensa à Greta et aux jumelles. De bonnes Allemandes loyales, vivant dans une béate ignorance du climat de méfiance générale et des luttes de pouvoir entre les organisations du régime. Comment était-il possible que les renseignements sur le Griffon ne parviennent à ses oreilles que maintenant ? Pourquoi le Reichsführer et Schellenberg lui avaient-ils confié la responsabilité du Wolfsangel sans disposer d'informations suffisantes ? Sorge suspectait qu'il n'était qu'un pion dans leur jeu. Il avait su par les bruits de couloir du Prinz-Albrecht-Palais que les relations avec l'Abwehr n'étaient pas bonnes, mais il ignorait qu'elles étaient si critiques.

« N'oublions jamais la bonté intrinsèque des animaux. Mon teckel ne me trahira jamais, conclut Canaris en caressant son chien. Je ne peux pas en dire autant de la race humaine. Au revoir, messieurs, c'est toujours un plaisir. »

Chapitre 13

OSLO

Août 1942

« Tu connais beaucoup d'étudiants en droit ? demanda Georg Wolff dans le bruit et la fumée du bar du Ritz.

– Pas beaucoup d'étudiants, répondit Henry en trempant les lèvres dans son cognac. Mais un certain nombre d'étudiantes. Elles sont connues pour être les plus belles de la ville.

– Ce sont les étudiants en droit qui ont les groupes de résistance les mieux organisés. »

Wolff vissa sur lui un regard absolu.

« Avec les étudiants de la faculté des sciences.

– Dont les filles n'ont pas précisément la réputation d'être aussi séduisantes, en revanche. »

Il renversa la tête en arrière et vida son verre. Il n'avait pas touché à l'alcool depuis des semaines, mais on ne pouvait pas obéir aux instructions de sortir avec les Allemands sans boire.

« Comment puis-je exprimer cela ? Disons qu'après ma petite intervention pour te faire inscrire à Charlottenburg, il y a eu quelques grincements de dents dans certains cercles. Des gens, des petites gens, qui éprouvent toujours le besoin de médire, affirment que tu ne crois plus en l'idéologie du national-socialisme et que tu fréquentes trop les résistants des universités. »

Qu'essayait donc de lui dire Wolff ?

« Quand ces gens répandent leur fiel, continua l'Allemand, j'ai l'habitude de leur demander si *eux* ont été décorés de la croix de fer pour bravoure au combat. Santé, mon ami, ce soir, c'est moi qui régale ! »

Telle une lanterne, le bar en acajou du Ritz attirait les papillons de nuit : des officiers de la Wehrmacht, des infirmières du front, des anciens combattants, des filles de la Hird, des contrebandiers, des profiteurs de guerre, des tentatrices et d'autres opportunistes de tout bois. Wolff connaissait bien sûr les videurs à l'entrée ; avec lui, on coupait la file.

Henry examina la clientèle. Wolff était toujours bien informé, mais comment pouvait-il savoir *ça* ? Astrid et sa bande lui avaient demandé de passer son dernier week-end avec d'anciens alliés. N'avait-il pas pris des précautions extrêmes ? L'avaient-ils filé à l'université ou pendant ses séances de course matinale ? Étaient-ce les soldats allemands de quand il avait embrassé Astrid ? Mon Dieu. Ou Johansen ? C'était impossible. Mais rien n'était impossible.

Il régnait une ambiance animée dans l'hôtel à la façade crème et l'orchestre de la maison était suffisamment libre d'esprit pour jouer du jazz américain. Il fuma une cigarette pendant que Wolff commandait un plateau de schnaps. Puis il en fuma une autre, en l'allumant sur la braise de la précédente. Il avala une pilule qu'il avait sur lui.

Pendant qu'il attendait les picotements de la pervitine agissant dans son corps, ils parlèrent de Berlin, où Henry ne s'était pas rendu depuis le printemps 1940, si ce n'est pendant un bref intermède après sa démobilisation de la Waffen-SS.

« Comme ici, les menus des restaurants y sont peu fournis et les queues sont longues. Mais Berlin fait relativement bonne figure. En plus, il n'y a pas eu de bombardements britanniques depuis longtemps, pas depuis l'année dernière. »

Henry sirota sa boisson. Il sentit aussitôt son esprit affûté par le comprimé.

« Il paraît que tu as rendu visite à Olaf », fit Wolff en souriant.

Connaissait-il le moindre de ses mouvements ?

« L'an dernier, Fermann était avec le Reichsführer-SS lors d'une visite dans l'Est, poursuivit-il, apportant ses habituels ragots piquants. Il ne l'a pas du tout supporté. Quand l'état-major a atterri à Tempelhof, il s'est effondré. Il a pleuré toutes les larmes de son corps. Riisnæs, de son côté, est un alcoolique dégénéré. Le ministre de la Police Lie est un dur, certes, mais il pourrait sembler que les dignitaires nationaux-socialistes norvégiens ne soient pas faits du matériau humain robuste dont l'Allemagne a besoin. J'ai nettement plus foi dans notre génération. Santé ! »

Un homme apparut dans le bar.

Borgar Grande était entouré d'une cour d'admiratrices de la Hird et de jeunes hommes qui avaient l'air de s'être portés candidats à la Légion norvégienne. Son visage rond était dominé par une mâchoire exceptionnellement marquée et ses cheveux courts étaient blancs comme ceux d'un Finlandais. Henry se figea sur place.

Bien entendu qu'il était là.

Wolff se retira discrètement.

« Mais bon Dieu, c'est le judéo-bolchevique en personne qui a ressuscité d'entre les morts ?! s'écria Grande.

– Il est juif ? demanda un jeune homme surexcité à côté de lui.

– Non, mais je suis bolchevique, répondit Henry. Et toi, qui es-tu ? »

Le jeune homme dirigeait les jeunesses de la Hird. Il pérora sur le front de l'Est et sur le pouvoir des judéo-bolcheviques en Norvège. Grande l'interrompit en désignant son camarade d'escouade.

« Ça suffit, crapule de recrue ! Écoute ! Voici Henry Stürm. Un Soldat avec un grand S, un homme qui a fait davantage pour la cause national-socialiste que ton cerveau parasite de jeune de la Hird ne pourra jamais comprendre, et davantage que ton corps mou de soldat de salon ne fera jamais. Nous allons maintenant parler sans être dérangés et toute recrue qui ne le respectera pas sera traitée conformément au Kommissarbefehl. Compris ? Allez, ouste ! »

Le Kommissarbefehl… Henry pensa aux Russes morts de froid.

« Je ne supporte pas les gens qui cherchent à nous renseigner sur comment c'était à l'Est, dit Henry.

– Moi non plus, répondit Grande. Content de te voir, camarade. »

Il trame quelque chose, songea Henry. L'amabilité de Grande l'inquiétait.

L'ancien mitrailleur insista pour régler la note, il avait bien gagné sa vie en liquidant quelques biens immobiliers juifs. Ces derniers temps, expliqua-t-il, la Stapo s'était montrée plus sévère envers les Juifs gauchistes de l'Est qui avaient partie liée avec les partisans soviétiques, et elle avait interné les dirigeants les plus dangereux.

« Le problème, dit Grande, c'est que ces Juifs sont des bolcheviques, n'est-ce pas ? Ils ne croient pas à la propriété privée et vivent dans de minuscules piaules dans les quartiers Est d'Oslo. On ne trouve pas grand-chose chez eux. Enfin, il y a tout de même assez de joyaux pour que je paie ma tournée ! »

Il commanda deux scotchs.

« Si on n'était pas critique envers les Juifs avant d'aller en Ukraine, on l'est devenu en voyant leur comportement là-bas, bordel. Leurs villages, rien que de la merde, de la saleté. Tu as l'intention de retourner à l'est ?

– Non. J'ai été déclaré inapte au combat. Et toi ?

– J'en ai fini et de l'Ukraine et du front sud. La prochaine fois, je pense que ce sera la légion à Léningrad, mais ça dépend de nombreux facteurs. Marthinsen et Ragnvald Krantz ont des projets pour moi à la Stapo.

– Certaines personnes du NS voudraient t'employer pour la propagande. »

Grande éclata de rire.

« Oui, un soldat de salon m'a téléphoné à ce sujet. »

Il observa Henry de ses yeux canins. Manifestement, la boisson avait réveillé son côté sentimental.

« On était bons à l'époque, putain, pas vrai ?

– *Wo die Norweger stehen, kommen die Russen nimmer durch.* "Là où sont les Norvégiens, les Russes ne passeront jamais." C'est ce que disait le général Steiner, non ? On était en granit », déclara Henry sans croiser son regard.

« Le front te manque ?

– Ce qui me manque, c'est Johansen qui raconte le meurtre d'un grossiste pendant une garde de nuit par moins trente. »

Grande secoua la tête en souriant.

Henry n'était peut-être plus national-socialiste, mais ni Astrid, ni les résistants, ni aucun soldat de salon ne comprenaient de quoi il s'agissait ici. Pour eux, Grande n'était qu'un butor, un misogyne, un bourrin militariste, un sadique et un antisémite. Et il l'était. Mais c'était aussi le type qui s'était porté volontaire pour des gardes de nuit et qui avait traité Johansen comme son petit frère. Le type qui avait porté Henry vers la liberté.

On ne cesse jamais d'aimer ses camarades d'escouade.

Après quelques instants à regarder son verre en silence, Grande prit la parole :

« Pourquoi tu as volé cette foutue syrette à la maison Ragnar Berg ? »

Henry eut un infime temps d'hésitation.

« Je n'avais pas le moral quand on est rentrés. Vraiment pas. J'avais sans doute le sentiment de ne pas avoir de raison de vivre. »

Son interlocuteur prit un air pensif.

« Désolé, Henry, mais je ne te crois pas. Ce n'est pas ton genre.

– Alors la Stapo enquête sur une tentative de meurtre ? fit Henry en ricanant avec incertitude.

– Oublie la Stapo. Quand on est à peu près d'équerre, on n'a qu'une seule raison de prendre une dose de morphine et c'est qu'on ne croit plus au national-socialisme. »

Ses mois à la Stapo avaient fait de lui un interrogateur manipulateur, songea Henry.

« Tu me traites de *jøssing* ?

– Tu l'es ?

– Tiens-t'en donc à ta mitrailleuse, Grande, ça, tu maîtrises. Dans quelques jours, je vais partir pour Berlin, je reprends mes études. Un *jøssing* aurait fait un autre choix et envisagé les choses autrement.

– Tu es un putain de snob, qui parle l'allemand et qui a lu tous ces bouquins… Moi, je n'en ai jamais lu un seul. Mon allemand est bancal… »

Grande sourit en levant les bras en l'air.

« … mais on s'est gelé le cul ensemble et on a chassé les bolcheviques. Ça me suffit. Je me fous de comment tu envisages les choses.

– Santé ! » s'exclama Henry, soulagé.

Ils burent encore sans beaucoup parler. La salle se vidait peu à peu.

« Le bar ferme. On a trois possibilités. On peut faire un tour au Casino du Führer, on peut aller passer un petit moment avec les filles de la Haus Sphinx, qui reste toujours ouverte, ou alors, dernière possibilité, on monte à la maison d'un résistant qui a dû quitter les lieux en toute hâte il y a une quinzaine de jours, il a laissé un bar relativement bien fourni, ha ! ha ! ha !

– Le Casino du Führer a autant de vitalité que la réception qui a suivi les funérailles du Feldmarschall Hindenburg. Sans hésiter, la dernière option. »

Grande agita démonstrativement un porte-clefs.

« Il semblerait que le professeur Bugge ait oublié ses clefs. »

Ils sortirent sur Drammensveien d'un pas mal assuré. Grande se lança dans un développement sur le tort causé au national-socialisme en Norvège par les francs-maçons chrétiens du NS, avant d'émettre une vaste théorie complotiste sur l'implication du secrétaire de parti Fuglesang dans la noyade accidentelle du ministre Lunde.

Derrière le Palais royal, ils pissèrent sur la propriété du ministre-président et menteur national Quisling.

La maison du résistant était située sur une hauteur. Le rez-de-chaussée était vide, expliqua Grande alors qu'ils gravissaient les marches du perron. Il ouvrit la porte d'entrée, à côté de la plaque au nom de Bugge, et fit signe à Henry d'entrer.

Le logement spacieux respirait la culture. Les manteaux étaient soigneusement suspendus dans une penderie ouverte. Henry balança le sien sur le portemanteau et entra dans une salle à manger tout en longueur. Des bougeoirs en laiton sur une étroite table en chêne verni brun sombre, un mur tapissé de bibliothèques faites de la même essence.

« Je ne me suis pas trop approché des livres, mais toi, ça t'intéresse sûrement. Ce résistant est professeur à la fac de droit. »

La pièce adjacente était dominée par un âtre massif et des canapés et fauteuils grandiloquents de style rococo français. Grande posa un disque de Bing Crosby sur le gramophone et avança un chariot de bouteilles en imitant le parler d'Oslo.

« Monsieur souhaite-t-il une boisson de l'assortiment du professeur Bugge ? Une vodka russe, peut-être ? Ou un scotch ?

– Oui, ça », répondit Henry, sans effort pour participer à la comédie.

Grande, lui, choisit la vodka, qu'il but directement au goulot. Puis il se rendit dans la salle à manger et en revint muni d'une pile de livres.

« Ces livres te disent quelque chose, Storm, toi qui es si intelligent ? Voyons voir. *Les Souffrances du jeune Werther* de Goethe, c'est quoi cette connerie, hum, voilà quelques tomes de l'histoire du monde de Grimberg, *Candide* de Voltaire, Bjørnstjerne Bjørnson, *Crime et Châtiment* de Dostoïevski, ça semble rouge et bolchevique, si tu veux mon avis, et là, on a deux volumes d'Ibsen, lui, j'en ai entendu parler. Tu sais qu'on manque de combustible en ce moment en Norvège, je vais faire un petit feu de cheminée. »

Henry contempla les flammes sans un mot. L'effet énergisant de la pervitine se dissipait. Les livres brûlaient bien, mais de la fumée noire s'élevait des reliures.

« Il s'est passé quoi, exactement, dans le clocher en Ukraine ? » demanda inopinément Grande.

La nausée fut immédiate, le relent de whisky dans sa gorge obligea Henry à déglutir deux fois. Voilà donc pourquoi Grande l'avait promené dans la ville.

« Avec la mitrailleuse, tu avais une meilleure vue que n'importe qui d'autre, répondit froidement Henry.

– Je parle de l'intérieur du clocher, là, je ne voyais rien.

– C'est allé vite, je me souviens seulement d'instants. J'ai ouvert la porte d'un coup de pied. Je suis entré avec mon pistolet levé. On s'est vus à la même seconde, Ivan et moi. Deux coups de feu. Et puis plus rien, jusqu'à ce que tu me portes dehors.

– À la même seconde… », articula lentement Grande.

Henry le dévisagea.

« Oui, c'est ce qui s'est passé.

– Tu te souviens qu'on s'était dit que c'était nous trois contre le reste du monde ? fit Grande. Après ce jour-là, je me suis retrouvé seul. Vous n'étiez plus là ni l'un ni l'autre.

– Ça a dû être horrible.

– Oui, c'était horrible. »

Grande le scruta pendant deux longues secondes, ils se fixèrent sans baisser les yeux.

« Trinquons une dernière fois, Scharführer Storm ! dit enfin Grande. Tu m'as manqué, Henry, tu nous as manqué. Il se passe un truc spécial quand on a été au front ensemble. On n'a confiance en personne d'autre. Personne. Notre honneur s'appelle fidélité. »

Au bout de quelque temps, Henry se leva, légèrement titubant. Un mur était orné de portraits de famille, de photos de mariage et de soutenances de thèses, des gens beaux, souriants ; une terrible mélancolie le gagna. Pas à cause de ces personnes, mais de ce monde naïf et insouciant auquel ils avaient jadis appartenu, tout comme lui.

« J'ai besoin de ton aide, déclara Grande, qui l'avait rejoint. En tant qu'homme de la Stapo.

– De mon aide à moi ?

– La résistance grandit, expliqua-t-il d'un ton grave. Pour chaque tête que nous coupons, il en pousse trois. Le mouvement syndical, les profs, ces maudits évêques. Les communistes, bien sûr. Et les étudiants. Le professeur Bugge a dû fuir parce que nous étions sur la trace de ses équipes. De quelque chose de plus grand. »

Il décrocha une photo : une grande famille était réunie sur la terrasse de ce qui ressemblait à une villa de style chalet suisse, à la campagne. Trois générations d'hommes à l'air sérieux, vêtus de gilets et arborant des monocles, les femmes les plus jeunes en robes d'été décolletées, des adolescentes, des enfants.

« Le numéro deux, au deuxième rang, désigna Grande. Tu sais qui c'est ? »

Il était nettement plus jeune que lors de leur dernière rencontre à l'université, pensa Henry alors que son cœur s'arrêtait de battre, mais c'était lui, pas de doute là-dessus. Thomas Robshamn.

« Oui. »

Il ferma les yeux, essaya de faire le tri des informations. Si la Stapo traquait Robshamn, sa théorie selon laquelle c'était un collabo s'effondrerait comme un château de cartes.

« Ces gens de la haute se marient toujours entre eux, commenta Grande. C'est le pur haras, si tu veux mon avis. Arabe primé recherche lippizan. Le professeur Bugge épouse l'intelligente étudiante Robshamn, dont le frère est bien sûr juriste, lui aussi, et est le père de ce Bjørn. Tu l'as vu ces derniers temps ?

– J'ai la nausée, dit Henry. Je n'ai pas bu d'alcool depuis des mois. »

Il prit congé de Grande et sortit dans la nuit. Il chipa un vélo sans cadenas, pédala sur Josefines gate, continua ensuite sur Camilla Colletts vei. Où aller ? La situation s'était amplifiée. Pourquoi Grande lui avait-il parlé d'une opération secrète en cours ? Fidélité de SS, nostalgie sentimentale, lapsus alcoolisé ? Non, c'était intentionnel : la menace voilée de Wolff plus tôt dans la soirée, le dernier verre innocent de Grande chez le professeur Bugge.

Ils avaient testé sa loyauté.

Ils avaient voulu voir s'il était toujours du côté allemand.

C'était un plan aussi maléfique qu'étincelant.

Il appuya fort sur les pédales, lâcha le guidon et ferma les yeux.

Chapitre 14

BERLIN

Août 1942

L'antre du Standartenführer Schellenberg se situait au deuxième étage du Prinz-Albrecht-Palais. Sorge s'y rendait pour la première fois. Avec ses tapis persans rouge profond, ses bibliothèques en chêne sombre et son bureau en acajou massif au centre, la pièce était nettement plus élégante que les quartiers du Reichsführer.

Schellenberg l'accueillit.

« Je suis content tu aies pu venir, Werner. Comment ça se passe, à la maison ? Comment se porte ta famille ?

– Parfaitement bien, merci, répondit Sorge, les yeux baissés. J'ai la chance d'avoir une femme qui comprend que les intérêts de l'Allemagne passent en priorité en ces temps fatidiques.

– Bien. La stabilité de la vie de famille est requise quand on a un travail aussi intensif et exigeant que le nôtre. »

Schellenberg versa le cognac d'une carafe en cristal dans deux verres et en proposa un à Sorge. Lequel accepta bien qu'il se soit promis de faire pénitence pour la séance d'exercice qu'il avait séchée le matin. Il se leva, se dirigea vers la fenêtre. À gauche, il entrevoyait la verrière de l'Anhalter Bahnhof, au centre, la Europahaus de Gropius, cet édifice qui fusait vers le ciel et se détachait à l'arrière-plan du jardin soigneusement dessiné qui séparait le palais du RSHA et l'enfilade de bâtiments de la Gestapo et de la SS.

« Tu as donc enfin pu rencontrer l'amiral Canaris hier, fit Schellenberg, le visage inexpressif. Qu'as-tu retiré de notre conversation ?

– Le rapport d'Oslo est une piste fort intéressante. Je partage l'opinion de l'amiral au sujet du Griffon : la clef pourrait s'y trouver, répondit poliment Sorge.

– L'amiral Canaris, soupira Schellenberg, je le connais depuis des années. C'est un patriote allemand, aucun doute là-dessus. Mais Canaris et l'Abwehr agissent contre notre activité. Tu as compris les implications de ses propos ? Il nous a sciemment dirigés vers les Polonais tout en retenant le rapport d'Oslo ! Pourquoi, à ton avis ? Parce qu'il œuvre contre le régime, mon ami ! Parce que c'est un traître. J'aurais bien voulu le déférer à la cour martiale suprême, mais il a trop de protecteurs. Encore. La situation commence à être dangereuse, Sturmbannführer Sorge. Pour votre propre sécurité, je vous suggère de vous procurer ceci. »

Il lui tendit la main.

« Vous voyez la perle sur mon anneau ? Elle contient une capsule de cyanure. Vous devriez en avoir une aussi. »

Schellenberg tapa sur son bureau.

« Deux armes automatiques sont intégrées dans ce meuble, afin que des visiteurs indésirables puissent être grêlés de balles dès l'instant où ils pénètrent dans la pièce. Sois prudent, Werner, prends tes précautions. C'est ce que disait toujours Heydrich, buvons à sa mémoire. »

Sorge leva son verre en notant un léger tremblement de ses mains.

Schellenberg se leva.

« Les gens ignorent tant de choses au sujet de Heydrich. Le moins qu'on puisse dire est que c'était un type composite. Son obsession pour la culture britannique, par exemple, le tweed, la chasse à courre, son amour pour les romans d'espionnage anglais ! »

Il tira un livre usé de sa bibliothèque.

« Il m'a forcé à lire tous ces thrillers. Celui-ci par exemple. *The Riddle of the Sands*, d'Erskine Childers.

– Je l'ai lu. Forcément. Ça parle de voile et d'espionnage.

– Ah ! Bien sûr. »

Schellenberg lança le livre de poche à Sorge.

« Mais pas en anglais. Prends-le, je t'en fais cadeau. »

Sorge but un peu de cognac.

« À quel point es-tu informé de l'affaire Beatrice Skarbek ?

– J'ai entendu parler de votre petite intervention à la prison de Plötzensee. Une façon vraiment exquise de recruter un agent, je dois dire. Cela mériterait d'entrer directement dans les annales du renseignement.

– Merci. Nos hommes ont suivi Fräulein Skarbek de près depuis sa libération. Rien ne suggère qu'elle n'obéisse pas à nos instructions. Nous lui avons trouvé un logement et l'avons laissée reprendre ses études. Elle s'est fait prendre lors de la remise d'un microfilm présentant une esquisse de gyroscope, un élément crucial du mécanisme de guidage des fusées, qui est produit par Askania-Werke, ici, à Berlin. »

Sorge posa une mallette marron sur la table et en ouvrit les fermoirs.

« Voici les plans agrandis du gyroscope, expliqua-t-il en consultant sa montre. J'ai rendez-vous avec Skarbek dans une demi-heure au Tiergarten.

– Je ne te suis pas, Werner. Tu n'as tout de même pas l'intention de lui remettre ces schémas ? Nous parlons là de ce qui est sans doute le plus grand secret du Reich.

– Aucunement. Nous gardons cela pour une occasion ultérieure. Fräulein Skarbek va repartir en service actif, j'ai un plan. »

Sorge s'installa dans sa Mercedes et prit le chemin le plus rapide, par Potsdamer Platz. Il se gara devant l'hôtel Eden, puis il longea le Landwehrkanal vers l'ouest. Son parcours du matin. Il connaissait ce sentier les yeux fermés. Là où le canal s'élargissait en petit lac se trouvait la passerelle qui séparait le bois du jardin zoologique. Elle l'attendait.

« Vous êtes ponctuelle.

– Avais-je le choix ?

– Non. Vous n'aviez pas le choix. »

Par cette chaleur d'août, elle s'était vêtue d'une pudique robe pastel ornée de volants. Elle avait le visage finement poudré. Pendant l'interrogatoire et dans la prison, Sorge n'avait pas prêté attention à sa stature, mais elle devait mesurer au moins un mètre soixante-quinze. Elle avait un maintien de danseuse qui mettait en valeur son buste. Il se mit à fantasmer sur sa silhouette sous la robe.

« Faisons un tour dans le parc. »

Elle le suivit sans répondre.

« Comment vont les études ?

– Le semestre n'a pas encore commencé.

– Précisément. C'est pourquoi j'ai un petit travail pour vous en attendant. »

Elle se tourna instantanément vers lui.

« Je ne ferai rien avant de voir Gregorz.

– Ah, cette histoire, oui. Le programme de germanisation est dans une phase intensive, mais je peux vous assurer que votre fils va parfaitement bien.

– Des preuves. Je veux voir des preuves avant d'entreprendre quoi que ce soit. »

Sorge tira de sa poche une petite photographie.

« C'est ce que je pensais, alors je l'ai pris en photo, avec la une du *Berliner Tageblatt* d'hier. »

Elle l'examina puis ferma les yeux.

« Mais je viens pour autre chose, continua Sorge. J'ai sur moi une pellicule de film. Rien de majeur, quelques vues d'infrastructures militaires au sud de Berlin. Je voudrais que vous repreniez contact avec vos relations de l'Armée de l'intérieur et que vous leur remettiez ce film.

– J'ai été condamnée à mort par le tribunal du peuple. Vous croyez vraiment que l'Armée de l'intérieur avalera l'histoire de ma soudaine résurrection ?

– Elle l'a déjà fait. Depuis votre arrestation, nous avons œuvré pour vous fabriquer un paravent. Oubliez le tribunal du peuple et la guillotine de Plötzensee. Tout cela est effacé des protocoles. Vous étiez l'agente de liaison qui devait rencontrer une informatrice d'Askania-Werke. Comme chacun le sait, celle-ci a malheureusement été arrêtée, avec les conséquences que cela devait avoir. Quant à vous, vous vous êtes mise à l'abri dans la ville que vous connaissez si bien et maintenant vous redonnez signe de vie. »

Sorge lui tendit la pellicule.

« Vous êtes infâme, murmura-t-elle.

– Ne croyez pas une seconde pouvoir tenter de leur communiquer autre chose. Si tel était le cas, nous le découvririons, nous avons des hommes partout et à tous les niveaux de l'organisation. Les conséquences d'une promesse rompue, vous les connaissez, bien entendu. Jusqu'à nouvel ordre, nous nous retrouvons ici toutes les semaines à la même heure. Il pourra être question ensuite d'en faire davantage. Bonne chance, Beatrice, votre travail est de la plus haute importance pour le Reich. »

Ils se séparèrent.

Sorge revit dans le regard de Beatrice ce qu'il avait vu quand il l'avait écartée de la guillotine : un mélange de gratitude et de peur infinie. Il lui avait sauvé la vie. Il était maître de la vie et de la mort. L'idée l'émoustilla. Elle était son esclave, sa putain.

Beatrice était *à lui*.

Chapitre 15

OSLO

Août 1942

Bien qu'Astrid lui ait offert son aide, Henry insista pour traîner lui-même ses très lourdes valises sur Jernbanetorvet.

Il s'était réveillé tôt et il avait revu le contenu de ses bagages : blazers gris, marron et noir, chemises à carreaux et à rayures, pantalons en lin et en velours côtelé. De quoi se vêtir pendant un semestre, les écoles supérieures allemandes étaient pointilleuses sur l'habillement. Outre des maillots de corps et des chaussettes, il avait emporté des vêtements d'hiver norvégiens et des brodequins pour les activités de loisir et le retour des frimas. Les documents d'entrée sur le territoire étaient copiés et en règle, son passeport était dans sa poche de poitrine.

« Tu es bien silencieux aujourd'hui, nota Astrid.

– J'appréhende le voyage.

– Ça ne te ressemble pas. Tu te souviens quand tu allais partir à l'est ? Tu n'avais pas l'air nerveux du tout. »

Ce jour-là, c'était elle qui avait été silencieuse. Elle avait tout essayé pour l'empêcher de partir, la flatterie, les menaces, les larmes, puis elle s'était résignée. Pendant le trajet vers le point de rassemblement, elle était restée comme une statue de sel dans la voiture.

« Les temps changent », déclara Henry.

Le lendemain de la soirée avec Grande, il s'était réveillé en espérant que sa nausée était une gueule de bois après des mois sans alcool, que le terme de la nuit n'avait été qu'un cauchemar. Comprenant qu'il était éminemment réel, au contraire, Henry avait couru jusqu'à ce qu'il vomisse. Il ignorait comment le renseignement allemand et la Stapo avaient découvert qu'il avait parlé avec le mouvement de résistance, mais ils avaient leurs méthodes. Du reste, la question n'était pas de savoir *comment*. Le fait était qu'ils savaient. Ce qui plaçait Henry face à un dilemme insoluble. Il existait deux solutions, mauvaises l'une et l'autre.

Il pouvait se taire et partir, mais dans ce cas le groupe serait potentiellement en danger de mort. Ou alors il pouvait avertir Astrid que la Stapo poursuivait le groupe de l'université, compromettant cette fois sa mission en Allemagne. Il se démasquerait.

« Tu as vu les anciens combattants du front de l'Est ce week-end ? »

Il haussa les épaules.

« La soirée a été longue. Au Ritz. Je n'ai plus l'habitude de boire autant.

– De quoi avez-vous parlé ?

– Tu ne veux pas le savoir.

– C'est exactement ce que je veux, Henry.

– Ça a surtout été des conversations d'anciens combattants. Les femmes, les souvenirs du front. Des trucs sentimentaux, à vrai dire, tu ne verras jamais personne pleurer sur l'épaule d'un ami comme les anciens combattants entre eux. Félicite-toi de ne pas avoir été une petite souris dans la pièce, ça t'aurait fait rougir. »

En prononçant ces paroles, il se sentit plus mal qu'en voyant les prisonniers du Stalag 436.

« Et tu as aussi vu Grande, de la Stapo ? »

Henry avait essayé de trouver d'autres personnes qui pourraient avoir une raison de la prévenir. Les membres du réseau Milorg[12] exfiltraient les résistants recherchés par les montagnes du Kjølen, mais l'activité était top secrète et les places, réservées aux saboteurs les plus importants. Et pourquoi le groupe d'exfiltration de Milorg croirait-il un homme ayant son parcours ?

« Grande a fait son apparition, oui. Il me dégoûte. Il a passé la soirée à se vanter des biens de valeur qu'il avait volés dans des appartements juifs. Il est obsédé par les Juifs.

12. Principal mouvement de résistance en Norvège.

– A-t-il évoqué les groupes de résistants de l'université ? Nous pensons qu'il travaille particulièrement dans leur direction, dans notre direction.

– Astrid… »

Henry hésita. Devait-il envoyer tout au diable et parler franchement ? Il l'aurait tant voulu ! Mais quelque chose le retint.

« Tu penses vraiment que Grande m'aurait parlé d'un sujet pareil ?

– Euh, non, peut-être pas, tu as sans doute raison. Nous avons de bonnes procédures de sécurité. J'en sais très peu sur les autres. Je ne sais même pas qui est le dirigeant.

– Le dirigeant ?

– Celui avec qui tu as parlé à travers la cloison. »

Ils étaient entrés dans le hall. Astrid désigna le tableau des départs.

« Le train pour Copenhague est à l'heure, dit-elle furtivement. Le trajet jusqu'à la frontière va être long, il y a beaucoup de contrôles en ce moment. Tu descends à Göteborg. Sur Avenyn, tu trouveras un hôtel appelé Bellevue, où tu demanderas une chambre réservée au nom de Storm. Quelqu'un frappera à la porte et t'informera pour la suite. Tu connais Göteborg ?

– On y est allés ensemble, Astrid, au parc d'attractions de Liseberg. »

Elle rougit de son propre oubli.

« La fois où on avait séché un cours de mathématiques et on était descendus à la gare. On s'était renseignés pour aller à Paris. Deux lycéens fauchés… N'étions-nous pas naïfs, Henry ?

– D'abord le train de nuit pour Copenhague, puis le train de jour pour Hambourg, et ensuite le train de nuit pour Paris. Je me souviens encore de l'itinéraire que nous avait recommandé le guichetier, mais nous ne sommes pas arrivés plus loin que Göteborg.

– On aurait dû y aller. C'est mon seul regret, de n'avoir pas encore vu Paris.

– Tu iras, fit Henry d'une voix atone. Quand la guerre sera terminée, on pourra y aller, ensemble.

– Peut-être », dit-elle en détournant le regard.

Henry redressa son chapeau de feutre et alluma une cigarette.

« Que vas-tu faire maintenant ?

– Je ne sais pas, Henry, il y a tant d'incertitudes en ce moment.

– Tu ne vas pas en Suède ?

– C'est la Norvège qui est occupée. »

Henry écrasa sa cigarette sous ses chaussures en cuir pointues. Que ce train arrive, pensa-t-il, je ne supporte plus cette épouvantable comédie.

Une possibilité était de raconter à Astrid ce qui se passait. Une autre était de sauter sous le train. Il essaya en vain de se rappeler à lui-même les enjeux en présence. C'était la guerre. À la guerre, on fait tout pour gagner. Astrid, entre tous, en convenait sûrement.

Le quai se remplissait lentement.

« Tu n'as pas l'air tout à fait d'aplomb », s'inquiéta Astrid.

Henry lui saisit les bras.

« J'ai quelque chose à te dire, Astrid. »

Les derniers passagers montaient leurs bagages dans les wagons.

« Quoi donc, Henry ? »

Le contrôleur agita le drapeau vert et souffla dans son sifflet.

Henry tira son porte-bonheur en émail de sa poche de poitrine.

« Chaque fois que nous étions au combat en Ukraine, je l'emportais.

– Ah », fit Astrid en déglutissant.

Elle l'embrassa rapidement. Il embarqua.

Il pensa à ce qu'Astrid avait déclaré au sujet de Bjørn Robshamn. *Sa conscience lui a dicté qu'il préférait mourir pour la liberté que vivre passivement sous l'occupation. Il m'a appris que nos propres vies valent d'être sacrifiées quand la cause l'exige.*

Que sont donc de petites vies en comparaison des grands combats que nous livrons ? Elle aurait fait comme lui. L'instinct de survie n'était pas une force motrice ; lui-même ne sortirait probablement pas vivant de cette mission. Henry avait entamé un voyage qu'il ne pouvait interrompre. Il devait percer le mystère de la base de fusées de Peenemünde.

Le train quitta la gare. Henry resta à regarder par le hublot, jusqu'à ce que la silhouette d'Astrid disparaisse de son champ de vision.

Chapitre 16

GÖTEBORG

Août 1942

Le préambule au rendez-vous fut conforme à la procédure standard : un homme traversa Avenyn et entra d'un pas tranquille dans le lobby de l'hôtel Bellevue. Il consulta sa montre : il était encore tôt. Dans la chambre impersonnelle, il posa sa mallette sur le lit, ouvrit les fermoirs. À côté des documents se trouvait un pot en verre. Il le leva à la lumière. La couleur se situait quelque part entre le rouge et le jaune, dans la gamme des orangés.

De la marmelade anglaise.

Selon le *lieutenant commander* Eric Welsh, il n'existait rien de meilleur à étaler sur sa tartine. Il pensa à l'agent potentiel qu'il allait rencontrer. Faire appel à cet homme était un pari sans égal, mais il avait un plan.

Le fait était que le renseignement britannique avait un problème avec l'Allemagne. Alors que repérer et retourner les agents allemands était un art maîtrisé en Grande-Bretagne, obtenir des données venant d'Allemagne restait plus difficile. Les derniers anglophones avaient quitté Berlin quand l'Allemagne avait déclaré la guerre aux États-Unis en décembre.

Les agents allemands en terre britannique avaient tous été arrêtés depuis longtemps et placés face à un ultimatum : le peloton d'exécution ou le double jeu. À présent, ils rapportaient des informations fausses à leurs officiers traitants de l'Abwehr, qui ne se doutaient de rien. La supercherie ne semblait pas avoir été découverte. Les

Allemands continuaient de croire que le renseignement reçu était exact et de haute importance.

L'envers du succès était évident : les chefs de Welsh à Baker Street étaient paranoïaques à l'idée que le renseignement allemand recoure à la même stratégie et que les agents alliés en Allemagne puissent être arrêtés, retournés et employés pour répandre la désinformation. C'est pourquoi les joueurs d'échecs de Bletchley Park considéraient préférable de ne *pas* introduire d'agents dans le Reich.

Aussi logique soit cette pensée, elle reposait sur une perception lacunaire de la situation en Allemagne. Welsh était mieux informé que la plupart des gens ; l'image de l'État policier totalitaire en Allemagne n'était qu'une demi-vérité. Le régime nazi savait donner l'impression que les nombreuses unités de la police et du renseignement étaient au courant des moindres faits et gestes de l'ensemble de la population.

À Stockholm, Welsh avait récemment lu un rapport crédible du bureau de l'OSS à Berne, en Suisse neutre. Connus pour leurs bons contacts au sein de la police allemande et de l'appareil d'État, les Américains évaluaient les effectifs de la Gestapo à Berlin à neuf cents employés environ. Une police secrète de neuf cents membres dans une ville de cinq millions d'habitants ! Ce n'était pas précisément le Moscou de Staline. Par chance pour la Gestapo, la grande majorité des Allemands apportaient volontiers leur concours sous forme de comptes-rendus sur leurs voisins et de dénonciations de collègues.

Dès le début de la guerre, un homologue du renseignement norvégien à Stockholm, le lieutenant-colonel Alfred Roscher-Lund, était venu trouver Welsh à propos des étudiants norvégiens en Allemagne. Ayant lui-même fait des études dans ce pays, il savait l'estime que les Norvégiens y inspiraient. À la différence d'un grand nombre de visiteurs anglo-saxons, la langue leur venait facilement. Leur statut d'étudiants leur permettait de circuler plus librement dans le pays que les Allemands autochtones. Dans les années 1930, ils avaient souvent été d'authentiques germanophiles.

De plus, ils étaient de race aryenne.

Conclusion, ils convenaient parfaitement pour les missions de renseignement.

Du moins jusqu'à ce que le nom d'un certain Henry Storm apparaisse.

Officiellement, le *lieutenant commander* Welsh travaillait auprès de l'ambassade britannique à Stockholm, mais il était en réalité un homme du renseignement, aux ordres de la section norvégienne du SIS.

Concrètement, cela impliquait d'informer les étudiants norvégiens avant leur départ pour l'Allemagne et de récupérer les renseignements à leur retour. Le système avait fonctionné à merveille jusqu'à présent. Sverre Bergh et les deux jeunes étudiants de Munich étaient revenus avec des renseignements précieux.

D'ordinaire, les futurs agents étaient choisis par des contacts au sein du mouvement de résistance norvégien, des gens comme Astrid Aubert, le sociologue Arvid Brodersen et Aslak. Quant à lui, Welsh avait une mission de liaison entre eux et le seul espion de valeur des Britanniques en Allemagne : le Griffon.

Le Griffon se distinguait des autres résistants du Reich. Quelques universités abritaient d'héroïques poches d'opposition, mais elles restaient éparses et ne disposaient d'aucun accès aux sommets du régime. Par ailleurs, Welsh avait lu plusieurs rapports de renseignement faisant état de défaitisme au sein du haut commandement de l'armée de terre et de l'Abwehr. Toutefois, si on y détestait Hitler, c'était pour la vulgarité du « caporal » davantage que pour son idéologie. Canaris, Oster, Rommel... Autant de militaires réactionnaires qui souhaitaient une Allemagne forte pour venger le traité de Versailles.

Le Griffon, lui, était un authentique antinazi. Atout supplémentaire, c'était un universitaire de premier plan dans un pays où recherche et défense s'entrelaçaient pour l'élaboration de nouvelles armes. Ses capacités intellectuelles et son don de sociabilité l'avaient hissé dans l'élite allemande. À quoi s'ajoutait qu'il était membre du parti, un bon nazi qui haïssait l'essence même du national-socialisme.

Sur instruction du Griffon, l'un des étudiants norvégiens avait rejoint la côte baltique pour se rendre sur l'île reculée d'Usedom, d'où il avait livré un rapport sur une centrale électrique et des bâtiments industriels suspects.

Au sein du renseignement britannique, l'information avait été balayée d'un revers de main. La direction du SIS et le conseiller spécial de Churchill, Frederick Lindemann, considéraient que les théories sur le développement des fusées en Allemagne ne pouvaient être que fantasmagoriques. Les craintes portaient plutôt sur le programme atomique de l'Uranverein, dirigé par Werner Heisenberg. Mais cette peur était-elle réelle ? Welsh n'en était pas persuadé.

Dans des circonstances normales, il n'aurait pas effectué lui-même l'interrogatoire d'un nouvel agent. Il se serait fié à la résistance norvégienne. Cependant, celle-ci avait cette fois des doutes, car la situation n'était nullement ordinaire et Storm encore moins.

Il compulsa de nouveau son dossier. Connaissance de l'allemand : niveau bilingue. Famille. Scolarité. Distinctions. Enrôlement dans le régiment Nordland, Waffen-SS. Croix de fer de deuxième classe. Démobilisation pour raisons médicales.

Mentalement, Storm avait subi une transformation sur le front de l'Est. Pouvait-on lui faire confiance ? Pouvait-on ne serait-ce que l'employer ? Welsh n'avait qu'une certitude : il fallait le tenir loin du Griffon.

Bon, en attendant, l'attaché militaire norvégien ne devait plus être très loin, si ?

Une demi-heure plus tard, on frappa à la porte.

Alfred Roscher-Lund entra dans la chambre.

« Storm est tout près. »

Lorsque Henry Storm finit par arriver, il ne produisit pas une première impression spectaculaire. Si Sverre Bergh dégageait un charme juvénile insolent qui lui aurait sans aucun doute permis de voler les joyaux de Karinhall et de s'en sortir sans poursuite, Storm était morose, mutique.

« Bienvenue en Suède neutre, déclara Welsh. Ce n'est sans doute pas le pire endroit où passer une chaude après-midi d'été.

– J'aurais bien voulu aimer la belle vie, mais je suis un indécrottable protestant puritain. »

Welsh alluma sa pipe.

« Excellente réponse, Storm, excellente.

– Vous paraissez mélancolique ? »

C'était Roscher-Lund qui posait la question.

« Pourquoi ?

– Des problèmes avec une jeune femme.

– Il y a toujours une jeune femme », commenta Welsh.

Selon l'usage, ils lui demandèrent comment il était venu au nazisme et comme toujours, Henry livra son récit sur la république de Weimar, son père germanophile et l'anticommunisme.

« Vous engager dans la SS s'inscrivait comme un prolongement naturel de cette vision du monde ? demanda Welsh.

– Oui. »

Avec la concision et la précision d'un journal militaire, Henry relata les mouvements de troupes et le combat, de la fin du mois de juin, où le régiment Nordland était arrivé à Lemberg, jusqu'aux événements de décembre près de Rostov.

« C'est un fait connu que les forces d'invasion allemandes n'ont pas respecté les protocoles de Genève sur le droit de la guerre parce que l'Union soviétique ne les a pas ratifiés, déclara Welsh.

– Quelle est votre question ? »

Le Britannique toussota.

« Quelles en ont été les conséquences ?

– De vastes conséquences. À Rostov, j'ai vu le Stalag 436, où étaient retenus les prisonniers soviétiques. Une enceinte clôturée sans baraquements, où les soldats restaient dehors en uniforme d'été par moins trente, jour et nuit. Le seul avantage était que par ce froid glacial, les morts ne sentaient pas. Vous comprenez ? Pour moi, ça a été un tournant. J'ai su qu'il fallait que je parte.

– Faisons une pause », intervint Roscher-Lund.

Alors que Henry restait silencieux sur sa chaise, ses deux interlocuteurs sortirent dans le couloir, où ils allumèrent leurs pipes.

« Qu'est-ce qu'il y a ? demanda Welsh.

– Renvoyez-le en Norvège, répondit Roscher-Lund. Il n'a pas la trempe d'un agent, il n'est pas fiable. »

Comme la plupart des Norvégiens, l'attaché militaire Roscher-Lund était un moraliste – c'était le principal reproche que Welsh faisait à ce peuple qu'il adorait – et la seule idée de recourir aux services d'un homme à l'éthique si frelatée lui répugnait.

« Comment le justifiez-vous ?

– Vous avez entendu ce qu'il disait ? N'êtes-vous pas assez vieux pour vous souvenir des hommes qui rentraient des tranchées après la Grande Guerre ? Quand je vois Storm, je les revois. Être espion, c'est savoir charmer, conquérir une salle. Bergh a ce don, Storm non. »

Welsh se frotta le menton, il ralluma sa pipe.

« Être espion, c'est chercher des informations le plus efficacement possible. Être un bon espion, c'est aussi rompre avec l'image du bon espion. J'aimerais lui parler encore. »

Lorsqu'ils regagnèrent la chambre, ils crurent d'abord que Storm avait été victime d'une indisposition. Il était allongé de tout son long sur le sol. Après quelques instants, il s'assit.

« Qu'est-ce que vous fichiez ? s'enquit Roscher-Lund.

– J'ai appris ça en Ukraine, expliqua Storm. Il faut dormir quand on peut. »

Roscher-Lund le scruta.

« Quelque chose vous est arrivé pendant ce séjour au front. Vous êtes blessé et vous vous retrouvez dans un sanatorium. Vous rentrez en Norvège et d'un seul coup, vous voulez défendre la cause de la Norvège contre le pays que vous avez si ardemment soutenu.

– Il y a eu un effet d'accumulation sur la durée. Avec Quisling, avec le NS, avec les amis de mon père, avec la situation à l'Est.

– Parlez-nous de votre mère. »

Storm parut soudain agité.

« Je ne sais pas grand-chose d'elle. Elle est morte en couches.

– Votre mère était ce qu'on doit pouvoir qualifier de femme facile. Elle venait du Nord, et n'était certainement pas de haute extraction. Quand votre père a choisi de vous élever lui-même au lieu de vous envoyer à l'orphelinat, vous avez tiré le gros lot. »

Henry dévisagea son compatriote.

« Pourquoi m'interrogez-vous alors que vous connaissez la réponse ?

– Quels étaient vos rapports avec votre belle-mère ?

– Ils auraient pu être meilleurs. Mais elle est morte de la tuberculose avant la guerre.

– Les femmes meurent autour de vous », souligna Welsh.

Storm tressaillit, la remarque éveillait un malaise en lui.

« Ah bon, répondit-il.

– Nous connaissons vos faiblesses, Henry, poursuivit Welsh. Vous avez toujours été un outsider qui devait prouver aux enfants gâtés des beaux quartiers qu'il était meilleur qu'eux afin de répondre aux attentes de son père. N'est-ce pas pour cela que vous vous êtes mis à la voile ? Pour votre père ? C'est pour lui que vous êtes parti dans l'Est ?

– Mon train va partir sous peu. On en vient au fait ?

– Vous quitterez cette chambre en temps et en heure, trancha Roscher-Lund. Je ne crois pas que vous soyez la personne censée dicter les termes ici.

– Que pouvez-vous apporter à la cause des Alliés en Allemagne ? » intervint Welsh.

Henry sourit.

« J'allais dire que j'ai fait la guerre et que je sais comment garder la tête froide dans de telles situations. Mon avantage est que je comprends comment pensent les nazis. »

Le Britannique sourit à son tour.

« Et comment pensent les nazis ?

– Globalement comme vous deux. »

Henry haussa les épaules.

« Pensez-vous qu'un membre de bataillon de police allemand qui a la responsabilité d'un peloton d'exécution de civils en Ukraine soit une moins bonne personne que vous deux ? Non, il ne l'est pas. C'est quelqu'un de respectueux des lois qui aime sa famille et sa patrie, et qui fait ce qu'on lui ordonne. Pouvons-nous attendre davantage de lui ? C'est le système en soi qui est malade, mais le système étant malade et la plupart des gens étant respectueux des lois, il existe certaines possibilités d'action subversive.

– Qu'entendez-vous par là ?

– Que savez-vous de la technologie des fusées ? Dans les années 1930, l'Allemagne avait la folie des fusées. Personne ne pouvait éviter d'en entendre parler. C'était une obsession comparable à celle des Norvégiens pour le ski de fond. Mes études portaient sur un composant utilisé dans cette technologie, et du fait de mes connaissances techniques et de mes relations, je vais découvrir ce qui se passe du côté du développement de fusées à Peenemünde. »

Welsh observa Roscher-Lund, qui lui adressa un bref hochement de tête. Ils se levèrent, sortirent dans le couloir, où ils tinrent brièvement conseil.

« Nous n'avons pas besoin de rêveurs, conclut Roscher-Lund.

– Vous les Norvégiens, vous êtes comme les Américains, vous n'avez jamais compris le renseignement. Storm va en Allemagne de toute façon. Dans un premier temps, nous mettons simplement en œuvre le plan qui consiste à le laisser contacter le milieu des exilés du club d'aviron de Berlin. S'il travaille pour les Allemands, les dommages que nous subirons resteront modestes. S'il est sincère, en revanche, il pourrait devenir une mine d'or. »

Welsh regagna la chambre.

« Vous partez dans une heure. Quand vous serez installé à Berlin, vous vous rendrez à la fête d'été du club d'aviron norvégien à Hessenwinkel, dans l'est de la ville. Vous connaissez ?

– Non.

– Au premier étage, vous taperez à la porte au fond à gauche. Quelqu'un vous ouvrira, vous lui direz que vous cherchez un logement à Dahlem et il vous mettra en contact avec les personnes appropriées. Tous les soirs après 21 heures, vous allez écouter la *Londoner Rundfunk* de la BBC.

– Ça n'aura pas grand sens si vous ne me donnez pas de code.

– Si vous effectuez les missions de façon satisfaisante, on vous attribuera de plus grandes responsabilités. La seule chose que je puisse vous dire à ce stade, c'est que si vous entendez le message *Das Haus steht am Hügel* après les actualités, ce sera le signal que vous devez lire la rubrique des petites annonces du *Berliner Morgenpost* deux jours plus tard. Vous y trouverez l'annonce d'un logeur de Dahlem cherchant un étudiant aryen. Vous appellerez le numéro indiqué. Le message ne sera diffusé qu'en cas d'urgence et pourra vous aider. C'est compris ?

– Oui.

– Ne faites confiance à personne, continua Welsh, et si vous y étiez obligé, je n'aurais qu'un conseil pour vous : ne vous laissez pas étourdir par des faits et des paravents convaincants ; les faits et les histoires sont faciles à inventer. Pour distinguer les gens honnêtes des gens malhonnêtes, il faut les interroger sur leurs mobiles. Il est extrêmement difficile de mentir sur ce qui nous pousse à agir. Vous, par exemple, pourquoi voulez-vous vous battre contre vos anciens alliés ?

– Parce que j'ai vu ce qu'implique le nazisme.

– Encore une chose. »

Le Britannique leva le pot de marmelade.

« Notre cadeau de bienvenue pour vous. De la marmelade britannique de première qualité. »

Storm soupesa le bocal dans ses mains et dit d'une voix inexpressive :

« Je vous remercie.

– Et maintenant, ouvrez-le. »

Storm dut employer toutes ses forces pour dévisser le couvercle à carreaux rouges.

« Elle sent bon.

– Regardez d'un peu plus près. »

De la marmelade, il retira un préservatif jaune.

« Merci, mais les maladies vénériennes sont en fort recul en Allemagne depuis l'accession au pouvoir du nazisme.

– Regardez ce qu'il y a à l'intérieur. »

Henry défit le nœud du préservatif.

« Un appareil photo, expliqua Welsh. Je n'ai sans doute pas besoin de vous rappeler qu'il faudra le garder soigneusement caché quand vous entrerez en Allemagne. Vous allez en avoir besoin. Les seules opérations actuelles de renseignement des Alliés dans le Reich sont celles de l'Armée de l'intérieur polonaise. Dieu vous vienne en aide si vous vous faites prendre. »

Chapitre 17

OSLO

Août 1942

La fin de l'été pouvait être étonnamment chaude à Oslo, mais ce n'était pas le cas dans les obscures cellules d'attente au sous-sol de Victoria terrasse.

Astrid Aubert s'efforçait de se réchauffer alors qu'elle réfléchissait aux possibilités qui s'offraient à elle. Elles se résumaient à deux options : garder le silence pendant les interrogatoires qui allaient bientôt commencer, ou alors...

La Gestapo, avec le renfort de la Stapo, avait pris d'assaut son appartement de Thereses gate. Tout était allé si vite qu'elle n'avait même pas eu le temps de sauter par la fenêtre, ni d'enfiler son chemisier dont les coutures renfermaient les capsules de poison. Un grand gaillard de la Stapo, parlant le norvégien du Sud, l'avait menottée et poussée dehors, de même que Bjørn.

Où était Bjørn ?

Elle s'était fourrée dans une sacrée situation et, à l'heure actuelle, le peloton d'exécution lui paraissait tentant. Une cour d'honneur froide, un bandeau devant les yeux, peut-être quelques paroles des Écritures, les déclics aigus des armes. Ensuite une sortie prompte et, paraît-il, relativement indolore. Et puis on était libre.

L'autre solution était nettement pire. De sa cellule, Astrid entendait des lamentations et des cris épars en provenance des étages supérieurs. Si elle connaissait bien les Allemands, tout cela faisait partie d'une stratégie strictement chorégraphiée pour amadouer les prisonniers des cellules d'attente.

Elle savait une ou deux choses sur les méthodes de torture, du moins en théorie : d'abord un interrogatoire serré mené par un homme poli et bien élevé, ensuite les coups de poing et l'étau, et finalement, l'arrachage des ongles. D'abord les mains, puis les pieds. Si elle n'avait pas avoué alors, elle resterait pendue à un crochet à viande jusqu'à ce qu'elle le fasse, ou meure. La Gestapo avait mis fin aux viols, leur effet terrifiant s'était fortement dévalué.

Tous au sein de l'organisation avaient entendu parler de ces méthodes et prenaient des précautions extrêmes. Au cours de l'année écoulée, la Gestapo et la police d'État n'avaient cessé de démanteler des groupes de résistants. La plupart ne pouvaient s'en prendre qu'à leur propre imprudence, pensa Astrid cyniquement, ils avaient été négligents ou ils étaient devenus imbus d'eux-mêmes.

Plus d'un de ses camarades de fac était incarcéré à Grini ou pire. Pour l'essentiel, des garçons insouciants qui se satisfaisaient de l'intention de participer à l'effort collectif contre les occupants et n'étaient pas en mesure d'avoir un réel impact. Astrid était construite autrement. Introvertie, réfléchie, soit, mais également déterminée et méthodique.

Son combat corps et âme contre l'occupant n'avait pas été une évidence dès les premières années. Presque personne ne se battait contre les Allemands à l'époque. On s'adaptait. La vie devait continuer. L'Allemagne gagnait au nord et à l'ouest ; en adoptant une attitude passive à l'égard de sa présence en Norvège, on pouvait mener une vie relativement normale.

C'était après l'état d'urgence, l'automne précédent, que la résistance s'était véritablement organisée. Astrid entamait alors sa quatrième année de licence de droit. Bjørn l'avait encouragée à rejoindre l'organisation. Henry l'avait encore trahie, elle était sur les genoux. Ce n'était pas sa première trahison, mais la dernière, assurément. Bjørn avait été là pour elle. Il lui avait donné une raison de vivre.

L'organisation travaillait à long terme, elle le savait, et elle travaillait discrètement : pas d'opérations de sabotage bruyantes, pas d'entraînements armés dans la forêt, pas d'exécutions. Pas d'actes héroïques. Uniquement du renseignement.

Cette approche lui plaisait, et lui avait plu d'autant plus quand elle avait peu à peu compris que derrière plusieurs pseudonymes masculins se cachaient des jeunes femmes comme elle. Elle en savait peu sur elles, et c'était très bien ainsi. L'organisation reposait sur des cellules indépendantes.

Cependant, ça lui était de peu de secours aujourd'hui, car aujourd'hui, le problème n'était pas ce qu'elle savait sur les autres cellules, mais ce qu'elle savait sur la sienne.

Qu'Astrid soit le cerveau orchestrant le renseignement en Allemagne résultait d'un hasard. Ça avait commencé par Øivind Holt, une vieille connaissance qui faisait ses études à Munich. Il était reparti en Allemagne avec un petit appareil photo de forme allongée, un Minox, emballé sous vide dans un préservatif et caché dans un pot de marmelade. Son succès – on ne voyait pas de photos des sites militaires allemands tous les jours – avait intéressé Londres.

L'agent suivant, Sverre, était tout un roman. Collectionneur apolitique et dandy originaire d'Asker, il était étudiant ingénieur à l'école supérieure de Dresde. Ils l'avaient recruté l'été 1941, à la discrète invitation de son oncle, correspondant d'*Aftenposten* à Berlin. Les hommes étaient si faciles à recruter, songea Astrid, rigoureusement tous acceptaient quand on leur demandait s'ils voulaient espionner. L'important était de repérer les bons modèles. Et Sverre était une trouvaille. Un charmeur, ô combien, mais aussi le genre de type qui savait garder son calme quand il était attaché à une bombe à retardement.

Le mur en béton brut était glacial. Astrid claquait des dents. Elle essaya de frotter ses mains l'une contre l'autre pour se réchauffer.

Qu'aurait fait Sverre dans sa situation ?

Il aurait probablement dit : *Eh ben, fais ce que tu veux, mais garde le Griffon en dehors de ça.*

Comment deux étudiants norvégiens avaient-ils pu se mettre en relation avec l'agent principal sur le territoire du Troisième Reich ? Astrid ne connaissait pas les détails, mais apparemment l'histoire avait commencé quand le Griffon recevait ses émoluments des Britanniques, avant la guerre. Et les Britanniques avaient des contacts rapprochés avec la résistance norvégienne.

Les étudiants norvégiens s'étaient révélés être une formidable voie détournée pour entrer en Allemagne et en ressortir.

Forcément, les problèmes devaient la rattraper. Et forcément, ils devaient venir avec *lui*. Combien de fois Astrid ne s'était-elle pas demandé quel chemin sa vie aurait pris si Henry n'était pas entré dans son cours de français ? Lui qui n'aimait pas cette langue et s'était retrouvé là par hasard. Mais il en allait ainsi de tout. Un pas à droite plutôt qu'à gauche, un train manqué, une grenade qui explose quelques mètres plus loin à Verdun, dans une tranchée où se terre un caporal bohémien : la vie et l'histoire du monde sont à jamais changées.

Au début, c'était sans doute simplement qu'il la voyait alors que les autres garçons ne faisaient que parler d'eux-mêmes, le regard vague. Il n'en faut pas plus pour une lycéenne. À l'époque déjà, Henry était grand et athlétique, et si son visage était trop long et son nez trop caractéristique pour qu'on puisse le qualifier de beau au sens traditionnel, ses traits asymétriques étaient compensés par ses grandes lèvres sensibles et ses sourcils en pente légère, qui lui donnaient ce regard ensommeillé auquel elle n'avait jamais su résister, y compris quand il disparaissait. Ce qu'il avait fait à plusieurs reprises, que ce soit pour devenir navigateur olympique ou, plus tard, étudiant à Berlin.

Bon, il avait de drôles d'idées politiques. Mais c'était bien avant qu'elle y voue le moindre intérêt, et en son for intérieur, elle rigolait lors des soirées de débat de l'association des élèves sur « la nouvelle Allemagne », quand il se disputait avec les membres de Mot Dag présomptueux, dogmatiques et sérieux comme des papes.

Après 1941, rester politiquement neutre n'était plus possible. Cette année-là avait été mouvementée. Deux dirigeants de la lutte contre le national-socialisme au sein du mouvement syndical avaient été exécutés pendant l'état d'urgence. Henry s'était enrôlé dans la Waffen-SS. Astrid avait rencontré Bjørn. La vie était dure, mais elle avait du sens.

Puis il était revenu. En affirmant avoir perdu foi dans le nazisme. Astrid avait été opposée à l'idée de le recruter. Aslak et les hommes de Stockholm étaient passés outre. Storm était un pari risqué, certes, estimaient-ils, mais le risque pouvait être minimisé, et l'avantage potentiel était trop important pour renoncer à cette occasion.

Et c'est à peu près à ce moment qu'elle avait été arrêtée et son réseau, démantelé.

Coïncidence ? Peut-être. Ou peut-être pas.

L'espace d'un instant, elle fut saisie par une idée démente : pendant l'interrogatoire, elle pouvait admettre avoir recruté des Norvégiens pour espionner en Allemagne, c'est-à-dire en fait un Norvégien, du nom de Henry Storm. Ce serait une sanction adéquate pour l'avoir dénoncée.

Mais elle renonça rapidement au plan de le livrer pour se protéger elle-même. Même un tel aveu ne pourrait pas la sauver. Et si la Gestapo commençait à identifier des schémas dans son ancienne vie ? Les agents qui étaient en Allemagne pouvaient tous être reliés à elle, il suffisait de creuser. Les interrogateurs ne savaient peut-être rien. Mais le risque était trop important. Astrid s'en rendit compte : elle n'avait pas d'autre possibilité. Elle devait mettre un terme à tout.

Mais comment s'y prendre ?

Tremblante, elle enleva son chemisier en polyester grisâtre et le déchira, réunissant suffisamment de lambeaux pour assembler une bande qui ressemblait à une corde. Elle renforça ensuite les parties trop fines avec les derniers restes d'étoffe. À la fin, elle put tirer fort aux deux extrémités sans que la bande ne se déchire.

Astrid regarda autour d'elle dans la cellule obscure. Au plafond, rien ne permettait d'accrocher la corde. La porte métallique était percée d'une lucarne de la taille d'une fente de boîte aux lettres. Elle secoua la poignée au-dessous, la porte ne pouvait évidemment pas s'ouvrir de l'intérieur. Les toilettes à la turque étaient le seul élément qui rompait avec les surfaces rectangulaires nues. Elle tâtonna dans le noir. Près du trou d'évacuation se trouvaient une savonnette et un pichet en fer-blanc rempli d'eau.

Cela lui donna une idée.

Elle versa délicatement un peu d'eau sur le sol lisse, puis elle prit le savon et frotta jusqu'à ce qu'une surface mousseuse glissante se forme.

Elle serra l'extrémité de la corde improvisée autour de la poignée de porte, puis elle fit un nœud coulant.

Elle passa la tête dans la boucle.

Tout s'était passé méthodiquement, dans le calme, comme si elle faisait le ménage dans son appartement. Certainement pas comme si elle préparait sa propre mort. À présent, sa respiration s'accélérait. Elle eut soudain chaud, mais ses tremblements se multiplièrent. Dire tout ce qui ne reviendrait pas : les promenades dans la forêt l'hiver, les jours d'été en famille au bord de la mer… Et Paris ! La ville où elle n'avait pas eu le temps de se rendre, les terrasses de bistrot où elle n'était jamais allée, les Français avec qui elle n'avait jamais bavardé, les cabarets, les boîtes de jazz où elle n'avait pas passé de longues soirées, les ruelles étroites qu'elle n'avait pas empruntées, les ponts de la Seine qu'elle n'avait pas traversés.

Elle voulait les traverser avec Henry, et nul autre que lui.

De fil en aiguille, elle pensa à l'Allemagne.

Elle emporterait ses secrets dans sa tombe.

La corde autour du cou, Astrid se plaça dos à la porte et laissa ses jambes se dérober sous elle et patiner sur le sol. La friction entre la plante de ses pieds et le béton glissant entraîna la projection du haut de son corps cinquante centimètres en avant, trop peu pour qu'elle se brise la nuque sur le coup, assez pour que l'asphyxie intervienne rapidement.

Elle fut découverte aussitôt après et déclarée morte.

RENDEZVOUS2

Londres
Samedi 9 septembre 1944

L'agent Otto était mort.

Cassandra lâcha le cordon qu'elle avait entre les mains. Elle s'efforça de reprendre son souffle. Un timide clair de lune éclairait la pièce sombre. Otto avait les bras ouverts, le visage baissé. Et maintenant ? Elle pouvait essayer d'arranger la scène pour suggérer un crime crapuleux, mais il lui faudrait alors créer le désordre dans le logement, avec tout le bruit que cela impliquait pour l'étage inférieur. La logeuse risquait d'être plus méfiante encore, ce qui était la dernière chose dont elle avait besoin. Elle n'avait laissé ni empreintes digitales ni autres traces. Non, mieux valait s'éloigner. Si elle y parvenait sans être remarquée, personne ne trouverait jamais sa piste. Elle verrouilla la porte derrière elle et descendit l'escalier à pas feutrés. Aucune réaction au rez-de-chaussée. Elle sortit et repartit sur la bicyclette qu'elle avait repérée en entrant.

Au lieu de prendre le métro à Finsbury Park, elle continua vers le sud, avança de plusieurs stations en direction de King's Cross. Cela impliquait un certain risque, néanmoins, les femmes à bicyclette le soir n'étaient pas un phénomène inhabituel à Londres. À la gare, elle laissa le véhicule dans un râtelier prévu à cet effet. Si elle avait de la chance, il serait volé, mais au fond, Cassandra partait du principe que, un jour ou l'autre, il serait relié au 17 Finsbury Park Road.

Et alors ? Selon toute vraisemblance, Otto ne serait découvert que le lendemain matin au plus tôt. Les bobbies rechercheraient en vain des indices dans la pièce. Ils interrogeraient la logeuse, qui évoquerait des bruits suspects sur le coup de 21 heures, la veille. Dans le meilleur des cas, ils obtiendraient la déposition d'un voisin attentif ayant vu une femme mystérieuse dans l'obscurité automnale de la rue. Peut-être parviendraient-ils à reconstruire son itinéraire jusqu'à la gare, mais de là partait en tous sens une infinité de pistes.

Par acquit de conscience, Cassandra marcha vers le sud, à Russel Square elle acheta un ticket et descendit dans le métro. Elle changea encore deux fois de train, et plus à l'ouest, elle enroula le cordon et le jeta dans une poubelle au hasard. Le risque qu'il soit retrouvé devait être de l'ordre du millième.

Quand elle traversa finalement la Tamise à pied, elle détacha les trois clefs de l'anneau et s'en débarrassa à différents endroits du fleuve marron. Les plongeurs pouvaient repérer une arme de poing, elle le savait bien, mais pas des clefs isolées.

Elle lança un regard sur l'attache de porte-clefs contenant la référence cartographique.

Pas un instant, elle n'éprouva la moindre émotion à l'égard d'Otto, qui était un combattant et non un civil. C'était la guerre. Les renseignements d'Otto risquaient de tout mettre en péril. Il devait mourir. Mais qu'allait-elle expliquer à Berlin à ce sujet ? Rien. Ça ne ferait que créer des problèmes. Si, contre toute attente, ils savaient là-bas qu'elle n'était pas allée au *Rendezvous1*, elle se contenterait de répondre qu'elle avait surveillé le lieu de rendez-vous et jugé la sécurité de l'opération insuffisante. De nombreuses personnes pouvaient avoir des raisons de supprimer Otto, ce n'était pas son problème.

Il était minuit lorsqu'elle fut enfin de retour. Elle écouta la rumeur basse de la maison. Personne n'était réveillé à cette heure.

Elle regarda dehors par sa lucarne de toit. Le ciel londonien était gris et bas, même de nuit. Ô comme elle haïssait cette ville ! Elle sortit la petite valise-radio Klamotten, défit les fermoirs.

Puis elle rédigea le message :

FFFFF TOUT VA BIEN. EXPLOSION DE GAZ VIGOUREUSE. RÉFÉRENCE CARTOGRAPHIQUE 51.505273, – 0.010910 CASSANDRA.

En se couchant, elle serra son annulaire. L'anneau y était. Il y avait dessus un petit morceau de fer gravé. Un hommage à un ancêtre rebelle, un homme qui avait refusé de se courber devant les promesses d'or du roi prussien. Donne-moi de la force, pensa-t-elle, que l'or dévore l'or, nous les Polonais, nous préférons le fer.

Quand elle se réveilla, ce fut au bruit d'une double détonation. La première de la fusée qui brisait le mur du son, la seconde de l'explosion même ; plus loin, cette fois.

Beatrice Skarbek ferma les yeux en souriant.

DEUXIÈME PARTIE

Chapitre 18

BERLIN

Septembre 1942

Quand il était descendu du train et avait fendu la foule de la Lehrter Bahnhof, et plus tard, en flânant sur les larges boulevards de Charlottenburg, Henry avait éprouvé de la joie de retrouver Berlin. Il ne lui fallut pas longtemps pour se rendre compte que cette joie reposait sur des fondements fragiles. Ce que cette ville offrait de mieux était l'anonymat, même le national-socialisme n'avait pas réussi à l'éradiquer, Dieu sait pourtant que le régime avait essayé ; les Blockleiters surveillaient les quartiers, et la vie nocturne décadente était reléguée aux clubs privés. Cependant, si on était d'origine germanique, qu'on avait ses papiers en règle et qu'on évitait les discussions politiques bruyantes, on pouvait globalement aller en paix.

L'anonymat n'est en fait qu'un parent optimiste de la solitude. Depuis l'époque de ses études, Henry avait oublié qu'aucun autre endroit ne pouvait provoquer un tel sentiment de ne pas être à la hauteur et de mener sa course en solitaire. L'aristocrate et sa jolie épouse qui entraient d'un pas altier à l'hôtel Eden de Budapester Straße, les anciens combattants qui beuglaient la *Horst Wessel-Lied* dans les brasseries d'Alexanderplatz (où l'on ne servait plus de bière) – ces deux spectacles emplissaient Henry de tristesse.

En surface, Berlin ressemblait à la ville qu'il avait quittée. Les édifices monumentaux étaient toujours parés de drapeaux rouges à croix gammée ; les façades des grands îlots urbains étaient intactes, entretenues. Les attaques aériennes avaient pour l'essentiel cessé, mais la peur des bombes avait incité les autorités à installer d'énormes treillis de camouflage sur les places et boulevards. On aurait dit un damier aux ombres folles.

Cependant, rien n'était comme avant. Les chevaux labouraient les espaces verts du Gendarmenmarkt, les cours d'immeubles grouillaient d'animaux de basse-cour. Les menus grandiloquents des restaurants et les vitrines du KaDeWe masquaient rationnement et pénuries. Tout comme la propagande du régime et les défilés cachaient les défaites. Pour la première fois, Henry vit le national-socialisme tel qu'il était : une énorme illusion démente et révoltante.

Il traversa Charlottenburger Chaussee et entra dans le bâtiment principal de l'école technique. La population estudiantine avait l'air si jeune. Les hommes avaient disparu. Ils devaient être au front. Dans le hall désert au sol de marbre, il repéra un téléphone public. Juste après son arrivée, il avait dépensé quelques Reichsmarks pour téléphoner à Astrid, sans obtenir de réponse. Il envisagea de la rappeler, mais songea alors que la soirée du club d'aviron aurait bientôt lieu, et que les gens sauraient.

Du côté sud de l'école, un espace vert aplani se déployait vers le Bahnhof Zoo, dominé par les flèches de l'église du Souvenir de l'empereur Guillaume et une massive Flakturm. La loi imposant à tous les étrangers d'exposer leurs intentions dans les six jours suivant leur arrivée en Allemagne, Henry se dirigea vers le petit bureau de police situé dans une nouvelle construction de l'enceinte.

« Vous êtes donc l'un de ces timbrés de Norvégiens ? demanda le policier allemand avec un épais accent bavarois en examinant ses papiers.

– Dingue, peut-être, répondit Henry, mais norvégien, je ne sais pas, certains ont des doutes. J'ai vécu plusieurs années à Berlin.

– Vous, les Norvégiens, vous êtes fous, c'est un fait, continua le gendarme volubile. J'ai bien vu Birger Ruud et Laila Schou-Nilsen aux Jeux olympiques de Garmisch-Partenkirchen ! Gagner la descente sur des skis de fond… Des athlètes formidables, on n'a pas réussi à battre Ruud au saut et on n'a pas réussi à le battre en descente. De quoi cet homme est-il fait ?

– Il faudra demander à ses parents, ils ont encore Sigmund et Asbjørn. Moins connus que leur frère, mais presque aussi bons. À partir de quel moment de l'année peut-on skier à Garmisch ?

– Début décembre. Mais vous avez interdiction d'y descendre.

– Ah bon ?

– Sans m'en parler au préalable, fit le policier d'un ton enjoué alors qu'il tamponnait les documents et les posait en piles sur son bureau. Je connais toutes les pistes là-bas. C'est compris ? »

Henry acquiesça.

« Bonne chance à l'école, étudiant Storm. Je suis l'agent Heinze, du reste. Vous allez passer un excellent moment. Contactez-moi si vous avez besoin d'accélérer certaines démarches. Les skieurs norvégiens passent toujours devant tous ces fainéants de citadins. »

Le Professor Doktor Kurt Beyer reçut Henry dans son bureau spacieux, qui se trouvait dans l'aile nord-ouest du bâtiment principal, suffisamment haut pour lui permettre de contempler la couronne des arbres. Les murs étaient émaillés de portraits et de distinctions d'une belle carrière universitaire, les bibliothèques regorgeaient d'ouvrages et de revues, soigneusement ordonnées par année de publication.

Si ses condisciples norvégiens d'avant-guerre à l'école technique avaient pu s'agacer et s'impatienter de la politesse guindée en vigueur en Allemagne, Henry, lui, connaissait les codes. Il salua le professeur dans les formes. Il avait revêtu un costume en velours côtelé marron, suffisamment élégant pour répondre aux attentes d'un professeur allemand, suffisamment décontracté pour éviter d'attirer l'attention.

« Soyez le bienvenu, Storm, nous sommes contents de vous revoir parmi nous. Entrez, je vous prie. »

De nature, le professeur n'était pas un homme chaleureux. Ses phrases étaient prononcées avec la précision sèche des formules qu'il écrivait sur le tableau noir de l'amphithéâtre. Un violoncelle était délicatement posé dans un coin de la pièce.

« Vous avez le temps de jouer ? » s'enquit Henry, qui se souvenait que Beyer avait l'habitude de se dégeler quand il parlait de sa musique.

« Hélas, pas assez. Les temps sont différents à présent. L'Amérique étant désormais impliquée, nous devons travailler pour l'industrie de guerre, les gens sont épuisés, ils n'ont pas la force de se livrer à ce genre d'hédonisme. »

L'adhésion au NSDAP était imposée à tous les professeurs de l'école technique, mais quand Henry tendait l'oreille, il entendait sans peine l'ambivalence du professeur à l'égard du régime.

« Dites-moi, comment est la vie universitaire à Oslo ces temps-ci ? J'ai malheureusement perdu le contact avec mes anciens amis.

– Pour l'essentiel, tout est comme avant, professeur, même si le problème des groupes de résistants est croissant là-bas aussi.

– Ah, fit Beyer sans conviction. Oslo est une belle petite ville. Enfin. Vous aviez un sujet dont vous souhaitiez me parler en ma qualité de directeur de département ?

– Il s'agit de ma place d'étudiant. En Norvège, on m'a informé que j'étais admis à la faculté de technologie militaire, ce qui est naturel vu que j'ai étudié la technologie du gyroscope, mais ici, j'apprends que je suis inscrit en études d'ingénieur du bâtiment.

– L'explication est évidente. Absence d'habilitation de sécurité. »

Et merde, pensa Henry. La veille, lorsqu'il avait voulu emprunter à la bibliothèque la thèse de doctorat de Wernher von Braun sur la technologie des fusées, on l'avait informé que la consultation de ce texte n'était pas ouverte au public. Ils avaient vraiment resserré les règles. Ce qui rendait sa mission plus difficile.

« Avec tout le respect que je vous dois, professeur, c'est profondément déraisonnable. J'ai servi à l'Est et j'ai été décoré de la croix de fer.

– J'en suis conscient, et vous nous revenez avec d'excellentes recommandations, mais les règles sont les règles : seuls les étudiants allemands du Reich sont admis à la faculté de technologie militaire. Le régime a renforcé sa lutte contre l'espionnage industriel. Ne le prenez pas personnellement. »

Le professeur Beyer rajusta son monocle et s'appuya contre son dossier de chaise.

« Pour le reste, l'école suit le même emploi du temps qu'autrefois : cours de neuf heures à midi, puis une heure et demie pour déjeuner et les classes reprennent jusqu'à 17 heures. Le dimanche, vous êtes libre. Bonne chance, Storm. »

Henry enfonça son homburg sur son front en entendant la cacophonie guillerette de norvégien et d'allemand. Alors que les caciques du NSDAP et les dignitaires des branches armées préféraient les faubourgs de Grunewald et du Wannsee à l'ouest, le club d'aviron norvégien s'était établi à Hessenwinkel, un faubourg du sud-est de Berlin aux allées ombragées et aux villas en bois discrètes.

La propriété se trouvait au bord d'un joli canal couvert de tant de nénuphars qu'on aurait presque pu le traverser sans se mouiller les pieds. Au bord de l'eau s'élevait une maison en bois rouge à un étage, avec une longue annexe pour les bateaux. L'étage du dessus était réservé à l'hébergement des visiteurs.

Il faisait beau et les convives se tenaient dehors, leur verre à la main, sur une pelouse tondue. Autour, une forêt non entretenue de hêtres entremêlés de quelques pins n'était interrompue que par un jardin soigné, rempli de massifs d'asters et de dahlias. Henry aperçut le directeur de banque Wiig et Camillo Holm, tous deux des vieilles connaissances de son père, en conversation avec Finn Støren, qui était vêtu d'une jaquette blanche.

N'ayant pas le courage de discuter avec ces gens d'une fausseté totale, Henry s'empressa de rejoindre la porte d'entrée. Le rez-de-chaussée sobre évoquait un chalet de vacances : des lambris blancs, des coupes légèrement poussiéreuses, des photos de garçons athlétiques en maillots d'aviron ajustés, tout sourire devant le club. Il n'avait pas oublié les instructions de Welsh : *Vous taperez à la porte de la pièce du fond à gauche au premier étage. Vous cherchez un logement à Dahlem.* Henry monta l'escalier qui menait à un couloir rectiligne, bordé de portes, comme un gîte dont on louait les chambres. Dehors, il entendait le brouhaha de la fête. Ici, il n'y avait personne. Les Allemands avaient-ils pu y placer des espions ? Au fond du couloir, il s'arrêta, écouta. Il entendit le crépitement d'une machine à écrire.

Il s'assura qu'il n'était pas suivi avant de frapper.

Un homme qui avait autour de cinquante ans, habillé comme il faut, apparut dans l'embrasure.

« Puis-je vous aider ?

– C'est à propos d'une chambre à Dahlem. »

La langue codée artificielle conférait à la scène des airs de mauvais théâtre. L'homme resta impassible, mais il le fit entrer.

Sur le lit au carré étaient posés deux tricots de corps pliés et quelques paires de chaussettes. Ce visiteur du club devait être un homme ordonné. Une pile de livres s'élevait à côté de la machine à écrire.

« Theodor Findahl, se présenta l'homme, correspondant d'*Aftenposten*. Je suis en train de terminer un article pour pouvoir participer à la fête ensuite. »

Et d'expliquer qu'il disposait d'une chambre au club d'aviron, où il passait souvent ses week-ends afin d'échapper au bruit de la ville et à la propagande de Goebbels.

Lorsque Henry lui parla de ses études à Charlottenburg, son visage s'illumina.

« Vraiment ? Ah, les écoles supérieures allemandes restent de première classe, c'est tout autre chose que l'école technique supérieure de Trondheim, si vous voulez mon avis. J'ai le plus grand respect pour les formations d'ingénieur allemandes. Mon neveu fait ses études à Dresde. Il faut que vous le rencontriez, il va venir ce soir, je crois, sûrement, si tant est qu'il ne soit pas en train de courir les filles. Et maintenant, vous souhaitez donc louer un logement à Dahlem ?

– Une chambre devrait suffire. »

Findahl ouvrit la fenêtre. Les bouleaux palpitaient légèrement dehors. Il scruta Henry. On entendait seulement le bourdonnement des voix dans le jardin. Il referma la fenêtre.

« Il est relativement difficile de trouver un logement à Berlin. Qu'est-ce qui vous fait penser que je peux vous aider ? »

Il n'a pas confiance en moi, pensa Henry, il me teste. Findahl connaissait-il son parcours ? Ce n'était pas impensable, il était journaliste et les reporters étaient souvent aussi bien informés que cancaniers. Henry retrouva un peu de cran et il croisa le regard du reporter.

« Vous êtes un vétéran du milieu norvégien. J'ai cru comprendre que vous étiez un homme qui faisait avancer les choses.

– Qui le dit ?

– Mes amis d'Oslo et de Suède. »

Findahl se rassit à sa machine à écrire, comme pour signifier qu'il avait des tâches plus importantes à accomplir.

« Je ne suis au courant de rien mais le vendredi 25, vous vous assiérez sur le banc à gauche de l'entrée principale de l'école technique, à midi précis.

– C'est dans plusieurs semaines ! s'écria Henry, visiblement frustré. Que vais-je faire en attendant ? »

Findahl ignora sa sortie.

« Sur le banc, vous lirez un exemplaire du magazine *Der Adler*. Mon contact sur le marché de l'immobilier vous aidera. Si vous voulez bien m'excuser, je dois terminer cet article. La patience est une vertu dans la plupart des professions. Vous pourrez y réfléchir un peu dans l'intervalle, jeune homme. »

Vendredi 25 septembre ?

Henry ressortit dans le couloir.

Trois vaines semaines d'inaction à Berlin.

Était-il venu pour cela ?

Dehors, l'âge moyen des participants de la soirée avait baissé. On se préoccupait désormais de courtiser de mignonnes secrétaires allemandes qui paraissaient surprises de se voir accorder tant d'attention. Le club devait être le seul endroit du Reich où les jeunes hommes étaient majoritaires. Henry salua de la tête deux navigateurs du Club de voile d'Oslo et de l'Association royale de voile de Norvège. Capacités médiocres, poches pleines d'argent, pères ayant des mandats à la Fédération nationale de voile et des liens avec le prince héritier Olav. Les garçons ne répondirent pas à son hochement de tête.

Le soir tombait tôt en septembre. Henry resta dans son coin à boire un verre de vin doux de Moselle, puis un autre. Pourquoi était-il venu ici, exactement ? Les personnes qu'il souhaitait rencontrer le fuyaient. Où était le neveu de Findahl, par exemple ? Les gens présents étaient globalement des ratés qui courtisaient les nazis. Il commençait à comprendre pourquoi on s'était moqué de lui en Norvège. L'homme qui à lui tout seul allait trouver un programme de fusées dont personne ne connaissait l'existence.

Henry s'éloigna de la maison, avança au bord du canal, le contempla. L'épaisse forêt se penchait au-dessus de la rive, telle une jungle au bord d'un fleuve tropical. Il lança une pierre dans l'eau. La vérité était que, dans cette ville, il ne connaissait strictement personne en qui il puisse avoir confiance. Personne qui puisse l'aider. Le ciel était sombre, les lumières tamisées de la fête jetaient de vagues reflets sur la surface troublée de l'eau.

Il entendit alors des pas derrière lui.

« Salut, homme de la Hird, chantonna une voix. Tu as oublié de mettre ta croix de fer ? »

Henry se retourna.

Cinq hommes de son âge se tenaient en arc de cercle autour de lui, des garçons des beaux quartiers d'Oslo. S'il voulait battre en retraite, l'eau était la seule possibilité.

« Que penses-tu de Pettersen ? demanda l'un d'eux.

– Il aurait dû jouer comme demi-centre en Coupe du monde. On aurait gagné, répondit Henry.

– On parle de Hitler, imbécile.

– Alors convenons qu'il est permis de ne pas être d'accord politiquement, déclara Henry en levant lentement les bras.

« Il y a suffisamment d'endroits pour des gens comme toi dans cette ville. Tiens-toi à l'écart du club d'aviron. »

Quoi que tu penses, joue le jeu, pensa Henry.

« Je suis seulement étudiant, et je vais bientôt rentrer chez moi. Laissez-moi tranquille.

– Tu n'es pas seulement étudiant, affirma un petit gars sur le côté d'un ton agressif. Tu fais partie de ces gens qui cherchent à nazifier le club. »

Le mauvais esprit le saisit, il regretta sa réponse au moment où il la livrait.

« Si tu as tant de problèmes avec le national-socialisme, tu devrais peut-être aller ailleurs qu'à Berlin. »

Un premier coup le frappa à la nuque, un autre, sur le côté du genou gauche, l'expédia à terre, et ils se ruèrent tous sur lui, lui assénant des coups de pied et de poing, jusqu'à ce qu'il disparaisse dans une obscurité exempte de sensations.

Lorsqu'il revint à lui, il avait le corps perclus de douleurs. Le ciel était noir. Une jeune femme se penchait au-dessus de lui.

« Ne bouge pas, ordonna-t-elle. Rien de grave, juste quelques coupures et une lèvre fendue. »

Henry avait le cerveau embrumé.

« Qui est Pettersen ?

– C'est le nom que les Norvégiens emploient pour parler de Hitler ici.

– Pourquoi tu m'aides ?

– Parce que j'ai vu ce qui s'était passé, parce que c'est mon travail. Et pour le plaisir des retrouvailles.

– Des retrouvailles ? Qui… où nous sommes-nous rencontrés ? »

Le visage rond révéla un regard maternel.

« Astrid, dit-elle et sa voix sembla s'abaisser de plusieurs octaves. La dernière fois qu'on s'était vus, on avait parlé d'Astrid, Henry. Je la connaissais, personne ne la connaissait mieux que moi. »

Solveig Cappelen lui caressa les cheveux. Ensuite elle désinfecta une écorchure au-dessus de son œil et nettoya sa lèvre fendue.

« *Connaissais ?* »

Henry déglutit.

« Il faut que je te dise quelque chose. »

Chapitre 19

USEDOM

Septembre 1942

Depuis le jour où il avait commencé à travailler sur des documents classifiés au SD, Sorge craignait de parler dans son sommeil. À l'état d'éveil, le discours pouvait se contrôler avec l'autodiscipline, mais la nuit, il était à la merci du désir inconscient.

« Qui est Beatrice ? » l'interrogea Greta inopinément, le ton pincé.

Assise à l'avant de la Mercedes, elle regardait d'un air absent les plaines et les vastes forêts brandebourgeoises qui défilaient de l'autre côté de leurs vitres.

« De quoi parles-tu ? »

Sorge rougit. Il espérait que la couleur de son visage n'était pas visible du siège passager.

« Tu as parfaitement bien entendu ma question.

– Il faut que tu me promettes de garder un secret. Schellenberg travaille sur plusieurs opérations pour galvaniser les éléments anti-bolcheviques derrière les lignes ennemies à l'est. Le nom de code de l'un de ces projets est Beatrice. »

Le mensonge était précis et plausible, s'imaginait-il, mais en le proférant, il se sentit vide comme un arbre pourri de l'intérieur.

Pour la première fois depuis l'été, quand ils s'étaient lancés sur la piste polonaise pour trouver le Griffon, il retournait à Peenemünde. Il avait envoyé un télégramme à Wernher von Braun une semaine plus tôt, la réponse lui était parvenue aussitôt : le Prussien l'invitait à naviguer sur la Baltique le week-end suivant.

Toutefois, Sorge ne roulait pas vers Peenemünde à des fins de divertissement. Après sa promenade à cheval avec l'amiral Canaris, il avait réussi à obtenir le dossier de l'Abwehr sur le rapport dit d'Oslo.

Le contenu était remarquable. Les exagérations ne manquaient pas, comme cette affirmation selon laquelle l'Allemagne, en date d'octobre 1939, produisait cinq mille avions Junkers 88 par mois. Cependant, la description des systèmes de radar, des nouvelles torpilles, des bombes volantes et des engins balistiques téléguidés était exacte. Et le plus inquiétant était la mention d'« une base expérimentale à l'embouchure du fleuve Peene », où des chercheurs allemands travaillaient sur des « fusées supersoniques ».

Le rapport frappait par son autorité technique. Sorge était certain qu'il avait été rédigé par un universitaire travaillant dans une école technique supérieure. En même temps, la langue était celle d'un civil : les *chars* étaient évoqués comme des *tanks*, les *canons sans recul* comme des *bazookas*.

Le rapport d'Oslo avait dû être rédigé par le Griffon, qui d'après la date de conclusion, novembre 1939, avait vraisemblablement visité Peenemünde dans les mois précédents.

Mais qui s'était rendu sur la base en 1939 ?

Sorge devait le découvrir.

Fermement décidé à ne pas laisser le travail entrer en conflit avec sa vie de famille, il avait cette fois réservé un séjour de deux nuits pour toute la famille dans une auberge de la côte.

« C'est encore loin ? » geignirent les jumelles en chœur sur la banquette arrière.

Elles se réjouissaient tant à la perspective de ce voyage que leur institutrice avait dû les rappeler à l'ordre, car elles troublaient la concentration des autres élèves.

« On y sera bientôt, répondit Sorge.

– C'est vrai que ce n'est pas notre appartement ? »

La question venait de Hanna, qui était toujours la plus loquace des deux sœurs et avait l'art, comme la plupart des enfants, de sauter du coq à l'âne sans préavis.

« De quoi parles-tu ?

– Ulrikke de ma classe prétend que l'appartement appartient en fait à la famille Mendelsohn. Qui sont les Mendelsohn ?

– C'est la famille qui y habitait, qui y habitait avant, fit Sorge en toussotant.

– On a acheté l'appartement aux Mendelsohn ?

– Dans un sens... Enfin on pourrait dire qu'ils nous l'ont donné. »

L'appartement était revenu à Sorge et à sa famille quand les premiers Juifs avaient été envoyés de Berlin à Lodz en octobre 1941.

« Et maintenant, où sont les Mendelsohn ?

– Ils sont partis dans un endroit qui s'appelle l'Ostland. Un très grand pays, avec un tas de fermes et de champs que les Juifs peuvent cultiver. Ils ont du bétail, des chevaux, des moutons...

– Les Mendelsohn sont juifs ?

– Oui, répondit Sorge en lançant un regard interrogateur à Greta.

– Ruth, qui était dans l'autre classe de notre niveau, était juive, continua Hanna. Pourquoi elle n'a pas pu habiter dans sa maison ? »

Mutique, Greta regardait mécaniquement droit devant elle.

« C'est une grande question, ma chérie. Imagine que tu sois malade, commença Sorge, tentant la pédagogie.

– Que j'aie mal à la tête ?

– Non, que tu aies des puces et des poux, par exemple.

– Beurk ! se récrièrent les jumelles à l'unisson.

– Il faudrait trouver des remèdes pour éliminer les nuisibles. C'est pareil pour les Juifs. L'Allemagne est un corps, un corps populaire sain. Et les Juifs sont les animaux nuisibles, qui répandent les bactéries et les maladies. C'est pourquoi nous devons agir. Sans quoi la situation deviendra dangereuse. Vous comprenez ?

– Oui, je comprends. Les Juifs sont des corps étrangers qui détruisent le Reich. On l'a appris à l'école », répondit Hanna.

Ils atteignirent la côte après le coucher du soleil, mais il ne faisait pas encore tout à fait nuit quand ils se garèrent et prirent leur chambre à l'auberge, qui occupait un emplacement superbe sur une petite hauteur. Seule une étendue de galets tachetés et de sable tout blanc les séparait de la mer. Les jumelles s'endormirent d'un coup et Sorge et Greta s'assirent sur la terrasse pour boire un verre de Riesling.

« Qu'as-tu envie de faire demain, Werner ? » demanda Greta d'un ton aimable.

Il n'avait pas entendu cet écho dans sa voix depuis longtemps.

Il hésita une seconde.

« Me baigner et jouer avec les filles ? Je m'absenterai peut-être quelques heures dans la journée, j'espère que ça ne te dérange pas ? »

Greta se détourna.

Le lendemain matin, Von Braun l'attendait sur une longue jetée en bois. Bronzé, les cheveux éclaircis par le long été. Il le salua poliment et le précéda dans un fourré battu par les vents pour rejoindre le bord de l'eau.

« C'est un honneur que vous vouliez naviguer avec moi, déclara Von Braun. Je propose que nous prenions ce Star.

– Ah, c'est un bateau utilisé en régate, répondit Sorge, qui se refusait à signaler qu'il n'était pas adapté aux amateurs.

– Dites-moi, Sturmbannführer, demanda Von Braun alors qu'ils hissaient la grand-voile et préparaient le foc. Vous n'êtes pas réellement ici pour naviguer, si ? »

Le Prussien fixa le foc avant de poursuivre :

« Il paraît que vous dirigez une unité d'enquête appelée Wolfsangel. Vous ne l'avez pas mentionné la dernière fois que nous nous sommes croisés.

– Vous devriez étarquer la grand-voile », souligna Sorge.

Ils partirent lentement vers le nord, au travers, poussés par une légère brise de terre.

« Il est préférable de ne pas évoquer certaines circonstances concernant la sûreté du Reich, précisa Sorge.

– Peenemünde est un endroit attirant. »

Von Braun désigna la plage de sable blanc.

« En l'occurrence, c'est ma mère qui m'avait suggéré que l'île conviendrait. Autrefois, ma famille y venait souvent pour chasser le faisan. Mais Peenemünde ne plaît pas qu'aux touristes. En tant que directeur du projet, j'apprécie peu que nos invités naviguent sous un faux pavillon. Que voulez-vous, exactement, Sturmbannführer Sorge ?

– J'aimerais votre aide pour découvrir une fuite importante en 1939. Il s'agit de renseignements secrets qui sont venus aux mains de nos ennemis.

– Je peux vous assurer que toutes les personnes qui travaillent sur la technologie de l'armement ont une habilitation de sécurité du niveau le plus élevé, s'insurgea Von Braun. De plus, le travail est cloisonné, si bien que les employés ont accès à leur domaine spécifique et à aucun autre. Par exemple, aucun technicien n'a de vue d'ensemble. Les ouvriers portent des marques qui indiquent à quelles parties de l'enceinte de l'usine ils ont accès.

– Nous serions davantage intéressés par une liste d'universitaires externes qui auraient visité Peenemünde entre juin et novembre 1939. »

Von Braun ne répondit pas tout de suite.

Sans être un virtuose de la voile, c'était un navigateur tout à fait acceptable, songea Sorge. Il approchait la mer comme le chercheur approche la technologie, avec méthode et analyse, mais il n'avait pas d'intuition.

« Alors je serais tenté de croire que le plus pertinent pour vous est ce que nous appelons le Tag der Weisheit.

– La journée de la Sagesse ?

– C'était le nom officieux d'une réunion pluridisciplinaire qui s'est tenue en septembre 1939. En interne, nous l'appelions simplement Der Tag. Tout un ensemble d'éminents représentants de la recherche et du monde des affaires participaient. Il faut comprendre une chose, Sturmbannführer, sans nos appuis au sein du milieu universitaire et du monde allemand des affaires, nous serions finis. Kaput. Sans eux, l'évolution de la technologie des fusées est impensable. Nos meilleurs ingénieurs sont issus des écoles techniques. D'aucuns prétendent qu'ils constituent *un risque pour la sécurité*, personnellement, j'ose affirmer que les maintenir hors du projet présenterait un risque nettement supérieur. »

Peenemünde en septembre 1939, raisonna Sorge, l'agent a remis le rapport aux Britanniques en novembre. La chronologie était plausible.

« Nous souhaitons la liste des participants à la journée de la Sagesse.

– Si vous m'accordez du temps, je devrais pouvoir vous la procurer. »

Ils naviguèrent jusqu'à Greifswalder Oie, une petite île à quelques kilomètres de la côte baltique, et empruntèrent un sentier qui menait à un haut phare en brique et au petit restaurant adjacent. Von Braun expliqua que les lieux avaient été utilisés pour tester de petites fusées avant la guerre et que des stations d'écoute militaires essaimaient encore sur les rochers arides.

Il va de soi qu'il connaissait tout le monde sur l'île et il prit son temps pour saluer les autres clients de la terrasse, ainsi que l'aimable cuisinier qui leur servit un carrelet pané nappé d'une sauce grasse à la crème et à la ciboulette.

« Quelles sont les dernières nouvelles de l'A4 ? s'enquit Sorge. À Berlin, les gens s'impatientent. Il a été beaucoup question des fusées, mais hormis quelques lancements ratés, il ne s'est pas passé grand-chose. »

De toute évidence, ce n'était pas la première fois que Von Braun entendait la remarque. Il répondit en articulant lentement :

« Je comprends votre impatience et je respecte vos points de vue dans cette affaire, mais je le répète, la volonté de développer la technologie des fusées à Peenemünde me paraît donner la mesure de la nation que l'Allemagne souhaite devenir. Oui, des contrecoups sont survenus, et surviendront encore, c'est inhérent à la recherche expérimentale. Mais quand ce sera résolu, et croyez-moi, cela le sera, Sturmbannführer Sorge, le Reich aura sur ses adversaires un avantage qu'ils ne pourront jamais égaler. Ni vous ni moi ne nous souvenons de la grande guerre de tranchées en France, même si nous avons lu comment elle s'était déroulée. En revanche, nous nous souvenons de l'attaque éclair du lieutenant-général Guderian contre la France il y a deux ans. De quoi s'agit-il ? De nouvelle technologie et d'un changement de paradigme.

– *Achtung Panzer.*

– Nous approchons du prochain lancement. Il aura lieu le 3 octobre. Je suis convaincu que nous aurons résolu nos dernières difficultés techniques d'ici là.

– Qui a annoncé sa venue ?

– Les invités ne sont pas encore confirmés, mais je suis relativement certain qu'il y aura Speer et des officiers de la Wehrmacht, de la Luftwaffe et de la SS, de niveau commandant de brigade et au-delà. Ainsi que quelques personnes triées sur le volet représentant nos institutions universitaires et nos équipementiers. La sécurité sera bien sûr préservée. Et nous serions ravis de vous accueillir. »

Satisfait, Sorge regarda vers le continent. Cette journée l'avait rapproché de la solution. Pouvait-il comparer la liste des participants de Der Tag en 1939 avec celle des invités du prochain lancement ?

Le Griffon figurerait très vraisemblablement sur l'une et l'autre.

Chapitre 20

BERLIN

Septembre 1942

Henry écarquilla les yeux.

Pourquoi cette chaleur ? Où étaient Grande et Johansen ? Dans son rêve, il était couché tout contre eux, Grande ronflait, Johansen marmonnait en dormant.

Son sommeil alcoolisé lui avait apporté quelques heures de trêve, mais les idées noires déferlèrent avec une vigueur renouvelée dès son réveil. L'arrestation d'Astrid et son suicide dans la cellule, il visualisait la scène… Au-delà de sa fatale erreur de jugement, il était un être pathétique. Un égoïste, qui s'était cru supérieur aux résistants de Norvège. Un rêveur ignorant des réalités de ce monde, qui s'était bercé de l'illusion de pouvoir apporter sa contribution en Allemagne. Mieux valait encore le front de l'Est, songea-t-il, les conditions y étaient glaciales et terrifiantes, mais au moins on haïssait collectivement, pas seul, comme ici.

Aujourd'hui, on était vendredi, enfin ; la date que lui avait indiquée Findahl.

En se levant, il eut l'impression d'avoir la tête transpercée par un câble électrique. La veuve Plötze avait glissé un petit mot sous sa porte :

Étudiant H. S. : la vie de débauche que vous menez est une honte pour notre quartier. Si vous ne rentrez pas à une heure convenable le soir, votre bail sera résilié avec effet immédiat.

Henry louait une chambre dans une rue tranquille donnant sur Fasanenstraße, au cœur de Charlottenburg, à une courte distance à pied de l'école technique. Il avait énoncé sa nationalité et la logeuse l'avait accepté ; la veuve Plötze n'avait que de bonnes expériences avec les étudiants aryens. Et qu'à cela ne tienne si à sa fenêtre, un Blockleiter, l'un de ces informateurs auxquels la police secrète faisait appel pour la surveillance des quartiers de la ville entière, regardait Henry de travers chaque fois qu'il arrivait à l'immeuble.

Sa vie n'était qu'une beuverie permanente depuis que Solveig Cappelen lui avait révélé ce qui s'était passé dans la cellule de Victoria terrasse. La vie nocturne de Berlin offrait encore de nombreuses possibilités d'oubli, les autorités n'avaient pas réussi à mettre un terme aux excès. Henry avait régalé des veuves de guerre prêtes à tout dans des tavernes impénitentes, il avait sniffé de la cocaïne au Fer à cheval doré et chanté des chansons à boire avec des anciens combattants dans les brasseries de l'est de la ville.

Avant guerre, Berlin bouillonnait d'optimisme, d'expansionnisme, d'esprit de guerrier spartiate et d'ambitions scientifiques. Désormais, tout avait changé. Les hommes aptes au combat revenaient dans des cercueils ou traversaient le hall de l'Anhalter Bahnhof en claudiquant sur leurs béquilles, le regard vide. Les femmes avaient jeté aux orties l'idéal de chasteté, la décadence se répandait. Lors d'une fête de milieu de semaine dans un appartement bourgeois de Wilmersdorf, où les étudiants dansaient furieusement sur du jazz américain, Henry avait ouvert une porte de chambre à coucher et était tombé sur une connaissance, étroitement enlacée avec deux actrices des studios de Goebbels dans le plus simple appareil.

Sans appétit, il s'habilla et sortit sur Fasanenstraße après avoir jeté le mot de sa logeuse à la poubelle. Il traversa le Ku'damm et entra par le sud-ouest sur le site de l'université, où étudiants et employés cultivaient des légumes dans les espaces verts limitrophes du Tiergarten.

C'était l'une de ces journées de la fin septembre où l'on sent que l'été se termine sur la lande d'Allemagne du Nord ; le soleil chauffe encore à midi, mais les nuits apportent des bouffées de froid et la température peut avoisiner le point de gel.

À 11 h 59, il s'assit sur le banc. Le soleil piquant d'automne lui brûlait les yeux. Il prit *Der Adler* et entama sans conviction la lecture d'un article relativement technique sur le Ju 88 Schnellbomber et les succès de cet avion face aux bolcheviques du front de l'Est. Le contact de Findahl viendrait-il ? Et Henry pouvait-il faire confiance à ces gens ? De part et d'autre de la porte d'entrée, deux hommes à chapeau et cigarette au coin de la bouche éveillaient sa paranoïa.

Quelqu'un vint s'asseoir à côté de lui.

« Tu as besoin d'un logement ? demanda-t-il en norvégien.

– À Dahlem, répondit Henry. Je ne me satisfais que de ce qu'il y a de mieux. »

Il était plus jeune que Henry, moins de vingt-cinq ans sans doute, le visage symétrique, épuré, de la blondeur dépassait de son feutre gris.

« T'ai-je vu à la fête d'été du club d'aviron ? se renseigna Henry.

– Je n'ai pas eu le temps d'y aller. J'avais mieux à faire que de participer à une soirée où l'âge moyen était de cent ans. »

Henry aimait déjà le franc-parler du bonhomme, qui se tourna vers lui.

« Au fait, je m'appelle Sverre. Sverre Bergh. »

Il faisait quant à lui ses études d'ingénieur du bâtiment à l'école technique de Dresde, expliqua-t-il, mais il se rendait à Berlin aussi souvent que possible. Sverre semblait soigner sa mise. Une cravate à carreaux grise apparaissait au-dessus d'un pull-over sans manches en laine d'agneau bleu marine et d'un imperméable Burberry sable. Ses chaussures noires étaient impeccablement cirées, et assorties à ses gants en cuir.

« Tu es arrivé à Berlin au début de ce semestre ? »

Henry acquiesça.

« Mes études partent à vau-l'eau. Je sors sans discontinuer depuis la rentrée. Ce n'était pas le cas quand j'étudiais ici avant.

– Pourquoi as-tu interrompu tes études ? »

Henry le dévisagea.

« Pour servir dans le régiment Nordland en Ukraine. J'ai été blessé à Rostov, un officier supérieur allemand d'Oslo m'a proposé de reprendre mes études ici. »

Mieux valait prendre le taureau par les cornes, et Sverre avait l'air trop perspicace et cynique pour se laisser déstabiliser. Et puis on était en Allemagne, servir au front n'était pas aussi stigmatisant qu'en Norvège.

« Cette réplique d'ouverture, je m'en souviendrai la prochaine fois que je rencontrerai une fille dans un bar, s'amusa Sverre.

– Non, ne fais pas ça.

– Pourquoi ?

– Parce que ceux qui ont combattu ont un certain regard. Les hommes ne le voient pas, mais les filles le reconnaissent. Tu n'as tué personne ni vu quelqu'un de proche mourir. Tu ne seras pas crédible. »

Ne sachant pas exactement à quoi s'en tenir, Sverre lança un caillou en l'air pour se donner le temps de la réflexion.

« Alors pourquoi te croirais-je quand tu dis souhaiter une chambre à Dahlem ? »

Henry avait bien évalué la situation : Sverre était résolument finaud, mais c'était aussi un jeune homme incapable de résister à la tentation du combat de coqs, il savait flairer les hiérarchies sociales officieuses. Les gars comme lui étaient faciles à lire : si on les laissait faire, ils menaient la danse.

Il fallait les remettre à leur place.

« Tu sais qui est Olaf Willy Fermann ? demanda Henry et comme Sverre secouait la tête, il poursuivit : C'est le directeur du bureau des combattants du front à Oslo. Ce n'est peut-être pas un poste formidable, te dis-tu, mais je connais Olaf et il connaît personnellement le Reichsführer-SS.

– Attends un peu. Un Norvégien qui connaît Himmler ?

– Ils se sont rendus ensemble sur le front de l'Est l'an dernier. C'est précisément le genre d'éléments qui font qu'un résistant médiocre va douter de moi, alors que nos amis britanniques en Suède ont au contraire choisi de me faire confiance. Et toi aussi, tu devrais le faire.

– On va casser une petite croûte et boire un verre ? »

Sverre désigna le Ku'damm d'un geste de la tête.

« Je crois que nous avons des choses à nous dire. »

Les hommes à l'entrée avaient disparu.

Ils trouvèrent une taverne sur Savignyplatz, où Henry savait qu'on servait encore de la fricassée d'agneau aux clients fidèles ayant des tickets de rationnement en trop.

Afin d'asseoir sa domination sur Sverre, Henry inventa quelques fables au sujet de soirées avec des actrices de l'UFA au lendemain des Jeux olympiques de 1936, avant de lui poser la main sur l'épaule :

« Arrive un moment où on a fait le tour de ce qu'il y avait à faire à Berlin. On est arrivé à la dernière case du plateau de Monopoly. Les fêtes m'ennuient. J'ai besoin d'une mission. Et c'est pour ça que tu es venu me rencontrer.

– Aujourd'hui, nous sommes le vendredi 25, murmura Sverre. Il s'agit du week-end prochain. Samedi et dimanche, les 3 et 4 octobre. Nous disposons de renseignements suggérant qu'il y aura un grand rassemblement de dirigeants des forces armées, de la recherche et du monde des affaires. Où, nous n'en sommes pas encore certains, mais à en juger par le secret qui entoure le lieu, il s'agit d'une réunion touchant à la sécurité nationale.

– Où est-ce que j'interviens ?

– Ton tuteur est le professeur Beyer. »

Ils étaient donc bien informés. Que savaient-ils d'autre à son sujet ?

« À l'issue de ton rendez-vous de tutorat avec lui mardi prochain, tu iras directement trouver Fräulein Dreisler à son secrétariat et tu lui demanderas si tu peux faire une photocopie d'un article scientifique. Quand elle se lèvera, une feuille présentant l'itinéraire de voyage du professeur Beyer sera visible sur son bureau. Inutile de demander pourquoi. La secrétaire Dreisler réserve toujours les voyages de service de Beyer. Mémorise-le et fais-moi ton rapport. On se revoit à la même heure au même endroit dans une semaine. Lieu de rendez-vous alternatif : le bar de l'hôtel Adlon, le lundi 5 au soir. Demande le Suédois Olle si je ne suis pas là. Il pourra t'aider à sortir des renseignements du Reich. »

Un œil fermé, Henry examina son verre.

« Tu connais bien la côte nord près de Rügen ? »

Sverre lança un rapide coup d'œil au plafond. Henry le remarqua.

« J'y suis allé quelques fois. De nombreuses jolies filles en haute saison, mais la haute saison est terminée, hélas.

– Avant la guerre, on m'avait proposé de travailler sur la technologie du gyroscope à la base de Peenemünde, déclara Henry. »

Ses mensonges ayant bien fonctionné jusqu'à présent, il tentait sa chance.

« Que dis-tu ?

– Plusieurs de mes anciens condisciples y travaillent actuellement. Tu connais le coin ? »

Il fit signe au serveur d'apporter une nouvelle tournée de schnaps.

Sverre s'avança au-dessus de la table.

« Personne n'entre à Peenemünde sans papiers. La base n'est pas indiquée sur la carte. Elle est renforcée par trois *Sperrgebiete* et ces zones interdites sont gardées par des soldats. On en voit une petite partie depuis les collines de Wolgast, sur les rives de la Peene. La base elle-même est au bord de la Baltique.

– Tu sembles connaître les lieux comme ta poche ?

– J'y suis allé, murmura Sverre. L'an dernier, à cette époque de l'année. Il se passe quelque chose là-haut, mais il semblerait que nos renseignements ne soient pas perçus comme crédibles. Oublie Peenemünde. Le seul moyen d'espionner la base, c'est depuis la mer, et la zone est à coup sûr fermée et patrouillée. Occupe-toi donc de trouver où le professeur Beyer va se rendre.

– Pourquoi dis-tu *nos* renseignements ? »

Sverre eut l'air gêné.

« Un lapsus, je suppose.

– Il doit y avoir un Allemand ici, qui nous aide.

– Il est certaines informations qu'il est bon de ne pas connaître. »

Henry cala son menton sur ses mains jointes.

« Pourquoi fais-tu cela, au juste, Sverre ?

– Je suis norvégien et patriote, répondit Sverre avec sincérité et sans imagination. Je le fais pour la Norvège, pour que notre pays redevienne libre un jour. »

Il hésita quelques instants.

« Et toi, pourquoi as-tu reviré ?

– Les gens à Berlin n'ont pas la moindre idée de ce qu'est le national-socialisme. Ils pensent que la guerre est synonyme d'alerte antiaérienne toutes les trois semaines et de rayons mal achalandés à l'épicerie, ils ne se doutent pas qu'à cet instant, on met le feu à un village miséreux en Russie, des partisans et des Juifs sont exécutés dans les bois, et c'est lié, c'est la nature du national-socialisme. »

Sverre ne répondit pas.

« L'ordre à l'Est était de ne pas prendre de prisonniers de guerre, ajouta Henry. À la place, on les abattait ou alors on les enfermait dans un enclos comme du bétail. En plein hiver, sans vêtements ni toit au-dessus de la tête. C'est pour ça que j'ai reviré. »

Il porta un regard vide sur la salle.

« Et parce que ma petite amie l'avait fait.

– Il y a toujours une fille, conclut Sverre. Santé et bonne chance. Au revoir. »

En sortant, Henry pensa à sa mission. Il allait faire ce que disait Sverre, bien sûr, mais pas comme Sverre le pensait.

Chapitre 21

BERLIN

Dimanche 27 septembre 1942

C'était le jour où le Führer allait parler au Sportpalast. L'affluence était comparable à celle d'un match pour le titre avec Max Schmelling à l'affiche. L'annonce de son intervention avait été une surprise, il ne s'était pas adressé au peuple allemand depuis longtemps.

En ces minutes précédant son arrivée à la tribune, le public frémissait d'impatience. Hitler allait-il enfin informer le peuple de la chute de Stalingrad ? Les rumeurs circulaient, l'expectative montait et prenait la forme de nuages de condensation dans la salle. La ville était encerclée, la 6e armée et la 4e armée blindée, flanquées des Hongrois et des Roumains, allaient achever les bolcheviques, ce n'était qu'une question de temps.

Sa casquette de SS sous le bras, Sorge remonta l'allée centrale, saluant de la tête de droite et de gauche. Friedrich lui avait procuré une place d'orchestre dans les premiers rangs, mais son propre siège demeurait vide. Où était-il ? Toujours à traquer inlassablement les participants à la réunion du Tag à Peenemünde, songea Sorge. Son équipier travaillait jour et nuit, lui aussi. Le Wolfsangel n'était pas précisément un travail de bureau ordinaire ; depuis quelque temps, Sorge téléphonait à sa femme pour la prévenir non pas qu'il rentrerait tard, mais que, contre toute attente, il serait là pour le dîner.

Sans liste des participants de Peenemünde, on ne pouvait pas entreprendre grand-chose. Il ne l'avait toujours pas reçue, bien que plus d'une semaine se soit écoulée depuis sa visite à Von Braun.

Celui-ci cherchait-il sciemment à faire traîner l'opération en longueur, ou était-il simplement gêné que la base soit impliquée dans une embarrassante affaire d'espionnage ?

Le public était trié sur le volet, remarqua Sorge en regardant autour de lui, essentiellement des représentants des basses strates du parti et des jeunes gourmés de la Hitlerjugend, avec leurs partenaires bien nourries. Son regard s'arrêta sur le balcon à droite de la tribune. Il avait beau devenir myope, cela ne faisait pas l'ombre d'un doute. C'était elle. Beatrice était vêtue d'une robe du soir écarlate et si sa vue ne lui jouait pas de tours, elle conversait gaiement avec un officier portant l'uniforme d'été blanc de la Luftwaffe.

Il se mordit la lèvre en détournant le regard. Sortir avec un homme de la Luftwaffe ne faisait pas partie de son mandat. Après leur dernier rendez-vous au Tiergarten, Sorge avait employé des techniques de contre-espionnage pour la suivre jusqu'à son appartement d'Oranienburger Straße, sans communiquer à quiconque les résultats de sa filature. Dans un accès d'obscène voyeurisme, il avait une seconde envisagé d'installer du matériel d'espionnage dans tout son appartement, y compris sa chambre à coucher et sa salle de bains, pour être ensuite horrifié par ses viles pensées quand il avait recouvré la raison.

Qu'est-ce qui lui prenait ?

Parmi nombre de ses collègues du SD, de Heydrich et Schellenberg jusqu'au bas de l'échelle, la fréquentation de prostituées relevait pour ainsi dire des consignes de travail. Pour Sorge, c'était impensable. En premier lieu pour des raisons hygiéniques. L'idée de pénétrer physiquement une putain avec toutes ses bactéries et toutes ses infections le révulsait.

Mais ce n'était pas tout. La fidélité était une vertu, la vertu première. Fidèle à son épouse, fidèle à sa patrie. L'idée même d'une maîtresse le dégoûtait. Il n'avait pas touché Beatrice, il ne l'avait même pas embrassée, mais cela ne changeait rien à l'affaire. Au fond, le commerce avec une vulgaire prostituée aurait été plus simple. Qu'éprouvait-il pour Beatrice ? L'entichement n'était pas le bon mot, c'était une obsession qui le hantait, un sentiment qui avait tourbillonné en lui le matin à Plötzensee et s'était renforcé quand ils s'étaient vus au Tiergarten.

Quel paradoxe ! Il aimait le pouvoir illimité qu'il détenait sur Beatrice et le contrôle qui en résultait, mais en même temps, il n'appréciait pas ce que cette relation lui faisait à lui. Combien il pensait à elle ; des forces ténébreuses que même les exercices de respiration de Joseph Pilates ne pouvaient juguler.

Comme il aurait voulu avoir quelqu'un avec qui partager ces pensées ! Un psychanalyste professionnel, peut-être, mais au RSHA, ces gens-là avaient le même statut que les francs-maçons et les cocaïnomanes.

« Sturmbannführer Sorge ! »

Il se tourna. Friedrich se faufila devant les spectateurs de sa rangée et s'assit à la place vide.

« Je me réjouis que vous soyez arrivé à temps, dit Sorge.

– Mon retard est dû à ceci, déclara Friedrich d'un ton exalté, et d'ajouter en chuchotant : Mon bon Sorge, voici la liste des participants à la journée de la Sagesse. »

Sorge ouvrit à la première page le dossier que Friedrich avait posé sur ses genoux.

Toujours à voix basse, Friedrich continua : « Un total de 39 invités externes ont participé à la journée de la Sagesse à Peenemünde du 14 au 16 septembre 1939. Deux tiers d'entre eux, soit 26, étaient issus des forces armées SS, du ministère de l'Aviation, de la marine et des diverses directions de la Wehrmacht. Si nous sommes toujours d'accord sur le fait que le rapport est écrit par un civil, nous pouvons les exclure.

– Cela pourrait nous induire en erreur. Mais par souci de simplicité, écartons-les pour l'instant.

– Nous nous limitons donc aux 13 suspects qui restent sur la liste. »

Les civils étaient inscrits avec leurs titres et leur lieu de travail. Une faible majorité d'entre eux étaient reliés à des entreprises allemandes, visiblement des équipementiers de la base.

« Bien sûr, il faut se garder de tirer des conclusions hâtives, déclara Friedrich, mais je pense que nous approchons de la solution. Sur les 13 civils de la journée de la Sagesse, 4 possèdent un doctorat. »

Sorge continua de lire, Friedrich pointa le doigt.

« Le premier est le docteur Hans Kummerow. Il est ingénieur à Loewe-Radio AG, ici, à Berlin. Les trois autres sont tous universitaires. Tu as le Professor Doktor Max Fauner, qui est doyen de faculté à la Technische Hochschule de Charlottenburg. Le docteur Stephan Szenassy travaille au même endroit. Un nom hongrois, je crois. Le dernier est Kurt Beyer, qui est professeur à l'école technique supérieure de Dresde. »

Ils furent interrompus par quelqu'un qui leur tapotait l'épaule, car le Führer entrait en scène, recueillant des applaudissements fanatiques.

Au premier abord, Hitler avait l'air de bonne humeur, mais en comparaison de la dernière fois que Sorge l'avait vu, ses cheveux avaient grisonné, sa main gauche tremblait et son maintien était plus voûté.

Au Prinz-Albrecht-Palais, des hommes du renseignement bien informés murmuraient que la santé du Führer était défaillante et sa faculté de juger faiblissante, ils parlaient de syphilis, de grande consommation de comprimés, d'isolement progressif et de constants différends stratégiques avec les généraux du haut commandement de l'armée de terre, haut commandement pour lequel la plupart des Allemands avaient depuis longtemps perdu tout respect.

Le Führer était le sauveur de l'Allemagne, mais il était fatigué.

Lorsqu'il prit enfin la parole, il témoigna tout de même de sa grandeur d'antan. Il n'avait pas oublié l'art de galvaniser les foules. Il railla Churchill et le ministre des Affaires étrangères Eden. Il loua la *Winterhilfe* et le peuple allemand qui avait su affronter les difficultés de l'hiver précédent. Il répéta son vieux morceau de bravoure sur les Juifs, dont il pensait que le rire s'éteindrait bientôt.

En son for intérieur, Sorge devait admettre qu'il n'avait jamais été enthousiasmé par l'antisémitisme populaire du Führer pas plus que par des agitateurs comme Rosenberg et Julius Streicher. Bien entendu, le SD était également antisémite, mais sa propre conviction se fondait sur la raison, pas sur de l'agitation complotiste dans les brasseries. Le corps social allemand était en meilleure santé sans un peuple parasite comme le peuple juif.

Discrètement, afin de n'offenser ni le Führer ni le public, Sorge reprit sa lecture. La page suivante était un procès-verbal d'interrogatoire signé par un Sturmbannführer de la Gestapo, Horst Kopkow. Le premier nom de la liste, l'ingénieur Hans Kummerow, avait été arrêté à la Potsdamer Bahnhof le 17 septembre, alors qu'il remettait des informations à un agent parachutiste soviétique.

S'étaient-ils trompés à ce point ?

Sorge ouvrit de grands yeux. Il se sentait trompé. Le Griffon faisait-il en réalité partie d'un réseau soviétique ? Si tel était le cas, l'affaire était terminée, et cela ne l'aiderait pas beaucoup. Il resterait le bec dans l'eau.

« J'ai parlé avec Kopkow aujourd'hui », chuchota Friedrich.

Devant eux, un officier de marine les regarda de travers.

« C'est un ancien collègue, poursuivit le Kriminalobersekretär. L'arrestation de Kummerow résulte d'un long travail contre l'infiltration russo-soviétique du Reich. Le cercle d'espions auquel il appartenait était l'Orchestre rouge. Quelles sont les implications pour nous ? »

Hitler continuait de psalmodier frénétiquement.

Sorge réfléchit longuement avant de chuchoter sa réponse.

« N'oublions pas que Cicéron travaillait dans une ambassade britannique. Le démantèlement de l'Orchestre rouge est réjouissant, mais pour nous, cela ne signifie qu'une seule chose et c'est que nous pouvons biffer Kummerow de notre liste. Ce n'est pas l'homme que nous cherchons.

– Alors il nous reste trois personnes.

– Tous sont professeurs dans nos écoles techniques. Tous ont publié des articles dans la revue *Wissenschaft*.

– C'est bien maigre.

– Tout peut être intéressant.

– Je pense que vous apprécierez les dernières pages du dossier. La liste des personnes inscrites pour le lancement à Peenemünde m'est parvenue aujourd'hui. »

L'officier de marine leur signifia de se taire.

Les noms de la liste étaient moins éminents qu'on ne pouvait s'y attendre. Pas de Reichsführer, naturellement, ni de Schellenberg, ni non plus de ministre de l'Armement Speer. Pas de Göring ni de grands généraux de la Wehrmacht. Les échecs successifs avaient dû les inciter à attendre. La liste était dominée par des officiers d'état-major de niveau intermédiaire des différentes armes. Beaucoup de Luftwaffe, pas mal de Wehrmacht et d'Abwehr, ainsi qu'un ou deux tâcherons de Prinz-Albrecht-Straße.

S'y trouvaient aussi quelques universitaires des écoles techniques. L'un d'eux figurait sur les deux listes. Friedrich tira un stylo-plume de sa poche de poitrine et traça un cercle autour de son nom :

Dr.-Ing. Kurt Beyer.

Sorge se tourna vers le balcon de Beatrice. Elle applaudissait aussi, de la façon dont le Führer avait jadis applaudi les athlètes olympiques en 1936, sans la moindre ferveur, sans le moindre intérêt.

Le Führer conclut sous les ovations. Sorge se leva avec les autres en tapant dans ses mains. Une semaine plus tard, ils iraient à Peenemünde. Où le professeur Beyer serait filé.

Chapitre 22

SWINEMÜNDE

Vendredi 2 octobre 1942

Henry descendit du train à Swinemünde. Au bord de la Baltique, l'air n'était pas le même qu'à Berlin, il était plus froid l'été, plus doux l'hiver, chargé d'une brise marine salée et de cris de mouettes et de goélands.

À Berlin, il s'était procuré des conserves et des rations d'eau pour trois jours, il avait dans ses bagages des vêtements en laine, un suroît et un ciré en coton huilé, ainsi qu'un compas, et le pot de marmelade. Il avait mis la main sur un petit chocolat et des cigarettes Kemal. S'il avait échappé aux vérifications scrupuleuses sur le chemin du nord, il se serait néanmoins senti plus léger de dix kilos sans cet équipement. Même avec de bonnes explications et la documentation pour les appuyer, ce matériel pouvait lui causer de gros problèmes.

Si quelqu'un trouvait le Minox, il pouvait aussi bien mettre un terme à tout cela.

Berlin-Stettin/Stettin-Swinemünde, avait-il été écrit sur l'itinéraire de voyage du professeur sur le bureau de sa secrétaire. L'information avait largement confirmé le soupçon de Henry : Beyer se rendait à Peenemünde. C'était aujourd'hui le jour où il était censé remettre l'information à Sverre. À la place, Henry avait pris la même route que Beyer et embarqué dans un premier train régional pour Stettin, puis dans un autre, branlant, pour Swinemünde.

À Berlin, il était tombé sur un vieux guide touristique de Rügen et d'Usedom. Si une bonne carte marine faisait défaut, Henry avait tout de même déniché plusieurs renseignements intéressants. La petite ville de Swinemünde dans la partie sud d'Usedom abritait quelques modestes auberges et, en l'occurrence, c'était un paradis de la voile. Henry y avait lui-même accosté une fois avant la guerre.

Il décida de ne pas prendre de chambre d'hôtel. Moins il laissait de traces, mieux cela valait.

Il marcha vers le nord, sur la droite s'étirait un bras de mer, d'une largeur située quelque part entre le fleuve et le lac. Il était bordé de grues et de docks. Au bout mouillait une flottille allemande. Ce devait être la Swine, qui se jetait dans la Baltique.

Le plan avait été si évident que Henry n'y avait pas songé tout de suite. À un kilomètre au nord du centre, en direction de la Baltique, se trouvait, d'après le guide, un port civil. Henry suivit la carte qu'il avait mémorisée. Le port de plaisance prenait la forme d'un long bassin étroit partant vers le nord ; côté terre il était souligné d'une forêt, côté mer, d'une longue jetée. À l'extrémité sud s'élevait un bâtiment en briques rouges.

Henry lança un regard sur les bateaux : quelques dériveurs retournés sur le rivage. Les seuls bateaux au mouillage étaient de gros voiliers hauturiers, qui semblaient être à quai depuis longtemps.

« Puis-je vous aider ? »

Une jeune femme d'une petite vingtaine d'années se tenait derrière lui, comme si elle l'observait depuis longtemps.

« Je cherche un bateau, expliqua Henry.

– Vous avez une pièce d'identité ? » répondit-elle d'un ton sévère.

Henry tira de sa veste son passeport rouge et sa carte d'étudiant.

« Ah, vous êtes norvégien, fit-elle en rougissant. Je m'imaginais que vous pouviez être un déserteur, les hommes de votre âge sont à l'Est.

– Je *suis* un déserteur. »

La fille sourit, l'air de ne pas savoir sur quel pied danser.

« Déserteur de l'école technique supérieure. J'habite à Berlin et s'il est une chose qui me manque dans cette ville, c'est d'être en mer. Tout cet air continental me rend complètement fou. J'aurais bien voulu louer un dériveur pour le week-end, j'ai l'intention de naviguer un peu.

– À cette saison ? s'exclama-t-elle, dubitative. Malheureusement, je ne peux pas louer à n'importe qui.

– J'ai des références qui vous intéresseront peut-être. »

Dans un bureau simple à l'intérieur du bâtiment en brique – tapissé de bateaux et des visages souriants de navigateurs du coin –, il présenta une lettre munie du logo du Deutscher Segler-Verband. Le président de la Fédération allemande de voile y confirmait que Henry Storm avait été navigateur olympique en 1936 et était de surcroît un ami de la nouvelle Allemagne.

« C-c-c'est un grand honneur de vous avoir ici. Je peux vous louer un dériveur, en l'occurrence, nous disposons d'un O-Jolle.

– Parfait. »

Henry scruta la jeune femme. Elle avait l'attendrissante contenance un peu compassée d'une dirigeante de section locale de la Ligue des jeunes filles allemandes[13].

« Je m'appelle Henry, au fait. Et toi ?

– Hanna. »

Elle lui fit une petite révérence.

« Tu n'aurais pas une carte marine ?

– Nous n'avons pas le droit de prêter des cartes... Les autorités sont strictes sur ce point.

– Hanna, fit-il en souriant. Un navigateur a besoin de cartes. »

Après quelque hésitation, elle produisit une carte plastifiée présentant les zones maritimes de la Baltique entre Swinemünde et Rügen. Le nom Hanna Bauer était inscrit dessus.

« C'est ma carte personnelle. Je vais vous la prêter. »

Une solution impeccable, il la remercia.

« Il y a un beau plan d'eau à l'est de l'embouchure, déclara-t-elle en glissant son index sur la carte. Mais il faut vous en tenir aux eaux de l'est. Toute la zone navigable le long de la côte nord-ouest d'Usedom jusqu'à Rügen est fermée pendant vingt-quatre heures à compter de ce soir.

– Pourquoi cela ?

13. Le « Bund Deutscher Mädel » (BDM) est l'équivalent féminin des « Hitlerjungend » (HJ), les jeunesses hitlériennes.

– Je ne sais pas. Un exercice militaire ou quelque chose comme ça. »

Ce n'était sans doute pas faux. Henry examina la carte. Il longea de l'index des hauts-fonds à deux kilomètres au nord d'Usedom qui étaient censés abriter des récifs et des rochers.

Mais c'était loin.

Son plan comprenait de nombreux éléments d'incertitude. Le créneau temporel était restreint. Henry était soumis aux forces de la nature. Il allait naviguer dans une zone qui était patrouillée par la marine allemande, naturellement, et qui était de surcroît interdite au trafic maritime civil ce week-end-là.

Son seul espoir résidait dans l'asymétrie de la mission. À l'Est, les partisans qui se dissimulaient au sein de la population civile étaient souvent plus dangereux que les divisions blindées soviétiques. La logique était la même ici. S'il avait été à la barre d'une goélette ou d'un navire de guerre, il aurait évidemment été découvert, mais à bord d'un O-Jolle ? Ça pouvait marcher. Ça devait marcher.

« Connais-tu une auberge convenable où je pourrais dîner ? »

Il avait l'intention de faire profil bas et à cet égard, ce n'était pas idéal, mais le froid était âpre, et il fallait bien qu'il se nourrisse.

« Je ne suis pas très bonne pour ces choses-là, fit Hanna en baissant les yeux. Mais je suis allée quelques fois à une taverne qui s'appelle Zum Anker. »

Sa carte de ravitaillement lui valut un souper tout à fait acceptable à base d'anguille et de pommes de terre. De prime abord, Zum Anker ne ressemblait pas à un établissement pour une jeune femme comme Hanna, à qui on aurait donné le bon Dieu sans confession, mais plutôt à un terrain de jeux pour loups de mer buveurs de chopes et veuves de guerre vulgaires qui n'étaient plus de première jeunesse. Les vitres étaient si sales qu'on voyait à peine dehors. Un endroit pas tout à fait adapté, songea Henry, ici, il attirait l'attention. S'il n'y prenait pas garde, il risquait de voir un habitué lui en coller une.

Après quelque temps, trois marins légèrement plus âgés que lui firent irruption au comptoir. Ils semblaient familiers des lieux et parlaient de façon entendue avec le barman dans un allemand correct avec un accent.

Henry se cacha derrière son journal, il s'agissait précisément du genre de personnes à éviter. Il lisait avec indifférence les dernières nouvelles sur l'augmentation de la production d'armes quand quelqu'un lui arracha le journal des mains.

« Je parie dix Reichsmarks que tu es scandinave ! »

Le marin avait un visage buriné mal rasé et des dents jaunes.

« Suédois, danois ou norvégien ?

– Je suis né et j'ai grandi à Berlin, déclara Henry en espérant que cela suffirait. »

Le marin se mit à parler en suédois.

« Ça ne peut pas être vrai. Aucun Berlinois ne porte de brodequins à semelles en cousu norvégien.

– Rends-moi mon journal, Suédois ! protesta Henry en norvégien.

– Norvégien ! Je le savais ! »

Et merde, pensa Henry.

« Tu as gagné, dit-il, mais je suis pressé. »

L'homme lui passa un bras moite autour des épaules.

« Bon Dieu, mais bois donc un verre avec nous. »

Les marins suédois venaient de la côte ouest, des environs de Göteborg, et faisaient la navette entre la Suède et l'Allemagne du Nord, à savoir Swinemünde et Stettin. Ils lui offrirent une tournée et descendirent l'alcool à un rythme enlevé, tandis que Henry ne faisait qu'y tremper les lèvres.

Pär, de toute évidence le meneur, un viveur jovial et ivre mort, aux cheveux blonds et aux mains larges, se vantait d'avoir embarqué sur son bateau des prisonniers de guerre britanniques évadés pour leur permettre de sortir du pays. Il parlait avec le R guttural de sa Scanie natale.

« Les Allemandes sont complètement dingues en ce moment, ricana-t-il. Tu parles, il reste à peine un homme ici. Et les femmes de la Ligue des jeunes filles allemandes, en particulier, c'est la ligue des matelas allemands, le Bund Deutscher Mädel est devenu le Bund Deutscher Madrassen ! Aussi excitées qu'une bande d'adolescentes échappées d'un camp de vacances religieux. Tu as le ticket ces temps-ci, Norvégien ?

– Je ne me suis pas encore remis de la précédente.

– Oh là là, nous avons affaire à un romantique !

– Eh oui... »

Pär se pencha sur son épaule et, l'haleine empestant l'alcool, murmura :

« Fais-moi signe si tu as besoin d'aide, je peux arranger un peu de tout. »

La porte de la taverne s'ouvrit derrière Henry et les Suédois émirent quelques sifflements. Henry se retourna et vit Hanna s'avancer dans la salle d'un pas hésitant.

« Bonsoir, fit-elle timidement. Je m'étais dit que vous dîniez peut-être tout seul, mais je vois que vous passez un bon moment ? »

Elle avait relevé ses cheveux et peint ses lèvres d'un rouge éclatant.

« Ici, aucune âme alcoolisée ne devra dîner seule ! s'écria Pär. Et encore moins une jeune fille pieuse qui vient de rencontrer des Scandinaves en raid viking ! »

Le Suédois lui présenta une chaise et commanda aussitôt un plateau d'alcool.

Au milieu des braillements enivrés des Suédois, Henry tenta de mener une conversation. Hanna n'était jamais allée plus loin que Rostock, expliqua-t-elle. Elle rêvait de commencer des études d'infirmière à Greifswald. Elle avait les notes requises, mais ses deux frères combattaient avec la Wehrmacht dans les faubourgs de Leningrad, elle devait assurer la subsistance de sa mère qui était seule. Henry s'efforça de la divertir du mieux qu'il pouvait et plaisanta en disant qu'il travaillait sur des vaisseaux spatiaux qui allaient voler vers des planètes étrangères.

Sur une serviette, il écrivit : Henry + Hanna = voyage dans l'espace interplanétaire, et elle baissa les yeux avec pudeur.

Pär se pencha vers elle au-dessus de la table.

« Explique-nous un peu pourquoi une jolie femme a pris le chemin de ce trou à bière repoussant. »

Elle parla de son travail de secrétaire au port de plaisance local.

« Ah, j'y suis déjà allé, précisa le Suédois. C'est vachement bien pour la voile ici. Libre demain ? Je t'emmène en Suède si tu veux.

– Je travaille demain.

– Mais prends donc ta journée, bon Dieu ! Guerre ou pas, il faut bien qu'on vive aussi.

– Je ne pense pas que ça convienne très bien.

– Allez ! Au diable ton chevalier servant norvégien, il ne s'est pas remis de la précédente. À moins qu'il soit de la jaquette ? Je serai au club de voile en moins de temps qu'il n'en faut pour le dire. Si tu n'acceptes pas de sortir avec moi demain, je passerai la nuit dans un des voiliers. »

Hanna s'adressa à Henry.

« Il commence à se faire tard. Mieux vaut que je rentre chez moi.

– Tu veux que je te raccompagne ? proposa Pär en l'attrapant par les poignets. Je ne laisse jamais une jeune femme marcher seule dans le noir. »

Henry écarta les mains du Suédois.

« Laisse-la tranquille, dit-il avant d'ajouter : Je ne vais pas tarder à y aller. Il faut que je sois en forme pour naviguer demain. »

La jeune femme embrassa furtivement Henry sur la joue.

« Au revoir. »

*

Hanna Bauer referma la porte de la taverne.

L'air vif de la mer la fouetta, la puanteur dense des lieux et ce stupide Suédois lui avaient rappelé pourquoi elle ne mettait jamais les pieds dans des endroits comme Zum Anker.

Les rues étaient désertes. Une lune svelte apparut entre des nuages qui dérivaient. Hanna avait encore dans les narines l'odeur alcoolisée du marin. Elle avait décelé dans son regard des lueurs déplaisantes, qu'elle retrouvait en filigrane de ses discours d'ivrogne. Un côté malhonnête, dangereux, peut-être. Elle allongea le pas. Sa maison n'était pas loin, dans la direction du club de voile, mais sa mère était à Greifswald, chez des cousins. Hanna se rendit compte qu'elle regardait par-dessus son épaule plus que d'habitude. Le Suédois la suivait-il ? Non. Ce devait être son imagination.

Presque arrivée chez elle, elle fouilla dans son sac. Où étaient ses clefs ? Les avait-elle perdues ? Elle rougit légèrement en comprenant qu'elle les avait oubliées sur son secrétaire au club de voile. Doux Jésus, suffisait-il donc d'un étranger un peu mystérieux pour la déstabiliser ? Mais la dernière fois remontait à si longtemps. Aucune jeune femme ne devrait avoir à s'abstenir si longtemps. Elle n'avait pas été avec un homme depuis que Dieter était parti à la guerre. Cela faisait maintenant seize mois, six qu'il était tombé à Leningrad. Les propositions n'avaient pas manqué, mais ce n'était pas non plus comme si elle sautait dans le lit de n'importe qui.

Non, pour ce faire, il fallait que l'homme en question soit le bon. Or Henry Storm avait semblé l'être. En tant que navigateur, il avait sûrement une femme dans un port ou deux, mais Hanna s'en moquait pas mal. Ô qu'elle avait rêvé d'une nuit d'intimité ! Elle lui avait même recommandé d'aller dans l'une des tavernes les plus ignobles de tout Swinemünde pour s'assurer que la concurrence féminine resterait limitée.

Un plan aux défauts évidents, songea-t-elle en soupirant. Elle jeta un coup d'œil sur la façade de la maison. La fenêtre de sa chambre au premier étage était entrebâillée. Peut-être pouvait-elle entrer par là. Non, il était tout de même plus sûr d'aller chercher ses clefs au port. Elle longea la Swine. Le vent avait forci, on percevait difficilement les bruits environnants. Personne n'entendrait ses cris si monsieur le Suédois répugnant surgissait et posait ses mains moites sur elle. Hanna se considérait comme une personne raisonnable qui ne se laissait pas entraîner facilement dans les dédales de la paranoïa, mais elle accéléra.

Finalement, elle atteignit le club de voile. Elle entra, toute honteuse de la terreur galopante qu'elle avait ressentie dehors. Le trousseau de clefs était dans le premier tiroir de son secrétaire, par-dessus deux lettres pour ses frères, en campagne près de Leningrad. Cette pensée la rendit mélancolique. Il fallait qu'elle se souvienne de poster ces lettres. Elle attrapa deux timbres et les colla sur les enveloppes. Ses frères avaient sûrement le mal du pays, quelques nouvelles de la vie quotidienne à Swinemünde leur mettraient sans doute un peu de baume au cœur.

Aux toilettes, elle lava le rouge de ses lèvres et laissa ses cheveux retomber naturellement sur ses épaules en secouant la tête : était-elle en mal d'hommes à ce point-là ? Heureusement qu'elle n'avait croisé aucune connaissance à la taverne. Elle rangea les clefs dans son sac et lança un dernier regard par la fenêtre, sur les bassins vides.

Elle eut un temps d'arrêt. Il y avait quelqu'un dans le port.

Par la fenêtre du bureau sombre, elle vit une silhouette se glisser vers un voilier. Elle sentit son cœur marteler dans sa poitrine. Que faire ? Il était trop tard pour appeler quelqu'un qui pourrait lui venir en aide. Elle pouvait rester dans le bâtiment du club de voile jusqu'à ce que l'intrus reparte ou alors elle pouvait essayer de se faufiler dehors sans se faire voir et courir chez elle.

Non, il y avait un voleur dans la marina, c'était sa responsabilité.

Sale Suédois !

Elle regarda autour d'elle et son regard s'arrêta sur la porte du président de l'association. Elle était certainement verrouillée, mais Hanna avait la clef. Tremblante, elle saisit son trousseau et traversa la pièce. Elle n'était jamais entrée dans cette pièce. La clef tourna dans la serrure. Hanna resta sur le seuil. Les murs étaient couverts de diplômes et de photos. Elle avança doucement, ouvrit les tiroirs de la commode. Rien. Mais l'armoire carrée contre le mur de la largeur devait abriter des biens de valeur. Cette petite clé, elle ne l'avait jamais utilisée. Elle la tourna.

Un pistolet. Ses souvenirs étaient bons, son chef l'avait mentionné en passant un jour. Taraudée par sa conscience, elle s'en empara et tapa d'un coup sec sa paume sur le chargeur pour le mettre en place. Elle allait chasser le voleur et ensuite elle rangerait l'arme. Personne ne s'en apercevrait ; quand le matin viendrait, les locaux de l'association seraient tels qu'ils avaient toujours été.

Elle sortit par-derrière, contourna le bâtiment. Le port de plaisance s'ouvrit. Elle tint son pistolet à deux mains devant elle.

« Arrêtez ou je tire ! » hurla-t-elle.

La silhouette se figea au milieu d'un geste. Le Suédois se tenait sur un ponton, à une cinquantaine de mètres de distance. Elle avança.

« Ceci est une propriété privée ! cria-t-elle avec une autorité dont elle ignorait la provenance. Veuillez quitter les lieux sur-le-champ ! »

Le Suédois ne répondait toujours pas.

« Je vais compter jusqu'à dix. Quand je dirai un, vous vous lèverez lentement, à deux, vous commencerez à marcher, à dix, vous serez loin. C'est compris ? »

L'homme se mit à marcher lentement vers elle.

Mais ce n'était pas le Suédois.

C'était Henry Storm.

« Qu'est-ce que tu fais ici ? s'écria-t-elle, épouvantée.

– Hanna. Ces stupides Suédois me rasaient à mourir, alors j'ai décidé de mettre les voiles un peu plus tôt », déclara-t-il crânement en se rapprochant, les bras tendus, les paumes tournées vers elle.

Hanna garda son pistolet braqué sur lui.

« Tu ne peux pas être ici ! Tu sais ce qui pourrait t'arriver ?

– Tu ne devrais pas être chez toi en train de dormir ? Ou veux-tu venir sur l'eau avec moi ?

– Naviguer si tard, c'est risquer la peine de mort.

– Hanna, et si tu rentrais chez toi, que tu dormais bien et que tu avais tout oublié à ton réveil demain matin ?

– Ce n'est pas seulement dangereux pour toi, Henry ! C'est dangereux pour nous aussi, pour moi, pour tous ici, pour maman aussi, tu ne comprends pas ?! »

Sa voix était montée d'une octave.

« Si la police secrète découvre que j'ai loué le bateau à un espion étranger, je serai condamnée…

– Hanna. Rentre chez toi, maintenant. Dors sur tes deux oreilles. Tout cela n'était qu'un rêve. Ça vaut mieux pour tout le monde. »

Ils se tenaient à environ cinq mètres l'un de l'autre. Lentement, toujours les mains en l'air, Henry pivota en direction du bateau.

« Il faut que j'y aille. Je n'ai pas le choix.

– Quelqu'un m'entend ?! Police ! cria Hanna. Il y a un homme ici, un espion étranger !

– Pour la dernière fois, Hanna ! Oublie toute cette histoire. Rentre chez toi ! Tout de suite ! »

Mais Hanna fit le contraire, elle avança vers lui, le pistolet dans les mains.

« Si tu n'obéis pas, je tire. »

Le tremblement de ses mains s'était accentué.

Le Norvégien n'était qu'à deux mètres de distance.

Recourbant l'index autour de la queue de détente, elle sentit le ressort du mécanisme.

Une pression de deux millimètres et le coup partirait.

« D'accord, Hanna. »

Henry baissa les bras.

« Je vais faire ce que tu dis. »

Son ton soudainement conciliant incita Hanna à abaisser son arme de quelques centimètres. Dans la seconde suivante, Henry se jeta sur son bras.

Un tir retentit.

Hanna atterrit sur le dos, Henry sur elle. La balle perdue était partie dans l'eau.

Il bloqua les bras de Hanna avec ses genoux.

Elle ne pouvait pas se libérer. Tout flottait. Elle haletait et se débattait comme un animal piégé.

« Police ! Gardes ! Quelqu'un m'entend ?! Il y a un voleur et un espion sur le ponton ! Aidez-moi ! Au secouuurs !

– Calme-toi », murmura-t-il en entourant son cou de ses mains.

Elle cria.

« Tu n'aurais pas dû venir, Hanna, chuchota-t-il en comprimant la gorge de la jeune femme. Si tu n'étais pas venue, ceci ne se serait pas produit. »

À la fin, elle ne criait plus.

*

Hanna était morte.

Qu'as-tu fait ?! songea Henry, horrifié. D'abord, tu as sacrifié Astrid à tes vues mégalomanes, et voilà que tu laisses d'autres morts dans ton sillage.

Avec un sanglot, il frappa une poubelle d'un coup de pied.

Une voix intérieure essayait de rationaliser les événements. Il avait été obligé d'agir de la sorte, car en tant que bonne citoyenne allemande fidèle au régime, Hanna n'aurait eu d'autre choix que de le dénoncer immédiatement à la Gestapo. Et que signifiait une vie humaine à l'heure actuelle, pendant la guerre ?

Toutefois, cette voix fut aussitôt assourdie par une autre : tu as tué une fille innocente, qui rêvait d'études d'infirmière à Greifswald et qui n'avait rien fait de mal à part essayer de t'aider.

Alors que les idées noires allaient prendre le dessus, l'instinct de survie de Henry vint à sa rescousse. Il devait partir. C'était urgent, quelqu'un avait pu entendre le coup de feu. Mais que faire du corps de Hanna ? S'il la laissait, il compromettait ses plans. Il frissonna à la perspective de l'emmener sur le bateau.

Il ramassa le pistolet et le glissa dans son pantalon avant de soulever Hanna. Elle était étonnamment légère. Le plus difficile fut de la passer sur le bateau. La mer était formée, le dériveur était à un petit mètre de distance du ponton. Hanna sur les épaules, il enjamba le plat-bord.

L'embarcation balança légèrement sous le poids de son corps. Henry vérifia rapidement la voile, les drisses, les écoutes. Il éprouva l'agréable sensation de se livrer à une activité que le cerveau avait depuis longtemps intégrée. Il connaissait ces gestes par cœur.

Il allongea Hanna tête vers la proue et la recouvrit de cordages. Puis à l'aide d'une perche, il godilla vers la sortie du bassin.

Du côté du rivage, l'obscurité était totale en raison de l'obligation d'occulter les fenêtres. Les yeux de Henry s'accoutumèrent à l'obscurité, il distinguait tout juste les contours des maisons plus au sud. De ce côté-là, il n'avait pas grand-chose à craindre, mais il craignait qu'on le voie des bassins portuaires et des installations militaires sur l'est de la Swine. Il aurait préféré du mauvais temps et du brouillard. La visibilité était relativement bonne.

Il décida de naviguer aussi près que possible de la rive opposée. Cela impliquait bien entendu un fort risque d'être observé depuis l'ouest, mais la carte qu'il avait étudiée laissait penser que cette langue de terre n'était pas très peuplée.

Il atteignit l'embouchure sans croiser d'embarcations de quelque nature que ce soit. Il entrevit à un moment les faisceaux lumineux d'une voiture sur la terre ferme, mais elle disparut. La Baltique battait son étrave. Henry le remarqua aussitôt : il sortait dans d'autres eaux, plus agitées. Ici, les vagues étaient blanches. Il faisait aussi plus froid, Henry resserra les pans de son ciré. Le dériveur embarquait des paquets de mer.

Le corps de Hanna cognait la coque de part et d'autre. À la lueur blême de la lune, il vit le visage de la jeune femme entre les cordes.

La brise de nord-ouest était une bonne nouvelle. Il était 1 h 30 du matin, il naviguait depuis trois heures en maintenant une bonne vitesse au près. S'appuyant sur son compas, il manœuvra à quelques kilomètres à l'écart de la côte.

Il attacha Hanna au grappin. Dans les vagues, il s'escrima à la passer par-dessus bord sans faire chavirer l'embarcation, et finalement, son corps claqua sur l'eau.

La veste de Hanna fut arrachée par le grappin qui descendait vers les profondeurs, mais son corps resta à flotter à la surface. Henry jura tout haut. Si elle était allée au fond, ne serait-ce que pendant une période limitée, cela aurait radicalement compliqué l'enquête, mais passons, il ne pouvait rien y faire. S'il avait de la chance du côté des courants, il se pouvait qu'elle dérive vers le nord.

Il jeta le pistolet dans la mer. Celui-là, en revanche, ne serait jamais retrouvé.

Le soleil ne se lèverait pas avant de nombreuses heures. La navigation requérait de la concentration. Apathique à la barre, il commençait à sentir combien il était épuisé. Au bout d'une heure, il mangea un bout de saucisse, un morceau de pain, il but deux gorgées d'eau. Il avait bon appétit, mais se pencha ensuite par-dessus bord pour vomir.

Une lanterne de navire apparut. Henry crut d'abord avoir mal vu. N'ayant pas de jumelles, il dut astreindre son regard pour identifier le vaisseau. Il était grand, de la taille d'un destroyer.

À quelle distance se trouvait-il ?

Il gagea un mille marin, peut-être deux, mais en mer, il était difficile d'estimer les distances.

Ces bateaux-là naviguaient avec des éclaireurs.

Henry affala sa voile blanche. Il resta assis au fond du dériveur pendant que le navire imposant patrouillait vers la terre, sans s'arrêter. Henry hissa à nouveau la voile. Les contours du rivage étaient devenus plus nets, sous peu la sécurité de la nuit disparaîtrait. Il lui sembla voir que la langue de terre prenait fin à bâbord. Ce devait être le bout d'Usedom.

Cette pensée le remotiva. Il vira rapidement de bord. Oui, le vent venait des deux côtés à présent.

Il était considérablement plus près de la terre.

Henry aperçut les silhouettes de cheminées d'usines. Si la base militaire existait, elle devait se situer ici. Ce qui signifiait que le poste d'observation n'était pas loin non plus.

À environ deux kilomètres au nord de l'extrémité de l'île, il entra dans des eaux moins profondes. Henry distinguait tout juste le fond, d'une espèce de couleur émeraude phosphorescente. Il faisait plus clair ; à la jumelle, quelqu'un pouvait le voir depuis la terre ferme. Il affala encore sa voile, pour de bon, cette fois.

Puis il godilla entre de petits récifs. Il aperçut un rocher un peu plus important que les autres, sans être immense, entre cinq et dix mètres de long. Le rocher s'élevait peut-être à un mètre au-dessus de la surface. Il godilla encore un peu et descendit dans l'eau froide. Il promena son regard : oui, l'endroit était parfait. Il y avait au milieu du rocher une espèce de renfoncement rempli de sable et d'herbes marines. Il y avait aussi des sillons dans lesquels il pourrait se cacher.

Henry employa ses forces à tirer le bateau sur l'îlot entre le sable et la végétation, en veillant constamment à ne pas faire de trou dans la coque poreuse. Lorsqu'il eut enfin réussi, il renversa l'embarcation sur le côté pour empêcher le mât de dépasser. Finalement, il la camoufla avec de la mousse et d'autres végétaux.

Il regarda autour de lui. Le soleil se levait sur la Prusse à l'est. Sa cachette ne survivrait pas à un examen attentif. Dans sa poche intérieure, le Minox était prêt. Il s'allongea dans un sillon et s'enroula dans la voile pour se tenir chaud.

De cet emplacement, il avait une vue directe sur la terre.

Chapitre 23

PEENEMÜNDE

Samedi 3 octobre 1942

Comme toujours, Sorge se réveilla tôt le samedi matin.

Il avait un mal de tête fracassant. La veille, en bonne compagnie de relations de la Luftwaffe, d'un officier d'état-major de l'Abwehr, du commandant en second de Speer et de Karl-Otto Saur, le Hauptamtsleiter du ministère de l'Armement, il avait bu un ou deux cognacs de trop au bar du Schwabes. Il n'était pas habitué à ces excès. Ô comme ses routines lui manquaient, l'exercice du matin, les chuchotements des jumelles et leurs pas légers sur le sol de l'appartement !

Saur était un vrai cynique, un homme de pouvoir ; il n'avait que du mal à dire de la fusée A4 de Von Braun. Hormis le ministre Speer, avait-il grincé, aucun haut responsable du régime n'avait foi dans le projet de fusées, ni le haut commandement de l'armée de terre, ni l'armée de l'air, ni la SS, ni encore le Führer, surtout pas lui.

Aujourd'hui, ils allaient faire un nouvel essai.

Vêtu d'un long maillot de corps, Sorge descendit à pas de loup et sortit. L'hôtel Schwabes se trouvait tout au bord de la mer. La plage de Zinnowitz formait une ceinture blanche entre l'île et la mer. Le ciel était bleu foncé ; un voile blanc rendait l'horizon diffus. Les lieux étaient déserts. Avant même d'arriver sur le sable, Sorge claquait des dents.

Après deux kilomètres de course rapide vers le nord, il parvint à une courbe de la plage, qui formait une petite baie soulignée de formations rocheuses grenues. Il s'arrêta pour reprendre son souffle avant d'effectuer un court enchaînement d'exercices de Pilates en contemplant l'horizon. Un *Schnellboot* patrouillait, pour le reste, il n'y avait personne. Comment aurais-je espionné Peenemünde ? songea Sorge. La meilleure solution était bien sûr l'accréditation à la base.

À défaut, la mer.

Sorge ôta son tricot de peau et nagea nu dans l'eau froide. La *Freikörperkultur*[14] était vivace sur la côte nord, se souvenait-il, les vieux comme les jeunes exhibaient leurs entrejambes poilus, même l'injonction à la pudeur du national-socialisme n'avait pas pu ébranler cet usage. Quelle était la température de l'eau ? Dix degrés tout au plus, mais le principe de Joseph Pilates valait ici aussi : contrôler sa respiration. Exercer le contrôle de soi.

Lorsqu'il regagna l'hôtel en courant, le soleil était levé. Heureux, Sorge s'enfonça dans sa baignoire. La région n'était soumise à aucune restriction d'eau chaude et il resta jusqu'à ce que sa peau soit rouge comme un tourteau bouilli. Ensuite, il se rasa soigneusement, cira ses bottes, revêtit son uniforme gris et partit vers l'ascenseur pour descendre à la salle de petit déjeuner.

Ses pensées furent interrompues par le tintement de la sonnette. La porte s'ouvrit. Dans l'ascenseur se tenait Wernher von Braun.

« Vous logez donc au Schwabes, Sturmbannführer Sorge ? le salua-t-il d'un ton mesuré. Un excellent choix, dirais-je. J'y habite depuis plusieurs années. Le colonel Dornberger me vante toujours les mérites des logements d'ingénieurs de Zinnowitz, mais très peu pour moi.

– Le cognac du bar était exquis. On dort bien au son du ressac de la Baltique.

– Je me réjouis de vous revoir parmi nous. Vous venez au bon moment. Le temps est adéquat, légèrement couvert, petite brise de nord-ouest. Les conditions de lancement sont idéales. »

Von Braun avait l'air tendu.

14. *Freikörperkultur* (FKK) : culture du corps libre. Culture naturiste allemande, particulièrement développée dans le nord-est de l'Allemagne.

« À quelle heure ? demanda Sorge.

– Nous serons en stand-by à partir de midi.

– Bonne chance. »

Dans le hall, une ordonnance attendait Von Braun, qui se hâta de rejoindre sa voiture.

Au restaurant, Sorge dégusta une tranche de pain de seigle avec du fromage doux de Bavière et du miel, avant de boire un café et un verre de jus de pomme. Du jus de pomme frais ! Depuis combien de temps n'en avait-il pas goûté ? Sorge le savoura comme un vieux Château Margaux.

Friedrich finit par entrer d'un pas fringant dans le restaurant. Ses petits yeux sous son front bas regardaient avec méfiance autour d'eux. Depuis la dernière fois qu'ils s'étaient vus, il avait adopté une coupe de cheveux qui n'était pas sans rappeler celle du Reichsführer, rasés sur les côtés, une courte brosse sur le sommet ; ses tempes dégagées étaient sur le point de rejoindre sa tonsure.

L'homme de la Gestapo signala d'un mouvement de tête qu'ils devaient sortir.

« La moitié des dirigeants de l'industrie sont dans cet hôtel, déclara Sorge dans le hall. J'ai notamment croisé un homme de l'Abwehr qui a servi en même temps que le major Klein à Oslo. »

Ils s'engouffrèrent dans la voiture de fonction de Friedrich.

« Une équipe de filature a suivi le professeur Beyer, expliqua Friedrich alors qu'ils roulaient hors de Zinnowitz. Il a pris le train à la Stettiner Bahnhof hier après-midi à 16 h 34 et il loge à la pension de famille Der Weiße Albatros, où il a passé toute la soirée d'hier. Ce que nous pouvons constater, c'est que le professeur Beyer n'a eu aucun rendez-vous de nature suspecte depuis notre arrivée et qu'il est resté seul. »

Les jours précédant le départ, ils avaient soigneusement inspecté le curriculum vitae et la biographie de l'universitaire. Né à Freiburg en 1899, Kurt Ferdinand Beyer avait grandi dans cette ville, où son père était proviseur de lycée. Après des études à l'école technique supérieure de Heidelberg, il avait passé deux ans à l'université Humboldt. Certains pensaient se souvenir qu'il avait exprimé des sympathies nationalistes dès les années 1920, quand il était étudiant, d'autres affirmaient le contraire, il avait connu des ingénieurs des marges du cercle juif du Bauhaus sous la république de Weimar.

En tant qu'ingénieur du bâtiment, Beyer s'était particulièrement spécialisé dans la construction industrielle fonctionnaliste, chose qui étayait l'hypothèse du Bauhaus et expliquait aussi sa relation avec la base de fusées de Peenemünde. En 1936, l'école technique supérieure de Dresde l'avait accueilli comme professeur invité et son poste était devenu permanent l'année suivante. En 1940, il avait décroché un emploi à la faculté de technologie militaire de Berlin, où il s'était concentré sur les difficultés techniques des usines de munitions du Reich, tout en assurant une mission d'enseignement à la faculté civile d'ingénierie du bâtiment.

« Où est-il actuellement ? voulut savoir Sorge.

– En route pour la base. J'aurai un nouveau rapport de situation dès notre arrivée. »

Les barrages de Karlshagen ne se trouvaient qu'à un court trajet en voiture. Le Feldgendarme qui vérifia leurs papiers disparut dans sa guérite. Quelques minutes plus tard, il reparut avec son supérieur hiérarchique, un Scharführer.

« Sturmbannführer Sorge ? »

Sorge hocha la tête.

« J'ai ici pour vous une invitation spéciale du docteur von Braun. Vous êtes le bienvenu pour assister au lancement avec la direction de la base. Si vous le souhaitez, naturellement.

– Je suis avec le Kriminalobersekretär Friedrich, de la Gestapo.

– J'ai bien peur que l'invitation soit personnelle. Un aide de camp vous accueillera devant le bureau de Von Braun à la Haus IV, à midi. *Heil Hitler.* »

Sorge fit sans conviction le salut nazi et regarda brièvement son compagnon.

« Ces foutus gandins », marmonna Friedrich.

Il se méfiait de la classe supérieure plus que des Juifs, pensa Sorge.

« Beyer va suivre le lancement du même endroit que toi, nota Friedrich. Amuse-toi bien avec le gratin. »

Une foule de spécialistes et de gardes se pressait à côté de la voie ferrée qui passait entre les grandes halles de production. Von Braun y était aussi, vêtu d'un costume croisé sur mesure qui le distinguait instantanément de tous les officiers en uniforme. Nerveux, il ne tenait pas en place.

Sorge fut présenté à une ribambelle de figures éminentes de la base.

Cachée sous une bâche, la fusée Aggregat 4 était en position horizontale sur une remorque. Le train se mit lentement en mouvement vers le nord. Un frémissement parcourut le public.

La voie ferrée partait en ligne droite sur un kilomètre vers une rampe de lancement.

Les pas de tir s'alignaient en rang de perles à deux cents mètres de la plage, tout au nord de l'île. Le Prüfstand VII était le plus grand banc d'essai. Il se présentait comme une large clairière et avait la forme du stade olympique de Berlin. Autour, un rempart de sable ovale, haut comme une tribune, était destiné à empêcher la fumée et les flammes accompagnant le lancement de se répandre.

Il n'était entrecoupé qu'à un seul endroit par une étroite ouverture ménagée pour le chemin de fer par lequel l'arme était conduite dans l'arène. Les rails s'arrêtaient juste au-dessous d'une petite guérite montée sur de robustes colonnes. De l'autre côté du rempart de sable s'élevait un édifice industriel de sept ou huit étages. La centrale électrique, supposa Sorge.

Se tenant parmi un groupe d'invités, il avait vue sur l'aire de lancement. Von Braun et quelques officiers supérieurs avancèrent dans l'arène poussiéreuse.

Une grue de trente mètres de haut avait déjà positionné la fusée à la verticale. Le missile était entouré d'échafaudages et d'échelles, ainsi que de véhicules transportant des citernes de carburant grandes comme des bétonnières de camion.

Sorge s'était figuré que les heureux élus assisteraient au lancement sur place, depuis les créneaux fortifiés qui ressemblaient à des meurtrières, mais l'assistance repartit en voiture vers un bâtiment en face de la soufflerie, à environ un kilomètre au sud, non loin de l'usine d'assemblage de la fusée.

L'ambiance était fébrile. Les officiers et Von Braun conversaient à voix basse en fumant cigarette sur cigarette. Sorge essaya de se faire une idée de qui était là. Il choisit de ne pas s'attarder sur les gens les plus importants du cercle autour de Von Braun – des officiers choisis et des ingénieurs en chef. Il salua poliment le Hauptamtsleiter Saur, ainsi que Brandt, le chef d'état-major du Reichsführer, et sa suite.

Derrière eux, le professeur Beyer arrivait à pied. C'était la première fois que Sorge le voyait en personne. Il était maigre, avait peu de cheveux, un teint anémique qui semblait antérieur à ces temps durs. Son costume était une taille trop grande. Il fumait la pipe.

Sous la houlette de Von Braun, l'assistance emprunta un escalier raide qui menait à un toit plat. Sorge regarda par-dessus la rambarde. Dans toutes les rues environnantes, les ouvriers se déversaient hors des halles de production et des bâtiments industriels. Les lieux s'emplissaient comme la porte de Brandebourg le soir du Nouvel An. Ils se massèrent autour des haut-parleurs installés dehors.

Von Braun monta sur un caisson, toussota et cria au public sur le toit : « Chers amis, bienvenue à Peenemünde en ce jour qui, nous l'espérons, offrira de nouvelles victoires à nos fusées et à l'Allemagne. Le lieu du lancement est dans cette direction… »

Il montra le nord.

« Comme vous le savez désormais, le Prüfstand VII se situe à deux kilomètres de distance. À cet instant, on charge le carburant de l'Aggregat 4. L'ordre de lancement formel appartient au colonel Dornberger. »

Une puissante sirène retentit dans les haut-parleurs, elle fut suivie d'un code.

« *X moins deux* », signala la voix dans le haut-parleur.

« Il reste deux minutes, cria Von Braun. Actuellement, de l'oxygène liquide coule à travers les injecteurs. »

« *X moins une.* »

Von Braun continua :

« À présent, les injecteurs se ferment et de la pression se crée dans le réservoir à l'aide de l'oxygène liquide. »

« *Allumage un.* »

« Messieurs, le mécanisme d'ignition électrique commence. »

« *Étage principal !* »

Par ces mots, le signal du lancement proprement dit était donné.

Sorge s'était procuré des jumelles.

Il vit les contours d'une fusée s'élever à la verticale au-dessus de la forêt dense. Au début, l'ascension était lente, comme si l'engin n'était pas décidé, mais il prit ensuite de la vitesse, vers le haut, droit vers le haut, de plus en plus vite. La flamme était aussi longue que la fusée. L'espace où se trouvait le public avait été plongé dans un silence artificiel au moment du décollage, mais à présent le bruit du lancement déferlait sur les spectateurs comme un puissant tonnerre.

Quelques secondes plus tard, la fusée bascula lentement vers une position plus horizontale. Elle continua en direction du nord-est, et au bout de vingt-cinq secondes, ils entendirent un craquement.

« Elle a brisé le mur du son, éructa Von Braun. La première fusée de l'histoire a brisé le mur du son ! »

L'ambiance euphorique se poursuivit dans l'après-midi et le soir. Sorge n'avait pas connu pareil optimisme depuis l'entrée de la Wehrmacht dans Paris. Le dîner fut servi à de grandes tables fastueuses dans le club des officiers, gibier à plume chassé sur l'île d'Usedom, servi avec une sauce à la crème et une fricassée de chanterelles, arrosé de délicieux vins rouges de la puissance de l'Axe au sud du col du Brenner, suivi de café et de cognac, puis de schnaps.

L'ambiance dans la maison basse de Karlshagen était électrique comme à un mariage, sans cesse le public partait en vivats et en salves d'applaudissements spontanés. Et si les gens buvaient à deux mains, ils n'en étaient que plus ouverts et joyeux.

Les conversations s'interrompirent : Wernher von Braun réclamait l'attention en faisant tinter son verre et se levait. Le colonel Dornberger avait lui-même prononcé de grands mots, mais ce n'était rien auprès de ce qui les attendait :

« Ce que vous avez vu aujourd'hui, déclara Von Braun avant de marquer une pause, est pour des milliers de personnes le point culminant d'années de dur labeur. »

Il prit son élan.

« J'irai jusqu'à dire que l'Aggregat 4 est une invention technologique du niveau de la roue, du bateau à vapeur, de la machine volante. Cela donnera à l'Allemagne la victoire éternelle. Et non seulement cela, mais ce que nous avons vu est aussi le premier pas vers la conquête de l'ultime frontière. Nous sommes en route. En route pour la Lune et pour l'espace ! »

Chapitre 24

USEDOM

Dimanche 4 octobre 1942

Une femme fut rejetée sur le rivage à mi-chemin environ entre Swinemünde et l'extrémité nord d'Usedom.

Le Kriminalobersekretär Friedrich eut vent de l'affaire le premier ; il avait de nombreuses relations dans la police régulière et, très tôt le lendemain des festivités au club des officiers, il reçut un coup de fil d'un homme de la Kripo qui travaillait localement. L'inspecteur toussota avant de lui annoncer qu'il avait des nouvelles : une découverte faite par un pêcheur du coin, qui avait quitté le hameau de Koserow sur un petit bateau de pêche à 4 h 30, à peu près au moment où les eaux étaient rouvertes à la navigation civile. Deux heures plus tard, alors qu'il regagnait tranquillement le port, il avait aperçu un objet sur la plage. Cet objet s'était révélé être une femme inanimée.

Friedrich monta dans sa voiture de fonction. Il était 7 heures du matin, l'hôtel était désert, saturé de relents moites d'alcool et de tabac.

Il avait envisagé d'avertir le Sturmbannführer Sorge, mais cela pouvait attendre. Il voulait d'abord mener seul une première enquête. Son chef était sûrement en train de cuver. Il avait remarqué que Sorge faisait de plus en plus souvent l'impasse sur son programme d'exercice matinal. Lui aussi avait été corrompu, comme tous les autres.

Friedrich avait servi sous le commandement de bien des hommes dans la police secrète. Pas un seul d'entre eux n'avait réussi à maintenir son intégrité personnelle face à l'accroissement de son influence et de son pouvoir.

Friedrich était venu au mouvement via les équipes prolétaires de la SA pendant la période de lutte. À ce jour, plus de huit ans après les épurations de l'été 1934, il soutenait en son for intérieur le national-socialisme de gauche ouvriériste que défendaient le capitaine Röhm et les frères Strasser.

La plupart de ses anciens camarades des chemises brunes méprisaient les carriéristes comme le Sturmbannführer Sorge avec presque autant d'intensité qu'ils haïssaient les ennemis intérieurs et extérieurs du Reich. Théoriciens déphasés, opportunistes assoiffés de pouvoir, élitistes vaniteux en rupture avec l'homme de la rue, les insultes pleuvaient quand l'ancienne garde de la SA parlait en toute franchise du petit monde de Prinz-Albrecht-Straße. Quant à lui, Friedrich avait appris à respecter le pouvoir. Sorge n'était pas stupide. Sa discipline personnelle et ses vues stratégiques restaient éminemment respectables, même s'il ne comprenait pas l'enquête et était en train de se laisser éblouir par les paillettes enivrantes du pouvoir, par le monde de Schellenberg et de Von Braun.

Non, mieux valait le laisser dormir. Friedrich roula à toute bride parmi les couleurs d'automne flamboyantes du paysage côtier battu par les vents.

Que signifiait la découverte de cette femme morte ici ? Probablement rien d'important pour leur enquête. Il s'agissait sans doute d'un crime passionnel comme il s'en produisait parfois en province. La grande majorité des meurtres en étaient. Une mission pour la Kripo, autrement dit, pas pour la police secrète, et encore moins pour le Wolfsangel.

Néanmoins, Friedrich doutait. Les eaux territoriales entre Peenemünde et Swinemünde avaient été fermées à partir de la nuit de vendredi. Si la mort était intervenue dans cette période et que la femme venait de la mer, c'était suspect.

Le brouillard était bas, l'air, chargé d'une pluie fine. Friedrich jura en constatant que l'un des essuie-glaces ne fonctionnait pas. Combien n'aurait-il pas donné pour la Mercedes de Sorge ?

Koserow était un modeste village de pêcheurs à un peu moins de dix kilomètres au sud de Zinnowitz. Le parking se trouvait à l'abri d'une petite hauteur le séparant de la plage. Friedrich se gara et repéra un sentier entre des herbes hautes comme des hommes et des genévriers. La lumière crue et le parfum frais de la mer le submergèrent comme une vague.

Il décida de suivre les goélands.

Environ deux cents mètres plus loin, sous une nuée d'oiseaux bruyants, il aperçut quelques personnes. En approchant, il constata que ces hommes portaient l'uniforme de la police régulière, hormis l'inspecteur, qui était en vêtements civils.

« Inspecteur Klaus Frank, ça fait longtemps », le salua Friedrich.

Il s'accroupit à côté de la silhouette couverte, écarta délicatement le tissu pour dégager son visage.

« Combien de temps est-elle restée dans l'eau ?

– C'est l'une des questions que nous devons élucider. D'après l'état de sa peau, nous parlons au bas mot de plusieurs heures.

– Avons-nous des témoignages préliminaires ?

– Nous recensons les mouvements dans les environs afin de déterminer si quelqu'un a pu voir la femme et l'éventuel tueur sur la plage, répondit l'inspecteur Frank. Notre hypothèse de travail est que le coupable aurait pu l'acheminer jusqu'à la plage et la larguer ici.

– Des traces dans le sable le suggèrent-elles ?

– Non, mais il a plu toute la nuit. Les traces ont pu s'effacer.

– A-t-elle pu dériver depuis la mer ? »

L'inspecteur alluma une cigarette en l'abritant du vent avec son pardessus.

« Les eaux territoriales étaient fermées.

– Ce n'était pas ma question.

– Si vous le dites. Simplement, c'est très peu probable. »

Les yeux de la femme avaient une couleur de sable terne, son nez aryen était discret, ses lèvres désormais sans couleur avaient jadis été volumineuses, et à gauche, un petit grain de beauté ponctuait la peau entre la narine et la commissure des lèvres.

« Quels papiers avait-elle sur elle ? »

Il se tourna vers la maigre assistance.

« Aucun, Kriminalobersekretär, rigoureusement aucun. »

À cet instant, Friedrich fut convaincu qu'il avait affaire à un meurtre. Aucun Allemand convenable n'osait aller loin sans pièce d'identité.

Le vent du nord forcit.

« Où est le médecin légiste le plus proche ?

– À Swinemünde, à vingt kilomètres au sud.

– Écoutez, dit Friedrich, et l'inspecteur et les hommes de l'OrPo se rassemblèrent autour de lui. Ce n'est pas un accident et ce n'est pas non plus un suicide. Cette jeune femme, et notez que nous n'avons pas son nom, a été trouvée sans pièce d'identité. Ajoutons à cela qu'elle a des taches de sang sur le blanc de l'œil. Il pourrait s'agir d'un étranglement. »

Les hommes baissèrent les yeux vers le sable.

« Dans les faits, cela signifie que les équipes de la police de maintien de l'ordre sont dès à présent relevées. Pour l'instant, l'inspecteur Frank va travailler avec moi afin de déterminer dans quelle mesure le mobile du crime est de nature privée ou politique, mais d'abord nous devons identifier cette femme.

– Nous avons des photos, précisa un homme de l'OrPo, qui n'avait pas ouvert la bouche jusqu'à présent. Elles vont être développées immédiatement. Si nous les publions dans la presse locale, nous pourrons obtenir son nom.

– Mon brave, fit Friedrich. À cet instant, il est fort probable qu'une bonne famille allemande cherche sa fille, voire son épouse ou sa mère. Publier une photo post-mortem serait une faute de goût. Nous allons l'identifier autrement. »

Sous le vent et la pluie, Friedrich se hâta de regagner son véhicule. Il reprit la route par laquelle il était venu. Il n'était encore que 8 heures, le trajet ne prit pas plus de vingt minutes. Friedrich se gara devant le Schwabes. Des officiers fatigués prenaient leur petit déjeuner dans le restaurant. Sorge n'y était pas. Était-il dehors en train d'effectuer ses étranges exercices ? Friedrich demanda à la réception si on l'avait vu, mais aucun homme en tricot de peau n'était passé ce matin-là. Il gravit les marches d'un pas enlevé et se dirigea vers la porte de son chef.

« Sturmbannführer ! »

Personne ne répondit, mais Friedrich crut entendre des mouvements dans la chambre.

« Werner ! cria-t-il à travers la porte. C'est moi, Friedrich. C'est urgent ! »

Finalement, Sorge ouvrit la porte.

« J'espère que c'est important. »

Il a dormi dans sa chemise d'uniforme, songea Friedrich, le vêtement était humide et froissé. Sorge saisit une bouteille de Fachingen éventée sur la table de chevet et but l'eau cul sec.

« Je suis navré de mon apparence, Friedrich, la soirée s'est terminée tard, mais cela ne signifie pas pour autant que je n'ai pas été productif. Au contraire, dirais-je.

– Une jeune femme a été trouvée morte sur la plage.

– C'est triste. Mais cela n'a rien à voir avec nous. Notre travail, c'est les crimes politiques.

– Laisse-moi t'expliquer. Tout porte à croire que cette femme a été victime d'un acte criminel. Traces d'étranglement. Je suis allé à l'endroit où elle a été découverte, ça se situe à mi-chemin entre ici et Swinemünde. Le médecin légiste de Swinemünde commence tout de suite le travail. J'ai une forte intuition qu'au contraire ceci est lié à notre affaire, Sturmbannführer. »

Sorge resta un instant silencieux et immobile.

À la lumière, Friedrich lui trouva pour la première fois l'air vieux, comme le jour où, dans une seconde de lucidité, il avait vu à quoi ressemblerait sa femme vingt ans plus tard. Sorge fit un pas vers son binôme.

« Contrairement aux consignes en vigueur, tu t'es donc abstenu d'informer ton supérieur hiérarchique d'éléments concrets qui concernaient l'affaire.

– Mais… »

Friedrich perçut l'odeur putride de l'alcool dans son haleine.

« Ensuite, et là encore en violation des consignes, tu t'es déplacé seul et tu as donné des directives à des personnes extérieures sur la façon d'enquêter sur l'affaire…

– Sturmbannf…

– J'aurais pu rapporter sans attendre cet incident au Reichsführer et au Standartenführer Schellenberg. Ce qui aurait entraîné ton limogeage immédiat et ton envoi sur le front de l'Est. Si tu essaies à nouveau de me tromper, je n'hésiterai pas à le faire. »

*

Henry s'enfonça dans son siège et ferma les yeux alors que le train quittait la gare de Swinemünde.

De sa cachette, il avait vu la fusée. Elle s'élevait à la verticale, tel un énorme symbole phallique au-dessus d'un nuage de fumée sur la terre ferme, tandis qu'elle prenait de la vitesse dans le ciel bleu pâle.

Il avait entendu le claquement quand elle avait brisé le mur du son. Un fracas pénétrant, le bruit de mille verres qui explosent dans une cheminée.

En reposant l'appareil photo sur le rocher, il avait remarqué le tremblement de ses mains. Peut-être aurait-il dû avoir une pensée triomphale pour ceux qui s'étaient moqués de son histoire d'arme miracle, qui l'avaient rejetée comme une rumeur de champ de bataille, un conte de brigand. Cela montrait que l'infirmière de l'hôpital de campagne de Rostov avait dit la vérité ce jour désormais lointain et qu'obéir à son intuition de suivre cette piste avait été la seule option valable.

Néanmoins, il n'avait pas l'impression d'avoir pris ainsi sa revanche, il ne ressentait pas la moindre jubilation. Il ne faisait que trembler. La peur est un sentiment puissant, qui redéfinit tous les autres. Sur le front de l'Est aussi, il avait vu des scènes démentes, mais ce qu'elles avaient d'effrayant – ces Juifs pendus, ces Russes morts de froid – était la facilité avec laquelle elles étaient exécutées. Les massacres découlaient de la servilité et de la méchanceté d'individus. La fusée, c'était autre chose. Elle résultait de la science, du meilleur de la technologie, d'idées extraordinaires qu'il avait lui-même passé des années à comprendre et à intégrer.

Henry n'avait pas beaucoup pensé à Oslo depuis son retour en Allemagne, mais à quoi ressemblerait la capitale norvégienne après l'attaque d'une arme pareille ? Que resterait-il de la grande gare, de la salle des fêtes de l'université ? Rien, strictement rien. L'arme qu'il avait vue pouvait laisser Londres en ruines, et plus tard New York. Les Alliés avaient peut-être plus d'hommes et de chars d'assaut, ou encore une production d'acier plus importante, mais si la fusée parvenait à atteindre ses objectifs, la guerre serait terminée.

Et l'Allemagne, victorieuse.

Henry avait des preuves photographiques. Cette pensée l'écrasa un instant. Parce qu'il avait suivi son intuition, au lieu des instructions, il se retrouvait avec le plus grand secret du Reich. Protégé par un préservatif à l'intérieur d'un bocal de marmelade glissé entre ses vêtements de loisir dans un sac. Sac qui était rangé entre ses jambes, à demi sous un siège de train, au milieu du Reich.

La navigation de retour s'était déroulée sans encombre : à la tombée du jour, Henry avait remis le bateau à l'eau, pataugé à côté et embarqué. Il avait une longue nuit devant lui. D'abord, il devait s'éloigner de l'îlot, du large. Au coucher du soleil, il avait hissé la voile et était reparti là d'où il venait. Un fort vent de travers l'avait vu entrer dans le détroit avant 1 h 30 du matin. Presque trop tôt, s'était-il dit. Le premier train ne quittait Swinemünde qu'à 8 heures. Henry avait laissé le dériveur comme il l'avait trouvé. Dans le bosquet derrière le port, il avait essayé de dormir quelques heures, enroulé dans des vestes et des couvertures. Il avait emballé le Minox dans sa protection étanche, qu'il avait remise dans le pot de marmelade.

Dès son retour à Berlin, il lui faudrait établir un plan, trouver Olle le Suédois pour lui confier la pellicule.

Ayant à peine dormi depuis deux jours, il s'assoupit, le visage contre la vitre. Quelque part sur la mer flottait Hanna Bauer. Son corps n'avait pas été découvert, sans quoi la police secrète aurait à coup sûr contrôlé tous les passagers des trains sortant de la ville.

Henry fut réveillé par son voisin qui lui tapotait l'épaule.

« Vous avez crié, expliqua ce dernier. Tout va bien ? »

L'homme posa un journal sur ses genoux. Les vitres étaient pluvieuses, une obscurité automnale régnait dans le wagon.

« Où sommes-nous ? demanda Henry dans un souffle.

– À environ une heure au nord de Berlin. »

Son sac était toujours placé entre ses jambes. Il ouvrit le rabat et tâta le contenu jusqu'à ce que ses doigts rencontrent le récipient cylindrique. Il était là.

Les quartiers ouvriers de Berlin se dessinèrent dans toute leur grisaille. Henry se leva et se dirigea vers la porte du train.

*

L'institut médico-légal de Swinemünde était un bâtiment modeste au sud de la ville, non loin de la route de Stettin et de Berlin. Le docteur Weimann accueillit Sorge et Friedrich dans les formes à l'entrée. Un nœud papillon barrait sa chemise à rayures verticales. Il leur parla d'une voix basse intense :

« … Nous avons indéniablement affaire à un cas intéressant. La femme, qui du reste est O positif, un groupe sanguin plus répandu au sein du peuple allemand que chez les Polonais, avait un faible taux d'alcoolémie au moment du décès. Et voici ce qui est vraiment frappant : elle était morte depuis plusieurs heures quand elle a été jetée à l'eau.

– C'est particulièrement intéressant, renchérit Sorge.

– Au fait, Sturmbannführer, dit le docteur Weimann, je suis pathologiste et non enquêteur, néanmoins, j'ai trouvé les restes d'une serviette en papier dans la doublure de sa veste, elle y était tombée par un trou de la poche. »

Il souleva la serviette terne et mouillée entre son pouce et son index.

« Il y a une marque au verso de la serviette… c'est écrit… *Zum Anker*, lut Sorge, les yeux plissés.

– Ce nom vous est-il connu ? »

C'était Friedrich qui adressait la question au pathologiste.

« Oui, c'est une taverne dans le centre-ville. »

Une piste, la meilleure qui se soit présentée jusqu'à présent.

Le tueur a commis une erreur, songea Sorge. Il a défait la femme de tous ses papiers, mais il était sous pression. Un petit mot s'est glissé dans la doublure par une poche trouée. Il n'a pas vérifié cette poche. Enfin, l'a-t-il fait ?

« Le tueur a pu souhaiter que nous trouvions cette serviette », dit-il à Friedrich.

L'homme de renseignement Werner Sorge était paranoïaque.

« La plupart des tueurs sont des gens simples qui commettent des erreurs simples, protesta Friedrich, c'est le genre de détails qui les font tomber. »

Sorge leva la serviette à la lumière.

« Faites voir, demanda Friedrich. Il y a quelque chose d'écrit au stylo. Interplanét…

– Une histoire de planètes, commenta Sorge. Gardez-le en tête et ça reparaîtra au moment où on s'y attend le moins. »

Ils reprirent la voiture et gagnèrent le centre-ville. La pluie avait cessé, mais un vent du nord désagréable continuait de souffler, obligeant Sorge à retenir son pardessus en cuir gris de la SS alors qu'ils marchaient voûtés vers la taverne.

Zum Anker venait d'ouvrir ses portes. La lumière de la tempête traversait les vitres sales en rayons que soulignait la fumée de tabac du seul client, un buveur du matin rougeaud et bouffi, plongé dans la lecture du *Völkischer Beobachter* à une table d'angle.

L'aubergiste était un Allemand du Nord, qui se plaisait à exhiber ses avant-bras musclés sur le comptoir en chêne. Il eut un mouvement de recul à la vue de leurs uniformes, mais retrouva vite son sang-froid.

« Étiez-vous au travail hier, le 3 octobre ? l'interrogea Friedrich.

– Je pense bien. Je travaille toujours la journée. De quoi s'agit-il ?

– Avez-vous vu cette femme ? »

L'homme examina la photo.

« Elle est morte ? Quelle horreur ! Non, je n'ai pas souvenir de l'avoir vue. »

Sorge murmura à Friedrich :

« Elle est morte le 3 octobre. Elle a pu passer à la taverne hier, mais j'en doute. Le vendredi 2 octobre paraît plus probable. Ou les jours précédents.

– Mon collègue sera là dans environ une heure. En attendant, les rafraîchissements sont pour la maison. »

Ils n'avaient pas eu le temps de s'asseoir que trois types tapageurs firent leur entrée. À en juger par la réaction entendue du barman, c'étaient des habitués, et l'intérêt de Sorge crût lorsqu'il les entendit brailler dans une langue étrangère.

N'était-ce pas une langue scandinave ?

Friedrich prit l'employé à part.

« Des marins suédois, déclara-t-il en revenant. À peine une seconde de sobriété quand ils sont à terre. Ils boivent comme cent soldats sur le front de l'Est. »

Sorge se dirigea vers la table des Suédois.

« La chaise est libre ?

– *Heil Hitler !* » cria l'un des Suédois, un grand bonhomme aux mains épaisses comme des gants de boxe, si blond que ses sourcils l'étaient aussi.

Entre deux gorgées d'alcool polonais, Pär Westín, puisque c'était son nom, parvint à expliquer qu'il était capitaine d'un navire qui faisait la navette entre Göteborg et l'Allemagne du Nord, en premier lieu Swinemünde et Stettin. Il fut presque le seul des trois à s'exprimer. Ils acheminaient des composants de l'industrie suédoise à des chantiers navals de Prusse-Orientale, expliqua-t-il, présentant aussitôt des papiers certifiés qui confirmaient ses dires.

Contrairement aux Allemands autochtones, il ne parut pas un instant affecté par les uniformes.

« Tu n'as qu'à me demander, cria-t-il dans un allemand passable en pointant l'index sur Sorge, et je t'indiquerai chaque putain de prisonnier de guerre qui essaie de s'évader dans le nord ! Tu comprends ? »

Son audacieux tutoiement éprouvait déjà les nerfs de Sorge.

« Avez-vous vu cette femme ? »

Friedrich lui présenta la photo prise dans la chambre froide.

Pär se redressa et l'observa longuement, si longuement que ses yeux ne parvinrent plus à focaliser et que sa tête retomba en avant.

« L'une des vagabondes de la ville… Est-ce que je l'ai vue ? Probablement. Est-ce que je me souviens de son nom ? Non. »

Friedrich le remit sévèrement à sa place.

« Vos papiers ne vaudront rien si vous continuez de vous comporter comme un rustre. Nous enquêtons sur une affaire secrète concernant la sûreté de l'État. »

Le mot « secrète » sembla enfin exercer un effet sur le Suédois.

« Puisque vous en parlez, fit Pär, l'air pensif. Quand on buvait ici, il y a quelques jours, on a rencontré un Norvégien. Il parlait un allemand presque parfait, avec un léger accent, comme un *Volksdeutsche*. Et il était avec une femme qui ressemblait peut-être à celle-c…

– Il y a quelques jours ? l'interrompit Sorge. Aujourd'hui nous sommes dimanche. Quand était-ce ?

– Vendredi, je crois, dit Pär et ses camarades acquiescèrent. Oui, c'est ça, vendredi. Il y avait quelque chose chez ce Norvégien, il posait trop de questions. Jeune homme, peut-être étudiant. Il avait l'air nerveux. Il a à peine touché à son verre. Il ne s'est pas présenté. Il était touriste à Swinemünde et Usedom, il venait regarder les oiseaux.

– Et naviguer, ajouta un autre. Le Norvégien était navigateur amateur. Il allait faire de la voile. Oui, c'était ce qu'il allait faire. »

Le vent avait forci. La voile avait beau être un loisir prisé sur la côte baltique, y compris en temps de guerre – Sorge était bien placé pour le savoir, lui qui avait navigué avec Von Braun quelques semaines auparavant –, recenser tous les voiliers qui naviguaient dans la zone ce week-end-là devait être faisable.

« Le Norvégien avait loué un bateau. Ou peut-être qu'il l'avait volé.

– Je mise un Reichsmark sur cette seconde option, déclara Friedrich. Je pense qu'il est difficile de louer un voilier, il y a des limitations claires, surtout pour les non-Allemands. »

Le problème était qu'aucun vol de voilier n'avait été signalé dans les districts policiers d'Usedom ou de Swinemünde, admit plus tard Friedrich, quand il eut examiné la question. Le jour tirait sur sa fin. Sorge jura. Ils n'avaient toujours pas le nom de la jeune femme. On était dimanche. Dans le courant du lendemain, on saurait très certainement qui elle était, mais pour l'heure, le repos dominical empêchait son identification.

Sorge toussota.

« Avons-nous le nom et l'adresse des clubs de voile locaux ?

– Je me suis fait la même réflexion. On dirait que chacun des villages d'Usedom, Karlshagen, Zinnowitz, Koserow et Swinemünde a son port. Je suggère que nous commencions par Koserow. Après tout, c'est là que la femme a été découverte, dit Friedrich.

– Où se trouve le club de voile de Swinemünde ?

– À deux kilomètres au nord, semble-t-il, vers le point de rencontre de la Swine et de la Baltique. »

Une fois sur place, Sorge pensa qu'ils s'y étaient rendus pour rien. Les rares bateaux au mouillage cognaient contre la jetée, ils étaient à peine visibles dans l'obscurité automnale.

« Nous n'allons pas pouvoir faire grand-chose ici avant demain, constata Friedrich. Et encore. Je doute que la permanence du club soit très active à cette saison.

– Merde ! s'exclama Sorge. Tu as raison. »

Ils remontèrent dans la Mercedes et ils quittaient les lieux quand Friedrich fit d'un seul coup un geste de la main en priant Sorge d'arrêter la voiture.

« Tu as vu la même chose que moi ?

– Quoi ? »

Friedrich vérifia que son pistolet de service était bien dans son étui.

« Il y a quelqu'un. J'ai vu une lumière. »

L'homme de la Gestapo en tête et Sorge deux pas derrière, ils revinrent sans bruit sur leurs pas. Sorge tendit l'oreille. Oui, il entendait du bruit.

Une seconde plus tard, ils furent éblouis par une puissante torche.

Friedrich cria :

« Police secrète ! Lâchez tout ce que vous avez dans les mains ! »

L'ombre devant eux obéit. L'obscurité revint. Le pistolet de service levé, ils marchèrent lentement vers l'individu.

« Couchez-vous par terre ! ordonna Friedrich. À plat ventre ! »

Utilisant la torche de l'homme, ils lui éclairèrent le visage. Sorge ne savait pas exactement à quoi il s'était attendu, un tueur sans scrupules, peut-être, un navigateur et meurtrier norvégien, mais ce qu'ils observaient là était le visage terrifié d'un gars adipeux qui avait largement dépassé l'âge d'être mobilisé.

« Que faites-vous ici ?

– Je t-t-travaille comme garde de nuit. »

La fouille de ses poches le confirma.

Sorge lui ordonna de se relever.

« Nous sommes navrés de cet incident. Nous recherchons un criminel asocial potentiellement dangereux.

– Un criminel ? Ici ?

– Travailliez-vous vendredi soir, il y a deux jours ?

– J'ai effectué ma ronde habituelle oui, juste avant 23 h 30.

– Avez-vous remarqué des anomalies ?

– Non. »

Le gardien se gratta la barbe.

« Il ne se passe pas grand-chose dans un club de voile un soir d'automne. Je me suis simplement assuré que les bureaux étaient verrouillés et que les bateaux n'avaient subi aucune déprédation.

– Rien d'autre ? »

Le gardien prit une mine douloureuse.

« Si, une chose, Sturmbannführer. Je regagnais le centre-ville dans ma voiture de service après ma ronde et à quelques centaines de mètres d'ici, j'ai vu un homme. Il marchait tout près de l'eau, et quand il s'est aperçu qu'une voiture arrivait, on aurait dit qu'il essayait de faire en sorte de ne pas être vu.

– Et il ne vous est pas venu à l'esprit de le rapporter à la police ? » demanda Friedrich.

Sorge lança un coup d'œil agacé à son équipier, puis il s'adressa au veilleur de nuit.

« Continuez, s'il vous plaît. Ceci est potentiellement de la plus haute importance pour nous et pour l'affaire sur laquelle nous enquêtons.

– Une autre personne suivait deux ou trois cents mètres derrière. Elle courait doucement dans la même direction que l'homme devant. Oui, je suis sûr que c'était une femme. »

Voilà, pensa Sorge.

« Je n'en suis absolument pas certain, mais j'avais la nette impression qu'il s'agissait d'une femme que je connaissais. Une femme qui travaille ici, au port. Hanna. Hanna Bauer, une fille gentille et travailleuse.

– Savez-vous si les locations de bateaux sont consignées dans un registre ? s'enquit Sorge.

– Je pense que oui. »

Le gardien ouvrit la porte du bâtiment en brique et actionna le commutateur. Le plafonnier bourdonna quelques secondes et la pièce s'éclaira. Le bureau était aménagé sobrement : un portrait du Führer sur un mur, sur l'autre quelques photographies de goélettes et d'autres illustrant la tradition de construction de bateaux à Swinemünde.

Friedrich se dirigeait déjà derrière le secrétaire. Avec le zèle coutumier et le systématisme froid de la police secrète, il passa au crible les étagères et les tiroirs.

Au bout de dix minutes, la pêche fut fructueuse.

« *Location de voilier, 01/08/1942.* »

Les locations avaient naturellement diminué après août, qui était le mois où le plus grand nombre d'Allemands partaient en vacances. Au fil du mois de septembre, les inscriptions de la plume de Hanna Bauer s'étaient raréfiées.

Dans les premiers jours d'octobre, un seul bateau avait été loué : *Vendredi 2 octobre. Un O-jolle. À H. S.*

Qu'était-ce censé signifier ? Était-ce leur homme ? Encore plus singulière était la remarque que Hanna Bauer avait ajoutée en marge : *Voir document joint.*

« L'homme que nous cherchons a laissé des preuves écrites, déclara Friedrich, du triomphe dans la voix. Regardez, Sturmbannführer. Il semblerait que ce navigateur n'ait pas été n'importe qui. »

Friedrich lut le document :

> Madame, Monsieur : le soussigné, président de la Fédération allemande de voile, a rencontré pour la première fois Henry Storm…

Il se tourna vers Sorge :

« Ce n'étaient pas les Jeux olympiques auxquels vous avez participé ? »

Le veilleur de nuit et Sorge écoutaient, transformés en statues de sel.

Sorge se tourna et sortit dans le noir.

Henry Storm.

Le Norvégien.

Qui était arrivé derrière lui à la dernière régate des Jeux olympiques.

Et qui serait maintenant impliqué dans son enquête criminelle en Allemagne du Nord ?

Le monde regorgeait-il à ce point de coïncidences ?

Sorge contempla la mer sombre et agitée. Soudain, il comprit ce que Henry Storm avait dû faire. Pour la plupart des gens, l'océan était un ennemi, un endroit à éviter. Toute la base de Peenemünde était construite autour de ce principe, de l'idée que la mer Baltique était un mur plus efficace que tous les barbelés et patrouilleurs du monde. Ce n'était pas une coïncidence, loin de là, Sorge lui-même aurait agi exactement de la même façon.

Chapitre 25

BERLIN

Lundi 5 octobre 1942

Henry se réveilla en sursaut en entendant frapper à la porte d'entrée de la veuve Plötze.

La fréquence des coups signalait que le visiteur n'était pas un soupirant. Henry entendit les pas de sa logeuse. Il lança un regard vers le bureau devant la fenêtre. Après les récents événements, les formules de l'école technique lui paraissaient aussi complexes que de l'araméen. Le pot de marmelade était toujours dessus.

À quelques mètres de là, le verrou tourna.

« Frau Plötze, je souhaite vous parler. »

Le Blockleiter Wörns. La montée d'escalier donna de l'écho à sa voix désagréable.

Henry enfila un pantalon et se posta à la porte pour mieux entendre.

Les pas lourds étaient arrivés dans le couloir, cela, il parvenait à le déchiffrer. La femme n'avait toujours rien dit. Mais avait-elle le choix ?

« Vous logez toujours un *étranger* ? »

Henry sentit sa poitrine se serrer.

« Mes finances personnelles sont fragiles depuis que mes fils sont tombés à l'Est. De plus, la pénurie de logements est forte à Berlin.

– Précisément. Et il ne vous a pas traversé l'esprit que cette chambre devrait revenir à de bons Allemands ?

– Mes étudiants sont de gentils garçons qui se comportent bien, ils parlent notre langue et s'abstiennent de ramener des filles faciles. Je n'héberge que des Scandinaves.

– Votre locataire va et vient à toute heure du jour et de la nuit. La police secrète vient de nous avertir qu'il faut suivre les étudiants étrangers de plus près, il pourrait y avoir des espions parmi eux. »

Le cœur de Henry battit une fois, puis deux, trois, quatre.

« Alors je suggère que vous alliez parler au locataire vous-même. Il est dans sa chambre. »

D'un bond, Henry rejoignit son bureau et se glissa sur la chaise. Au moment où la porte s'ouvrait, il était concentré sur ses notes, le visage ensommeillé.

« Voici donc notre étranger, dit Wörns à la veuve. Je vous ai déjà vu rôder dans le quartier la nuit. »

Henry ne se rendait compte que maintenant à quel point il était gros. Ce devait être son régime de bière, de jarret de porc et de saucisse. Presque curieux qu'il n'ait pas maigri au cours de la guerre, mais les succédanés peu nutritifs faisaient sans doute enfler.

« Herr Blockleiter, j'ai vécu de nombreuses années à Berlin.

– Allemand un jour, allemand toujours, norvégien un jour, norvégien pour toujours. »

Le cas classique de l'imbécile borné, songea Henry. Le Blockleiter avait le visage rond, des yeux très écartés et une bouche entrouverte qui lui donnaient l'air d'un demeuré.

« Depuis combien de temps vivez-vous ici ?

– Les Blockleiters assurent les interrogatoires maintenant ? Je ne savais pas.

– Faites attention à ce que vous dites. »

Sans demander l'autorisation, il saisit les notes de Henry de sa main rugueuse. Les yeux plissés, il examina les schémas et son écriture cursive. Il balança les feuilles.

« Ce pourrait être de l'espionnage, décréta-t-il. Je vais contacter la Gestapo.

– Je l'espère sincèrement, rétorqua Henry, mais reste à savoir ce que la police secrète pensera de gaspiller son temps précieux sur des notes prises en cours magistral à l'école technique. »

La veuve Plötze se tenait parfaitement immobile derrière lui.

« Du reste, ajouta Henry, c'est mon ami l'Obersturmbannführer Georg Wolff de la SS qui m'a demandé de retourner à l'école technique de Charlottenburg. En bon national-socialiste, il se préoccupe de défendre les intérêts de l'Allemagne en entretenant ses relations avec d'autres nations aryennes. Je vous suggère de lui parler. »

Son discours impressionna peu le Blockleiter, qui, le souffle court, se pencha et entreprit d'ouvrir la rangée de tiroirs sous le bureau. La marmelade, pensa Henry. Dans le troisième tiroir. L'Allemand sentait la sueur.

« Qu'est-ce que c'est ? »

Le Blockleiter Wörms leva le pot à la lumière de la fenêtre.

« De la marmelade. Rapportée de Norvège. »

Il n'y avait pas un bruit dans la chambre. Plus loin, Henry entendait branler un tramway. Wörns et la veuve sentaient-ils qu'il avait quelque chose à cacher ? Ou était-ce lui qui se l'imaginait ?

Là, se dit Henry, tu es fini. Démasqué non pas par l'arsenal de sécurité du site militaire le mieux gardé du Reich, mais par un Blockleiter attardé.

Wörns baissa sa manche et tourna le couvercle.

« Bon Dieu, ce que ce couvercle est serré. »

Finalement, il parvint à ses fins.

Henry réfléchit à la façon la plus facile de supprimer Wörns. À mains nues. Cependant, des muscles et de la force pouvaient se cacher sous la graisse. Or s'il étranglait le Blockleiter, il devrait sans doute aussi régler son compte à la veuve Plötze. Et ensuite ? Comment sortir de Berlin, d'Allemagne ?

Le Blockleiter plongea son appendice nasal dans le bocal.

« Hmmmm. »

Il glissa éhontément un doigt boudiné dans la marmelade.

« Délicieux, conclut-il en claquant la langue.

– Assez de ces sottises ! Blockleiter ou pas, vous n'avez aucun droit de pénétrer dans ma chambre ! »

D'un geste démonstratif, Henry ouvrit le tiroir au-dessous et en tira l'étui contenant sa croix de fer. Il la tendit à l'Allemand, qui reposa la marmelade sur le bureau.

« Je me suis battu pour l'Allemagne contre les bolcheviques à l'Est et on me remercie en me harcelant et en envahissant ma vie privée ? Si vous quittez ma chambre sans délai, je m'en tiendrai là, mais si vous continuez, vous aurez des nouvelles de personnes haut placées dans la SS. »

Wörns pivota sur ses talons et quitta la pièce sans un mot.

Henry referma violemment le couvercle du pot de marmelade. Ses mains tremblaient. Wörns n'était-il rien d'autre qu'une brute de la période de lutte qui aimait rudoyer les gens ? Ou son comportement était-il une mise en garde, une forme de communication de la part d'un adversaire plus sophistiqué ?

Henry ne l'excluait pas.

L'emballage étanche, plus bas dans le bocal, avait résisté à l'inspection superficielle du singe hurleur. Mais ce n'était que grâce à des coïncidences et à de la chance. Dans l'hypothèse d'une visite de la Gestapo, tout cela n'aurait jamais tenu. Face aux enquêteurs de la police secrète, Henry n'aurait pas la moindre chance de s'en tirer.

Il rangea le pot dans son sac et s'empressa de sortir.

La veuve Plötze l'attendait dans le couloir, les mains sur les hanches.

« Vous pouvez faire vos bagages, déclara-t-elle.

– Que dites-vous ?

– Je ne sais pas qui vous êtes ni ce que vous faites, mais je sais qu'il n'est pas normal de passer davantage de nuits dehors que chez soi. Je suis navrée, Herr Stürm, mais votre bail est résilié avec effet immédiat. »

*

Sa famille dormait lorsque Sorge partit travailler le matin, tout comme elle dormait lorsqu'il était rentré la nuit précédente.

Dans quel sac de nœuds Storm s'était-il empêtré ? C'était un tueur, Sorge en était quasiment certain. Mais *pourquoi* ? L'enquête révélerait peut-être que le meurtre n'était pas prémédité, qu'il avait une cause personnelle. Le Norvégien avait peut-être tué Hanna Bauer dans un accès de jalousie rageuse. Mais pourquoi un homme comme lui ôterait-il la vie à une jeune employée de bureau d'une petite ville d'Allemagne du Nord ?

Avec Friedrich, Sorge explora les archives en quête d'informations sur Henry Storm. Après sa participation aux Jeux olympiques de 1936, le Norvégien avait reçu plusieurs propositions d'études en Allemagne. Son choix s'était porté sur la Technische Hochschule de Berlin. Le sujet n'affaiblissait pas franchement les soupçons : de 1937 à 1940, Storm avait étudié la technologie du gyroscope, en obtenant d'excellents résultats. Puis il était reparti en Norvège après l'invasion.

Certes, à cette époque rien ne reliait Storm à l'opposition ; ses convictions national-socialistes étaient irréprochables, ce qu'étayait son enrôlement volontaire dans les divisions étrangères de la Waffen-SS à l'Est. Storm s'était illustré dans son service en Ukraine et il avait été décoré de la croix de fer pour bravoure au combat dans un affrontement au cours duquel il avait été blessé. Il avait par la suite été démobilisé pour raisons médicales.

« La Kripo a des exemples de soldats rentrés du front qui ont commis des crimes bestiaux et apparemment arbitraires dans le Reich, protesta Friedrich. Ils se sont effondrés après les épreuves subies sur le front de l'Est. Le profil de Storm s'inscrit dans ce schéma. Enfin, qu'en pensez-vous, vous qui l'avez rencontré ? »

Sorge secoua la tête.

« Que l'hystérie des tranchées l'incite à assassiner soudain une femme, pour la simple raison qu'elle sait qu'il va naviguer dans des eaux interdites, si loin de Berlin ? C'est théoriquement possible, mais c'est très, très peu vraisemblable. »

La visite de Friedrich au bureau d'immatriculation des étudiants de l'école technique avait confirmé que Storm avait franchi la frontière du Reich à Flensburg le 29 août, dans le train de Copenhague, et qu'il avait reçu un visa d'étudiant de six mois. Les documents présentés à la demande de Friedrich montraient que Storm avait déposé un dossier de candidature à la faculté de technologie militaire, lequel avait été refusé, faute d'habilitation de sécurité.

Cette découverte avait marqué un premier pas en avant : Storm avait sciemment cherché à étudier dans une faculté lui permettant d'approcher de secrets militaires, et, plus remarquable encore, cela le reliait directement au professeur Kurt Beyer.

La date, le lieu, la location de voilier et le simple fait que Storm étudie la physique à l'école technique constituaient, selon Sorge, de forts indices que le meurtre pouvait être relié au tir d'essai de Peenemünde. Wernher von Braun n'avait-il pas fait ses études au même endroit ? Au même titre que de nombreux ingénieurs et techniciens de la base expérimentale.

D'après Sorge, cela ouvrait la porte à une autre possibilité. Dans la mesure où le Griffon avait livré son rapport à Oslo à l'automne 1939, n'avait-il pas pu aussi recourir à des agents de liaison norvégiens ? Bien sûr que si. C'était tellement logique : le Griffon connaissait de toute évidence des scientifiques norvégiens, qui à leur tour pouvaient avoir partie liée avec la résistance norvégienne.

« Nous avons perdu un temps précieux, souligna Friedrich. À mon avis, nous avons largement de quoi lancer un avis de recherche sur Storm.

– Attendez, répondit Sorge.

– Je vous demande pardon ? Je vais demander un avis de recherche interne, qui sera transmis à toutes les unités de police et de sécurité du pays.

– Ne faites pas ça. »

Friedrich perdit son calme.

« Nous venons d'organisations différentes, aux approches différentes, je le comprends, Sturmbannführer. Contrairement à ce que vous pensez, je respecte vos connaissances et votre indépendance d'esprit. Je comprends le raisonnement qui vous a conduit à laisser Fräulein Skarbek libre. Mais cela, je ne peux tout simplement pas l'accepter. Vous me demandez de ne *pas* rechercher Henry Storm ? Nous avons affaire à un tueur chevronné, qui circule en liberté dans le Reich. Nous ne savons même pas où il se trouve ! Un homme qui n'hésite pas à éliminer des innocents. À la fin de la semaine dernière, c'était Fräulein Hanna Bauer. Demain, ce pourrait être votre fille ou la mienne. Nous allons chercher Storm, sans quoi vous pourrez vous chercher un nouvel adjoint. »

Sorge était resté imperturbable pendant toute sa tirade.

Un singulier sourire aux lèvres, il désigna d'un mouvement de tête l'aile sud. Sans un mot, Friedrich le suivit. Une fois qu'ils furent dans la salle de commandement du Wolfsangel, Sorge tira une toile blanche roulée d'un tube en carton et l'accrocha au mur. L'image représentait une demi-lune métallique aux deux extrémités pointues et munie au milieu d'un petit anneau auquel était accrochée une chaîne terminée par un crochet en forme de Z anguleux.

Sorge se tourna vers son adjoint.

« Friedrich, que vois-tu ici ?

– Sturmbannführer, ceci frise le ridicule.

– Dis-moi simplement ce que tu vois. »

L'assurance décontractée de Sorge fit hésiter un peu Friedrich.

« Un crampon.

– Exactement, un crampon, un Wolfsangel, un piège à loup. On attache la demi-lune entre deux points, par exemple deux troncs d'arbres et on fixe sur le crochet acéré un appât, que le loup avale.

– Épargne-moi le symbolisme de haut vol.

– Permets-moi de te rappeler le mandat que m'a confié le Reichsführer. Révéler l'espionnage pour protéger par tous les moyens les programmes d'armement les mieux surveillés du Reich. C'est triste pour Fräulein Bauer, bien sûr, mais si cela peut nous aider à élucider l'affaire, sa mort sera la meilleure chose qui pouvait nous arriver. Nous sommes des hommes du renseignement, Friedrich, pas une meute indignée dans une brasserie. Admettons que Henry Storm soit effectivement un espion qui a recueilli des renseignements sur la fusée A4. Il a commis une erreur. Et cette erreur est d'avoir assassiné une femme de Swinemünde. Pour nous, c'est un don du ciel. Tu ne comprends pas comment cela peut être utilisé ? Storm est sous pression à présent. Il est quelque part dans le Reich avec les données dont il dispose. Il doit contacter son agent traitant.

– Ce plan comporte un risque important, souligna Friedrich.

– Hier soir, j'ai pris contact avec la logeuse de Storm à Charlottenburg et je lui ai ordonné de le jeter dehors si jamais il revenait dans sa chambre, expliqua Sorge en souriant. Parallèlement, j'ai donné instruction au Blockleiter local de lui rendre une visite désagréable. Ce qu'il a fait ce matin. Storm était dans sa chambre. À présent, sa logeuse l'a jeté dehors. Où va-t-il aller ? »

Le Kriminalobersekretär se gratta le menton.

« Mettons-le sous filature.

– J'ai bien peur que Storm soit d'un autre calibre, il protège ses contacts, nous ne les trouverons pas en nous contentant de le filer. Mon idée est plus simple. Nous allons lui prêter assistance.

– Et comment donc ?

– Souviens-toi que nous avons une agente de l'Armée de l'intérieur polonaise qui est disponible et prête à travailler. »

Sorge sourit en désignant le piège à loup.

« Nous allons tout de suite faire venir Beatrice Skarbek. Elle va poser le piège pour Storm, notre crochet à loup. »

*

La Pariser Platz était recouverte d'un gigantesque treillis de camouflage pour désorienter les pirates de l'air britanniques, selon la formule de Goebbels. L'hôtel Adlon occupait l'angle sud-est de la place, à l'intersection d'Unter den Linden et de Wilhelmstraße.

Henry avait enfermé sa valise dans une consigne de la Stettiner Bahnhof. Était-il suivi ?

On ne pouvait rien exclure, mais personne ne pourrait lui reprocher d'avoir lésiné sur les efforts pour l'éviter. Il avait pris le S-Bahn en direction de l'est, puis un tramway à destination de Prenzlauer Berg, avant de procéder à un long détour pour revenir à l'Adlon. Sur le principe, des professionnels du contre-espionnage pouvaient le filer, mais Henry s'était efforcé de garder son calme : quand bien même la police aurait trouvé Hanna et réussi à le relier au meurtre, ce qui était peu vraisemblable, elle n'avait pas disposé de suffisamment de temps pour mettre en place une grosse opération de filature, qui requérait planification et personnel.

Le pot de marmelade contenant le Minox était dans la poche de son manteau.

S'il parvenait à remettre le renseignement aujourd'hui, il serait en sécurité.

Un portier lui tint la porte. Le lobby de l'hôtel fourmillait de diplomates et d'officiers de haut rang. Henry se faufila à travers un groupe de Japonais et avança sous les voûtes ornementées et soulignées de colonnes ioniques.

Le bar était à moitié plein. Des gens du parti, des aristocrates, des officiers, des hommes d'affaires corpulents accompagnés de leurs épouses accoutrées. Tout ce monde bavardait dans une cacophonie qui se mêlait à un agréable piano. Au comptoir, Henry aperçut Theo Findahl, en conversation feutrée avec un homme. Findahl était impeccablement vêtu d'un costume rayé bleu sombre, son interlocuteur portait l'uniforme de la Luftwaffe.

« Que faites-vous ici ? demanda Findahl sans aménité.

– Je cherche Sverre.

– Il est toujours à Dresde à ma connaissance, répondit Findahl en se retournant vers son interlocuteur.

– Nous avions rendez-vous ici aujourd'hui.

– Mon cher, vous savez bien que la guerre a entraîné d'importants retards des trains de Deutsche Bahn. De plus, il va bientôt passer ses examens. Si vous voulez bien m'excuser ? »

Le barman scruta Henry en essuyant des verres.

« Vous voulez boire quelque chose ou vous errez sans but ? »

Henry saisit Findahl par l'épaule et murmura :

« Je suis allé faire un tour à la voile dans le Nord. J'ai besoin de parler avec Olle. »

À contrecœur, le Norvégien posa son verre de vin sur le comptoir en haussant les sourcils à l'intention de son interlocuteur. Il prit Henry à part :

« À vrai dire, j'apprécie très peu votre présence ici.

– Je partirai dès que j'aurai pu voir le Suédois. »

Findahl s'arrêta pour le dévisager.

« Vraiment ? »

Le correspondant de presse le conduisit vers une alcôve dominée par une conversation scandinave bruyante. Henry se souvenait d'avoir remarqué certains de ces visages au club d'aviron. Tout au fond, Olle se leva lorsque Findahl lui fit signe.

Le Suédois jaugea Henry du regard.

« Le champion olympique de Norvège ou devrions-nous dire l'ancien combattant décoré du front de l'Est ?

– À vous de décider.

– Je m'appelle Olle Ohlén. En quoi puis-je vous aider ? »

Henry l'entraîna dans un coin discret.

« J'ai un cadeau à envoyer au plus vite à la délégation suédoise à Stockholm. Les régulations douanières strictes font que je dois le faire passer par la valise diplomatique. Je l'ai ici, sur moi. Et c'est urgent. »

Olle resta les bras croisés.

« Je ne comprends pas vraiment à quoi vous faites référence. Les règles du courrier diplomatique sont très strictes. Il y a beaucoup de travail en ce moment, comme vous pouvez certainement l'imaginer. Nous ne sommes pas un service postal.

– Mais…

– … Donc je ne peux pas vous aider. Désolé. Bonne chance pour votre envoi. »

Le Suédois tourna les talons et repartit en souriant vers la table des Scandinaves. Les sonorités enjouées du piano parurent d'un seul coup inquiétantes. Henry promena son regard dans cette salle à moitié pleine. La panique est comme la nausée, elle est latente, jusqu'à ce qu'une soudaine perception la fasse monter. Le barman ne l'avait-il pas scruté un peu trop attentivement ? Ces hommes de la SS dans le coin avaient un côté déplaisant. Comment allait-il expliquer le pot de marmelade qui déformait sa poche ?

Lorsque Findahl flâna hors de la pièce, se rendant de toute évidence aux toilettes, puisqu'il avait laissé son chapeau, Henry le suivit, d'abord dans le lobby, puis au bas d'un large escalier.

Dans les toilettes, la lumière était si forte que c'en était désagréable. L'eau des urinoirs ruisselait faiblement. Une odeur de chlore planait dans la pièce.

Un serviteur en uniforme était assis dans un coin avec une corbeille d'essuie-mains.

Le dos tourné, Findahl se soulageait. Dans un premier temps, il ignora Henry.

« Il *faut* que vous m'écoutiez, chuchota l'étudiant.

– Maintenant, c'est vous qui allez m'écouter, jeune Storm, murmura Findahl. La voie suédoise est compromise. Toute utilisation est suspendue.

– J'y suis allé, insista Henry si bas que le correspondant de presse l'entendait à peine, il avait envie de crier, de le secouer. Au large de Peenemünde. J'ai vu ce qui se passait. »

Ne répondant pas, Findahl regarda droit dans le mur carrelé des toilettes.

« Votre mission était de rendre compte de l'itinéraire de voyage du professeur Beyer, pas de faire des cabrioles tout seul, déclara-t-il froidement. Cela avait été clairement spécifié.

– Samedi après-midi, il y a eu un tir d'essai. C'est pour ça que les gens étaient rassemblés. J'ai vu la fusée. Et j'en ai les preuves. »

Le serviteur pianotait sur le lavabo en fredonnant *Lili Marleen.*

« Vous avez agi au mépris de toutes les consignes, chuchota Findahl en se penchant vers Henry. Dans votre propre tête, vous êtes sûrement un héros, quelqu'un qui ose quand les autres se retiennent, mais vous ne comprenez pas de quoi il s'agit, si ? »

Henry s'efforça de réprimer sa peur et sa fureur.

Voilà quelle était la récompense pour avoir tout sacrifié.

« Nous œuvrons à long terme, poursuivit Findahl, nous construisons pierre par pierre. Sans attirer ni attention ni soupçons. Vous avez fait le contraire. Votre aventure implique un risque de sécurité aigu, non seulement pour moi personnellement, mais pour tout le milieu nordique de Berlin. Ne revenez plus ici, gardez vos distances. »

Il laissa une pièce de dix Pfennigs dans la corbeille du serviteur, le salua de la tête et disparut.

« *Bei der Laterne wollen wir stehen, wie einst Lili Marleen* », chantonna le serviteur.

Henry ferma les yeux. Abasourdi, il traversa la longue galerie de l'Adlon, dépassa le salon de coiffure, la réception, le chasseur en uniforme, et sortit dans l'obscurité automnale. Sans endroit où loger, sans personne à qui parler. Il aurait dû rester sur le front de l'Est ; le froid et la terreur, on peut y survivre, quand on n'est pas seul, on survit à tout. L'idée lui était venue dans un instant de faiblesse, mais il la rejeta avec dégoût. En dernière analyse, seul, on l'est de toute façon.

*

Si la salle d'interrogatoire de l'aile sud aurait dû lui rappeler de mauvais souvenirs, Beatrice Skarbek parut presque indifférente lorsqu'elle fit son entrée. Elle jeta un coup d'œil sur le dessin du crochet à loup avant de s'asseoir sur la chaise qu'on lui indiquait, en passant une jambe au-dessus de l'autre. Elle demanda une cigarette à Friedrich, palpa la Timm du bout des doigts, l'alluma, aspira une bouffée, recracha la fumée par les narines.

Compte tenu du temps que Sorge avait passé à penser à elle pendant cette dernière semaine, la revoir fut d'emblée une déception. Elle était belle, mais l'était-elle vraiment plus que Greta ? Cependant, elle avait quelque chose. La différence entre un prédateur et un herbivore, peut-être, entre un loup et un chien ?

« Que ce soit clair, je ne lèverai pas le petit doigt avant...

– Vous allez bientôt le voir, répondit Sorge. Nous respectons toujours notre partie du marché. Et notre marché était que vous alliez travailler pour nous, Beatrice. Le moment venu. »

Elle resta imperturbable, les jambes toujours croisées.

« J'attends la suite avec impatience. »

La séance était strictement chorégraphiée : un écran fut baissé, un visage grenu apparut, un visage de femme délicat et souriant.

« Voici Hanna Gudrun Bauer, expliqua Friedrich en toussotant. Née en 1922 à Stettin. Et, suis-je obligé d'ajouter, découverte morte sur le rivage de Koserow, sur la côte nord, dimanche dernier. Son crime ? »

Il marqua une pause pour l'effet dramatique.

« Avoir loué à quelqu'un un voilier au port de Swinemünde le vendredi 2 octobre. Après quoi elle a été étranglée par un meurtrier professionnel sans le moindre scrupule, qui l'a ensuite balancée par-dessus bord. Une jeune femme ordinaire, un pilier de la Ligue des jeunes filles allemandes, quelqu'un dont les amis ne disaient que du bien, qui aurait pu être ma fille ou votre amie. Morte de la façon la plus insensée. »

À ce jour, Sorge ne goûtait toujours pas le penchant pour la sentimentalité de son équipier. Il prit la parole en désignant le piège à loup.

« Le loup est un animal de meute, qui vit selon une hiérarchie sans ambiguïté, avec des limites territoriales nettes, mais il existe des individus isolés, qui ont été exclus de la meute, qui opèrent seuls, sont vulnérables et mortellement dangereux. Nous en cherchons un. Ce que vous voyez est un piège à loup. On place un appât et l'animal l'avale. »

Beatrice étudia longuement la photo.

« Quel rapport cela a-t-il avec moi ? »

À la photo de Hanna Bauer, en succéda une autre, de basse résolution. Un soldat de la Waffen-SS, flanqué de deux compagnons d'armes munis de ceintures de munitions et d'une grosse mitrailleuse tenue en diagonale. Ils agrandirent la photo. L'homme au centre souriait, son regard était légèrement distant : il avait l'assurance du soldat en pleine avancée.

« Henry Storm, déclara Friedrich, né le 12 décembre 1915 à Oslo, en Norvège. Il y a aussi grandi. Ancien navigateur de niveau international, études à Berlin. Croix de fer pour bravoure et ainsi de suite… Un homme aux nombreux mérites. Qui est maintenant de retour sur les bancs de l'école technique de Charlottenburg. Vendredi dernier, Herr Storm a loué un voilier auprès de Hanna Bauer au port de Swinemünde. Cela, conjugué avec des témoignages, fait que nous avons toute raison de croire que c'est précisément lui l'assassin.

– Mais pourquoi, pensez-vous certainement, pourquoi l'a-t-il tuée ? enchaîna Sorge. Henry Storm est un espion. Il était en mission pour les ennemis de l'Allemagne. Et il s'est fait surprendre par Fräulein Bauer.

– Pourquoi me racontez-vous tout cela ? »

Friedrich consulta sa montre.

« Il est 22 h 30. Il y a moins de deux heures, Henry Storm a pris une chambre à la pension de famille Nibelungen sur Alexanderplatz. Il est traqué. L'espionnage est une profession solitaire et nos renseignements suggèrent qu'il ne dispose d'aucune planque.

– C'est là que vous entrez en jeu, reprit Sorge. En tant qu'opératrice de l'Armée de l'intérieur, vous séjournez à Berlin sous couverture depuis l'été. Vous continuez de rapporter des renseignements précieux à Varsovie. Par un intermédiaire qui a infiltré la Gestapo pour l'Armée de l'intérieur, et souvenez-vous que vous avez les meilleurs informateurs du Reich, vous avez appris que la Gestapo poursuivait Storm. Et précisément parce que Storm possède les informations que vous recherchez si désespérément, vous prenez le risque de vous mettre en relation avec lui. Mais pas à la pension, ce serait pousser trop loin. En revanche, vous savez qu'il étudie à l'école technique de Charlottenburg et qu'il est spécialiste de la technologie du guidage par gyroscope. N'oubliez pas que, l'été dernier, avant d'en réchapper, vous aviez reçu des dessins de gyroscope. Vous allez les présenter à Henry Storm. Demain à 14 heures, vous vous rendrez à l'école et vous prendrez contact avec lui. Je peux vous assurer que Storm sera sous pression. Je vais en outre le rencontrer personnellement. »

Beatrice ne comprenait pas.

« Nous sommes de vieilles connaissances, et des rivaux.

– Vous dites que Storm est traqué. Qu'est-ce qui vous fait penser qu'il ira à l'école dans une situation pareille ?

– Nous avons parlé avec des gens de l'administration et il apparaît que ses résultats académiques, qui étaient auparavant exceptionnels, ont été déplorables ce semestre. Il est convoqué pour un entretien à l'institut demain. Nous sommes convaincus qu'il craindra d'éveiller la suspicion en ne s'y présentant pas. Contentez-vous de proposer un rendez-vous dans un endroit neutre. Quand vous aurez instauré un climat de confiance, vous lui proposerez d'utiliser l'appartement que vous occupez.

– Il a un endroit où loger, non ?

– Non, fit Friedrich en souriant. Nous avons demandé à un Blockleiter de lui rendre visite hier. Sa logeuse n'a pas eu d'autre choix que de le jeter dehors.

– D'accord. Mais qu'en ressortira-t-il ? Ne pourriez-vous pas l'arrêter tout de suite ?

– Storm n'est pas la proie qui nous intéresse le plus. Nous souhaitons atteindre son donneur d'ordres.

– Vous avez des méthodes efficaces pour extraire ce genre d'informations dans des sous-sols obscurs, fit Beatrice d'un ton acerbe. Pourquoi le ferais-je à votre place ?

– Bonne question, répondit Sorge. La réponse est que, très probablement, Storm ne sait pas qui est cet homme. Pas encore. Mais cet homme établira le contact avec lui si vous lui donnez les renseignements dont il a besoin.

– Je vais trouver Storm, dit Beatrice sans conviction apparente. Mais…

– Vous allez bien sûr pouvoir voir Gregor.

– Gregorz.

– En attendant, je vais vous confier quelque chose. »

Il lui tendit un livre de poche très usé, celui que Schellenberg lui avait donné.

« *L'Énigme des sables*, d'Erskine Childers. Je ne sais pas si vous lisez beaucoup de romans, mais celui-ci vous donnera le contexte nécessaire pour comprendre la façon de penser de Storm. »

D'un air indifférent, elle regarda le livre et le rangea dans son sac.

« Je voudrais une garantie. Si je trouve Storm et cet homme qui est au-dessus de lui, et croyez-moi, je vais les trouver, ma mission sera accomplie et je pourrai quitter Berlin avec Gregorz ? »

Sorge hocha la tête.

« Marché conclu. »

Il était 2 h 30 du matin lorsque Sorge rentra chez lui. Il entra sans bruit dans l'appartement. Il se sentait électrisé par la tournure des événements. Il traversa à pas feutrés les salons hauts de plafond pour se rendre dans la salle de bains. Sa femme avait cessé depuis longtemps de se réveiller quand il rentrait tard. Lorsqu'il porta ses mains à son visage, il sentit un vague effluve du parfum de Beatrice, qui avait à peine frôlé son poignet avant qu'ils se séparent. Aussitôt, Sorge fut saisi d'un désir irrépressible. Comme si le diable le possédait. Incapable de maîtriser ses propres gestes, il se masturba durement jusqu'à ce qu'il éjacule en haletant dans la cuvette des toilettes.

Le désir disparut aussi vite qu'il était venu. Avili, Sorge s'écroula sur le sol de la salle de bains.

Chapitre 26

BERLIN

Mardi 6 octobre 1942

À la pension de famille, la peinture des murs s'écaillait, le matelas était taché. Henry entendait le rapide *berliner Schnauze*, l'argot berlinois, de deux femmes de ménage dans le couloir. Il avait dormi d'un sommeil étonnamment lourd et sans rêve. Il ne pouvait pas rester ici. Il s'habilla en vitesse, rassembla ses affaires et rendit sa clef à la réceptionniste trop maquillée et arrosée de parfum bon marché. Elle le regarda d'un mauvais œil.

Dehors, il faisait encore nuit. Sur Alexanderplatz, il erra devant quelques kiosques à journaux, en quête de nouvelles. Les journaux débordaient d'avancées allemandes en Afrique du Nord et sur le front de l'Est ; pas la moindre ligne sur la mort d'une femme au bord de la Baltique. Henry se sentit vaguement soulagé, mais se pouvait-il que les autorités de la sécurité intérieure et du contre-espionnage retiennent l'information ? Elles en étaient capables. Il aurait payé cher pour une radio et un signal du renseignement anglais qui lui permettrait de contacter Welsh en Suède.

Peut-être était-il simplement paranoïaque. La voie suédoise était compromise. Findahl l'avait prié de garder ses distances. Il ne fallait pas paniquer. La paranoïa était un rat mort dans un puits, elle empoisonnait les pensées. Dans la situation actuelle, il devait simplement rester à Berlin et faire comme si de rien n'était.

C'était ainsi que travaillaient les gars de Welsh. Findahl avait peut-être raison de l'avoir trouvé désinvolte. Sa tirade l'avait affecté davantage qu'il n'avait d'abord voulu l'admettre. Les espions comme Sverre menaient une vie d'étudiant normale, ils recueillaient des informations et rentraient en Norvège deux fois par an avec leurs renseignements. Welsh avait assurément imaginé un scénario de ce genre quand il lui avait dit de contacter Findahl au club d'aviron.

D'accord, il était tombé sur un secret qu'ils n'auraient jamais découvert sans lui, mais il commençait à comprendre la façon de penser de Findahl. Il en savait déjà trop. Il connaissait le correspondant d'*Aftenposten* et Sverre par leurs noms. S'il les dénonçait, la Gestapo parviendrait probablement à démanteler l'ensemble du réseau norvégien.

Personne ne lui viendrait en aide.

Il pouvait menacer Findahl, bien sûr, mais le journaliste avait certainement des relations et quelques atouts dans sa manche.

Non, c'était sans espoir.

Mais où aller maintenant qu'il n'avait plus de logement ? Ses fonds suffisaient pour aller d'auberge en auberge pendant au moins quelques jours, cependant cette solution impliquait de livrer chaque fois ses renseignements personnels. S'il était sur leur radar, les agents de la police de sûreté savaient déjà où il avait passé la nuit. L'espace d'un instant, Henry envisagea de voler la carte d'identité de quelqu'un de son âge, mais il rejeta rapidement l'idée. Un homme au physique similaire serait difficile à trouver et le vol risquait d'entraîner de nouvelles enquêtes, de nouveaux problèmes.

Se rendre à l'école lui apparaissait comme l'option la moins mauvaise. Il était convoqué chez le doyen de la faculté, le professeur Max Fauner, universitaire célèbre, dont le rang dans la hiérarchie de l'école était plus élevé que celui du professeur Beyer. Une convocation inquiétante, mais l'éluder paraîtrait suspect. Il décida de s'y rendre.

La solution était peut-être aussi simple que de requérir une autorisation officielle de sortie du territoire. L'agent bavarois qui s'était occupé de son cas à son arrivée lui avait promis un traitement de faveur. Et puis son bureau se situait dans l'enceinte de l'école, ce n'était pas un détour.

L'agent Heinze le salua avec effusion.

« Que l'excellent Norvégien soit salué. En quoi puis-je vous aider aujourd'hui ? L'automne est sévère dans les Alpes cette année, les premières neiges sont déjà tombées sur les montagnes de Garmisch.

– Merci, merci, mais je crains de venir pour une question plus urgente, répondit Henry. Mon vieux père est tombé malade et j'ai l'intention de lui rendre visite en Norvège aussi vite que possible. Vous avez mentionné que vous pouviez m'aider.

– Naturellement, je suis à votre disposition, y compris dans de tristes circonstances.

– Combien de temps faudra-t-il pour obtenir une autorisation de sortie du territoire ? »

Derrière son bureau, Heinze le jaugea.

« Si ça ne tenait qu'à moi, je vous l'aurais donné dans l'heure. Le problème est qu'une telle demande doit être traitée par trois instances différentes : la commission de sortie du territoire, l'administration de l'école et les autorités de sécurité intérieure et du contre-espionnage. Combien de temps cela prendrait ? Voyons voir. Aujourd'hui, nous sommes mardi. Si je fais jouer mes relations, il y a une possibilité que ce soit fait en début de semaine prochaine. »

Henry ne disposait pas de tout ce temps. Il jura tout bas. Il n'obtiendrait jamais l'autorisation de sortie du territoire et sa demande ne ferait qu'éveiller les soupçons.

« Je suis navré, s'excusa le gendarme, je vous offre mon assistance s'il y a autre chose. »

Dans la salle de lecture à demi pleine, Henry feuilleta sans but une thèse. Pouvait-il faire appel à certains contacts paternels pour dénicher un logement ? L'idée n'était pas idiote, mais il n'était pas sûr que son père ait conservé des liens avec ses anciennes relations d'affaires de Berlin.

Il sortit fumer une cigarette.

Dans quel pétrin ne s'était-il pas fourré…

Il avait vu une arme qui pouvait décider de l'issue de la guerre et il disposait des photographies pour le prouver, mais il n'avait aucun moyen de sortir cette information d'Allemagne. Il jeta son mégot dans une flaque d'eau et rentra à l'intérieur.

En rouvrant la thèse, il y découvrit un billet écrit soigneusement en lettres anglaises.

> Impressionnante navigation sur la Baltique à la fin de la semaine dernière. Vous avez tout le respect de la Fédération de voile polonaise. Étant donné que nous connaissons bien les eaux du Nord, nous pouvons vous proposer du matériel neuf, ainsi que le gîte et le couvert en cas de besoin. 18 heures au Leipziger, table du fond à gauche.

Dans la grande salle régnait un tel silence qu'il entendait les pointes des stylos de ses condisciples gratter le papier. Le léger bourdonnement du puits d'aération, un homme qui toussait. Les mains de Henry tremblaient. À la sortie, à environ vingt mètres de distance, se tenait une femme. Brune, vêtue d'un trench-coat kaki, un foulard marron foncé autour du cou.

Lorsque leurs regards se croisèrent, elle hocha la tête.

Puis elle disparut.

*

Sorge gara sa Mercedes devant l'édifice qui abritait Springer-Verlag, juste au nord de Potsdamer Platz.

Après leur conflit de la veille, les tensions avec Friedrich s'étaient apaisées. Enfin il avait le sentiment qu'ils avançaient dans la même direction. La première étape du piège à loup de Skarbek était accomplie, Friedrich le respectait.

C'était en l'occurrence son équipier qui avait insisté pour qu'ils se rendent aux éditions Springer. À la suite des événements de la veille, le rapport d'Oslo et la recherche de l'homme qui l'avait livré étaient passés au second plan, mais Friedrich lui avait rappelé, à juste titre, qu'il ne fallait pas oublier la piste du Tag der Weisheit à Peenemünde. Si la filature du professeur Beyer était restée infructueuse jusqu'à présent, on avait néanmoins toute raison de croire que le Griffon était l'un des universitaires qui y avaient participé, et c'était là que les éditions Springer devenaient intéressantes. Outre leur passage à Peenemünde, les professeurs Beyer, Fauner et Szenassy avaient un point commun : tous avaient publié dans l'une des revues de cette maison d'édition. L'éditeur Paul Rosbaud les connaissait tous trois.

Rosbaud était un homme d'âge mûr, vêtu de tweed et dégageant un charme suranné qui lui conférait l'allure d'un gentleman britannique. Il les précéda dans d'étroits couloirs ornés de portraits des fondateurs de la maison d'édition d'un côté et tapissés de l'autre de bibliothèques de catalogues et de revues classés par ordre chronologique.

L'éditeur les invita à s'asseoir. Le canapé Chesterfield à capitonnage boutonné dégageait une forte odeur de cuir et de tabac. Sorge croisa les jambes et s'appuya contre l'accoudoir haut, tandis que Friedrich restait mal à l'aise à l'autre bout. Une secrétaire leur apporta du café, Rosbaud tétait sa pipe.

« Un ersatz de café. Dans notre secteur aussi, la guerre se fait sentir, déclara l'éditeur, et d'ajouter aussitôt : Bien que nos modestes difficultés ne soient nullement comparables à celles que subissent d'autres personnes dans le Reich ou nos soldats du front.

– Les nouvelles de Stalingrad sont encourageantes, dit Sorge. Espérons qu'ils seront de retour pour Noël. »

Rosbaud acquiesça.

« Vous vouliez parler de certains universitaires que j'ai publiés, c'est bien cela ? »

Friedrich s'avança sur son siège.

« Vous travaillez comme éditeur ?

– Conseiller scientifique, pour la revue *Metallwirtschaft*, plus précisément. »

Rosbaud tira sur sa pipe.

« Peu de personnes ont plus d'un talent et, au terme de mes études, j'ai découvert que je ne serais jamais qu'un scientifique compétent. »

Un discret sourire teinté de mélancolie ourla ses lèvres.

« En revanche, j'aime à penser que je dispose d'un certain don pour découvrir des prodiges de la science et libérer leur potentiel. »

Friedrich hocha la tête.

« Est-ce ainsi que vous avez découvert le professeur Kurt Beyer ?

– Beyer ? »

Il s'attarda sur ce nom.

« Un excellent enseignant, selon moi. Il était autrefois à l'école supérieure de Dresde, puis ça a été Berlin et la faculté de technologie de la défense, si je me souviens bien. En revanche, ce n'est pas quelqu'un qui fait progresser la recherche.

– Puisque vous êtes un homme qui fréquente tant d'universitaires, glissa Sorge, vous n'auriez pas, par hasard, une liste des congrès et conférences qui ont eu lieu en Europe à l'automne 1939 ? »

Rosbaud se cala sur son fauteuil, rajusta sa cravate et se leva.

« Regardons dans mes archives. J'ai à tout le moins consigné mes propres déplacements ces dernières années. »

Il les conduisit dans un bureau froid et stérile.

« Je suis désolé de cette température inconfortable, j'essaie d'évacuer la fumée de ma pipe. Mais donc… »

Il s'humecta le pouce et feuilleta quelques dossiers.

« Voyons voir… L'automne 1939… Je suis allé à plusieurs endroits. En Hollande en août, ensuite à Vienne, oui, je suis autrichien, je m'y rends aussi souvent que possible, ensuite des congrès à Leipzig, Göttingen et Greifswald. Mais ici… Oui, maintenant je me souviens. J'étais en l'occurrence invité à une conférence à Oslo en novembre de cette année-là.

– À quelle date ?

– Du 6 au 8 novembre, d'après mes papiers, mais j'ai décidé de ne pas y aller. Cela tombait mal, car il y avait quelques jours plus tard une réunion à l'école technique de Dresde, à laquelle participaient plusieurs personnes des écoles supérieures techniques.

– Et vous y étiez ?

– Je m'en souviens clairement.

– Avez-vous de la documentation pour appuyer votre affirmation ? demanda Friedrich.

– Mon affirmation ? »

Rosbaud se leva en secouant la tête. Il saisit une photo encadrée.

« Prise à cette conférence.

– Seriez-vous par hasard au courant des déplacements du professeur Beyer au même moment ?

– Nous ne sommes pas amis, si c'est le sens de votre question, mais oui, le professeur Beyer y était.

– À Oslo ? demanda furtivement Friedrich.

– Non, non, à l'école de Dresde. Regardez la photo. »

Au deuxième rang souriait le professeur Beyer, aisément reconnaissable, c'était la troisième personne en partant de la gauche.

Eh merde, pensa Sorge.

« Beyer faisait partie des organisateurs de la conférence, expliqua Rosbaud. Je crois même qu'il avait tenu un discours d'ouverture. Un excellent enseignant et conférencier, je le disais, qui depuis a obtenu un poste à l'école technique supérieure de Charlottenburg. Si vous avez des doutes, n'hésitez pas à interroger les autres participants.

– Ce sera fait », assura Friedrich, les bras croisés.

Beyer n'est pas le Griffon, pensa Sorge, qui toussota avant de prendre la parole.

« Racontez-moi comment vous avez découvert Max Fauner et Stephan Szenassy ? Était-ce là encore le fruit de votre talent ? »

L'éditeur secoua la tête.

« Leurs dons étaient si évidents qu'ils auraient été découverts de toute façon. Mais n'oubliez pas une chose, Sturmbannführer : les deux hommes que vous mentionnez sont considérablement plus âgés que moi. Ils faisaient déjà avancer la recherche alors que je n'étais même pas sorti du lycée, et vous non plus d'ailleurs.

– Résumez-nous brièvement leur carrière.

– Fauner est un chimiste et, comme tant d'autres scientifiques de notre pays, il a été impliqué dans les travaux sur la radioactivité et sur l'électrochimie dans les années 1920. C'est l'homme de l'équation de Stern-Fauner et de la diffusion de Fauner, des avancées décisives pour la recherche.

– Stern, ça sonne juif », nota Friedrich.

Ignorant sa remarque, Rosbaud se leva. Il passa le doigt sur un rayonnage avant d'en extraire un ouvrage qui ressemblait à une thèse.

« A* + Q – A + Q. Si simple et si difficile. Les grandes équations le sont. Infiniment compliquées et d'une simplicité poétique. »

Les bras croisés, Friedrich restait immobile.

« Fauner est professeur à l'école technique de Charlottenburg, poursuivit Rosbaud. C'est le cas aussi de Szenassy, quoique je ne sache pas dans quelle partie du Reich il se trouve. Szenassy a un parcours intéressant. Il est issu des classes supérieures de Bulgarie, sa mère est hongroise, si mes souvenirs sont exacts. Il a endossé de nombreux professorats, notamment à Sofia et en Union soviétique. Szenassy est un homme du monde accompli. À de nombreuses reprises, il a collaboré avec Fauner, qui est de quelques années son cadet et était sans doute son protégé quand il était arrivé à Berlin. Aux dernières nouvelles, il résidait à Breslau.

– Vous le connaissez personnellement ?

– Non, nous ne nous fréquentons pas en privé, mais mon métier implique de rencontrer des gens dotés de ces qualifications en contexte professionnel.

– Savez-vous du reste si ces deux messieurs sont allés en Norvège ? demanda Sorge.

– En Norvège ? Sûrement. Probablement. À ce niveau, le milieu scientifique ne connaît pas de frontières. La Norvège a des chercheurs de premier plan. Un certain Hassel, son prénom m'échappe. C'est l'un des meilleurs. Nombre d'entre eux ont effectué de longs séjours d'études en Allemagne. On pourrait citer aussi Victor Moritz Goldschmidt, bien que sa carrière soit en suspens, si j'ai bien compris ? »

Sorge et Friedrich se regardèrent.

Ils remercièrent l'éditeur de leur avoir accordé son temps et il les raccompagna poliment.

Dehors, le soleil était bas au-dessus des arbres du Tiergarten.

« L'éditeur m'a convaincu que ce ne pouvait pas être Beyer, déclara Sorge en ouvrant la voiture.

– Il m'a déplu, répondit Friedrich. Une espèce de monsieur Je-sais-tout qui se croit encore sous la république de Weimar.

– C'est possible. Toujours est-il qu'il m'a convaincu que nous pouvions rayer Beyer de notre liste. De toute évidence, il n'était pas à Oslo en novembre 1939. Mon cher, cela signifie qu'il nous reste deux personnes. Et mieux. L'un d'eux, le doyen de faculté Fauner, est l'homme que Henry Storm va voir aujourd'hui.

– Cela paraît trop beau pour être vrai.

– Ou alors c'est nous qui sommes bons, Friedrich. Contacte la police de sûreté d'Oslo pour en savoir plus sur la conférence qu'évoquait l'éditeur. En attendant, je pensais faire un tour à l'école technique.

– À l'école technique ?

– Une conversation au nom d'une vieille rivalité. Avec Henry Storm. »

*

« Entrez, veuillez vous asseoir », fit le professeur Max Fauner.

Henry avança dans la pièce spacieuse. Aux murs étaient affichés des doctorats *honoris causa* et autres distinctions universitaires, et des photos. Sur l'une d'entre elles, Fauner était entouré d'un groupe d'hommes que Henry reconnaissait vaguement. Étaient-ce des Norvégiens ? Fauner le salua cérémonieusement, lui indiqua un siège et se retira derrière son bureau ordonné. Des bibliothèques en chêne sombre étaient remplies de littérature académique. Le professeur lui-même avait la soixantaine, il portait des lunettes en écaille de tortue et avait des lèvres plates incolores.

« Vous le savez pertinemment, notre établissement s'inscrit dans une longue histoire, commença Fauner. De nombreuses personnes le considèrent comme la meilleure école technique du Reich.

– J'en suis conscient, répondit Henry.

– Dans les faits, cela signifie que nous ne gardons auprès de nous que les étudiants les plus doués et les plus ambitieux. Des individus qui souhaitent consacrer leur vie à repousser les limites de la recherche. »

Il ajouta :

« En restant dans le cadre de notre idéologie national-socialiste, naturellement.

– Bien entendu.

– Vous avez un excellent curriculum vitae, Herr Storm. Lors de votre précédent séjour d'études, vous vous êtes distingué par vos bons résultats et par votre investissement personnel. Parallèlement, vous venez avec les recommandations les plus chaleureuses du Sturmbannführer Wolff, qui est en poste en Norvège, d'après ce que j'ai compris en conversant avec le professeur Beyer. »

Il redressa son nœud papillon et se pencha en avant.

« En tant que doyen de la faculté, je suis donc d'autant plus déçu de votre prestation depuis la reprise de vos études en septembre. Vous ne rendez pas vos travaux à temps, vous semblez paresseux, peu concentré. Vous aviez par exemple un problème à résoudre et à remettre en début de semaine. Il n'a pas été reçu. Avez-vous quelque chose à dire pour votre défense ?

– J'ai eu certains problèmes de concentration après mon séjour sur le front de l'Est, Herr Professor.

– Je ne souhaite pas être importuné par vos éventuelles souffrances psychiques. S'il advenait que vous ne complétiez pas votre travail d'assistant de recherche, vous perdriez dans le pire des cas votre place d'étudiant. C'est compris ? »

Le professeur lança un regard vers l'horloge murale.

« Bon, le temps qui nous est imparti est révolu. »

Henry se leva et se dirigea vers la porte.

Sur le montant gauche était fixée une plaquette gravée d'un *M. Fauner, faculté de sciences de la nature, université d'Oslo.*

« Vous avez travaillé avec des chercheurs norvégiens ? demanda Henry. Vous avez passé du temps à Oslo ?

– J'y étais beaucoup dans la phase initiale de la guerre. »

Lorsqu'il vit devant quelle photo Henry s'était arrêté, le professeur Fauner se dérida quelque peu.

« Ah, cette photo ! Oui, je travaillais souvent avec certains chercheurs d'Oslo. Vous voyez le petit albinos ? Cet homme ne supporte pas la lumière, il travaille uniquement dans l'obscurité. Mais c'est un scientifique hors pair. Odd Hassel. Formé ici, lui aussi. Enfin, je digresse. Montrez-nous ce que vous valez, Storm. Au revoir. »

En traversant le secrétariat puis les couloirs, Henry pensa à Hassel, à Goldschmidt et aux Norvégiens qui étaient passés par l'Allemagne. Les universitaires qui y avaient fait leurs études se connaissaient par-delà les frontières nationales, rien de nouveau de ce côté-là. Fauner soutenait-il vraiment l'uniformisation des universités et établissements d'enseignement ?

S'il était renvoyé de l'école, que se passerait-il ? Il lui fallait parler avec l'Armée de l'intérieur polonaise.

Il venait d'entrer dans la bibliothèque et de se positionner dans sa section de prédilection, les fusées, quand il entendit une voix derrière lui.

« Henry Stürm. Ça faisait longtemps. »

Il se tourna.

Peut-être était-ce son uniforme, ou le contexte, sans doute les deux, mais Henry eut besoin de quelques secondes pour reconnaître cet homme, bien que son visage n'ait pas beaucoup changé au cours des six années écoulées depuis leur dernière entrevue.

« Quand je t'ai vu traverser le foyer, je n'en croyais presque pas mes yeux. Herr Stürm, le navigateur du Nord ! À Berlin ! »

Werner Sorge paraissait sain et bien nourri, il portait l'uniforme gris de la SS, sa casquette sous le bras. Henry se souvenait bien de lui. Au village olympique de Kiel, où avaient eu lieu les épreuves de voile des jeux de Berlin, le milieu était suffisamment petit pour que les concurrents boivent un verre et fument des cigarettes ensemble le soir. Sorge était celui avec lequel il s'était le mieux entendu.

Lors de leurs conversations pendant ces journées chaudes du mois d'août 1936, Henry avait compris qu'il lui fallait se rendre en Allemagne. C'était là que se sculptait l'avenir de l'Europe et du monde. Une gigantesque expérience en ingénierie sociale. Balayées l'anarchie et la décadence de la république de Weimar – l'inflation, les attentats, les putains aux coins des rues. Werner Sorge poussait le sentiment vital national-socialiste un cran plus loin : par souci de mener une vie saine, il ne fumait pas, ne mangeait pas de viande, et même l'alcool, il en consommait avec précaution.

« J'ai suivi ton conseil, déclara Henry.

– C'est-à-dire ?

– J'ai fait mes études en Allemagne. Avant cette maudite guerre, dont j'ai eu mon compte, du reste ; j'ai repris l'école cet automne. Et toi, que fais-tu ici ? Tu cherches un bon livre pour occuper ton temps libre ?

– Hélas, non, soupira Sorge. Je cherche des bandits et des agitateurs. »

Il prit un ouvrage au hasard sur un rayonnage et esquissa un sourire ambigu.

« Tu en as à me conseiller ?

– J'aime bien tout ce qui est futuriste. Un sage disait qu'on revenait toujours à ce qu'on avait lu comme adolescent affamé.

– Et que lisais-tu à ce moment-là ?

– Des livres sur les armes de l'avenir et sur le progrès technique. J'ai toujours aimé les représentations novatrices.

– Intéressant. »

Sorge haussa les sourcils en sélectionnant deux épais volumes.

« Et ça ? Selon moi, Constantin Tsiolkovski et Robert Goddard ont apporté des contributions théoriques déterminantes à notre compréhension visionnaire des missiles et des fusées balistiques.

– Pendant la première étape de mes études ici, je fréquentais beaucoup les membres de la Raketenverein, alors j'ai abondamment lu cette littérature. J'ai vu le film *Frau im Mond* de Lang. Tu l'as sûrement vu aussi ?

– Plusieurs fois.

– Mais depuis mon retour en Allemagne, je n'entends plus vraiment parler de fusées. Je suppose que la guerre exige qu'on se concentre sur les armes conventionnelles. Enfin qui sait, il se passe peut-être quelque chose en secret ?

– Qui sait ? fit Sorge en remettant les livres à leur place.

– Tu as le temps de naviguer ?

– Bien trop peu. Cette guerre nous apporte un sacré travail. Et toi ?

– Après ma défaite à Kiel, il m'a fallu un an pour remettre les pieds sur un bateau.

– La dernière régate était très serrée. »

Les choses avaient eu l'air prometteuses près de l'arrivée. Tout s'était bien passé pour Henry pendant les courses, cette espèce d'état de grâce pour lequel on vit, mais que l'on n'atteint presque jamais, où naviguer paraît si facile, où l'on ose remonter énormément au vent et où l'on vire de bord intuitivement. Il avait navigué sur une vague interminable. Il ne pouvait pas perdre, il allait remporter la médaille d'or pour la Norvège ; si seulement il parvenait à maintenir sa voile bien bordée, ce serait l'or.

« Je ne comprends toujours pas comment il était possible d'aller si vite et de remonter au près à ce point. Je croyais à la victoire, mais avec le surf que tu as eu au dernier tour, je n'avais pas la moindre chance de gagner. J'ai toujours pensé que je t'aurais battu si on avait navigué au large. Quand il faut manœuvrer d'après les étoiles.

– La Baltique n'est pas loin. C'est bien pour la voile, que ce soit à Kiel ou plus à l'est, entre Rügen et Stettin. On devrait se faire une nouvelle régate là-haut pour déterminer une fois pour toutes qui est le meilleur de nous deux.

– C'est vrai.

– En l'occurrence, les meilleures eaux pour la voile se trouvent au large d'Usedom sur la côte nord. Tu voudrais y aller un week-end pour voir qui mérite la médaille d'or ? Tu connais cet endroit ? »

Qu'essayait-il de lui communiquer ? Qui était Werner Sorge ? Qu'il soit impliqué dans l'enquête sur son affaire était improbable, bien sûr, mais pas impossible. Sorge portait l'uniforme SS. La folie de la persécution de Henry le saisit de nouveau. Sorge essayait de le faire parler, c'était un procédé calculateur. D'un seul coup, Henry en eut la certitude : ils savaient qu'il était allé à Swinemünde. Et ils voulaient qu'il le nie.

Il devait courir le risque.

« Usedom ? En l'occurrence, j'y étais à la fin de la semaine dernière. Je n'en pouvais plus du climat continental, que j'ai si bien connu en servant sur le front de l'Est. Je devenais fou de ne pas voir la mer. Alors j'ai loué un voilier à Swinemünde et je suis parti vers l'est, en direction de Danzig. De bonnes conditions, mais une grande partie des eaux étaient fermées. Il y avait, paraît-il, un exercice militaire. Je serais ravi d'une revanche, mais ne vaudrait-il pas mieux attendre la paix ? »

*

Sorge marchait d'un pas vif dans les couloirs de la SS-Haus.

Le récit de Henry Storm avait rouvert une possibilité qu'il avait depuis longtemps rejetée : que le Norvégien n'ait aucun rapport avec l'affaire, que Hanna Bauer ait été tuée par un soupirant jaloux ou autre et qu'il soit effectivement allé faire du bateau. Car qu'avaient-ils, au juste, si Storm admettait avoir loué le voilier ? Sorge ne doutait pas qu'il puisse le faire condamner, le tribunal du peuple distribuait généreusement la peine de mort sur la base d'indices, mais dans la traque du Griffon et de l'agent de liaison, il en serait au même point.

Au centre de commandement, il parla à Friedrich de sa conversation et des doutes qui en avaient découlé.

Friedrich l'écouta attentivement.

« J'ai appris une ou deux choses sur le renseignement depuis que j'ai rejoint le Wolfsangel, crois-moi, dit-il pensivement. Mais le problème, tel que je le vois, c'est qu'on s'y perd avec toute cette information et tous ces mobiles. Bien sûr que c'est Henry Storm le tueur ! Et je vais brièvement t'expliquer pourquoi : l'une de mes premières actions à Swinemünde a été de me renseigner pour savoir si Storm avait pris une chambre dans une auberge ou un hôtel. Il emploie son véritable nom, nous l'avons vu sur son billet de train, mais il n'apparaissait sur les listes d'aucun établissement d'hébergement. Souviens-toi quand Bauer a été tuée, sans doute vers 22 heures. Storm avait planifié de passer la nuit à naviguer et c'est ce qu'il a fait.

– Mais admettons que ce ne soit pas le cas. Il aurait pu passer la nuit en plein air, tu ne crois pas ?

– Absolument, poursuivit Friedrich, toujours plein d'assurance, mais tu te souviens de ce qui était écrit sur la serviette que nous avons trouvée dans la doublure de la veste de Bauer ?

– Taverne *Zum Anker*…

– *L'espace interplanétaire…* J'ai passé quelques coups de fil aujourd'hui pour examiner diverses pistes, notamment à la bibliothèque de l'école technique de Charlottenburg. Il se trouve que le premier livre que Storm a emprunté à son arrivée en Allemagne, en date du 8 septembre, s'intitulait *Des fusées dans l'espace interplanétaire* de Hermann Oberth… »

Jamais Sorge ne s'était tant réjoui du naturel tatillon de son équipier.

« Tu sais, Friedrich, fit-il, soulagé, moi aussi j'ai appris une chose ou deux en travaillant avec toi. Sur l'enquête. »

Pour la première fois depuis le début de leur collaboration, un sourire sincère se dessina sur le visage du gestapiste, on aurait dit qu'il changeait de personnalité et que ce sourire réveillait une espièglerie de gamin.

« Je vais me renseigner auprès du Gruppenführer Müller pour savoir s'il peut te prendre comme assistant d'enquête à la Gestapo.

– Seulement si je peux te proposer comme commandant en chef de l'unité de désinformation pour l'invasion de la Grande-Bretagne, plaisanta Sorge.

– Merci, mais non merci. »

Friedrich reprit son sérieux.

« L'entretien téléphonique le plus important que j'aie eu aujourd'hui a été avec la police de sûreté d'Oslo.

– Et qu'avait-elle à te rapporter ?

– Eh bien, pas mal de choses. Les gens d'Oslo connaissent un certain Henry Storm, mais surtout, ils connaissent le réseau dont il fait partie. Une organisation de renseignement norvégienne qu'ils n'ont jamais vraiment réussi à démanteler. »

Attention, cela pourrait être majeur, pensa Sorge.

« Je pense qu'il faut que tu te rendes à Oslo, ajouta Friedrich, alors je t'ai réservé une place dans l'avion qui part de Tempelhof demain à 10 h 15.

– C'est impossible. Henry Storm est en liberté. Fräulein Skarbek est mise au travail. Fauner et Szenassy sont sous surveillance. C'est le calme avant la tempête. Nous sommes dans une phase critique. Il faut assurer la coordination du travail.

– Tu rentres le matin suivant. Vingt-quatre heures à Oslo, ça vaut le coup. L'Untersturmführer Georg Wolff, avec qui j'ai parlé, avait aussi d'importantes informations complémentaires à me fournir. Ils ont quelqu'un à l'intérieur du groupe de résistants. Il ne pouvait pas s'étendre au téléphone. »

Une personne à l'intérieur. Voilà qui scellait l'affaire.

« Je te confie les rênes ici.

– Bien sûr, répondit Friedrich, satisfait. Comme tu l'as dit toi-même : n'oublie pas lequel de nous deux est l'enquêteur. »

*

Une horloge sonna, il était 15 heures. Encore trois heures avant le rendez-vous, mais Henry ne voulait prendre aucun risque. La façade bleue du Leipziger donnait sur Unter den Linden. En terrasse, un serveur nettoyait les tables vides. Si les lieux étaient déjà sous surveillance, les agents étaient sans doute dans l'une des voitures garées en face. Henry profita du passage d'un bus pour se glisser dans l'établissement.

« En quoi puis-je vous aider ? s'enquit le serveur.

– Eh bien voilà, dit Henry. Je me demandais si vous pourriez me rendre un petit service. »

Le serveur haussa les épaules.

« J'ai un rendez-vous galant ce soir à 18 heures. Vous serez au travail ? Formidable ! C'est une belle femme brune, qui a une prédilection pour la table au fond à gauche. Pourriez-vous lui remettre cette lettre ? demanda Henry en lui tendant une enveloppe.

– Pour des raisons de sécurité, c'est impossible. »

Henry sortit la lettre de l'enveloppe ouverte et la lut :

> *Meine Liebe*. J'en ai assez qu'on se voie en ville. Viens à la Lehrter Bahnhof demain, je t'emmène à l'aventure. Retrouvons-nous devant le kiosque à journaux de l'entrée sud à 9 heures. PS : Voyageons léger. Ton amour.

Il regarda le serveur.

« S'il vous plaît…

– Tout pour l'amour, répondit l'homme. Je m'en occupe. »

Au crépuscule, Henry sauta dans un S-Bahn pour l'Ostbahnhof. Là, il changea de train et se rendit à Erkner, à l'est. Si la première partie de son plan avait fonctionné, il ne lui en restait pas moins à trouver un logis pour la nuit. Il était relativement certain de s'être débarrassé d'éventuels poursuivants. Un demeuré à l'odeur nauséabonde soliloquait, deux adolescentes chuchotaient et pouffaient de rire à l'autre bout du wagon. Le train tourna vers le sud, les bâtiments se firent plus bas, le paysage, plus champêtre. La lumière du jour disparut avec la ville.

Au bout d'une heure à allure d'escargot, le train de banlieue entra en gare de Wilhelmshagen. Henry descendit.

D'un côté des voies ferrées commençaient la forêt et les champs. Il y était allé un mois auparavant. Bien des choses avaient alors été différentes. C'était l'été. Les gens buvaient du vin doux en flirtant. Aujourd'hui, les arbres étaient nus, le club, plongé dans l'obscurité.

Il s'introduisit discrètement dans la propriété, s'accroupit à l'abri d'un buisson près de la clôture. Il tendit l'oreille. Rien d'autre que le bruissement de la végétation. Les nuages dérivaient rapidement dans le ciel et un mince croissant de lune s'était levé, son reflet s'esquissait sur la surface du canal et dans les fenêtres du club d'aviron. Henry se faufila jusqu'au coin du bâtiment et regarda dans le salon. Aucun signe de vie. La porte était verrouillée. Évidemment. Que s'était-il imaginé ? Il continua vers la façade avant, tout près du ponton. Les fenêtres étaient fermées. Henry se dirigea vers la remise à bateaux qui était bâtie en prolongement du club. La double porte la plus éloignée n'était pas verrouillée. Peut-être pouvait-il entrer dans la maison en passant par là ?

Les remises à bateaux éveillaient toujours en lui une même nostalgie d'un temps perdu. Les embarcations sveltes soigneusement alignées semblaient bien entretenues. Une porte menait au club. Verrouillée, elle aussi. Henry la secoua. Pouvait-il la forcer ? Non, c'était impossible. En ressortant, il aperçut deux petites fenêtres au premier étage. Il se hissa sur le toit de la remise, qui était en pente légère, et en rejoignit une, qu'il ouvrit d'un coup de coude.

Il se glissa à l'intérieur.

La pièce était refroidie comme le sont les maisons sans chauffage et la température y semblait presque inférieure à celle de l'extérieur. La clef était dans la serrure. De l'autre côté du couloir se trouvait la chambre dans laquelle il avait rencontré Findahl. À chaque pas qu'il faisait, le plancher grinçait légèrement. Il s'arrêta encore, tendit l'oreille, retint son souffle, pour s'assurer encore qu'il n'y avait personne.

C'est alors seulement que Henry sentit combien il était affamé. Il descendit l'escalier sur la pointe des pieds et se rendit dans une cuisine exiguë, accolée au salon. Il fouilla les tiroirs et les placards, mais ils étaient vides, bien entendu. Si Berlin était affamée, pourquoi diable un club d'aviron serait-il rempli de mets exquis ? Une entrecôte grillée, du saumon frais, des chanterelles à la crème et un canard rôti lui passèrent par la tête. Tout au fond d'un placard étaient remisés un flacon d'huile de foie de morue, de la mélasse raffinée et des flocons d'avoine. Il versa l'huile dans une cuiller à soupe et l'avala. Ce n'était pas bon, mais avoir de l'huile dans le ventre lui procura une certaine impression de satiété, qui se mêlait à des remontées acides.

Finalement, il trouva deux pommes de terre fripées. Il se réchauffa au-dessus de la cuisinière alors qu'il les cuisait d'abord à demi dans l'eau avant de les faire rissoler dans l'huile de foie de morue. Il alluma ensuite une bougie. Mais que voyait-il là-haut ? Il grimpa sur le plan de travail et descendit une bouteille de brandy entamée du sommet d'un placard.

Sur une étagère du salon trônait un modèle standard de radio, elle ne captait pas bien les ondes longues, mais c'était ce qu'il avait trouvé de mieux.

Ensuite, il mit le couvert, service à fleurs ancien et verre à pied, et il dîna à la lueur vacillante de la chandelle. Il ne s'expliquait pas vraiment cette mise en scène. Peut-être cherchait-il à conserver une certaine dignité, comme sur le front de l'Est. Quand tout le reste avait disparu dans le maelström de la guerre, les manières paraissaient importantes. Il mastiqua lentement ses pommes de terre pour atténuer sa nausée.

Juste avant 21 heures, il régla la radio sur la *Londoner Rundfunk* de la BBC.

D'abord, il n'entendit que de la friture. Puis la voix allemande livra une déclaration commune des Alliés qui étaient parvenus à la conclusion que l'armée de l'air américaine allait attaquer l'Allemagne de jour, tandis que la RAF se chargerait du travail de nuit. La voix fit état de combats sévères sur l'île de Guadalcanal, dans l'océan Pacifique. Ensuite suivirent des messages personnels.

Aucune mention de la maison sur la butte, point de *Haus am Hügel.*

Épuisé, Henry s'allongea sur le canapé tout froid. Il semblait en sécurité pour la nuit, mais ensuite ? Les voies de contrebande ordinaires de Berlin étaient fermées. Bien sûr, il pouvait essayer d'acheminer la preuve photographique lui-même, mais les chances de réussite étaient microscopiques. C'était vraiment la dernière issue. Non, il devait attendre. Il devait parler avec les Polonais.

Henry avait choisi la Lehrter Bahnhof parce que cette gare était difficile à surveiller. L'affluence matinale commençait à décliner, mais les travailleurs, les retraités et les hommes en uniforme étaient nombreux à se presser à l'entrée où il avait demandé à Beatrice de venir. Le matin, pour la première fois depuis longtemps, il avait avalé deux comprimés de pervitine. Il se sentait mieux. On ne pouvait pas exclure le contre-espionnage, mais le plus souvent, les policiers qui assuraient la filature étaient facilement repérables, or il n'en voyait aucun. Il se posta sur une passerelle au-dessus d'une colonnade d'où il avait vue droit sur le lieu de rendez-vous.

La Polonaise arriva à 8 h 57 et resta devant le kiosque à journaux. Depuis qu'il l'avait vue à la bibliothèque, elle avait troqué son trench-coat ajusté contre un ample manteau bleu marine très convenable. Elle fuma une cigarette, puis une deuxième, tout en prétendant lire un journal. Elle consulta sa montre. À 9 h 23, elle acheta un quotidien et partit vers les quais.

Comme Henry le prévoyait, elle marchait vers un S-Bahn direction est. Il longea la passerelle vers le quai 11, où elle s'arrêta pour attendre le train. Il descendit et sauta dans le wagon devant le sien. À l'arrêt suivant, Friedrichstraße, Henry regarda le quai : elle descendait. Elle marcha vers Oranienburger Tor, puis s'engagea sur Oranienburger Straße, où elle passa devant la grande coupole de la synagogue. À un immeuble côté sud, elle sortit sa clef, entra. Lorsque la porte se referma, Henry sonna à un appartement au hasard.

« Oui ? fit une femme âgée.

– Gestapo ! Ouvrez ! » cria-t-il.

La porte s'ouvrit, il se glissa promptement à l'intérieur. Le vestibule sombre sentait le moisi. Au rez-de-chaussée, il entendait geindre des câbles rouillés.

Un ascenseur.

Dont le puits était entouré de grilles et d'un large escalier en spirale. D'après l'indicateur, l'ascenseur se situait actuellement entre le premier et le deuxième étage. Henry monta les marches en courant. La sonnette de l'ascenseur tinta. Deuxième étage. Alors que la double porte s'ouvrait et que la femme sortait, il l'attira à lui.

« Qu'est-ce que tu me veux, exactement ? » murmura-t-il.

Chapitre 27

OSLO

Mercredi 7 octobre 1942

L'avion était un Junkers douze places qui assurait un vol quotidien entre Tempelhof et Oslo. Autour de Sorge, les sièges étaient occupés par des officiers haut placés de la Wehrmacht et des fonctionnaires de l'administration du commissaire du Reich Terboven.

Le voyage fut déplaisant et Sorge ne parvint pas à lire grand-chose des documents qu'il avait emportés. L'avion atterrit sur ce qui apparaissait comme une péninsule non loin de l'agglomération peu dense qu'était Oslo.

La ville de Henry Storm, songea-t-il. Avant leur rencontre la veille, Sorge avait découvert que l'étudiant norvégien avait demandé à emprunter une thèse de doctorat intitulée *Contributions théoriques et expérimentales à l'étude du problème des fusées propulsées par des carburants liquides*, de 1934, écrite par le jeune Wernher von Braun. Elle était classifiée et retirée du domaine public. Rien de surprenant à cela, si ce n'est que, curieusement, Storm avait été autorisé à la consulter la semaine précédente. L'accès requérait une justification spéciale, principalement pour des raisons militaires. Celle de Storm était un renvoi cryptique et creux à la revue *Naturwissenschaften.*

Un Rittmeister accueillit Sorge devant le bâtiment bas de l'aéroport. Une voiture les attendait.

La circulation étant faible, le trajet ne dura pas plus d'un quart d'heure. Sorge n'avait jamais visité la Scandinavie au nord du Skagerrak et il ne savait pas vraiment à quoi il s'était attendu. Un désert froid et abandonné, où les gens étaient blonds, peut-être. Et c'en avait tout l'air. Le chauffeur traversa des quartiers apparemment aisés et ils ressortirent sur un modeste boulevard souligné par un parc automnal sur la gauche.

La voiture tourna à droite et s'arrêta devant un édifice tout en longueur à l'architecture surchargée, muni de flèches et de coupoles néogothiques.

« Victoria terrasse, déclara laconiquement le chauffeur. Le siège de la Sipo à Oslo. »

Sorge salua l'Oberführer Siegfried Fehmer et Hellmuth Reinhard, le responsable de la Gestapo à Oslo et dans le reste du pays, puis on l'emmena auprès de Georg Wolff, qui était assis à un bureau croulant sous les dossiers et les journaux étrangers.

« Sturmbannführer, c'est un plaisir, je vous prie vraiment d'excuser mon désordre, dit-il en lui serrant la main avec force. Première fois à Oslo ? »

De toute évidence, Wolff était en mal de ragots, Sorge lui livra les dernières nouvelles du Prinz-Albrecht-Palais : le Reichsführer n'aimait ni les juristes ni les intellectuels, qu'il envoyait s'endurcir dans les *Einsatzkommandos* de l'Est. Les policiers du genre de Müller et de Kaltenbrunner avaient le dessus dans la lutte de pouvoir au sein du RSHA. L'ancien directeur de département du SD Werner Best, qui était tombé en disgrâce auprès de Himmler et avait été relégué au ministère des Affaires étrangères, était sur le point d'être nommé plénipotentiaire du Reich au Danemark.

« Et vous, votre poste à Oslo, comment le trouvez-vous ? » s'enquit Sorge.

Wolff se dirigea vers la fenêtre et regarda les nuages bas qui reposaient au-dessus du fjord.

« Ce pourrait être nettement pire. Nettement pire. J'ai beaucoup de respect pour les Norvégiens. À l'origine, la sympathie pour notre cause était forte ici, mais personnellement, je crains que notre manière d'agir ait fait plus de mal que de bien. Notre politique dure envers les Juifs et les gens du voyage, et les bolcheviques, naturellement, recueille beaucoup de soutien, mais le

Norvégien est nationaliste et il adore son indépendance. Il n'aime pas se faire passer des directives par-dessus la tête, et encore moins être occupé. »

Wolff s'assit.

« Enfin, ce sont là de grandes questions, Sturmbannführer Sorge, et vous n'avez que peu de temps en terre norvégienne. Venons-en au fait. Il s'agit de ce rapport de renseignement, si je comprends bien ? »

Wolff servit du café à Sorge dans une simple tasse, sans soucoupe, ce que Sorge interpréta comme un signe qu'il s'était approprié les habitudes sobres des autochtones.

En termes concis, Sorge rendit compte de l'activité du Wolfsangel. Depuis le mois de juin, il enquêtait sur les menaces d'espionnage pesant sur le programme de fusées.

« L'information qui a déclenché tout ce processus provenait d'un informateur d'une ambassade britannique.

– C'est ce que j'ai cru comprendre en parlant avec votre collègue. À votre demande, j'ai effectué quelques enquêtes préliminaires sur l'opération en question. Sachant toutefois que cela s'est passé avant mon arrivée en Norvège. Cet agent Cicéron très germanophile avait été recruté localement.

– *Avait été ?*

– J'y viens. Le doute subsiste quant à la question de savoir si c'était un bon agent, on disait qu'il s'adonnait à la boisson et qu'il était paranoïaque. Quoi qu'il en soit, à la fin de l'automne 1939 il a contacté l'officier traitant de l'ambassade d'Allemagne. Un vieux de la vieille de l'Abwehr, qui a ensuite perdu la vie sur le front de l'Est.

– Le colonel Klein.

– Exact. Cicéron lui a expliqué que, dans les jours qui précédaient, les Britanniques avaient reçu une communication de la plus haute importance. De la part d'une source disposant d'une connaissance particulièrement approfondie de nos programmes d'armes secrets, notamment sur la côte baltique.

– Où est l'agent Cicéron actuellement ?

– Personne ne le sait, hélas. L'ambassade l'a licencié à la suite d'un épisode qui s'est produit peu après et il a sombré encore plus dans l'alcoolisme. Il n'est pas dans le commissariat du Reich, c'est certain, je l'ai vérifié. Déterminer s'il est en vie ou au ciel n'est pas à notre portée. »

Sorge jura doucement.

« Quand était-ce exactement ?

– La rencontre entre le colonel Klein et Cicéron a eu lieu le 7 novembre 1939. Si nous prenons littéralement la phrase selon laquelle les Britanniques auraient reçu l'information dans "les jours qui précédaient", il s'agirait du 5 ou du 6 novembre 1939. »

Ce qui à son tour indique que le rapport a été écrit juste avant, pensa Sorge, par quelqu'un qui était en Norvège au début du mois de novembre de cette année.

« À la demande du Kriminalobersekretär Friedrich, j'ai passé en revue les programmes de divers instituts de recherche scientifique en Norvège pendant la période de fin octobre à début novembre 1939, ainsi que les déplacements de leurs membres les plus éminents, déclara Wolff en consultant un dossier.

– Nous nous intéressons en premier lieu aux visites d'universitaires allemands, précisa Sorge.

– Exactement. De nombreux Allemands étaient présents en ville à ce moment-là, notamment dans le cadre d'une foire du livre organisée par la délégation allemande. Mais ce que je suppose plus pertinent pour votre affaire est que le professeur Max Fauner de l'école technique supérieure de Charlottenburg s'est vu remettre le titre de docteur *honoris causa* à la faculté de sciences d'Oslo le 2 novembre 1939. Il pourrait correspondre au profil que vous cherchez.

– En effet. »

Sorge se leva et s'appuya contre le rebord de la fenêtre.

S'il était une occasion où la contrôlogie du docteur Pilates pouvait montrer sa valeur, c'était celle-ci. Wolff venait-il de lui servir la solution sur un plateau ?

Mais Wolff n'avait pas terminé.

« C'est sans doute secondaire dans votre enquête, mais un professeur hungaro-bulgare du nom de Stephan Szenassy a tenu une conférence au même endroit le lendemain. Lui aussi entretient des liens étroits avec nos écoles techniques.

– Cela vaut absolument la peine de le noter », articula lentement Sorge.

D'abord Fauner, puis Szenassy.

Tous deux à Oslo à la date en question.

On dépasse maintenant le cadre de l'hypothèse, raisonna Sorge. Disons que le Griffon est à Oslo le jeudi 2 novembre 1939. Ce soir-là ou la journée du lendemain, il l'emploie à boucler un rapport sur les fuites d'information de Peenemünde, qui est remis anonymement à la délégation britannique, le vendredi 3 ou le samedi 4 novembre. C'est le week-end et les Britanniques ne mesurent l'ampleur du rapport que le lundi 6. Le lendemain, Cicéron, serviteur infidèle des Britanniques, et le colonel Klein se rencontrent.

Oui, les choses pouvaient s'être passées ainsi.

« Je vous remercie beaucoup, Obersturmbannführer, ces informations sont pertinentes au plus haut point.

– En ce qui concerne le deuxième élément de l'ordre du jour, notre infiltration du groupe de résistance norvégien, toussota Wolff, je crains de ne pas être la personne à qui parler pour rendre compte de l'affaire. Je travaille sur l'influence culturelle à long terme, pas sur les opérations stratégiques de ce genre.

– D'après le Kriminalobersekretär Friedrich, vous disposez néanmoins de certains éléments. Comme vous le savez très certainement, le partage insuffisant d'informations entre les organisations de sécurité du Reich constitue un problème croissant.

– Précisément. Alors pourquoi ne pas nous adresser plutôt à ceux qui dirigent l'opération ? »

Wolff se leva et sortit au pas de charge de la pièce, suivi de son visiteur. Le claquement de leurs bottes retentissait dans les couloirs. Ils descendirent au sous-sol, passèrent devant une porte en fer verrouillée puis une succession de gardes et arrivèrent finalement devant une salle d'interrogatoire. Wolff tint la porte à Sorge.

La nudité des murs n'était rompue que par une photo du Führer.

Deux hommes étaient assis sur des canapés dans un coin de la pièce, un Hauptsturmführer de la Gestapo et un officier de la police d'État norvégienne.

Ils se levèrent, les saluèrent.

« En quoi puis-je vous aider ? demanda l'Allemand d'une manière obséquieuse.

– Le Sturmbannführer Sorge du RSHA de Berlin enquête sur une affaire ayant des ramifications au sein du groupe de résistants à l'université qui a été démantelé l'été dernier », expliqua Wolff.

Le Norvégien fit un pas en avant. Sorge remarqua alors sa stature imposante ; le géant blond semblait tout droit débarqué d'une affiche de la Waffen-SS, voire d'une expérience de clonage dans les laboratoires de Goebbels. À qui ressemble-t-il ? s'interrogea Sorge, avant de trouver : au jeune Göring. Son allemand était bancal, mais il parvenait à se faire comprendre.

« Nous avons connu des temps frénétiques depuis que notre principal informateur a démasqué le groupe de résistants de l'université et qu'il a dû fuir en Suède. Il a fui pour échapper aux polices allemande et norvégienne qui le traquaient, Sturmbannführer.

– Dites-m'en plus.

– À cet instant précis, il se cache dans un chalet dans la forêt, suppléa l'Allemand. Vous allez pouvoir le rencontrer dès que nous aurons terminé ici. Ce que nous pouvons affirmer, c'est que Bjørn Robshamn, puisque c'est son nom, est l'une des personnes les plus importantes de notre côté. »

*

En comparaison de l'escalier sombre que Henry avait gravi en courant, l'appartement était lumineux.

Au milieu de la pièce, on entendait crépiter légèrement un poêle à bois massif comme un autel. Le ménage venait d'être fait dans la cuisine. Sur la table était posé un cendrier en forme de crocodile à côté d'un singulier bougeoir, orné d'un serpent enroulé qui ouvrait sa gueule au-dessus des bougies.

« Toi et moi, nous allons parler vraiment », déclara Henry.

Il la voyait bien à présent : la nature l'avait dotée d'un visage symétrique et de pommettes marquées. Les boucles de sa mise en plis retombaient sur son front haut et elle l'observait de ses yeux couleur de chêne, un regard affûté et intelligent, non dépourvu d'une certaine arrogance.

« Je ne pense pas que tu sois en position de dicter le cadre de quoi que ce soit.

– Qu'est-ce que tu veux ? demanda Henry.

– J'y viens, dit la femme, et il remarqua alors sa voix, puissante et grave. Mais avant que nous commencions, il faut que tu saches une chose. Tu es dans une situation difficile, Henry Storm. »

L'emploi de son nom l'inquiéta.

« Et pourquoi mes éventuels problèmes te concerneraient-ils ?

– Je viens de l'Armée de l'intérieur polonaise, Armia Krajowa. »

Elle prononça le nom polonais avec une diction est-européenne, des consonnes robustes et des voyelles contractées.

L'Armée de l'intérieur polonaise. Le colonel Welsh l'avait mentionnée en Suède.

« Disposant du meilleur réseau de résistance sur le territoire du Reich allemand, nous sommes au courant de ton existence depuis un certain temps. »

Un certain temps ? Comment était-ce possible ? L'était-ce ?

« Chose naturelle, notre réseau d'informateurs est particulièrement développé dans les zones frontalières de la Pologne. Un grand nombre de mes compatriotes sont travailleurs étrangers en Allemagne, notamment sur la côte près d'Usedom, dans le nord. »

Le sang de Henry se glaça.

« Tu aurais un verre d'eau ?

– Nous avons qui plus est des informateurs dans toute la société allemande, dans le monde des affaires et de l'industrie, dans la politique, au sein des autorités de la sécurité intérieure et du contre-espionnage. Et c'est ainsi que tu es apparu sur nos radars. »

Elle lui tendit un verre.

« Nous travaillons sur Peenemünde depuis des années, à la fois par l'intermédiaire du KZ de Trassenheide et par d'autres canaux, sur lesquels je ne m'étendrai pas. Nous savions que de grandes choses y étaient planifiées et nous étions au courant d'une réunion importante le 3 octobre.

– Mais attends un peu, protesta Henry.

– Laisse-moi continuer, s'il te plaît, dit-elle doucement, tu auras bientôt la parole. Dimanche matin, le corps d'une jeune femme a été découvert sur le rivage d'Usedom. »

Il ne cilla pas. Puis il cilla deux fois.

« La Gestapo a ouvert une enquête et c'est ainsi que nos informateurs de la police secrète ont connu ton nom. Un Norvégien, Henry Storm, ancien soldat de la Waffen-SS et étudiant à l'école technique supérieure de Berlin, soupçonné de ce meurtre. À première vue, ça ne nous aurait pas intéressés, mais notre source nous a expliqué que l'enquête avait soudain été interrompue puis tenue secrète. Nous avons alors compris que tu savais autre chose, quelque chose qui s'était passé à Peenemünde la veille du jour où on a trouvé la femme. »

Elle tendit la main.

« Cigarette ? »

Henry accepta. Il alluma la cigarette et aspira de lentes bouffées tout en essayant de réfléchir.

« Et que veux-tu ?

– Moi, je ne veux rien, mais mes supérieurs ont la proposition suivante : tu nous livres sans réserve les renseignements de Peenemünde et, en contrepartie, nous t'exfiltrons d'Allemagne. »

Henry écrasa son mégot dans le cendrier crocodile.

« Je vous aurais volontiers aidés, répondit-il au bout de quelques instants, mais je ne sais pas de quoi tu parles. J'étais sur la Baltique à la fin de la semaine dernière, c'est juste, mais c'était pour naviguer.

– Je ne pense pas que tu comprennes tout à fait la situation dans laquelle tu te trouves, déclara la femme polonaise, découragée. Tu es recherché par les services de sécurité allemands. D'après nos contacts, tu n'as aucune logistique de soutien. Tu détiens des renseignements d'une valeur potentiellement énorme, mais tu es prisonnier à Berlin. Nous pouvons t'aider, mais il faut alors que nous sachions ce que tu as trouvé. »

Pendant tout son monologue, Henry avait pensé tantôt qu'elle était un agent provocateur qui travaillait pour les Allemands, tantôt qu'elle parlait vrai. L'histoire était crédible, mais jusqu'ici elle n'avait rien révélé de substantiel sur son activité, et il y avait des lacunes dans son récit.

« Si ce que tu dis est vrai, et que la Gestapo me poursuit, ne serait-il pas un peu surprenant que l'Armée de l'intérieur laisse l'un de ses membres, même une femme qui travaille à Berlin sous couverture, rencontrer un homme qui presque à coup sûr est sous surveillance ? »

La femme sourit en secouant la tête.

« Tu pensais vraiment que je m'assiérais au Leipziger hier soir comme ça, sans autre forme de procès ? Nous voulions nous assurer que toi, tu ne travaillais pas pour les Allemands, voir si toi, tu avais dépêché des hommes pour surveiller l'endroit. Tu te surestimes et tu sous-estimes les autres, Henry Storm.

– Tu ne t'es même pas présentée.

– Beatrice Skarbek. »

S'ensuivit une poignée de main un peu gauche.

« Puisque à l'évidence tu sais tout sur moi, comment as-tu fini ici, toi ? »

L'histoire de Beatrice avait plusieurs traits communs avec la sienne : études à Berlin pendant les joyeuses années 1930, opinions proallemandes, revirement après l'invasion, espionnage, retour à Berlin sous prétexte de reprendre les études.

« Intéressant, conclut Henry, mais je pense que tu comprendras que je ne peux rien te donner avant d'obtenir un élément tangible de ta part.

– Ici, c'est moi qui pose les conditions.

– Je suis sérieux. Fournis-moi une preuve que tu es celle que tu prétends être.

– Quoi, par exemple ?

– Tu es ici depuis l'été. Montre-moi des renseignements que tu as recueillis.

– Tu veux un échantillon… Que penses-tu de ceci, étudiant Storm ? »

Elle lui tendit un bloc-notes et l'ouvrit sur une page couverte de croquis au crayon et de détails techniques.

« Tu connais la technologie des fusées. Il n'y a pas longtemps, on m'a remis un microfilm d'une source qui travaille dans l'industrie de l'armement allemande. Nous l'avons agrandi et il s'avère contenir des dessins de gyroscope de fusée. Pour des raisons relativement évidentes, nous ne prenons pas le risque de conserver les films développés dans cet appartement, mais tu peux porter ton regard de spécialiste sur ce croquis. Est-il faux ou authentique ? »

Il examina le dessin.

« D'après ce que je peux juger superficiellement, il a l'air authentique.

– Alors, ma proposition ? Ton information contre ton exfiltration ? »

Henry était resté assis à la table pendant toute la conversation. Sans répondre, il se leva et fit quelques pas dans le salon. La pièce était bien rangée, un peu impersonnelle, peut-être, quelques livres polonais et allemands.

« L'Armée de l'intérieur possède de nombreux appartements à Berlin, expliqua-t-elle derrière lui.

– Dis-moi une chose, Beatrice. »

Il se retourna.

« Pourquoi fais-tu cela ? »

Le plus important est le mobile, avait affirmé Welsh. On peut falsifier tout le reste, les paravents, les faits, mais il est presque impossible de bluffer au sujet de ses motivations.

Sans un mot, elle se dirigea vers une commode et y prit une photo. Elle désigna un garçon à l'air grave qui devait avoir cinq ou six ans.

« Il s'appelle Gregorz. Il a été kidnappé, par les Allemands. Il vivait chez ses grands-parents. Des milliers d'enfants polonais ont subi le même sort et ont été enlevés à leurs parents. »

Beatrice se tourna vers lui.

« Quand ils ont pris mon fils, j'ai compris que la lutte était la seule possibilité. Quand la guerre sera terminée, je le retrouverai. Et pour ce faire, je dois me battre. Tu as des enfants ?

– Non.

– Alors toi, c'est autre chose qui te pousse. Quoi donc ? »

Il avait refoulé la pensée d'Astrid depuis sa virée au bord de la Baltique ; la place était occupée par le meurtre de Hanna. Ainsi fonctionne le cerveau, les souvenirs traumatisants se sédimentent strate par strate dans la conscience. Mais la question de Beatrice touchait un nerf à vif. Il repensa à leur dernière conversation, à la gare. Son silence ce jour-là avait aussi été un mensonge. Qui avait coûté la vie à Astrid.

« Tout va bien ? s'enquit Beatrice.

– Je le fais parce que celle qui m'a appris que nos vies valent d'être sacrifiées quand la cause l'exige est morte. »

*

« On est loin de l'émetteur radio ? demanda Sorge.

– Je dirais une heure. Nous ne prenons aucun risque avec Robshamn, il est trop précieux. Il nous attend là-bas. »

Ils avaient laissé leurs uniformes dans le bureau de Wolff et s'étaient vêtus pour la circonstance, anoraks usés sur le dos et brodequins aux pieds, afin de ressembler à la population locale. Si les Norvégiens se plaisaient dans la nature, ils n'étaient cependant pas nombreux dans les frimas gris de cette après-midi d'automne. Guidés par des hommes de la Stapo, Sorge et Wolff avaient roulé dans une longue vallée à l'arrière de ce tremplin de ski qui veillait sur la ville. D'après le toujours docte Wolff, le rapport des Norvégiens à leur tremplin évoquait le culte des Brésiliens à la statue du Christ à Rio de Janeiro.

« Oslo, déclara l'Obersturmbannführer Wolff en désignant un paysage de collines boisées nimbées de brouillard qui s'étirait à perte de vue vers le nord. La seule ville au monde dont l'U-Bahn se termine au fin fond de la forêt et dont les habitants jugent que sa première qualité est la nature. Les Norvégiens adorent se promener ici, même par un temps d'automne glacial. »

Le chemin suivait une pente orientée plein sud.

« Vous connaissez Henry Storm ? voulut savoir Sorge.

– Oui. »

Wolff donna un coup de pied dans des cailloux.

« Pas bien, mais je le connais. Un type compliqué. Il a servi dans la division Wiking de l'été 1941 à l'hiver 1942. Un soldat doué, si l'on en croit son attestation de service accompli.

– Pensez-vous que son séjour dans l'Est ait altéré ses convictions national-socialistes ? »

Wolff avait allongé le pas, mais Sorge était en meilleure forme que lui.

« Au contraire. Je l'ai rencontré à un dîner juste après, chez son père. Ces gens sont parmi les plus germanophiles de Norvège. Nous avions parlé de Berlin, d'amis communs, Storm connaissait beaucoup de monde, notamment Gunter d'Alquen, rédacteur en chef de *Das Schwarze Korps*, qu'il a rencontré sur le front de l'Est. Storm semblait atteint de mélancolie des tranchées, mais il s'était animé quand nous avions évoqué les possibilités pour lui de reprendre ses études à l'école technique.

– Le risque sécuritaire ne vous a pas frappé ?

– Vous savez ce qui m'a frappé ? contra Wolff. Les possibilités. L'effet à long terme d'avoir un homme comme Storm dans le Reich. Vous voyez sans doute les choses autrement, Sturmbannführer, mais ma mission est de rechercher l'influence, à d'autres ensuite de diriger cette enquête. Pourquoi sinon aurions-nous la Gestapo ?

– J'aurais bien voulu me ranger à votre avis, mais l'affaire a connu un développement grave. Storm est soupçonné de meurtre. Et nous avons des raisons de penser que le meurtre est lié à l'espionnage de l'une des installations les plus secrètes du Reich. »

Il exposa l'affaire alors qu'ils gravissaient la colline. D'abord, Wolff refusa de le croire. Il secouait frénétiquement la tête en marmonnant que c'était impossible. Impossible. Négation immédiate, songea Sorge, caractéristique des gens qui apprennent qu'une personne de confiance les a trahis. Ils gardèrent le silence pendant de longs instants. Le brouillard s'épaissit. Alourdi par la pluie, l'anorak de Sorge était peu coopératif.

« Le problème, poursuivit Sorge, n'est pas d'arrêter Storm à Berlin. Nous aurions pu d'ores et déjà le faire. Non, nous voulons son réseau, ceux qui se tiennent derrière.

– Et c'est là que le rapport d'Oslo entre en scène ? »

Wolff avait quelque peu retrouvé ses esprits.

« Exact. L'espionnage de nos programmes d'armes les plus secrets est antérieur à l'activité de Henry Storm, mais étant donné qu'il a mis la main sur des informations brûlantes, nous voyons une possibilité d'attirer à la lumière le traître côté allemand. Son nom de code est le Griffon.

– Et c'est à cela que vous voulez employer Bjørn Robshamn ?

– Le plan est déjà mis en œuvre, fit Sorge en souriant. Si Herr Robshamn peut y contribuer, tant mieux. »

À l'orée de la forêt, ils arrivèrent à un chalet en bois sombre dans une clairière. La chaleur d'un poêle de faïence les accueillit. Bjørn Robshamn se leva, traversa la pièce et leur serra la main d'un geste vigoureux. Le Hauptsturmführer qu'ils avaient vu à Victoria terrasse était assis à côté.

Lentement, Bjørn Robshamn raconta comment tout était advenu : il avait été recruté comme délateur par le Sonderführer Angermayer de l'Abwehr dès l'été 1940. La première année s'était déroulée sans événements notables. Robshamn avait étudié le droit et cultivé ses relations, mais la résistance norvégienne était minime et mal organisée. La voie de l'adaptation dominait ; l'Allemagne allait gagner la guerre de toute façon et, globalement, les autorités d'occupation laissaient les Norvégiens tranquilles tant qu'ils ne leur livraient pas d'opposition active.

Au cours de 1941, la situation avait radicalement changé. Dans tout le pays étaient apparus des groupes hostiles aux Allemands. Bjørn Robshamn connaissait Astrid Aubert depuis plusieurs années, mais la percée était intervenue en octobre 1941. Astrid avait été entraînée dans un milieu universitaire antinazi ancré dans les facultés de droit et de sciences de l'université d'Oslo.

Sur un plan personnel, elle était vulnérable. Elle entretenait depuis des années une relation en dents de scie avec le dénommé Henry Storm, un aventurier douteux. Avant la guerre, les sympathies de ce dernier pour l'Allemagne n'avaient pas été particulièrement stigmatisées dans le milieu d'Astrid. La menace principale était le bolchevisme.

Cependant, la main de fer de Terboven sur la Norvège avait éveillé le patriotisme de la population. Se battre sous le drapeau à croix gammée était devenu inadmissible pour la plupart des Norvégiens. Les camarades et les condisciples d'Astrid s'étaient mis à murmurer que son ami de cœur servait dans la Waffen-SS. Elle devait prouver qu'elle était une bonne Norvégienne patriote. Et en même temps, elle avait besoin d'une épaule sur laquelle pleurer.

Cette épaule appartenait à Bjørn Robshamn. Il convenait parfaitement pour le rôle. Alors que la plupart des infiltrés norvégiens étaient des gens simples qui n'auraient jamais pu pénétrer dans les groupes de résistants universitaires d'Oslo, Robshamn venait d'une famille de radicaux culturels antinazis. Oui, il avait peut-être fait une ou deux réflexions en soutien des phalangistes de Franco avant la guerre, mais il fallait bien que la jeunesse se passe. Pour renforcer son alibi, Bjørn avait sauvé plusieurs résistants en les faisant passer en Suède, au péril de sa vie.

Les pauses-déjeuners à l'université avaient évolué en séances de cinéma et balades en forêt. Astrid avait beau ne rien dire, il commençait à comprendre comment son activité se construisait : elle était chargée du recrutement pour l'espionnage allié d'étudiants norvégiens des écoles techniques supérieures allemandes. Leurs noms, il ne les connaissait pas.

C'est-à-dire jusqu'au retour d'un certain Henry Storm.

Bjørn Robshamn avait vite lu les intentions de Storm. L'homme parlait vrai. C'était en effet un ancien combattant traumatisé, qui avait perdu foi dans le national-socialisme, qui voulait expier sa trahison en utilisant son parcours contre l'Allemagne, et qui voulait reconquérir Astrid. D'abord, Robshamn avait été terrifié. Storm était l'une des très rares personnes qui puissent le relier à des groupes fascistes avant la guerre ; ils s'étaient vus lors d'une rencontre gravitant dans l'orbite de la revue *Ragnarok*, la seule fois où lui-même avait participé à ces conférences.

Cependant, il avait vite compris que Storm lui offrait une possibilité unique : la Stapo pouvait désormais arrêter Astrid sans qu'on le suspecte lui. La nuit où il avait su que cela allait se passer, il était resté sans sommeil à côté d'elle. Quand la Stapo avait déboulé dans l'appartement, il l'avait surtout ressenti comme un soulagement.

Astrid s'était réveillée brusquement en entendant les cris de l'autre côté de la porte. Résignée, elle avait fermé les yeux et respiré.

« Si tu t'en sors, Bjørn…

– Ça va bien se passer », l'avait-il rassurée.

Les pas approchaient de la chambre à coucher.

« Promets-moi de me rendre un service. Londres communique avec les agents en Allemagne par des messages codés après les informations sur la *Londoner Rundfunk* de la BBC. Il faut que tu actives l'alerte. *Das Haus steht am Hügel*, tu t'en souviendras ? L'agent retrouvera le Griffon, qui est l'espion allemand, et il obtiendra de l'aide pour sortir du territoire. Ils savent comment s'y prendre. Tu me le promets ? »

Il avait acquiescé.

Puis les agents de la Stapo avaient pris d'assaut la chambre.

Bjørn et Astrid avaient été emmenés séparément.

C'était la dernière fois qu'il l'avait vue.

Sorge dut respirer pour retrouver son équilibre. Telle était l'envergure des implications du récit de l'infiltré Robshamn.

« Le code d'alerte est-il activé ? » demanda-t-il, la voix nouée.

L'officier traitant de la Gestapo lui lança un regard en coin.

« Non. Vous en avez besoin, Sturmbannführer ? »

Les pièces du puzzle s'emboîtaient.

« Où est l'émetteur radio ?

– Il est prêt à l'emploi, glissa Robshamn.

– Herr Robshamn, vous méritez un grand merci. Vous avez rendu des services inestimables à l'Allemagne. Nous espérons pouvoir faire davantage appel à vous quand l'occasion se présentera. »

Robshamn acquiesça poliment.

« Messieurs, nous allons nous livrer à un petit *Funkspiel*[15], déclara Sorge. Nous allons envoyer un message d'alerte. Préparez l'émetteur. Maintenant ! »

15. Jeu radio. Désignation des opérations de contre-espionnage allemand consistant à émettre de faux messages sur les ondes britanniques pendant la Seconde Guerre mondiale.

Sorge sortit devant le chalet. Les nuages s'étaient dissipés. C'était là la dernière partie du piège à loup. Bien qu'il n'ait jamais été plus loin de Berlin depuis la création du Wolfsangel, il n'avait jamais été plus proche de la solution.

*

Beatrice n'était pas une cuisinière émérite. Pour le dîner, elle servit un *Eintopf* réchauffé, ragoût grisâtre et insipide que les autorités imposaient à tous de manger une fois par mois.

« Tu ne fais que picorer ta nourriture, Henry. Pourquoi tu ne manges pas ?

– Les ersatz, je n'y arrive pas. Les succédanés de miel, la poudre d'œuf, j'ai la nausée rien que d'y penser. Hier, j'ai dû rissoler des pommes de terre dans de l'huile de foie de morue.

– Je ne te crois pas. Tu penses que je n'ai pas remarqué ta maigreur ?

– C'est pourtant logique, non ? »

Elle se dirigea vers le portemanteau et fouilla les poches du pardessus de Henry pour en revenir munie d'un petit flacon pharmaceutique rouge et noir.

« Tu n'as aucun droit de faire ça !

– On récolte ce qu'on sème, Henry. Quand tu es arrivé aujourd'hui, tes mains tremblaient et tes pupilles étaient grandes comme des planètes. Je suis médecin, je sais de quoi je parle. Il existe un bon nombre d'études sur les anciens combattants de la Grande Guerre et la consommation de psychotropes illégaux, nous avons fait quelques études de cas quand j'étais sur les bancs de l'université. Tu n'imagines pas la dépendance qu'ils créent, tu ne sais pas à quel point ils sont dangereux. »

Affectant un air consterné, elle secoua la tête avant d'aller d'un pas démonstratif vider les comprimés dans l'évier et ouvrir le robinet pour les évacuer dans la bonde.

« Voilà. Ça fait mal aujourd'hui, ça ira mieux demain et encore mieux après-demain, crois-moi. »

Sans un mot, il se força à avaler du ragoût. Beatrice disparut dans la salle de séjour. Les effluves de feu de bois s'étaient déposés dans la pièce, y compris sur la chemise de Henry. Il regarda autour de lui. Son sac était dans le vestibule. Il sortit le pot de marmelade. Au-dessus de la cuisinière, un placard contenait quelques rangées de vieilles conserves. Il s'étira rapidement sur la pointe des pieds et plaça le pot tout au fond. Lorsqu'il se retourna, elle était dans l'embrasure de la porte, les mains sur les hanches.

« Qu'est-ce que tu fabriques ?

– À ton avis ? Je cherche de quoi cuisiner.

– Le choix est limité, je suis désolée. Je peux demander à mon voisin si tu le veux vraiment. C'est lui qui me donne du combustible. Il coupe du bois en cachette dans le Tiergarten. Et puis je crois qu'il a de la famille à la campagne.

– Je n'arrive pas à me sortir ton fils de la tête.

– Quoi, mon fils ? »

Le ton de Beatrice était devenu sévère, inquiet.

« Il doit bien avoir un père. »

Elle s'assit sur l'appui de fenêtre, prit une cigarette d'un geste maladroit.

« Avait. Son père a été abattu lors du démantèlement de sa cellule en 1941.

– Je suis désolé. »

Elle regarda fixement par la fenêtre.

« Ça ne fait rien. »

Elle lui parla de leur rencontre à Zakopane, de la proposition d'Andrzej de rejoindre la Tchécoslovaquie à skis, de Gregorz qui avait vécu chez ses grands-parents dans le Gouvernement général de Pologne, du berger allemand Rudolf, de la cellule de l'Armia Krajowa qui avait été démantelée, et d'Andrzej qui avait été déféré à la cour martiale puis exécuté.

« On appelait Andrzej le Norvégien, parce qu'il était si bon en ski de descente.

– N'importe qui peut faire du ski de descente, la question est de savoir si on maîtrise le ski de fond. C'est ça le plus dur.

– Andrzej savait faire du ski de fond. Il te ressemblait un peu, en l'occurrence. Toi avec une barbe blonde, ha ha ha ! »

Alors seulement, Henry s'aperçut qu'il était venu se ranger à côté d'elle à la fenêtre. Beatrice lui coula un regard.

« Tu crois qu'on reviendra un jour à la vie normale, où on peut parler sans craindre d'être arrêté ?

– Tout a une fin, répondit Henry. Avant la guerre, on pensait que la paix serait éternelle, n'est-ce pas ? Sans parler de nos parents et de nos grands-parents avant la Grande Guerre, mais la paix a pris fin. Et maintenant nous pensons que la guerre ne s'arrêtera jamais, parce que nous interprétons l'avenir à l'aune du présent. C'est une conclusion erronée profondément humaine. Mais un jour, à nouveau, tout sera différent. Un jour, la guerre sera terminée, un jour l'Allemagne sera vaincue, un jour la paix reviendra. »

Elle effleura sa main du bout des doigts.

« L'histoire ne se répète jamais, mais l'homme toujours, dit Henry.

– Voltaire. On l'a appris à l'école. »

Elle retira sa main, écrasa sa cigarette.

« Ceci va être un peu malvenu. »

Elle se leva et traversa la cuisine. Henry consulta sa montre : 20 h 30. Beatrice fouilla dans un placard et en tira une Phillips 990X. Elle la posa sur la table de la cuisine. Elle alluma la radio dans un déclic. Une valse mélancolique emplit l'éther. Ils écoutèrent en silence. On approchait de 21 heures.

« Change de chaîne, dit Henry.

– Tu veux écouter le dernier décret de Goebbels ? le taquina-t-elle en imitant la voix du ministre.

– Merci, mais je préfère la *Londoner Rundfunk* de la BBC.

– Moi aussi. »

Dans le bulletin d'informations, il fut question de l'armée du général Montgomery qui avait repoussé l'Afrika Korps de Rommel en Égypte orientale et était en route pour El Alamein, et des divisions réservistes soviétiques qui approchaient du front de Stalingrad.

Après les actualités suivirent les messages personnels.

« *Das Haus steht am Hügel* », énonça la voix.

Non, il n'avait pas mal entendu. Tel un abbé en prière, il resta les mains serrées contre son nez. Ce que Welsh avait jugé impensable s'était produit.

Si vous entendez le message Das Haus steht am Hügel *après les actualités, ce sera le signal que vous devez lire la rubrique des petites annonces du* Berliner Morgenpost *deux jours plus tard. Vous y trouverez l'annonce d'un logeur de Dahlem cherchant un étudiant aryen. Vous appellerez le numéro indiqué. Le message ne sera diffusé qu'en cas d'urgence et pourra vous aider. C'est compris ?*

C'est compris, pensa Henry, c'est bougrement compris.

« Quelque chose ne va pas ? s'inquiéta Beatrice. Te voilà tout silencieux.

– Je te disais que les Allemands allaient perdre. C'est en train de se produire. Stalingrad et El Alamein en seront les tournants.

– Je vais me coucher. Bonne nuit.

– Mets-moi des draps sur le canapé, s'il te plaît. »

Lorsqu'il entra dans la pièce, le canapé n'était pas fait.

Chapitre 28

BERLIN

Jeudi 8 octobre 1942

L'avion qui rejoignait directement Tempelhof depuis le commissariat du Reich norvégien atterrit en fin de matinée. Sorge traversa rapidement le monumental hall des arrivées à moitié plein.

De l'aéroport, il prit Martin-Luther-Straße vers le nord, puis Prinz-Albrecht-Straße.

Friedrich attendait dans la salle de commandement. La lumière était grêle, l'air sentait le renfermé.

« Je t'avais prévenu que ce serait vingt-quatre heures bien employées à Oslo.

– Tu avais raison.

– Le message a été diffusé sur les ondes, je l'ai moi-même entendu. C'était la première fois que j'écoutais ces menteurs de Britanniques. Et la dernière.

– Alors que penses-tu du plan ?

– Il est parfait. Vraiment bon. Tel que je vois les choses, et en admettant que Storm et le Griffon aient écouté l'émission, il n'y a qu'une seule difficulté.

– Une *difficulté*, rit doucement Sorge. Il faut toujours que tu joues les rabat-joie.

– Nous ne savons pas comment ils prévoient de se rencontrer, ce qui rend la filature d'autant plus importante. »

Friedrich tendit la main vers un dossier.

« Voici les rapports de filature de la Gestapo concernant Fauner et Szenassy pendant ton séjour en Norvège. La filature du professeur Szenassy en continu, vingt-quatre heures sur vingt-quatre, montre qu'il quitte son domicile de Reiherbeize à Zehlendorf à environ 8 h 30 tous les matins pour se rendre au travail, où les mesures de contre-espionnage que tu connais sont mises en place. Après le travail, il aime courir dans son quartier, malgré une blessure qui le fait un peu boiter. Rien de suspect n'a été relevé dans ses habitudes quotidiennes.

– Un grand nombre de ces scientifiques vivent à Zehlendorf, ils n'ont pas les moyens d'habiter à Dahlem, commenta Sorge.

– Ni à Babelsberg, juste au sud-est de Zehlendorf. C'est là qu'habite Max Fauner, avec sa femme Lotte. Leur adresse est le 8 Jägersteig. Une belle villa d'architecte. Il semblerait que le professeur Fauner passe beaucoup de temps à s'occuper de ses orchidées dans sa serre et à jouer du piano. Lui non plus n'a vu personne qui alerte les policiers qui l'observaient.

– Nous verrons combien de temps cela dure.

– L'incertitude concerne Henry Storm. Il a cessé de se montrer à l'école technique. Il semblerait qu'il se soit installé chez Fräulein Skarbek, sur Oranienburger Straße. Ni l'un ni l'autre ne s'est déplacé hors de l'appartement au cours des dernières vingt-quatre heures.

– Nous savons qu'ils y sont ?

– Il y a de l'activité dans l'appartement de Skarbek.

– C'est parfait », fit Sorge, les lèvres pincées.

Son imagination s'emballait : que fabriquaient-ils ?

« Par ailleurs, je peux t'annoncer qu'il est prévu que le professeur Szenassy reçoive demain dans la salle des fêtes de l'école technique un doctorat *honoris causa*. Nous avons toute raison de croire que Fauner sera présent.

– Je sens que demain va être le grand jour, à mon avis, il doit s'écouler un peu de temps entre le moment où ils entendent le message et celui où ils se rencontrent. Mais comment ? »

Sorge arpenta la pièce d'un pas vif.

« À vrai dire, je doute que le message codé suffise, le lieu de rendez-vous n'est probablement pas indiqué. Il doit y avoir une étape intermédiaire entre sa diffusion et la rencontre.

– Si nous suivons Storm de près, nous le découvrirons. Je vais assurer la coordination de la surveillance de Storm, et des professeurs Fauner et Szenassy, et puis on se retrouve ici ce soir. Qu'en dis-tu ?

– Malheureusement, je dois aller à une réception ce soir. Chez le Reichsführer. »

Friedrich le dévisagea, stupéfait.

« Le Reichsführer ? »

Aussitôt après la percée à Oslo, Schellenberg avait appelé Sorge, la voix étrangement animée. Il était urgent de se voir, affirmait-il, et comme chacun savait, le Reichsführer-SS avait un emploi du temps chargé, y compris le soir.

« Il souhaite sans doute un point de situation, je ne sais pas. »

Friedrich secoua pensivement la tête.

Sorge resta assis seul dans la salle de commandement. Au cours de la semaine écoulée, il avait à peine vu sa femme, et encore moins les jumelles. Cependant, quelque chose le retenait. Il soupesa son téléphone dans ses mains. Il devait l'appeler, au moins. Il décrocha le combiné, raccrocha, recommença la procédure et appela finalement Greta.

« Chérie, je suis rentré du Nord », dit-il, le souffle court.

Greta se contrefichait désormais de ses allées et venues. Entre eux régnait depuis longtemps une espèce de cessez-le-feu fragile quand, exceptionnellement, il était à la maison. Un infime faux pas, sous forme d'une réflexion sur le désordre du salon ou sur la qualité des restes du dîner, pouvait faire exploser sa femme.

« Je suppose que tu ne rentres pas ce soir ? répondit-elle froidement.

– Écoute. Je m'en serais bien passé, mais j'ai un repas professionnel ce soir, chez le Reichsführer en personne.

– Et demain ?

– Nous avons eu une percée.

– Les jumelles m'ont raconté qu'elles avaient une nouvelle meilleure amie à l'école – la fille du Generaloberst Jeschonnek de l'état-major de la Luftwaffe.

– Un éminent officier, l'un des tout meilleurs.

– Elles se sont entendues parce que leurs pères sont toujours absents. Je ne sais pas combien de temps nous allons pouvoir tenir comme ça, Werner.

– Qu'est-ce que c'est censé signifier ?

– J'ai parlé avec Mutti d'emmener les jumelles dans ma famille en Thuringe. Pour un court séjour, bien sûr. La nourriture y est meilleure et l'ambiance n'est pas la même qu'à Berlin. Parlons-en, Werner. »

Elle marqua une pause.

« Un jour quand tu rentreras. »

La communication coupée, il resta longtemps le combiné à la main. En raccrochant, il remarqua qu'il tremblait. Tu n'es qu'un tout petit globule dans le corps populaire allemand, se rappela-t-il. Il songea à la contrôlogie du docteur Pilates : inspiration, expiration. Il avait perdu le contrôle. Famille et travail étaient les deux termes d'une équation. Qui était impossible à résoudre.

L'écho désagréable de leur dispute résonnait encore dans sa tête lorsqu'il quitta la SS-Haus. N'était-ce qu'une menace creuse comme celles qui affectent n'importe quel mariage ou s'agissait-il d'autre chose ? Il aurait dû mettre la dernière main à l'uniforme qu'il allait porter le soir, à la place, il prit le volant de sa 540K, remonta Wilhelmstraße, prit Unter den Linden, puis Friedrichstraße à gauche, il traversa la Spree et continua jusqu'aux immeubles moutarde d'Oranienburger Straße.

Il se gara en face, entre deux voitures. C'est absurde, pensa-t-il, tu compromets une opération en cours, qui plus est dans une voiture que l'objectif connaît. Et peut-être était-ce dépourvu de sens, périlleux, idiot, mais il le faisait malgré tout. Il resta assis au volant. Aucun mouvement à son étage, à quoi s'était-il attendu ? À ce qu'elle dirige des pirates de l'air britanniques à Berlin par des signaux lumineux en morse émis de la fenêtre de sa chambre à coucher, l'après-midi ?

Il sortit une pervitine, soupesa la petite pilule dans sa main avant de l'avaler. Il était honteux de la déliquescence de sa maîtrise stoïque. Que faisait Beatrice à cet instant ? Jusqu'à présent, elle avait agi en tous points comme il fallait, pour rigoureusement tout. Rien ne suggérait le contraire. Elle avait attiré Henry Storm droit dans ses bras.

Sorge ne parvenait pas à s'en réjouir. Lui caressait-elle les cheveux ?

Le problème de tous ces chercheurs raciaux et autres experts du projet Lebensborn à la SS était qu'ils passaient sous silence les pulsions ténébreuses de l'humain. Ils considéraient que la pulsion sexuelle était rationnelle. C'était inexact, risiblement faux. Greta était une réclame vivante pour l'épouse harmonieuse de la nouvelle Allemagne, aryenne, grande, intelligente, soumise, du sens pratique et le sens de la famille. *Kinder, Küche, Kirche*, « Enfants, Cuisine, Église », quoique, peut-être pas « église ».

Dernièrement, Sorge avait beaucoup pensé aux œuvres dégénérées lues dans sa jeunesse, avant qu'elles soient interdites et brûlées. Freud et Jung, bien sûr, et même Wilhelm Reich. Rien que de prononcer ces noms aurait pu lui valoir des problèmes au SD. Mais ces Juifs bolcheviques avaient compris quelque chose sur l'âme humaine, sur sa partition entre lumière et obscurité. Sur le désir de ce que la raison rejette. Sur l'importance dans la sexualité du pouvoir et de l'impuissance.

Il pensa à la famille Mendelsohn. Où étaient-ils ? Dans un train pour l'Est, probablement, ou en travail forcé dans un camp, voire pire encore ; la bourse aux rumeurs de Berlin savait bien quel sort était réservé aux Juifs. Où qu'ils soient aujourd'hui, ils se moquaient de lui, songea Sorge. Ils se gaussaient de l'Aryen en uniforme avec une tête de mort sur la casquette et une jolie épouse allemande, qui sous cette façade, n'était qu'un voyeur désemparé.

Les nazis pouvaient brûler tous les livres dégénérés qu'ils voulaient. Ils pouvaient liquider des appartements juifs, briser des commerces juifs. Ils pouvaient envoyer les Juifs dans l'Est à bord de wagons à bestiaux. Mais même alors, ils ne pouvaient pas exterminer leurs pensées et leurs idées, qui perduraient, car la psychanalyse et autres façons de penser juives disaient quelque chose de déterminant sur l'âme humaine, songea Sorge dans sa voiture, et c'étaient tout de même des humains qui bâtissaient l'empire de mille ans. Des humains de chair et de sang, animés de désirs et de vices auxquels aucune idéologie politique ne pouvait mettre un terme.

Il consulta sa Rolex. Deux heures avant le dîner avec le Reichsführer.

*

Ils ne sortirent pas ce jour-là. Ils restèrent couchés dans le lit de Beatrice, tout habillés.

Les draps étaient à motifs de lis verts. Parfois elle se levait pour remettre une bûche dans le poêle en regardant dans sa direction.

Elle se colla contre lui, Henry s'écarta :

« Ton officier traitant de l'Armée de l'intérieur t'a donné mission de me séduire ?

– Henry…

– Réponds franchement.

– Non. L'Armée de l'intérieur voulait entrer en contact avec toi, obtenir ton renseignement. Si je te caresse les cheveux à cet instant précis, c'est un choix personnel. Un choix libre. Et si je t'embrasse sur la joue aussi. »

Elle le fit.

« Ce n'était pas prévu que je me sente bien pour la première fois depuis… depuis le début de la guerre… depuis l'arrestation d'Andrzej. Mais hier, sur l'appui de fenêtre, je me suis sentie bien. J'avais le sentiment qu'il n'y avait que toi et moi dans tout Berlin.

– C'est peut-être parce que tu te sens seule. Moi, je me sens seul. La guerre nous esseule.

– Et puis nous faisons partie d'un jeu. Aucune histoire d'amour ne se déroule en apesanteur. Il se peut que la personne qui “par hasard” se retrouve à côté de toi à table fasse partie d'un plan échafaudé par tes amis. Et personne non plus n'entre dans une relation en étant une page blanche. Mon partenaire de vie a pu être jugé en cour martiale et exécuté, ta partenaire a pu te quitter pour un autre. Ou alors tu es allongé ici avec moi parce que tu ne peux pas te montrer ailleurs en ville. Nous sommes tous deux cyniques dans cette affaire, mon ami. »

Son studio n'était pas grand. La pièce principale faisait office à la fois de salon et de chambre à coucher. Le logement avait à l'évidence fait partie d'un appartement plus vaste divisé en réponse à la crise de l'immobilier. La cuisine donnait sur Oranienburger Straße, on entendait les tramways passer bruyamment. Où les Polonais voulaient-ils qu'il se réfugie ? À Danzig, peut-être, d'où l'on pouvait aller en Suède.

La maigre bibliothèque se trouvait au pied du lit. Henry fit courir son index sur les livres. Pour la plupart des titres complexes en polonais, quelques romans de divertissement allemands des années 1920 et 1930, les romans de cow-boys de Karl May, ce genre de choses.

Henry s'arrêta devant de vieux livres aux titres anglais. Il y avait *The Riddle of the Sands* d'Erskine Childers. Des retrouvailles nostalgiques. Il tira le livre de poche usé de l'étagère, le feuilleta, mais fut alors envahi par la mélancolie.

« Henry, murmura Beatrice, viens me faire la lecture. »

C'était un livre d'une autre époque, d'avant les guerres mondiales, d'un temps caractérisé par les frontières ouvertes, la foi dans le progrès, l'internationalisation, d'un temps où le désir expansionniste allemand se limitait à quelques îles frisonnes. Un signe inquiétant, ô combien, mais si modeste en regard de ce qui allait suivre. Et non seulement le livre avait été écrit à une époque aussi lointaine que les guerres napoléoniennes, mais encore Henry l'avait découvert bien avant d'être lui-même pris dans le tourbillon de la guerre. Il évoquait en lui des images de voiliers, de Kiel, du stade olympique en 1936.

« Tu peux choisir si tu veux me faire la lecture en anglais, en allemand ou en polonais », précisa Beatrice en riant derrière lui.

Henry s'arrêta sur la page de titre légèrement jaunie.

Au sommet de la page se trouvaient les initiales W. S.

W. S. ?

Il lui fallut deux secondes avant d'être gagné par une lucidité paralysante. Pendant les Jeux olympiques, ils avaient discuté de ce roman autour d'une bière. Voile, espions et géopolitique, qu'est-ce qui pouvait déplaire à des gens comme Werner Sorge et Henry Storm ? Des Britanniques, des Allemands, une femme innocente au milieu. L'avant-veille, il était tombé sur un certain W. S. à l'école technique. Et maintenant, ce livre, ici. Dans l'appartement de Beatrice.

« Voilà une bonne lecture », lui annonça-t-il avec un calme qu'il ignorait posséder.

Il roula sur le matelas, s'installa à ses côtés et entreprit de lire la première page :

I have read of men who, when forced by their calling to live for long periods in utter solitude – save for a few black faces – have made it a rule to dress regularly for dinner in order to maintain their self-respect and prevent a relapse into barbarism[16]*...*

« Je ne lis pas souvent en anglais, dit Beatrice. C'est un joli texte.

– Il est prophétique, chuchota Henry. L'Allemagne s'arme, les Anglais ne sont pas préparés.

– En tant que navigateur, l'histoire doit te plaire.

– La voile n'est qu'un moyen d'atteindre autre chose. Un moyen de comprendre ce que fait réellement ton adversaire. Parfois, en guerre, l'action d'un garçon berger peut être plus importante que celle d'un bataillon, parfois un voilier peut être plus efficace qu'un destroyer.

– Oui. »

Henry lui caressa la nuque.

« De quel côté étais-tu quand tu as lu le livre ? Des Anglais ou des Allemands ? Carruthers, Davies ou von Brüning ?

– J'étais du côté de Clara. Parce que je me reconnaissais en elle.

– Tu l'as terminé, Beatrice ? »

Elle secoua la tête.

« Clara repart avec Davies en Angleterre. »

Elle leva les yeux vers les rosettes du plafond. Il grimpa sur elle, puis resta à califourchon sur son ventre, lui bloquant les bras avec les genoux.

16. « J'ai entendu dire que certains hommes, obligés par leur profession de vivre longtemps dans la solitude la plus complète, se sont imposé l'obligation de se mettre en habit tous les soirs, même parmi des nègres, afin de sauvegarder leur dignité et de prévenir une rechute dans la barbarie. » Robert Erskine Childers, *L'Énigme des sables*, traduit par Jeanne Véron, © Éditions Phébus, Paris, 2008 pour la traduction française.

D'abord, elle rit, puis son rire se tut et son visage pâlit.

« Toi aussi, tu veux le faire, Beatrice ? murmura-t-il. T'éloigner de Werner Sorge, des Allemands, des gens qui t'ont demandé de me trouver, quels qu'ils soient ? »

Elle n'eut pas peur, ne se mit pas en colère, on aurait plutôt dit qu'elle se vidait de son air.

« Il y a d'autres strates de mensonges ? »

Il enfonça plus durement ses genoux contre ses bras.

« Ou ça s'arrête ici ?

– Tue-moi comme tu as tué Hanna Bauer, sanglota Beatrice, mais sache que je l'ai fait pour Gregorz. Le Sturmbannführer Sorge a enlevé mon fils, qui est tout ce qui compte pour moi. »

*

La réception se déroulait dans l'une des propriétés du Reichsführer au sud-ouest de Berlin, entre Dahlem et le Wannsee, une demeure seigneuriale entourée de hauts murs et d'un jardin strictement ordonné, agrementée dans l'allée centrale d'une fontaine ronde, dont les lumières étaient éteintes. Les haies de lauriers étaient taillées au millimètre. L'imposante entrée de la demeure était encadrée de colonnades.

Le Standartenführer Schellenberg déambulait avec décontraction à côté de Sorge, la casquette sous le bras, le torse bombé. Il adore ces occasions, se dit Sorge, et c'est pour ça que ces occasions l'adorent en retour.

« Tu es impatient, Sorge ? demanda-t-il, électrisé.

– Pas autant que de voir le résultat de l'appât que nous avons placé pour le Griffon. Si tout se passe comme prévu, nous l'aurons demain.

– Parfait. »

Schellenberg s'arrêta pour tirer une dernière bouffée de sa cigarette.

« J'aurais bien voulu coordonner l'opération... Enfin, je présume que le dîner ne durera pas toute la soirée ? s'enquit Sorge.

– *Coordonner l'opération.* N'est-ce pas dans ce but que tu as ton limier de la Gestapo ? Allons, arrête donc ! »

Schellenberg lui tapa amicalement le dos.

« Pense à ce trou provincial si triste qu'était Saarbrücken, mon ami. Pense aux rues dans lesquelles nous avons grandi. Pense à nos pères qui se sont tués à la tâche, rien que pour voir leur argent dévoré par l'inflation galopante, et leurs bras et leurs jambes pulvérisés par des grenades françaises. Pense au lycée que nous fréquentions. J'en connais beaucoup qui donneraient tout pour être dans tes bottes en ce moment. Ceci, mon cher Werner Sorge, est le plus près que tu arriveras jamais du Vatican. Les problématiques que nous allons traiter ce soir pourraient devenir des ordres demain, des ordres ayant un impact direct sur la vie de dizaines de milliers de personnes. »

Il écrasa son mégot sous sa botte.

Dans le hall attendaient le Reichsführer, deux aides de camp et le docteur Kersten, un médecin de Prusse-Orientale qui l'accompagnait partout et qui était joyeux et légèrement porté sur les ragots.

« Soyez le bienvenu, Sturmbannführer Sorge, le salua Himmler. Vous avez l'air pâle, pâle, mais de bonne humeur. Dites-moi, vous ne vous sentez pas bien ?

– Nous avons beaucoup de travail, mein Reichsführer, encore plus que d'habitude. »

Derrière ses lunettes rondes, Himmler scruta Sorge de son regard froid, posé.

« Oui, la surcharge de travail est la nouvelle normalité, mais je suis persuadé que les conseils du docteur Kersten pourront améliorer votre situation immédiatement. Il recommande un régime alimentaire végétarien. Sans lui, je serais mort. Et je crois que c'est particulièrement important pour les gens occupant nos positions, avec la pression que nous subissons.

– J'ai arrêté la viande avant la prise de pouvoir de 1933, mein Reichsführer. C'est à peine si je bois encore de l'alcool. Et je pratique la contrôlogie trois fois par semaine.

– Je serais prudent en ce qui concerne les idées de Joseph Pilates, glissa le docteur Kersten. Cet homme représente des idées juives, pas allemandes.

– Ma perception est néanmoins que nous sous-estimons le lien entre corps et esprit. Et la contrologie est d'un grand secours en la matière.
– Laissez parler le Sturmbannführer Sorge, fit le Reichsführer en s'adressant au docteur Kersten. Ceci est vraiment intéressant.
– Par ailleurs, je profite de temps à autre de la piscine de Prinz-Albrecht-Straße.
– Évitez-la. Il n'y a que des bonshommes là-bas, plaisanta Schellenberg. Vous en trouverez une meilleure à Kreuzberg, pleine de secrétaires et de membres de la Ligue des jeunes filles allemandes, et en plus on peut boire un verre sur la mezzanine.
– J'aime votre attitude, dit le Reichsführer à Sorge. Mais vous pouvez tout de même vous permettre un verre ce soir. »
On les fit entrer dans la salle à manger.
Autour de la table ronde, il reconnut deux Amtchefs du SD et quelques personnes de l'état-major du Reichsführer. Ils trinquèrent à la mémoire de Reinhard Heydrich. Pendant l'entrée, un goulasch hongrois, Schellenberg se pencha vers Sorge :
« C'est paraît-il le seul plat de viande que consomme le Führer. Le Reichsführer déteste en réalité le Horcher, parce qu'on y sert du foie gras. Ça lui rappelle Göring, ha ha ha ! »
Schellenberg rit de son rire bas et sec. Il avait toujours eu l'oreille du Reichsführer et, étant jeune, il avait aussi beaucoup en commun avec les jeunes carriéristes qui avaient gravi les échelons du SD ces dernières années et étaient désormais à la table du patron : Otto Ohlendorf, Franz Six, Helmut Knochen. Hormis ce dernier, qui avait laissé son poste de chef du service de sûreté à Paris pour une visite éclair à Berlin, ils étaient tous des intellectuels typiques.
Sorge transmit les salutations du Hauptsturmführer Wolff d'Oslo. Six, qui était du genre universitaire lunetteux peu sûr de lui, sembla sincèrement heureux d'avoir de ses nouvelles.
« Un étudiant très, très talentueux, à la limite du spectaculaire. »
Sorge acquiesça poliment.
Il consulta sa montre. La bonne nouvelle était sans doute que ces dîners officiels, dont les commensaux se détestaient, ne s'éternisaient

pas et s'apparentaient plutôt à des réceptions d'ambassade s'arrêtant à l'heure indiquée, à la seconde près.

On servit le plat principal, un magret de canard à l'orange assorti de quelques asperges à peine trop cuites. Ils parlèrent histoire. Ohlendorf et Six se révélaient à leur avantage quand il s'agissait de prendre de la hauteur, alors que dans la conversation de tous les jours, ils pouvaient paraître maladroits et nerveux, tels des garçons adolescents s'adressant à des filles.

À présent, ils discutaient avec intensité et élégance rhétorique de la guerre de Trente Ans.

Chose naturelle, Six se préoccupait de savoir comment les années 1618-1648 avaient opposé le monde germanique au monde catholique. C'était une révolution allemande, unifiée dans le luthéranisme, qui contrait l'agression catholique décadente ; le porte-parole de la race nordique était le grand et blond roi Gustave Adolphe. Franz Six l'évoquait en termes quasi religieux.

Ohlendorf, quant à lui, était davantage un homme de terrain analytique. Ce qui l'intéressait était les parallèles historiques qu'on pouvait tracer avec la guerre de Trente Ans.

« Vous avez bien sûr raison dans votre interprétation, déclara-t-il, s'adressant à Six, mais ce n'était que la première guerre de trente ans sur trois. La deuxième s'étend de la Révolution française et de l'affranchissement allemand à la fin des guerres napoléoniennes. C'est là que l'esprit du peuple allemand s'éveille à la vie, que le rêve d'une unification allemande s'anime. La première armée populaire de l'histoire mondiale se crée à ce moment-là, avec des hommes prussiens et autrichiens. Mais le rêve d'un Empire allemand est dérobé par la noblesse de province prussienne. Même l'unification allemande de Bismarck en 1870-1871, aussi méritoire qu'elle ait pu être, n'incarne pas l'apogée de l'Empire allemand. Les junkers ont conservé leurs privilèges, l'Autriche était en dehors.

– Et la troisième guerre de trente ans ? demanda Himmler en picorant la soupe de légumes qu'il était seul à manger.

– Elle se déroule actuellement, mein Reichsführer.

– Actuellement ?

– Elle a commencé avec la Grande Guerre, en 1914. Nous savons tous que cette guerre ne s'est jamais terminée et que la période entre 1919 et 1939 n'en a été qu'un prolongement par d'autres moyens. La paix à venir mènera la guerre de Trente Ans à sa solution finale, tout autre chose que la paix de Westphalie de 1648, et ce ne sera pas une demi-solution. »

Himmler avait suivi l'échange attentivement, tel un petit bourgeois engagé qui participe à un événement culturel. Il s'avança au-dessus de la table :

« Tout cela est très bien, Ohlendorf, mais en ce moment je m'intéresse nettement plus à Gengis Khan et à ses entreprises. »

Six et Ohlendorf parvinrent tout juste à dissimuler leur mépris pour les connaissances historiques de Himmler, puisées dans des magazines occultes ou reposant sur des anecdotes, et dépourvues de toute herméneutique critique.

Schellenberg sourit diplomatiquement : sa force était de savoir fréquenter aussi bien les intellectuels que les policiers frustes au visage vérolé, aux mains larges et à la nuque de taureau, dans le genre de Müller et de Kaltenbrunner – les représentants à la SS et au RSHA de l'aile rivale –, qui se seraient portés volontaires au peloton d'exécution plutôt que de discuter de questions philosophiques.

« Mais le problème catholique que soulève Franz Six est intéressant, releva Schellenberg. Y compris si nous devons parler de la production de fusées à Peenemünde, car c'est naturellement pour cette raison que vous êtes ici, Sturmbannführer Sorge. »

Sorge commençait à deviner un schéma.

« Ce qui se passe, expliqua Himmler, c'est que j'ai noté l'intérêt et l'enthousiasme suscités par la base de fusées d'Usedom. Le Führer et Bormann sont l'un comme l'autre très positifs. Cette technologie va achever la guerre une fois pour toutes et donner une bonne leçon aux Britanniques. Quand la guerre sera terminée, il se peut que nous soyons obligés de créer un tribunal pour sanctionner les responsables des bombardements terroristes des villes allemandes. Enfin. Mais que pensez-vous du cas von Braun ? Il est membre de la SS, membre passif. Pensez-vous qu'il se montrerait coopératif si la SS endossait la responsabilité de la base ?

– Wernher von Braun est un stratège, répondit Sorge. Tel que je le connais, il est relativement apolitique, même s'il soutient évidemment la *Weltanschauung* du national-socialisme. Tant que vous garantirez les ressources et la liberté de recherche de la base, je suis sûr qu'il participera. En revanche, j'ai moins de certitudes concernant les officiers de son état-major. »

Ils dégustèrent le dessert dans le calme et, à la fin du repas, le Reichsführer fit signe à Schellenberg et Sorge de l'accompagner pour une promenade.

« Je ne supporte pas la fumée de cigarette », déclara Himmler.

Sorge l'approuvait de tout cœur.

Ils sortirent dans le jardin. Schellenberg portait un petit flambeau dans l'obscurité.

« Certaines choses ne peuvent être communiquées qu'à quelques personnes, poursuivit le Reichsführer, et même parmi nos directeurs de département, nous ne pouvons pas exclure la présence de membres de l'opposition.

– Ah bon, mein Reichsführer ?

– J'avais envoyé le Standartenführer Ohlendorf dans l'Est pour qu'il dirige un *Einsatzkommando*. L'idée étant que les intellectuels aussi doivent être informés des réalités de ce monde. »

Himmler eut presque l'air de s'apitoyer sur son propre sort.

« Mais Six et lui semblent de nouveau en proie aux méditations improductives. »

Sorge était stupéfait du franc-parler de Himmler.

« Enfin, poursuivit le Reichsführer. Il s'agit de l'amiral Canaris et de la direction de l'Abwehr. Nous avons des preuves qu'ils aident activement les Britanniques. Parallèlement à votre enquête, nous travaillons sur une affaire similaire qui concerne ce service. La position de Canaris est encore trop forte pour que nous puissions l'écraser, mais son faux pas viendra, il en vient toujours. Et alors, nous démolirons son organisation.

– Comment cela ?

– En l'intégrant dans le Sicherheitsdienst. Nous ferons comme pour nos opposants internes par le passé. Nous la dévorerons. »

Il désigna Schellenberg.

« En tant que directeur de la division extérieure du SD, Schellenberg dirigera le moment venu tout notre espionnage à l'étranger. Le poste envisagé pour vous est celui de son adjoint, Sturmbannführer Sorge. Sachant que j'ai une annonce à vous faire : dorénavant, vous n'êtes plus Sturmbannführer, mais Obersturmbannführer ! »

Il ne savait pas à quoi il s'était attendu ce soir-là, mais pas à cela.

Le Reichsführer-SS lui tendit sa petite main moite.

« Félicitations. Nous nous réjouissons de ce qui va venir. »

Sur ces entrefaites, il se retira.

Sorge resta à côté de Schellenberg dans l'obscurité.

« Tu comprends ce que cela signifie, Werner ? »

Schellenberg parlait avec feu.

« Nous allons reprendre tout l'ancien réseau d'agents de l'Abwehr dans les territoires occupés, en France, en Pologne, en Scandinavie, mais nous allons aussi révolutionner le renseignement en territoire hostile. En Grande-Bretagne. Imagine quand les fusées de von Braun seront prêtes à l'attaque. Nous aurons des hommes au sol pour les guider. Des opérateurs que vous et moi aurons choisis personnellement, mon cher. Pour les guider vers Londres. Vers le Parlement et Big Ben. »

Sorge sourit.

« Un plan visionnaire, mais d'abord nous devons arrêter le Griffon. Nous avons manipulé l'indicatif de la *Londoner Rundfunk* de la BBC. Le génie de l'opération ? Cet étudiant norvégien, Storm, pense que c'est le Griffon qui l'appelle, le Griffon, quant à lui, pense que c'est Storm. Et nous attendons seulement qu'ils se rencontrent.

– Quoi qu'il en soit, tu diriges d'excellents agents, Werner. Demain, tu auras le Griffon et ses hommes. Ensuite commencera le véritable travail, quand nous œuvrerons ensemble sur le renseignement étranger dans le nouvel Amt VI, sur la sépulture de l'Abwehr. Santé, mon ami !

– J'ai quelqu'un à proposer pour ce travail, précisa Sorge. Enfin d'ailleurs, en y réfléchissant, j'ai peut-être même deux candidats. »

*

« Henry ?

– Hm ?

– Pourquoi tu ne l'as pas fait ?

– Quoi donc ?

– À ton avis ? Ce que tu as fait à la fille de Swinemünde. Et sûrement à une infinité d'autres dont je n'ai jamais entendu parler.

– Réfléchis, Beatrice. Ce n'est jamais quand on raconte le pire qu'on se met en colère. La femme s'emporte contre son mari qui rentre ivre un soir, mais si elle comprend qu'il a un vrai problème de boisson, sa colère se mue en compassion.

– En compassion ?

– Quand tu m'as parlé de la guillotine à Plötzensee, du renseignement qui avait ton fils, je t'ai comprise. J'ai su qu'on était au bout de la route, que tu me disais la vérité, et que tu les détestais vraiment.

– *Déteste* vraiment.

– Je te comprends, parce que j'aurais agi comme toi, Beatrice. Ou plutôt parce que *j'ai* agi comme toi.

– Tu travailles pour les Allemands ?

– Quand j'étais en Norvège l'été dernier, je sortais de temps à autre avec des Allemands et des collaborateurs norvégiens, des gens avec qui j'avais servi dans l'Est, des officiers allemands qui m'ont fait entrer à l'école technique. Ils savaient que j'étais en contact avec la résistance, comment, je n'en ai pas la moindre idée. Ils m'ont tendu un piège, ils voulaient me tester. Sous-prétexte de chercher des informations sur les dirigeants du groupe de résistance, ils ont laissé entendre qu'ils étaient sur le point de le démanteler.

– Pour tester ta loyauté.

– Tu as déjà aimé quelqu'un, Beatrice ?

– J'aimais Andrzej, je crois. Et je ne pense pas qu'on cesse d'aimer à la mort d'une personne. J'étais si jeune, aussi amoureuse qu'on ne peut l'être que la première fois. Et toi, ton premier amour, comment c'était ?

– Maladroit, douloureux et merveilleux, comme ils le sont toujours.

– *Le sont toujours*… Je n'aime pas les généralisations, Henry, ce sont les mécanismes de défense des gens qui n'osent pas dire la vérité. Raconte-moi.

– Elle s'appelait Astrid et avait grandi pas très loin de chez moi. L'été entre le collège et le lycée, je naviguais. Tout le temps. Et puis ç'a été la rentrée, à Oslo katedralskole, un très bon lycée, le meilleur de la ville. Le premier jour, je me suis assis au fond en cours de français, je ne connaissais personne.

– *Tout seul.*

– Exactement. Et alors quelqu'un a appuyé le doigt sur mon épaule. C'était elle. D'accord, elle était toute bronzée, parce qu'en Norvège il ne fait jamais si chaud l'été que les filles ne puissent pas se mettre au soleil et elles sont donc encore plus dorées qu'ailleurs, mais surtout elle avait changé. Elle était devenue adulte. Et on se retrouvait là, l'un à côté de l'autre, en cours de français. C'était un signe.

– Vous êtes restés ensemble longtemps ?

– Pendant tout le lycée, c'était fini et ça recommençait. Puis je suis parti en Allemagne, et ça a été fini, bien entendu. Et la guerre est venue et tout est devenu tellement difficile.

– Comment a-t-elle réagi à ton départ pour l'armée allemande ?

– D'abord, elle était seulement furieuse. Je ne pense pas qu'il s'agissait en premier lieu de politique, c'était plutôt qu'elle en avait assez que je place mes rêves égoïstes au-dessus de notre relation…

– Attends un peu. Le service de guerre dans l'Est était ton *rêve* ? Comment peux-tu dire une chose pareille ?

– Laisse-moi parler. J'ai été élevé dans la haine des bolcheviques, mais ce n'est pas pour cela que je suis parti. Et puis on ne savait pas du tout où on allait être postés, c'est seulement en mai 1941 qu'on nous a distribué des cartes et des informations sur l'Union soviétique. Le rêve ne traitait pas de cela. Il s'agissait de l'épreuve suprême. Non pas de tuer des gens pour le plaisir, je ne suis pas sadique, mais d'être en guerre. De sentir qu'on existe vraiment, que l'existence, qu'on prend pour acquise, peut cesser à l'instant suivant. Je pensais ainsi, et je me trompais. Ce n'est pas que le sentiment de la guerre ne correspondait pas à mes attentes, il était exactement aussi formidable et épouvantable que je l'avais imaginé, mais le prix à payer était trop élevé. Nous étions endoctrinés et voyions les partisans et les Juifs comme des sous-hommes. Tu n'imagines pas la démence de tout cela.

– Je suis polonaise.

– Les synagogues incendiées sous les cris des enfants et des vieillards qui y étaient enfermés. Des gens tués à coups de pelle, des femmes enceintes abattues dans des fosses communes. L'Armée rouge enfermée dans un enclos par moins quarante, sans vêtements chauds ni toit au-dessus de la tête. La plupart des gens considéraient que c'était un mal nécessaire, du moins, ils le prétendaient, mais moi, je me suis mis à douter. Et c'est là que le château de cartes nazi s'est effondré. Je ne pouvais plus rester là-bas. La possibilité s'est présentée quand nous avons attaqué un village où un tireur d'élite s'était posté pour retarder notre avancée. J'ai pris d'assaut sa position dans un clocher et je l'ai neutralisé. Et je me suis tiré une balle dans l'épaule pour être transféré à l'hôpital de campagne.

– Tu t'es tiré une balle dans le corps ?

– Ils auraient certainement pu s'en apercevoir s'ils n'avaient pas eu des centaines de blessés graves par jour. Les médecins frôlaient le point de rupture. Et c'est là que j'ai entendu une rumeur sur des armes miraculeuses allemandes. Et que j'ai décidé de faire quelque chose. À mon retour en Norvège, j'ai pris contact avec Astrid. Elle avait rejoint la résistance.

– Et puis son groupe a été démantelé.

– Oui.

– Bon D… Ne me dis pas qu'il s'est passé ce que je pense ?

– Hélas si.

– Elle a été torturée ?

– Elle s'est suicidée dans sa cellule avant qu'ils aient le temps de commencer.

– Je les hais, bon Dieu que je les hais !

– Voilà l'histoire. Demain j'espère obtenir ce dont j'ai besoin et je partirai. Tu veux venir avec moi ?

– Bien sûr que je le veux. Mais Sorge m'a promis que je récupérerais Gregorz demain. S'ils élucident l'affaire.

– Si tu gagnes, Beatrice, je perds.

– Et inversement.

– C'est une équation insoluble. »

Chapitre 29

BERLIN

Vendredi 9 octobre 1942

Quand Henry se réveilla, elle dormait. Il se leva avec un léger mal de tête : passer quarante-huit heures consécutives sans mettre le nez dehors n'avait pas arrangé les choses. Il regarda par la fenêtre. Il faisait encore nuit, mais l'heure du loup était proche. Sans un bruit, il alla chercher le pot de marmelade dans la cuisine et le glissa dans une poche latérale de son sac à dos. Il écrivit un mot, qu'il posa dans le placard, à la place du pot.

« À l'école technique à dix heures moins cinq, chuchota Henry, comme convenu. »

Beatrice marmonna une réponse. Il l'embrassa sur le front, se faufila hors de la pièce et referma silencieusement la porte de l'appartement derrière lui. Ses yeux s'accoutumèrent à l'obscurité. L'armature appuyait un peu contre son épine dorsale, mais le sac était confortable sur ses épaules. Les fenêtres de la cage d'escalier donnaient sur une cour aux jardinets improvisés derrière des palissades. Il s'arrêta. Il n'avait aucun doute quant à la présence de policiers sur Oranienburger Straße, mais ici ?

Il essaya de repérer des mouvements dans la cour. N'en voyant aucun, il descendit. Il esquissa quelques pas prudents dehors. Un chat traversa devant lui. Henry balança son sac par-dessus la palissade et sauta. Finalement, il arriva à une porte à l'autre bout du pâté de maisons. Il calcula qu'il devait se trouver à environ cent mètres de l'entrée de Beatrice. Il regarda dehors en prenant ses précautions. L'arrêt de tramway se trouvait une vingtaine de mètres plus bas, dans la direction d'où il venait. Parfait, les wagons réduiraient la visibilité depuis l'autre côté de la rue. Il attendit le brimbalement sonore du tramway et avança. Était-il découvert ? Il ne le pensait pas.

La Stettiner Bahnhof se situait à seulement quelques encablures au nord. Henry enferma son sac à dos dans une armoire de la consigne. À un kiosque à journaux, il attrapa un *Völkische Beobachter* qu'il tint devant lui tout en glissant un exemplaire du *Berliner Morgenpost* à l'intérieur.

Sa fatigue se dissipa alors qu'il balayait du regard les petites annonces dans la queue. En bas à droite, il lut :

> Chambre meublée pour étudiant scandinave aryen, à Dahlem. Le propriétaire ne peut être contacté que par téléphone. 21 81 11 entre 8 heures et 8 h 30 ou à l'heure du déjeuner de 12 h 30 à 13 heures.

« Vous voulez le journal ou vous avez l'intention de le lire pendant que d'autres voyageurs font la queue ? » aboya le tenancier du kiosque en *berliner Schnauze*.

Abasourdi, Henry posa quelques Reichspfennigs sur le comptoir. Dehors, il jeta le journal dans une poubelle. À côté de la gare, il repéra une cabine téléphonique. Il promena un regard nerveux autour de lui. Des employés de bureau qui partaient travailler, quelques voitures sur le boulevard, rien de suspect.

Il attendit jusqu'à 8 heures du matin.

Il avait mémorisé le numéro de l'annonce. Tout tremblant, il le composa sur le cadran circulaire : 2-1-8-1-1-1.

« Allô. »

Une voix masculine.

« Je vous appelle à propos d'une chambre à Dahlem.

– Le propriétaire n'a malheureusement pas la possibilité d'en parler avec vous dans l'immédiat.

– C'est urgent.

– L'instruction du propriétaire est que vous attendiez au téléphone public du hall de l'école technique supérieure de Charlottenburg. À 17 heures précises. Merci d'avoir appelé. Au revoir. »

C'était tout.

Retourner à l'école à 17 heures ?

Avait-il le choix ?

La ville s'éveillait, les travailleurs se pressaient dans les rues du centre. Henry se rendit à l'école. Pourquoi le contact lui avait-il proposé de l'appeler là-bas ? Jouait-il double jeu ? Lui aussi ? Non. Il fallait s'accrocher à certains repères, sans quoi on perdait la raison. Cela devait s'inscrire dans un plan. Henry s'installa très à l'avance dans l'amphithéâtre où allait se dérouler le cours du professeur Szenassy. Où était Beatrice ?

Beatrice était assise sur un banc au bord de l'un des sentiers qui quadrillaient la zone derrière l'école.

Alors que Henry traversait la pelouse, un ancien combattant de la Grande Guerre fit irruption. Il semblait hanter le site.

« *INNNCOOOOMMMMING !* rugit-il.

– Ça va, camarade ? » s'enquit Henry.

Si faire se pouvait, il avait encore pire allure que la dernière fois que Henry l'avait croisé. Le regard fou, la barbe jonchée de reliefs de nourriture et une odeur nauséabonde d'excréments. Ils continuèrent vers le banc de Beatrice.

« Les généraux de Verdun…, marmonna le soldat des tranchées. Ils pensaient que la façon de se défendre des tirs était de construire des casemates…

– Salut, Henry », fit Beatrice en rougissant.

L'ancien combattant ne s'en laissa pas affecter.

« Mais les généraux n'ont jamais compris comment pensent les soldats ordinaires… Jamais rien compris… Nous en avons tiré des enseignements… La meilleure façon de se défendre, ce n'est pas les armes…

– C'est quoi, alors ?

– C'est la désinformation… le mensonge… c'est l'arme la plus efficace… on les a laissés nous tirer dessus, HAHAHAHAHA… BOUUUUM ! »

L'ancien combattant continua de discourir de façon plus ou moins intelligible tout en traversant la pelouse d'un pas traînant et mal assuré.

« J'aime bien te voir rougir, dit Henry.

– Maintenant je comprends mieux pourquoi tu t'occupes des anciens combattants.

– Les déclarations les plus intéressantes viennent souvent de sources surprenantes. Les mensonges et la désinformation sont des armes plus efficaces que les abris antibombes et les Flaktürme. »

Beatrice balaya les alentours d'un regard inquiet.

« Je vais pouvoir voir Gregorz maintenant, dit-elle à voix basse. On part aujourd'hui. Quand peux-tu venir ?

– J'ai un rendez-vous à l'école à 17 heures.

– Tu ne peux pas le reporter, je suppose ?

– Non, c'est ce rendez-vous qui ne peut être annulé sous aucun prétexte. Retrouve-moi devant le téléphone public du foyer à 17 h 05, et puis on partira, toi, moi et Gregorz. »

*

La matinée s'écoula sans nouveau progrès dans l'affaire.

L'une des ombres de Friedrich avait suivi Henry Storm quand il était sorti dans la rue. Qu'il soit allé directement au kiosque à journaux n'était pas en soi suspect, mais qu'il ait tout de suite consulté les petites annonces, alors qu'il était encore dans la queue, pour ensuite perdre tout intérêt pour le journal, suggérait que le secret résidait dans cette section.

Pendant qu'un policier filait Henry jusqu'à la cabine téléphonique, sans toutefois entendre ce qu'il disait, un autre avait rapporté un exemplaire du journal à Friedrich et Sorge. La chambre pour « un étudiant scandinave » avait aussitôt éveillé leurs soupçons, mais par acquit de conscience, ils s'étaient penchés aussi sur les autres annonces de la page – un perroquet à vendre à Kreuzberg, trois années d'un magazine occulte à céder et ainsi de suite.

La déception fut bien entendu que le numéro de téléphone ne mène pas directement au domicile du Griffon, mais soit celui d'un grand central téléphonique de Wilmersdorf. De toute évidence, le Griffon ne prenait aucun risque. Friedrich s'était rendu sur place, mais les standardistes n'avaient pu décrire qu'en termes généraux l'individu qui était passé dans leurs locaux : un homme d'âge mûr, coiffé d'un chapeau.

Ce pouvait être Fauner comme Szenassy.

« Storm et Beatrice sont assis ensemble devant l'école technique, rapporta Friedrich.

– Laisse-les terminer, et on la fera venir. Ça augmente les chances qu'elle ait une information importante.

– Et s'ils tentent quelque chose ?

– Ils ne le feront pas. Ils ont tous deux beaucoup trop à perdre. »

Beatrice descendait vers le jardin zoologique quand Sorge se rangea sur le bas-côté.

Il n'eut pas besoin de parler, un simple hochement de tête suffit et elle monta.

« Ces quelques jours ont été bien mouvementés.

– Où est Gregorz ?

– Détendez-vous, vous allez bientôt pouvoir le voir.

– Où est-il ?!

– Peu de circulation, aujourd'hui. »

Sorge tourna vers l'est, suivit Bellevue Straße, passa Potsdamer Platz et s'engagea sur la large Leipziger Straße.

Friedrich l'attendait à l'Alex, comme on appelait communément le siège de la police d'Alexanderplatz. La prison se situait dans un édifice en briques rouges, c'était le premier établissement dans lequel on plaçait les personnes interpellées en attendant l'examen de leur dossier. Certains étaient envoyés en interrogatoire renforcé dans les sous-sols de Prinz-Albrecht-Straße, sous la houlette de la Gestapo, d'autres étaient déférés au tribunal du peuple.

Beatrice marchait entre Friedrich et Sorge, qui suivaient un gardien.

« Vous avez mis Gregorz dans une prison ? cria-t-elle, une panique croissante dans la voix. Mon fils a cinq ans ! »

Friedrich se tourna vers elle.

« Maintenant, vous la fermez. »

La plupart des cellules abritaient une dizaine de personnes interpellées, le plus souvent des ivrognes des quartiers ouvriers qui faisaient du tapage. Au bout du couloir se trouvaient quelques cellules individuelles.

Le gardien qui les y avait conduits, un type gros et repoussant qui empestait la sueur et avait le teint jaunâtre, sortit un lourd trousseau de clefs et ouvrit une porte.

La faible lumière du couloir révéla un sol poussiéreux et sale et un mur crépi dont la peinture s'écaillait.

La cellule était vide.

Beatrice entra, regarda autour d'elle, l'air déconcertée.

« Henry a écouté la BBC, murmura-t-elle. C'est aujourd'hui que ça se passe. Le marché était que je vous donne l'espion en échange de Gregorz. Sans autres conditions.

– Parfaitement exact. »

Sorge s'assit sur le banc en bois qui courait le long d'un mur.

« Pourquoi m'emmenez-vous ici ? Mon fils n'est pas là.

– Beatrice Skarbek. »

Il s'adressa à elle avec le ton indulgent de l'instituteur qui s'adresse à un polisson.

« Nous essayons de nous comporter convenablement et de tenir notre part du marché. Nous fermons les yeux sur toutes sortes d'activités nocturnes auxquelles vous vous livrez et sur votre attitude oppositionnelle. »

Il inspira à pleins poumons.

« Mais le marché était sans ambiguïté, ma chère Beatrice. Vous nous donnez l'espion, nous vous rendons votre fils. Vous savez aussi bien que moi que l'espion court encore. Vous nous croyez naïfs ? Non, nous sommes stricts, mais justes.

– *Justes ?!* »

Beatrice partit dans une tirade furieuse, qu'elle semblait porter depuis longtemps.

« Vous occupez mon pays, vous m'arrêtez pour un motif qui, dans un pays libre, aurait été une bagatelle, un tribunal de propagande ridicule me condamne à mort, vous utilisez mon fils comme otage ! Et vous osez parler de justice !

– Vous soulevez là des aspects intéressants qui n'ont sans doute pas été suffisamment discutés dans le Reich ces dernières années, répondit calmement Sorge. Mais ni vous ni moi ne sommes des politiques ou des généraux. Nous n'élaborons pas de lois, nous n'envahissons pas de pays. Nous nous efforçons de respecter les lois existantes. Nous concluons des marchés. Qui impliquent qu'à un service de votre part répond un service de la nôtre. Du reste, recevoir un microfilm d'un site militaire secret, c'est de l'espionnage, y compris dans les pays prétendument libres auxquels vous faites référence. »

Elle s'effondra.

« Quand allez-vous voir Storm ? »

Elle enfouit la tête dans ses mains.

« Je ne vais pas le voir. Il est parti. »

Sorge et Friedrich se regardèrent.

« Vous avez vu le gardien de prison à la peau grasse, fit Friedrich. Il est connu pour les mauvais traitements qu'il inflige aux prisonniers. Il frappe les hommes et s'en prend aux femmes. Un individu épouvantable.

– Vous me menacez ? » cracha Beatrice.

Friedrich sortit dans le couloir.

« Nullement. Dans le Sonderkommando, nous sommes désireux que les détenus en garde à vue soient traités de façon humaine. Vous vous souvenez sans doute de notre intervention à la SS-Haus ? Mais si nous devons chasser l'espion, et qu'on vous laisse aux hommes de l'Alex, nous ne pouvons pas garantir votre sécurité. Ce n'est pas une situation que nous souhaitons. »

Friedrich braqua une torche sur son visage.

Des bergers allemands grognaient et jappaient au bout du couloir.

« Qu'est-ce qui est convenu avec Henry Storm ? demanda à nouveau Sorge.

– Quelle est la garantie que je pourrai voir Gregorz si je vous le dis ?

– Vous n'en avez aucune, hélas. Parfois les cartes sont distribuées ainsi. Le monde est injuste. Vous êtes obligée de nous faire confiance.

– Il… il… y a un téléphone public dans le foyer de l'école technique. Je devais y retrouver Henry à 17 h 05. Il ne pouvait pas annuler ce rendez-vous.

– 17 h 05 ? Pas 17 heures pile ?

– C'est ce qu'il m'a dit.

– Merci, conclut Sorge. Comme toujours, votre aide a été inestimable. »

La porte de la cellule se referma.

Sorge mit en garde le gardien bouffi.

« Si vous touchez à un cheveu de cette femme, vous aurez affaire au Reichsführer en personne. C'est compris ? »

L'homme acquiesça, l'air terrifié.

« Tu comprends pourquoi ils sont censés se voir à 17 heures, n'est-ce pas ? demanda Sorge quand ils furent en voiture.

– Dis-moi.

– De toute évidence, Storm a un rendez-vous téléphonique avec le Griffon. Quelle heure est-il maintenant ?

– Bientôt 14 h 30.

– Cela signifie qu'il nous reste deux heures et demie pour tout préparer. Je veux des hommes au central téléphonique de Wilmersdorf. Savons-nous toujours où sont Fauner et Szenassy ?

– Apparemment, Szenassy va recevoir son diplôme dans le foyer à 16 heures.

– Encore mieux. Je veux que soit établi un cercle de fer invisible autour de l'école. Storm ne doit pas sortir. Mais plus important : le Griffon ne doit nous échapper sous aucun prétexte. »

*

« Mes bons amis, honorables nationaux-socialistes, fit Max Fauner en toussotant, le regard balayant l'assistance. Nous sommes rassemblés ici cette après-midi pour faire honneur à l'un des plus éminents scientifiques de l'école technique, ou devrais-je dire de tout le Reich ? Le docteur Stephan Szenassy a un parcours pour le moins riche, sa contribution déterminante à la recherche représente – permettez-moi ce mot peu scientifique – une forme d'alchimie de la pratique national-socialiste et de la longue tradition scientifique de notre pays. »

Des rires secs, épars, résonnèrent dans le palais.

Tout au fond, Henry s'étira sur la pointe des pieds pour mieux voir. L'atrium était plein de dignitaires – la direction de la faculté, des représentants du NSDAP du Gau de Berlin ; au premier rang, Henry crut identifier Wernher von Braun, qui chuchotait à l'oreille de son voisin. Il n'était pas sûr. Il ne l'avait jamais vu en personne, seulement en photo.

« Le professeur Szenassy, poursuivit Fauner, est l'un des plus éminents, peut-être le plus éminent, spécialistes de cristallographie du Reich. Il est internationalement reconnu pour ses travaux novateurs sur la cristallogenèse. Mais le rythme de ses publications et son énergie illimitée ont un retentissement bien au-delà de son propre domaine de compétence. »

Henry consulta sa montre. Encore une demi-heure. Il aurait dû partir, mais il était plus en sécurité ici, dans la foule.

« Quoi qu'il en soit, continua le professeur Fauner, c'est un plaisir de remettre au docteur Szenassy un doctorat *honoris causa* qui le lie à notre école technique supérieure de façon permanente, et pas seulement en tant que professeur invité ce semestre. Docteur Szenassy, je vous prie de vous avancer. »

Le Hongrois au crâne chauve monta sur l'estrade d'un pas énergique. Henry leva les yeux vers les galeries. Parmi des secrétaires, étaient perchés des hommes inconnus au regard baladeur. Était-ce des policiers ? Que savaient-ils ? Ils le surveillaient, soit, mais étaient-ils au courant de son rendez-vous téléphonique ? Henry s'appuya contre une colonne ionique. Pas d'affolement, se dit-il. Ici, tu n'es qu'une personne parmi de nombreuses autres.

Une fois les remerciements de Szenassy prononcés, l'heure fut à la musique d'ambiance et aux canapés. L'atmosphère était agréable et conviviale, mais Henry n'avait pas d'appétit. Encore un quart d'heure. À 16 h 55, il remarqua que Fauner et Szenassy s'apprêtaient soudain à partir, ils prirent congé de l'assistance en prononçant quelques paroles aimables et ils se dirigèrent à grands pas vers la porte principale. Henry les suivit de loin. La porte ouvrait sur un corridor gigantesque, lequel à son tour menait à la sortie.

Les deux professeurs tournèrent à gauche. Ils repassaient de toute évidence au bureau.

Henry continua d'avancer jusqu'au téléphone public près de la sortie.

Voyant l'appareil occupé, il jura doucement.

16 h 59.

17 heures sonnèrent.

Au téléphone, l'homme ne donnait toujours aucun signe d'achever sa conversation, il tenait le combiné entre son épaule et son oreille et écrivait quelque chose.

Allez, termine donc, pensa Henry.

Il tendit l'oreille. Le déluge de paroles suggérait que le gars discutait de problèmes de couple. Un Henry impatient lui fit comprendre qu'il avait parlé suffisamment longtemps.

À dix, Henry était sur le point de lui arracher le combiné des mains.

L'homme finit par raccrocher. Il passa en soulevant discrètement son chapeau.

Henry s'apprêtait à composer le numéro quand il remarqua une lettre coincée dans une fente de l'appareil. Il se tourna, l'homme franchissait déjà la porte de sortie.

> Comme vous le comprenez certainement, vous n'avez pas besoin de téléphoner aujourd'hui. Je regrette que nous n'ayons pas pu nous rencontrer en une meilleure occasion, mais ainsi est la situation. Vous n'avez plus le temps, il faut partir vers le nord sans délai. Veuillez détruire cette missive. Bonne chance.

Henry resta parfaitement immobile. Quelle formidable audace ! Afin de ne pas paraître trop suspect, il tourna le cadran et fit semblant de téléphoner, pendant qu'il essayait de faire le point.

La femme de ménage l'observait par-dessus son épaule.

Deux hommes en pardessus, coiffés de chapeaux, s'étaient postés chacun à un coin. Que fabriquait Beatrice ?

Non. On l'observait. Beatrice l'avait dénoncé. Sans quoi ils n'auraient pas pu savoir. Il referma les yeux. Ils avaient menacé de tuer Gregorz.

Les spectateurs de la remise de diplôme déferlèrent. Certains s'arrêtèrent non loin, mais la plupart se dirigèrent vers la sortie.

D'un seul coup, Henry sut ce qu'il devait faire.

C'était un gros risque à prendre. Mais quelles autres possibilités avait-il ? Imperceptiblement, il s'insinua au sein d'un groupe de gars enjoués, insouciants, qui suivaient le courant vers la sortie. La tactique ne tiendrait pas longtemps, mais lui donnerait peut-être quelques secondes d'avance.

Par bonheur, le soleil était bas au-dessus des toits ; à la lumière crue, il était difficile de distinguer les individus les uns des autres.

Henry traversa le site de l'université jusqu'au bureau d'immatriculation des nouveaux étudiants, où il avait obtenu les tampons de l'agent Heinze. Il pénétra sans être vu dans le bâtiment – en réalité une simple guérite.

Le voyant, Heinze bondit sur ses pieds.

« Herr Storm ! L'athlète de Norvège. Et comment allons-nous ?

– Mal, répondit Henry. Je ne consacre pas assez de temps aux sports d'hiver. »

L'agent sourit.

« Oui, à qui le dites-vous. Quel bon vent vous amène ?

– Je vais bientôt me rendre dans votre contrée, alors je me demandais si vous pourriez me montrer quelques bons itinéraires sur la carte. »

Heinze le pouvait, bien sûr, et il fit l'éloge de Henry auprès des deux autres agents du bureau. Le grand olympien Henry Storm, médaille d'argent aux Jeux de 1936, étudiant ici, à l'école technique, un ami de l'Allemagne...

« Quand terminez-vous votre service ce soir, au fait ? J'aurais aimé vous offrir un verre. »

Heinze consulta sa montre.

« Ah, c'est une offre particulièrement tentante, mais ce soir précis, ma femme m'a promis de cuisiner. Elle a mis la main sur du veau. Ce n'est pas tous les jours à Friedrichshain ! »

Friedrichshain était à l'est, ce pouvait être une possibilité.

« Cela dit, ça tombe plutôt bien. Nous sommes une bande d'étudiants norvégiens qui jouent aux cartes. C'est à Alexanderplatz. C'est sur votre chemin, non ?

– Si vous me demandez si je peux vous déposer, je le peux, bien entendu. Je me souviens de l'époque où j'étais étudiant, vous savez. »

Henry avait l'impression de voir les rituels de fin de service de Heinze se dérouler au ralenti, mais ils finirent par sortir. La voiture du policier, une modeste Volkswagen, était garée devant.

Ils quittèrent le parking. Des barricades fermaient les rues adjacentes.

Heinze baissa sa vitre et présenta une pièce d'identité.

« Je vous souhaite une bonne soirée, Oberleutnant », dit le jeune soldat en faisant le salut nazi.

Henry s'enfonça dans son siège, soulagé.

Ils contournèrent l'université. Au niveau du zoo, ils virent un nouveau barrage.

« Mais c'est incroyable ce qu'il peut y avoir comme policiers aujourd'hui !

– Ça a été comme ça toute la journée, depuis qu'ils ont pris d'assaut un cours magistral et arrêté des gens, déclara Henry.

– Espérons qu'ils arrêtent le coupable », conclut l'Allemand.

*

Henry s'était volatilisé.

Sorge n'avait pas d'autre explication. Il faisait les cent pas dans le hall. Juste après 17 heures, le Norvégien avait disparu. Deux as de la filature le surveillaient dans le hall, deux autres étaient dehors. Storm avait attendu son tour. Il avait parlé au téléphone, mais avec aucun des trois suspects ni non plus avec le central de Wilmersdorf.

Le Griffon n'était pas arrêté. C'était un désastre.

Que Storm ait profité de la foule d'étudiants pour sortir du bâtiment était facile à comprendre, mais ensuite ? Friedrich et ses hommes ne prenaient pas la sécurité des opérations à la légère, le cercle de fer autour de l'école était étanche. Il en était sûr. Storm n'était pas sorti. Il devait se cacher dans l'enceinte universitaire.

Friedrich arriva en courant.

« La zone extérieure a été inspectée, Storm n'y est pas.

– Alors il se cache dans le bâtiment, qui est grand.

– Nous utilisons des chiens. L'avantage est que les locaux sont vides à cette heure. Nous l'aurons trouvé d'ici minuit.

– Il a pu sauter par une fenêtre.

– Possible, mais cela reste très improbable, nous avions de nombreux hommes pour le surveiller et des agents dont la mission était de faire le guet, justement pour empêcher une fuite par cette voie. »

Sorge se tourna vers le Kriminalobersekretär.

« Dis-moi, Friedrich, qu'aurais-tu fait si tu t'étais aperçu que tu étais poursuivi et encerclé ?

– Il a pu avoir des hommes à l'intérieur. »

Friedrich tapa du pied dans des déchets jetés au bord du sentier.

« Ma parole, c'est affligeant ce que le ménage peut être mal fait ces temps-ci. »

Sorge secoua la tête.

« Tu ne comprends pas ce que je veux dire, conclut Friedrich. Quel est l'endroit le moins surveillé de cette zone ? C'est bien sûr le bureau local de la Gestapo. Je n'affirme pas que Storm y est allé, mais si c'était le cas ?

– Vérifie cette piste.

– Et toi, que vas-tu faire ? »

Sorge joua avec un porte-clefs.

« J'ai le sentiment qu'il a pu laisser des traces ailleurs. »

Sorge se souvenait du chemin dans ses moindres détails. Il engagea sa Mercedes sur l'avenue déserte en direction du Reichstag et de la Brandenburger Tor, continua sur Unter den Linden, avant de tourner à gauche vers Friedrichstraße, et de franchir quelques centaines de mètres jusqu'à Oranienburger Tor.

La coupole de l'ancienne synagogue se découpait comme un ballon sur le ciel de fin d'après-midi. L'appartement de Beatrice était à peine plus loin.

Il commençait à pleuvoir. Sorge retint son pardessus et son chapeau alors qu'il traversait la rue au petit trot. La porte de l'immeuble était ouverte. Il monta, tapa. Personne n'ouvrit. Sorge fractura la porte. L'appartement portait la marque d'un départ précipité.

Il resta sur le seuil. Combien de fois ne s'était-il pas imaginé Beatrice dans son studio ? Une visite non annoncée dans une chambre en dit long sur la personne qui l'habite. C'était moyennement bien rangé, pas chaotique, mais pas non plus astiqué et d'un ordre maniaque. Les deux photos au mur étaient de Gregor et de quelqu'un qui devait être le père de l'enfant, souriant, les cheveux au vent.

Sorge effleura du bout des doigts les manteaux sur une tringle contre un mur. Ils étaient imprégnés de son odeur, l'un de ces parfums qu'il n'aurait su décrire car les mots lui manquaient, mais qui suscitaient toujours son émotion.

Il aurait pu se rendre à l'Alex pour interroger encore Beatrice, mais tout portait à croire qu'elle avait dit la vérité. Qu'elle avait été de son côté. Sorge remarqua qu'il s'en sentait soulagé. Il fit le tour de la pièce. Une bouteille de vodka mal rebouchée et deux petits verres étaient posés sur la table de chevet. Il souleva les vêtements qui étaient sur une chaise. Rien. Rien sous l'édredon. Il tira les livres de la bibliothèque : Hamsun, Céline, Jünger et autres connaissances, mais aussi des livres d'auteurs polonais dont les noms ne lui étaient pas familiers. Et *The Riddle of the Sands*, avait-elle eu le temps de le lire ?

Ensuite, il examina le contenu des placards de la cuisine. Dans celui à gauche de la cuisinière, un billet manuscrit était caché derrière quelques conserves.

> Chère Beatrice,
>
> Si tu lis ce mot, cela signifie qu'il n'est rien advenu de notre voyage ensemble. Si tel est le cas, tu es seule à savoir pourquoi.

Tu dois employer toutes tes capacités pour déplacer Gregorz dans le Lebensborn de Klækken aux abords d'Oslo. Quand la situation se tassera, espérons-le, et que je serai de retour en Norvège, j'irai l'y trouver.

H. S.

Un homme naïf et amoureux, pensa Sorge en glissant le papier dans sa poche. Mais où était-il ?

Aussitôt après, à la SS-Haus, Friedrich l'informa au sujet du policier Heinze, qui avait mis cartes sur table.

Une demi-heure plus tard, on sonnait l'alerte dans tout le Reich.

C'était un vendredi soir, le 9 octobre 1942.

RENDEZVOUS3

Londres
Dimanche 10 septembre 1944

La réponse de Berlin arriva aussitôt après la frappe de la deuxième fusée V2.

OTTO N'ÉCOUTE PAS LA RADIO.
NOUS AVONS BESOIN D'UNE VÉRIFICATION
PHOTOGRAPHIQUE DU LIEU DE FRAPPE.

Ils étaient donc devenus soupçonneux. Merde, se dit Beatrice. Berlin commençait à douter. Les espions étaient paranoïaques par nature, mais pourquoi maintenant ? Il devait s'agir de la désinformation de ce maudit Otto.

Elle répondit. Puis elle contacta son officier traitant.

Rendez-vous habituel, dans une heure.

Elle partit vers le nord, traversa la Tamise.

Le fleuve s'écoulait paresseusement sous la pluie de septembre, mais un léger souffle de vent la fit frissonner sur le pont. Au lieu de prendre le métro, elle décida de franchir à pied le petit kilomètre jusqu'à Chiswick Park, passant devant les maisons victoriennes entourées de haies denses. Le silence régnait ce jour-là. Aucune fusée n'était tombée.

Elle fuma une cigarette sur le quai et la jeta devant le train. Quand elle venait d'arriver à Londres, des gens l'avaient parfois observée de cet air entendu avec lequel on toise un étranger. Tout pays a ses rythmes particuliers, son pouls, qui sont ancrés dans le corps de ses habitants, dont l'absence démasquera toujours le nouvel arrivant. On ne peut les apprendre qu'en y séjournant.

Depuis combien de temps était-elle en Grande-Bretagne ?

Beatrice connaissait la réponse : soixante-treize jours. Ne pouvant compter à rebours, car elle n'avait pas de jour à attendre, elle comptait les jours écoulés. Le ciel était gris, tout était gris en Angleterre, les gens, les maisons, les rivières, la nourriture.

Il attendait au même endroit que la dernière fois, sur le dernier banc du quai de la Piccadilly line, direction nord, un quotidien grand ouvert devant lui.

« Tu as l'air stressée. Ne te fais aucun souci, rien ne te relie à Otto.

– Berlin a des soupçons.

– Ah bon ?

– Parce qu'Otto ne répond pas. Tu avais un double de ses clefs. Ça signifie que tu le connaissais bien. Je voudrais en savoir plus sur lui.

– Mieux vaut pour tout le monde que tu ne saches rien.

– Tu m'as donné comme mission de le neutraliser, siffla-t-elle. Il est mort ! »

Il soupira derrière son journal.

« Otto a été recruté par l'Abwehr l'été 1940. Un talent naturel pour le double jeu. Il s'est construit une couverture impossible à révéler. Otto est norvégien. C'était ce qu'il y avait de mieux dans son subterfuge. Il a infiltré des groupes de résistants à Oslo, en accomplissant effectivement un travail important pour leur cause. Il transportait des gens en Suède, discutait de stratégie militaire en haut lieu avec les résistants de Stockholm. Quand il a commencé à sentir le sol brûler sous ses pieds en Norvège, il a été exfiltré ici. Tu n'as pas besoin d'en savoir plus.

– J'ai besoin des preuves photographiques que Berlin réclame. Donne-les-moi. »

Le journal comme bouclier, il lâcha une enveloppe dans son sac. L'instant suivant, il soulevait son chapeau et embarquait dans le train.

Beatrice resta sur le banc. Le métro s'engouffra dans le tunnel. Le silence revint sur le quai. Ô comme elle détestait cette vie ! Comme elle détestait être l'agente Cassandra ! Elle pouvait compter à rebours, mais jusqu'à quel événement ? La fin de la guerre ?

Non, aujourd'hui, elle s'était rapprochée d'un jour de plus de sa mort. C'était une consolation, une maigre consolation. Il se pouvait très bien qu'elle vive longtemps. Le lendemain, cela ferait vingt-sept mois qu'elle n'avait pas vu Gregorz. Elle avait compté pendant longtemps. Depuis leurs derniers adieux, il avait presque doublé d'âge. À quoi ressemblait-il aujourd'hui ? Quels étaient ses centres d'intérêt ? Elle l'ignorait.

Elle entendit le grondement du métro dans le tunnel à l'autre bout de la station. Dans un accès de désespoir, elle envisagea de sauter devant le train. De laisser les roues fendre son crâne contre les rails. Être guillotinée par le métro de Londres serait une ironie du sort. Cependant, quelque chose en elle résista. Son instinct de survie, peut-être. Elle avait si souvent vu la mort. La seule personne qu'elle avait aimée en dehors de Gregorz était morte.

TROISIÈME PARTIE

Chapitre 30

EBERSWALDE

Vendredi 9 octobre 1942

Le train quitta Berlin.

19 heures venaient de sonner. Henry fumait dans le couloir devant le compartiment, alors que le train accélérait progressivement. Le trajet pour Stettin devait durer environ quatre heures. De part et d'autre du chemin de fer, les constructions se firent plus basses, jusqu'à ce que les immeubles se muent en maisons individuelles et en champs cultivés. Il allait s'écouler longtemps avant son retour à Berlin, si tant est qu'il y revienne un jour. La pluie cinglait les vitres. À son arrivée, il lui faudrait essayer de trouver une auberge, ou une remise abandonnée dans laquelle s'introduire. Il devait se reposer, c'était essentiel avant d'essayer éventuellement d'embarquer en cachette sur un bateau immatriculé en Scandinavie.

Un homme de l'âge de Henry, un peu plus, vêtu de vêtements formels légèrement usés, se posta à côté de lui.

« En route pour le Nord ?

– Aussi loin que je pourrai aller », répondit Henry.

Le train branla à l'aiguillage. Henry regarda pensivement par la fenêtre.

« Vous n'êtes pas très loquace, poursuivit l'Allemand.

– J'ai eu une mauvaise journée.

– Vous avez servi dans l'Est ?

– Bien pire que ça. »

L'Allemand exhiba des dents jaunies.

« Pire que l'Est ? Alors ça ne va pas bien. J'étais aux abords de Moscou l'an dernier. On avait les coupoles du Kremlin en vue quand tout est parti à vau-l'eau. On aurait dû aller droit devant.

– Les femmes. Elles sont bien pires. Plus mauvaises que le froid sibérien, plus douloureuses que les balles d'Ivan. »

Le gars s'emporta aussitôt.

« Bon Dieu, ne venez pas me donner de leçons sur Ivan !

– Je ne peux rien vous apprendre sur Ivan, camarade. Il m'a presque fait la peau. »

Henry écarta son col pour faire apparaître sa cicatrice à l'épaule.

« Je suis désolé, dit l'Allemand.

– Vous avez déjà été confronté à un choix impossible ? Comme quand on est dans un champ miné avec deux compagnons d'escouade blessés, un de chaque côté, en sachant qu'on ne peut en sauver qu'un seul. »

Le gars accepta une cigarette et raconta qu'il avait lui-même été trahi pendant son service dans le groupe d'armées Centre, et été renvoyé pour « manquement à l'honneur », aux abords de Moscou quand le froid s'installait. Ils s'assirent dans le compartiment.

« Vous allez bien ? Vous avez l'air un peu tendu, vous regardez sans cesse derrière votre épaule », s'inquiéta l'Allemand.

Ils fumèrent en silence.

Chaque fois que le train régional ralentissait et entrait dans une station provinciale du Brandebourg, Henry était persuadé que la Gestapo l'y attendait. La forêt était sombre, de même que les petits villages qu'ils dépassaient, mais l'absence de sources lumineuses faisait apparaître plus nettement le paysage.

Deux Obersturmführers portant l'insigne de la SS s'arrêtèrent dans le couloir. Par la fenêtre du compartiment, Henry les vit se parler en le regardant de biais. Puis ils repartirent.

Le train pénétra dans une forêt plus profonde. Ce devait être Eberswalde, Henry y était allé quelques fois avant la guerre, comme dans une autre vie.

« Où avez-vous dit que vous faisiez vos études ? demanda l'Allemand.

– À l'école technique supérieure.

– Et là, vous allez à Stettin ? »

Henry hocha lentement la tête.

« Intéressant. J'ai vécu toute ma vie dans cette ville. Qu'allez-vous y faire ?

– Il y a beaucoup de choses que j'aurais bien voulu vous raconter, mais j'ai bien peur que cette information soit classifiée. »

Il regretta aussitôt ce mensonge, qui risquait d'éveiller l'intérêt de l'Allemand.

« Vous êtes un type à multiples facettes. Service sur le front, études universitaires, habilitation de sécurité. En route pour Stettin. Et parlant avec un accent étranger. »

Henry fut tout de suite sur ses gardes.

« Je vis à Berlin depuis de nombreuses années. »

Il attrapa son sac, s'excusa et se rendit aux toilettes. Debout devant le miroir, il se mit à trembler. Ces pas qu'il entendait dans le wagon, le suivaient-ils ? Le train ralentit. Pour la dernière fois il vérifia que le pot de marmelade était à sa place, sur le dessus. Bientôt la Gestapo fouillerait les trains, il en était sûr.

La gare d'Eberswalde fut annoncée. Ils n'étaient même pas à mi-chemin de Stettin.

Le train s'arrêta, Henry descendit. Aucun policier ni barrage visible. Sur le quai, il passa quelques instants à inspirer profondément l'air pur du soir. Une brise froide soufflait, accompagnée de pluie légère. Le contrôleur siffla. Le train quitta la gare.

Que diable allait-il faire à présent ?

Henry regrettait déjà sa décision, il aurait dû garder son sang-froid et rester à bord. Mais il ne pouvait pas s'attarder sur le quai. Il fit le raisonnement que la ligne de Stettin suivait un axe nord-est, à peu près à quatorze heures par rapport à Berlin. Il trouva un passage souterrain et traversa la voie ferrée, vers le nord-ouest. La forêt commençait non loin de là. Henry portait toujours son trench et son chapeau. Hors d'une ville, l'accoutrement paraissait aussi déplacé que celui d'un éleveur de porcs empestant la ferme sur Unter den Linden. Il s'arrêta à l'orée du bois pour l'emballer dans son sac et enfiler son anorak à la place. Malgré ses bonnes chaussures de marche, il dérapa plusieurs fois sur le sol glissant. La pluie avait forci, et si le froid n'était pas arctique, Henry n'en tarda pas moins à perdre toute sensation dans les mains.

Zéro degré est la température la plus aléatoire. On peut très bien trouver qu'il fait relativement doux, mais à zéro degré, on se mouille. Le froid sibérien, aussi dangereux soit-il, est sec comme le désert du Sahara.

Henry s'enfonça dans la forêt. Que dirait-il si on le voyait ? Quel genre de type se baladait dans les forêts d'Allemagne du Nord à une heure pareille ? Un braqueur, un tueur, une personne en fuite, quelqu'un qui avait quelque chose à cacher.

Il se mit à courir doucement. Il avançait sur un sentier de plus en plus étroit. Quelle distance avait-il parcourue depuis le chemin de fer ? Il n'en avait pas la moindre idée. Il leva les yeux. Une fine bruine froide tombait sur son visage. Le ciel était noirâtre.

Au bord d'un ruisseau, il prit de l'eau dans ses paumes creusées et en but une gorgée. Elle avait un fort goût de terre et Henry n'osait pas imaginer sa couleur, mais il se sentit légèrement revigoré.

Le sentier disparaissait presque sous la végétation à présent, il manqua de trébucher sur le tronc d'un arbre renversé. Il se souvint de la hantise de son enfance : on suit un chemin qui rétrécit de plus en plus, l'obscurité tombe, faut-il faire demi-tour ou espérer que tout ira pour le mieux ?

Il continua, le visage flagellé par les rameaux. Le sol moelleux était spongieux, la végétation se densifiait. Pouvait-il s'abriter ici en se recouvrant de branchages ? Il saisit quelques genévriers à pleines mains, mais ne fit que se piquer. De toute façon, c'était peine perdue.

Animé d'une peur insidieuse de tourner en rond, il leva les yeux vers les frondaisons. La couverture nuageuse basse rendait impossible de se servir du ciel comme d'un compas. Le froid commençait à se faire sentir. Henry tremblait de tout son être.

Il s'arrêta, frotta ses mains l'une contre l'autre, comme s'il essayait d'allumer un feu. Le principe était le même, après tout. Puis il reprit sa marche. Quelle heure était-il ? Il déduisit qu'il était descendu du train un peu avant 22 heures. Dans la forêt, le temps et les distances se dissolvaient.

Il continua d'avancer, s'étala de tout son long, en eut le souffle coupé. Il se releva. En Norvège, l'habitat était si épars qu'on ne pouvait jamais exclure de tomber sur une ferme isolée, à l'écart des autres, la possibilité existait, en Allemagne, en revanche, les gens vivaient regroupés dans des villages.

Finalement, il distingua une espèce de clairière, si tant est qu'on puisse employer ce terme dans une forêt plongée dans l'obscurité. Toujours est-il qu'un espace quelconque s'ouvrait devant lui. Galvanisé par ce spectacle, il se fraya un passage entre des fourrés épineux.

Ce fut une déception. La clairière était une rivière. Cependant, Henry distingua un chemin de terre en face. Le cours d'eau n'était large que de quelques mètres, mais les pluies d'automne avaient rendu les courants rapides. Aucun pont n'étant visible à proximité, Henry les traversa en pataugeant, le sac à dos brandi au-dessus de la tête. Au milieu, l'eau lui arrivait presque à la taille et pendant un instant, il crut que les courants allaient lui faire perdre pied, mais il parvint à rejoindre l'autre rive.

Il sortit de l'eau, grelottant encore plus qu'avant. Il se tenait sur des empreintes de pneus de tracteurs. Ce qui augurait sans doute de la présence d'un logis dans les alentours, au moins une grange ou une maison de fermier. Mais dans quelle direction partir ? Il choisit la gauche, en prenant soin de marcher entre les traces profondes, qui étaient remplies d'eau et de boue.

Au bout d'une demi-heure, il atteignit une barrière. Il inclina la tête sur le côté, hésita, puis il secoua la grille avec précaution. Le bruit réveillerait d'éventuels chiens de garde pendant que Henry était encore à l'abri de la clôture, mais ne serait pas suffisant pour tirer les propriétaires du sommeil. Aucune réaction. Il secoua encore la grille. Toujours aucun signe de vie. Il entra.

Le chemin gravissait une terre nue vers une modeste maison à un étage, au faîte pointu et aux murs blancs. À quelques mètres sur la droite s'élevait un bâtiment qui ressemblait à une remise.

Le dos courbé, Henry avança prudemment dans la cour. Entre la grange et la maison était garée une Volkswagen. La clef devait être quelque part dans l'habitation, pendant une seconde, il envisagea de s'y glisser, mais l'épuisement et le froid le submergèrent à nouveau.

La grange lui apparut comme la meilleure solution. Il était éreinté, il devait dormir. Il tira doucement sur une porte. Elle grinça. Elle était verrouillée par un cadenas. Henry contourna le bâtiment. Quelle était l'activité agricole pratiquée ici ? Il n'avait rien entendu à l'intérieur. Du bétail et des cochons n'auraient-ils pas fait du bruit ?

À l'arrière, Henry repéra une fenêtre percée dans le mur gris du sous-sol. Il put l'ouvrir, mais était-elle suffisamment grande ? Il se hissa sur le rebord et avança la tête à l'intérieur. Il y faisait noir, humide, l'air sentait le fumier. Henry força son passage. Quand son corps se bloqua, à peu près à hauteur de ceinture, il dut réprimer une vague de claustrophobie paniquée. L'obscurité était complète, il ne pouvait ni entrer ni sortir. Mais en fin de compte, il parvint à se tortiller assez pour s'introduire à l'intérieur et tomba par terre. Il tendit l'oreille. Il n'y avait personne. Il ressortit par la porte adjacente pour chercher son sac à dos et la referma ensuite derrière lui.

La salle principale accueillait les stalles. À en juger par leur taille, elles étaient destinées à des cochons. Henry remarqua une échelle qui menait à une trappe. Il grimpa. Les échelons grinçaient dangereusement, mais ils résistèrent. Le grenier était parfait. Le long d'un mur s'alignaient des piles de bois coupé. Il marcha avec précaution sur le plancher et découvrit une stalle pleine de foin et de sciure, elle était bien chaude. Henry s'affala en serrant son sac à dos comme si c'était un nourrisson.

*

Les Norvégiens sont attirés vers la Norvège comme les oiseaux migrateurs vers l'Afrique en automne, songea Sorge. C'est leur instinct.

Il avait passé la première partie de la soirée à examiner la déposition de l'Unterscharführer Fritz Heinze, qui avait tout de suite admis sa stupidité et pleurait maintenant en suppliant de ne pas être déféré au tribunal du peuple. De l'école technique, Heinze avait conduit Henry Storm à l'intersection d'Oranienburger Straße et de Friedrichstraße, à quelques centaines de mètres au nord de la Spree.

Sorge était tout trépidant ; cette nuit-là, il n'allait pas pouvoir dormir une seconde. Dans un état proche de la manie, il dirigeait les équipes, chargées de vérifier s'il y avait des voitures volées à Berlin, en insistant sur les quartiers à proximité de Mitte, ou d'interroger les aubergistes qui auraient pu le voir ou le croiser dans les environs.

Mais l'intuition de Sorge lui disait qu'il ne se cachait pas en ville.

Tous les trains qui avaient quitté Berlin dans les heures suivant la dernière observation devaient être contrôlés.

Sorge examina la carte de la Deutsche Bahn, les lignes de chemin de fer rayonnaient dans toutes les directions à partir de la capitale.

Les trains pour le sud partaient principalement de la somptueuse Anhalter Bahnhof, où le Führer avait autrefois fait des arrivées triomphales. Si Storm était monté à bord d'un train de nuit, il pouvait être à Leipzig ou à Dresde à cette heure.

L'hypothèse n'était pas bête.

Ils avaient aussi envisagé les diverses façons de passer en Suisse à partir de la ville natale de Heinze. Henry Storm était montagnard, et endurci. C'était un randonneur. Germaniste, il échappait aux difficultés linguistiques que rencontraient tous les prisonniers de guerre britanniques évadés.

Mais les Norvégiens partaient vers le nord. Par instinct.

Il existait deux axes ferroviaires principaux : de la Lehrter Bahnhof, tout près du Reichstag, partaient les trains pour Hambourg et Brême, au nord-ouest, d'où Storm pouvait se rendre au Danemark ou en Grande-Bretagne. Ensuite, on avait la Stettiner Bahnhof. Comme son nom l'indiquait, elle accueillait les trains pour Stettin, au nord, et ceux à destination de la Prusse-Orientale. C'était le plus petit des grands nœuds de circulation de Berlin, un lieu adéquat pour disparaître.

Le quartier général du Wolfsangel était rempli de renforts de la Kripo et de la Gestapo, qui travaillaient sous la direction du Kriminalobersekretär Friedrich.

Il était minuit largement passé.

« Tu vérifies toutes les informations, surtout les témoignages de passagers ferroviaires ou de voyageurs des routes menant au nord de Berlin. Pendant ce temps, je fais un tour à l'Alex », dit Sorge à son équipier.

Il roula dans les rues désertes en direction d'Alexanderplatz et courut dans les longs corridors du sous-sol. Apathique, Beatrice était assise contre un mur.

Elle ne leva même pas les yeux lorsqu'il entra dans la cellule.

« Ils vous ont bien traitée, Beatrice ? Si ce n'est pas le cas, il faut me le dire, et je… »

Leurs regards se croisèrent. Celui de Beatrice était limpide, mais sans la moindre vie, sans expression.

« Ce jour-là, à Plötzensee… J'y ai souvent pensé. J'aurais voulu qu'ils me tuent, que la guillotine tombe. La mort vaut mieux que tout cela.

– Je garde l'intention de tenir ma part du marché.

– Non, murmura-t-elle. Bien sûr que non. C'est terminé. Vous avez Henry et votre espion. Je suis toujours ici. Dieu sait où vous avez placé Gregorz. Vous ne pourriez pas au moins mettre Henry dans la cellule voisine de la mienne pendant deux jours ? C'est tout ce que je demande.

– Nous devrions pouvoir arranger ça. »

Sorge lui caressa les cheveux, elle s'écarta.

« Storm est actuellement en lieu sûr, dans nos locaux de Prinz-Albrecht-Straße. Nous cherchons à savoir où il avait prévu de s'enfuir. Vous a-t-il jamais parlé des Alpes ?

– Pas que je me souvienne.

– Nous travaillons sur l'hypothèse selon laquelle il aurait essayé de se rendre dans le Sud, à Garmisch, pour essayer de passer en Suisse par les montagnes.

– Qu'est-ce qui vous fait le croire ? »

Sorge passa le bout de ses doigts sur ses joues. Elles étaient rêches. Jamais il n'avait renoncé à son rasage matinal, sauf aujourd'hui.

« Vous avez un avis sur la question, Beatrice ?

– Henry Storm partait dans le Nord. En Norvège.

– Qu'est-ce qui vous en rend si certaine ?

– Il m'a proposé de l'accompagner. »

En détail, elle exposa ce que Henry lui avait expliqué la veille.

Sorge chuchota :

« Il y a certaines fois où j'ai douté que vous feriez ce qui était juste, Beatrice, mais je ne doute plus. Notre collaboration ne fait que commencer. Merci pour l'information, au fait. Henry Storm court toujours. »

Sorge lut sur son visage un mélange de peur et d'impertinence.

« Je respecte toujours ma partie du marché », déclara Sorge.

Puis il l'embrassa sur le front.

À son retour, et bien qu'il soit 4 heures du matin, l'activité battait son plein dans la salle de commandement. Sorge se pencha sur quelques observations intéressantes – un soldat suspect ivre mort dans le train de Leipzig, un chauffard sur l'autoroute au sud de Stettin –, mais il conclut rapidement qu'il ne s'agissait pas de Storm.

Une demi-heure plus tard, Friedrich arriva.

« Nous avons une piste, annonça-t-il. Un ancien soldat de la Wehrmacht a rencontré un ancien combattant du front de l'Est dans le train régional entre la Stettiner Bahnhof et Eberswalde.

– Et ?

– Étudiant à Charlottenburg, faible accent étranger, sac à dos, manifestement paranoïaque. Tout concorde.

– Où se sont-ils séparés ?

– L'homme a expliqué que l'inconnu avait subitement décidé de descendre à Eberswalde. Il était 22 h 30. »

Sorge ordonna à un subordonné d'aller chercher une carte d'Eberswalde. Ils restèrent à scruter le vert de la zone de forêt sur la carte. Sorge traça un cercle autour. Il tapa dans ses mains.

« Écoutez, tout le monde ! »

Les policiers lâchèrent ce qu'ils avaient entre les mains.

« Selon toute vraisemblance, Henry Storm est descendu d'un train régional à Eberswalde. Nous allons nous intéresser à tous les vols de voitures de la ville, lire tous les signalements de cyclistes observés la nuit. À l'aube, les patrouilles cynophiles entameront les recherches dans la forêt. Storm ne doit pas nous échapper ! Cette fois, nous le tenons. »

Chapitre 31

EBERSWALDE

Samedi 10 octobre 1942

Quel était ce bruit ?

Sur le matin, il avait rêvé de façon discontinue et ce nouveau son semblait se superposer à son rêve, comme de la musique accompagnant des images mouvantes. D'un seul coup, le bruit devint plus fort.

Ouvrant les yeux, Henry vit la tête noire d'un doberman, les babines écumantes, debout contre la barrière de la stalle. Ses aboiements résonnaient dans toute la grange. Henry se leva d'un bond, il saisit instinctivement un bâton qui traînait. Par bonheur, le chien ne pouvait pas entrer, mais il resta à montrer les crocs.

En bas, Henry entendait une voix, une voix de femme.

« Klaus, Klaus, qu'as-tu trouvé ? »

La seule lumière du jour qui pénétrait dans le grenier poussiéreux provenait d'une lucarne sous le faîte. La fuite par cette voie était impossible et il écarta aussi l'idée de battre le chien à mort.

Mais une autre inspiration lui vint.

« Je me rends ! » cria-t-il en anglais.

En bas, la voix était déconcertée.

« Que… dites… vous ?

– Je me rends, déclara-t-il en allemand. Chien… Attention… dangereux… très dangereux. »

Par chance, la voix approcha. Henry avait craint que la femme ne le maintienne sous la surveillance de son monstre pendant qu'elle téléphonait à la police. À la place, un visage perdu apparut à la trappe du grenier. Il appartenait à une femme d'un certain âge aux cheveux gris.

« Klaus, dehors ! »

La bête fit volte-face et disparut par un trou. Les chiens ne grimpent pas aux échelles, songea Henry, il avait dû monter autrement.

Henry prit son sac et descendit. La femme le scruta. Elle avait l'âge indéfinissable d'une paysanne travailleuse – soixante ans ? cinquante ? quarante ? Il n'en avait vraiment pas la moindre idée –, son visage rectangulaire était celui d'une villageoise, entièrement dépourvu du raffinement des citadines, mais également sans trace de l'anémie berlinoise causée par les carences.

« Vous n'avez qu'à me suivre », fit-elle.

Dans la cuisine, une photo du Führer et une autre du Feldmarschall Hindenburg étaient accrochées au mur, un poêle à bois faisait office de plaque de cuisson, et sur le petit côté de la pièce, des casseroles et des plats en fer-blanc étaient empilés sur des étagères.

Une radio bourdonnait en fond sonore. Deux bidons de lait et des bocaux de légumes fermentés s'alignaient sur le plan de travail.

Tout cela aurait valu bien des tickets de rationnement à Berlin.

Henry n'avait encore entendu aucune autre voix dans la maison. Le mari de la paysanne était peut-être sorti pour la journée. Ou alors il avait pu passer l'arme à gauche. Henry penchait pour cette dernière option, mais sans doute était-ce prendre ses désirs pour des réalités.

« Qui êtes-vous ? l'interrogea la femme.

– Je suis un prisonnier de guerre de Grande-Bretagne.

– Et là, d'où arrivez-vous ?

– De Frankfurt an der Oder. J'étais auparavant au Stalag VII-A. Puis-je vous demander un service ?

– Et où allez-vous ?

– En mer Baltique, pour sortir de ce pays. À Peenemünde. »

La femme le scruta entre ses cils avant de s'exclamer soudain :

« Maudits Anglais ! Une fois que nous aurons réglé son compte à l'Union soviétique, j'espère que nous reprendrons nos forces pour vous régler votre compte à vous. »

Une horloge sonna dans une pièce voisine.

« Pourquoi ?

– Vous êtes prétentieux, avec votre chasse à courre, vos colonies, votre thé l'après-midi. Mais l'Allemagne ne va pas seulement vaincre, elle va régner sur le monde pendant mille ans.

– Vous êtes déjà allée en Grande-Bretagne ?

– J'ai écouté des émissions à la radio, et j'ai lu des reportages dans des magazines.

– Soit. Auriez-vous une paire de chaussettes à me prêter ?

– Certainement pas, bon sang de bois ! »

Penser à la malfaisance inhérente de la Grande-Bretagne l'avait enflammée.

Assis à côté de sa maîtresse, Klaus le doberman grognait.

Il pouvait faire capoter son plan. Une morsure de chien enragé était la dernière chose dont il avait besoin.

Sans prévenir, Henry attrapa un long couteau de cuisine accroché à côté des casseroles. Alors que le chien s'élançait, il le lui planta dans la gorge.

Une colonne de sang couvrit le mur et le tablier de la femme. Elle se mit à hurler.

Henry tourna le couteau. Sa main gauche était pleine de sang.

« Ça peut valoir le coup d'avoir un peu de sens de l'hospitalité.

– Klaus est mort, il est mort, vous l'avez tué ! » gémit la femme.

Henry plaça la lame rouge sous son menton.

« Où est votre penderie ? »

La femme le conduisit en tremblant dans une chambre.

« Renversez tout ce qu'il y a là-dedans par terre, ordonna-t-il. Où sont les vêtements pour homme ? »

Il dut la menacer plusieurs fois pour qu'elle obéisse. Il ramassa trois paires de chaussettes, dont une en laine, ainsi que quelques chemises de flanelle et un chandail. La veste de pluie était de piètre qualité et au moins une taille trop petite, mais ça irait. Il empoigna aussi une couverture matelassée, mais il n'avait pas toute la place du monde.

« Où nous trouvons-nous ?

– Vous avez tué Klaus !

– Allez chercher une carte. »

À la fin, elle s'exécuta. Henry jeta un coup d'œil sur la carte. Il n'avait parcouru la nuit précédente qu'une distance risible, quelques kilomètres.

En revanche, il était juste à côté de la route qui menait au nord.

Il prit la clef de la voiture.

Il attacha la femme à un tabouret et coupa l'un des câbles de la ligne téléphonique.

Tu as plus de valeur en vie, songea-t-il.

La voiture ne démarrait pas. Putain ! Il jura vivement, réessaya. Le moteur hoqueta, puis enfin donna signe de vie. Henry poussa un soupir de soulagement. Les vitres étaient embuées et il évita tout juste la collision avec un billot en sortant de la cour en marche arrière. Il était 10 heures du matin.

L'aiguille de niveau d'essence tremblotait très bas sur le cadran. S'il ne parvenait pas à dénicher du carburant, il pourrait rouler une vingtaine de kilomètres au maximum. Le chemin n'était pas fait pour les voitures, à plusieurs endroits la carrosserie frotta le sol.

Henry fit le raisonnement que, en principe, il devait être en sécurité tant qu'il se trouvait sur le chemin. Mais ensuite ? Son tour de passe-passe de la veille avait certainement été percé à jour depuis longtemps. Il envisagea la pinède qui bordait le chemin. Contre toute attente, elle lui avait offert la sécurité la veille. Une part de lui voulait se réfugier à nouveau dans les bois, mais ça ne marcherait pas cette fois. Cette fois, ce serait insensé, mortel dans le pire des cas.

Rouler loin dans la Volkswagen serait tout aussi suicidaire, si ce n'est plus. Bien sûr, il pouvait toujours espérer que les questions détaillées qu'il avait posées à ce nigaud de Heinze – sur les itinéraires pour franchir les Alpes depuis le sud de l'Allemagne – feraient diversion et induiraient les enquêteurs à penser qu'il était parti dans cette direction. Mais pendant combien de temps la supercherie pouvait-elle opérer ?

Au bout d'un quart d'heure, il atteignit une route de campagne goudronnée. Il s'arrêta au croisement, sans oser couper le moteur.

Il lui fallait réfléchir, formuler un semblant de plan. Il pensa à une remarque de Sverre : *Si tu vois un camion d'un des grands groupes industriels sur un axe Berlin-nord du pays, il y a des chances non négligeables qu'il se rende à Peenemünde, il se passe tellement de choses là-haut. Regarde si tu vois Siemens AG, Semperit, et IG Farben, évidemment.*

La solution apparut peu de temps après, au bord de la route, sous forme d'un paysan vieux comme Hérode conduisant un tracteur lent. Henry remonta à sa hauteur et baissa sa vitre.

« Bonjour, le salua-t-il. J'ai une petite question, pourriez-vous m'aider ? »

Le paysan édenté hocha la tête.

« Je viens de rendre visite à une vieille parente, mais je connais mal les environs. Je suis en route pour la côte baltique, et j'aurais besoin d'un petit casse-croûte. Y a-t-il de bons cafés près de l'autoroute à proximité d'ici ?

– Oui, à quelques kilomètres dans cette direction, vous avez la bretelle d'accès à l'autoroute. Et environ quinze kilomètres plus loin, vous trouverez un café qui est populaire, on peut y obtenir du jarret de porc contre des tickets de rationnement. »

Henry le remercia et continua son chemin. Bientôt il vit les panneaux de direction de l'autoroute. La jauge à essence raclait le fond du réservoir à présent. Une panne sur l'autoroute n'était pas un bon plan. Quinze kilomètres, pensa-t-il, si près en voiture, si loin à pied. Il se mit sur la voie des véhicules lents et, décidant que son véhicule était un skieur épuisé, il s'efforça d'en économiser les dernières forces. Pas trop vite, pas trop doucement.

Et finalement, il vit le panneau qui indiquait une aire de repos et un lieu de restauration. La Volkswagen toussa méchamment dans la dernière montée.

Soulagé, Henry se gara. Il aperçut un lac à la surface de miroir, entouré de forêt. Devant lui s'alignaient une dizaine de poids lourds bâchés. L'endroit était manifestement prisé des chauffeurs en route vers le nord.

À tout le moins, avec le chandail en laine et le pantalon pris dans la penderie de la vieille dame, il n'avait pas l'air sale et dépenaillé, même si un regard attentif aurait pu relever que les semelles de ses brodequins étaient crottées.

Le café affichait effectivement à son menu du jarret de porc, ainsi que des saucisses et du chou. Henry poussa la porte, faisant tinter une sonnette. Les hommes attablés, pour la plupart des campagnards rougeauds et corpulents, à la nuque épaisse et aux cheveux courts, lancèrent des regards indolents dans sa direction. Tout comme l'aubergiste et deux jeunes hommes de la SS, qui conspiraient dans un coin.

Henry commanda un café et un verre de liqueur de cerise. L'alcool lui clarifia quelque peu l'esprit.

Pendant que l'aubergiste prenait sa commande, il essaya d'écouter la radio. Rien à son sujet. Cependant, il ne fallait pas en tirer de conclusions. D'aussi longtemps qu'il avait séjourné en Allemagne, les autorités n'avaient jamais partagé publiquement ce genre d'informations. Sans doute voulaient-elles éviter d'inquiéter inutilement la population.

Les hommes de la SS se levèrent et avancèrent vers le bar. Ils se postèrent de part et d'autre de Henry. Il les salua prudemment de la tête. Il voyait à présent combien ils étaient jeunes, plus jeunes que lui, peut-être, ou du même âge ; ils présentaient cette conjugaison particulière de traits juvéniles et d'yeux qui en avaient trop vu.

L'un des SS, qui avait le grade de Hauptsturmführer, posa sa casquette sur le comptoir. La tête de mort tournée vers Henry.

« Qu'est-ce que vous regardez ?

– Rien, répondit Henry. Enfin, si, du reste. Combien d'heures prend le trajet pour Usedom d'ici ?

– J'ai l'air d'un guide touristique ?

– Arrête donc, fit l'autre SS. On doit être à quatre ou cinq heures, ça dépend de la vitesse à laquelle vous roulez. Qu'est-ce que vous allez faire là-bas ?

– De la voile. Je suis navigateur. »

La réponse de Henry était risquée, car si son statut de navigateur olympique lui avait procuré de nombreux avantages en Allemagne au fil des années, il pouvait aussi déclencher leur méfiance. Henry regrettait déjà son choix. Il risquait de dévoiler ainsi qu'il était norvégien.

Les hommes de la SS parlèrent entre eux à mi-voix.

« Il y a un problème, expliqua le plus sympathique d'entre eux. La sécurité est renforcée, pour des raisons que je ne peux pas approfondir.

– Vous devez nous accompagner pour un interrogatoire », déclara le Hauptsturmführer.

Henry était dans le pétrin ; selon la formule allemande, les bons conseils valaient cher, et même bien plus cher que des cigarettes sur le marché noir berlinois.

« Connaissez-vous le Sturmbannführer Werner Sorge ? »

Les hommes de la SS acquiescèrent.

« De nom, oui.

– J'évoquais la voile tout à l'heure, j'ai oublié de mentionner que j'avais participé aux Jeux olympiques de 1936. Comme vous le savez sûrement, les épreuves de voile se déroulaient à Kiel. Werner Sorge avait décroché la victoire. La semaine dernière, nous nous sommes croisés à la Technische Hochschule, où je suis étudiant. Nous avons rendez-vous pour naviguer à Usedom demain. Comme vous le savez peut-être, le Sturmbannführer Sorge est un homme occupé. Je pense qu'il apprécierait très peu qu'un rendez-vous qu'il attendait avec impatience soit ruiné par des lieutenants zélés. Enfin, vous souhaitez peut-être que je téléphone à Werner ? »

C'était indéniablement un pari, mais sa tirade sembla dérouter ses interlocuteurs.

« Bonne route, monsieur le navigateur olympique, fit le Hauptsturmführer hostile.

– Mais Werner Sorge est nommé Obersturmbannführer désormais, précisa l'autre.

– Pour moi, il est avant tout Werner, un bon rival et un ami », trancha Henry.

*

L'Obersturmbannführer Sorge traversa Eberswalde à grande vitesse. Des agents de l'OrPo locale avaient été dépêchés pour une battue. Les jappements des chiens résonnaient dans la forêt. Il pleuvait, un vent froid soufflait.

« Aucune voiture volée dans le district policier d'Eberswalde ces dernières vingt-quatre heures, déclara Friedrich, qui l'avait rejoint.

– Savons-nous où commence la circonscription voisine ?

– C'est loin. J'ai téléphoné, rien là-bas non plus. C'est à croire que les gens ne volent presque plus de voitures en temps de guerre.

– Et des vélos ? fit Sorge avec mauvaise humeur.

– *Idem*. Le mieux que nous ayons est un témoignage vague d'un employé de gare qui pense avoir aperçu un passager portant un sac à dos traverser par le souterrain pour partir en direction de la forêt.

– Si tel est le cas, il n'a pas dû arriver loin. »

Un aide de camp accourut.

« Communication importante.

– Dites-nous.

– Le chef de la police du Brandebourg a pris contact avec nous. Il a recueilli un témoignage qui va vous intéresser.

– Vous avez la parole.

– Ce matin, le chien d'une fermière a découvert un jeune homme qui, sous le couvert de la nuit, s'était introduit dans sa grange. La femme, qui vit seule dans une petite exploitation, a ensuite été maîtrisée par l'homme. Il lui a volé de la nourriture et des vêtements, il a tué son chien et il a pris sa Volkswagen. Elle est bouleversée par l'incident.

– À quelle distance est-ce ?

– Pas très loin, mais les routes sont mauvaises, on y accède par la forêt. J'estimerais la durée du trajet à vingt minutes.

– Bouclez les lieux immédiatement, ordonna Sorge avant de faire brutalement demi-tour en voiture. Nous y serons dans une seconde. »

Peu après, ils entrèrent dans la cour de ferme à Eberswalde.

Le responsable du périmètre était un type replet au visage avenant.

« Avez-vous bien sécurisé les indices ? » s'enquit Friedrich.

On les fit entrer dans la maison. C'était comme un musée, trouva Sorge, rien ne semblait avoir été déplacé depuis que Bismarck avait unifié la Prusse et les États allemands, la poussière n'avait pas été essuyée depuis la signature du traité de Versailles.

« D'où vient le sang ?

– Obersturmbannführer, l'intrus a tué le chien de la femme, un doberman, à l'aide d'un couteau de cuisine.

– Où est-elle ?

– Dans son jardin d'hiver. »

La femme sanglotait et se lamentait de la perte de son chien tout en lâchant des déclarations hostiles au régime.

« Mais que fabrique donc cet Autrichien qui dirige le pays quand même une vieille femme et son chien ne peuvent pas se sentir en sécurité dans leur propre maison ? C'était mieux quand Paul von Hindenburg gouvernait.

– Faites attention, dit le policier. Les déclarations hostiles au parti et au Führer sont passibles d'une peine d'emprisonnement.

– Et alors ? Je m'en fiche pas mal ! »

Son regard était perdu de l'autre côté des vitres, qui étaient pourtant si sales qu'en observant par la fenêtre, on avait l'impression d'avoir soudain des problèmes de vue, songea Sorge.

À côté d'elle, trois poupées de cire regardaient dans la même direction.

« Elles veillent sur moi, pleura la femme.

– Pouvez-vous m'expliquer ce qui s'est passé quand vous avez découvert l'homme dans la grange ? »

Dans ce qui semblait être un retour passager à la raison, elle relata toute l'histoire, du chien qui l'avait réveillée par ses aboiements intenses à l'étranger qui avait filé avec la voiture en la laissant attachée à un tabouret.

« C'était un démon, s'écria la femme. Un démon calculateur. Non seulement il m'a ligotée, mais encore il a essayé de couper la ligne pour que je ne puisse pas téléphoner. Mais il sous-estimait une vieille dame qui n'est pas née de la dernière pluie !

– Comment vous a-t-il sous-estimée ? »

La question était venue de Friedrich.

« Eh bien, je suis ici maintenant. Ce n'était pas son intention, je peux vous le promettre. Il m'a attachée au tabouret. »

Elle montra comment elle avait été ligotée avant de réussir à s'extraire des nœuds.

« Je vois, fit Sorge. Vous a-t-il fait part de sa destination ?

– Il a parlé de Peenemünde.

– Peenemünde ? »

La femme se leva et se rendit d'un pas oscillant dans la pièce voisine.

« En plus, il a déchiré un bout de cette carte. Mon atlas est détruit. Démon ! »

La carte, très détaillée, montrait les zones côtières de Rügen et d'Usedom, mais la partie septentrionale de l'île, où se situait Peenemünde, était arrachée.

*

Henry traversa le parking. Les camions se déployaient sur plusieurs rangs. Il traîna un peu entre les véhicules. Son plan improvisé n'était nullement infaillible, mais c'était ce qu'il avait de mieux. Il aperçut une bâche ornée de l'inscription *Semperit AG*. Il s'assura que le couteau dont il s'était servi pour liquider le chien était toujours dans sa poche intérieure, passa le doigt sur le fil. La portière était verrouillée, naturellement. Ce n'était pas possible d'avoir tant de chance. Il ramassa quelques brindilles et les glissa dans la calandre du véhicule. Puis il se cacha pour attendre.

Le camionneur s'installa sur son siège dans un gémissement. C'était une vraie baraque, dix centimètres de plus que lui, large comme une armoire à glace. Le moteur démarra en rugissant. Henry se tenait dans son angle mort. À l'instant précis où il pensa que son plan avait échoué, il entendit le camionneur jurer en allemand du Sud et bondir dehors pour ôter les brindilles. Alors que le chauffeur passait derrière la haute carrosserie, Henry s'introduisit sans bruit dans la cabine. Elle était crasseuse et sentait le vieux tabac. Par chance, il y avait un petit espace derrière la place du passager, invisible depuis le siège du conducteur. Henry se fit tout petit. Le camionneur remonta à bord, se cura le nez, et regagna l'autoroute.

Au bout d'environ quinze minutes, Henry retira lentement l'arme de son pantalon. Ils étaient sur la voie de droite, voyait-il ; qu'ils étaient haut au-dessus de la chaussée ! D'un mouvement régulier, afin d'empêcher que le conducteur ne sorte de la route sous l'effet du choc, Henry plaça le couteau sous son menton et murmura : « Continue de rouler. Autrement, je te tranche la gorge. Hoche la tête si c'est compris. »

L'Allemand était pétrifié.

« Tu m'as entendu. »

Il hocha la tête.

« Où te diriges-tu ? »

Le camionneur livra une réponse indistincte.

« Tu ne la vois pas, mais au contact, tu remarqueras que la lame est plus chaude que la normale. Le sang sur le couteau est frais. Tu comprends ? Où vas-tu ?

– C'est s-s-secret.

– Je te pose la question une dernière fois. »

Henry remonta le couteau d'un centimètre sur sa gorge.

« Usedom, un endroit qui s'appelle Karlshagen. »

Karlshagen, pensa Henry, le village où sont envoyés les chargements destinés à Peenemünde.

« Que se passe-t-il là-bas ?

– Je s-s-sais pas. L'équipement est déchargé et je repars.

– Comment franchis-tu les barrages ?

– Il y en a t-t-trois. D'abord un sur le pont qui mène à l'île d'Usedom, puis un autre avant Karlshagen et un sur la base même.

– Quel genre de papiers dois-tu montrer ?

– D-d-deux. Le sauf-conduit de l'équipementier et ma carte d'identité personnelle.

– Je voudrais bien les voir. »

Conduisant d'une main, le camionneur sortit les deux documents.

« Parfait. Ça ne te dérange pas si je m'installe sur le siège ? »

Après quelques kilomètres, l'atmosphère dans la cabine se détendit quelque peu. Le routier se prénommait Holger et venait d'un village aux abords de Stuttgart, il roulait sur de longues distances dans le Reich entier. C'était un homme simple, national-socialiste, bien sûr, ancienne chemise brune, mais sans le regard maléfique du fanatique. Il parla avec Henry de sa famille et de son rêve d'aller un jour en Norvège pour voir les fjords et les aurores boréales, dont il avait entendu parler à la radio.

« Pourquoi es-tu en fuite, exactement ? Tu m'as pourtant l'air d'un véritable ami de l'Allemagne ?

– Il y a beaucoup de choses que tu ne sais pas à mon propos », répondit Henry.

L'une des voies allait vers Stettin, mais ils prirent à gauche, en direction de Lübeck. Le paysage s'ouvrit, la forêt de pins fut remplacée par des prés ondoyants.

« Comme quoi ?

– J'avais foi dans le Führer. Et dans le national-socialisme. Jusqu'à ce que j'aille dans l'Est. Mais c'est un système inhumain, qui va perdre.

– Perdre… »

Le camionneur goûta le mot comme si c'était de l'alcool dans un pays musulman.

« Tu crois vraiment qu'on va perdre face à une Europe de l'Ouest occupée ou face à une Union soviétique qui parvient à peine à se défendre ?

– Attends de voir. »

L'armoire à glace sifflotait doucement un air.

Le vent fort inclinait les arbres nus. Le climat était différent de celui de Berlin, plus rude, Henry ne l'avait pas oublié depuis sa dernière visite.

Il devait entreprendre quelque chose. Jusqu'ici, il avait à peine vu des véhicules de police, et encore moins de barrages routiers, mais la situation pouvait changer.

« J'ai besoin de pisser. Trouve un endroit où t'arrêter.

– On n'a pas le temps.

– Trouve un endroit. Tout de suite. »

Deux kilomètres plus loin, le camion s'engagea sur la terre caillouteuse d'une aire de repos. Quelques bancs en bois étaient abandonnés devant un bosquet.

« Dépêche-toi, hein !

– Euh, tu m'accompagnes dehors. »

À contrecœur, Holger vint à la lisière du bois. Henry ouvrit sa braguette.

« La tempête arrive, déclara l'Allemand.

– Hm. »

Holger fit alors volte-face et le frappa violemment de côté. Ce ne fut pas une réussite totale, en bougeant la tête, Henry avait amorti légèrement le coup, mais il sentait une brûlure à côté de son œil gauche. Il était embrumé. Il tomba en avant, atterrit dans une ravine couverte de mousse, de feuilles mortes et de l'écume de son urine. La douleur le paralysa un instant, il ne fut même pas capable de crier. Dans sa chute, le manche du couteau lui avait heurté et fêlé une côte, en revanche le fil ne l'avait pas touché. Par réflexe, il roula vers la gauche, ce qui lui sauva peut-être la vie, car l'Allemand abattit un gros bâton là où il était allongé une seconde plus tôt. C'était une bonne arme contondante, de la longueur et du diamètre d'une batte de base-ball.

Il se leva. Voûté en avant, il fit quelques pas vacillants de côté. Le SA Holger se dirigeait de nouveau vers lui, l'air concentré, le bâton en diagonale devant le corps, tel un Babe Ruth.

Encore un coup et Henry était kaput. Mais l'Allemand était aussi lent que fort. Il actionna le bâton – scène qu'on aurait cru se dérouler au ralenti – et Henry l'esquiva, avant de frapper à son tour sur l'extérieur du genou gauche de son adversaire, le pied aussi tendu que le lui permettaient ses brodequins. Holger hurla en lâchant son bâton. Le poids du gaillard bascula automatiquement vers le genou touché, le rendant vulnérable du côté droit.

Henry tira avantage d'être gaucher : visant le menton, il asséna à l'Allemand une frappe directe qui atteignit sa cible. Holger vacilla, mais il resta debout.

Beuglant comme une bête touchée par une balle de fusil, il se jeta sur Henry, qui fut pris de court et ne parvint pas à se dégager. Sous le quintal de Holger, il tomba.

Il gigota vainement sous l'énorme poids. C'est fini maintenant, pensa-t-il, le souffle coupé, c'est ici que ça s'arrête, sur une aire de repos du Brandebourg…

Sa résistance s'amoindrit et Holger dut se détendre à peine, car Henry parvint alors à glisser le bras gauche sous son propre genou. Il souleva les hanches de quelques centimètres, remonta le bras sous ses reins. Où il sentit un objet dur : le manche du couteau. L'Allemand n'avait pas encore compris ce qui se passait. D'un coup rapide, Henry plongea la lame dans son cou. Un chaud jet de sang coula sur lui. Appliquant toute sa force, il parvint à s'extraire de sous le corps sans vigueur.

Henry baissa les yeux. De nouveau, il avait du sang sur les mains. Et sur son chandail et sur sa veste. La pluie avait décuplé. Holger gisait sur le côté, il présentait le visage difforme de la mort.

Derrière, Henry entendit la rumeur de l'autoroute.

À tout moment, une voiture pouvait rejoindre l'aire.

Il traîna le corps. Les morts ont une pesanteur propre, songea-t-il. Il en savait quelque chose. Avec toutes les peines du monde, il réussit à basculer Holger vers la ravine. Ainsi, il n'était plus visible directement de l'aire de repos, mais tout homme se tenant au bord du bois pourrait le voir. Enfin bon, ça irait. Henry fouilla les poches de l'Allemand pour prendre ses clefs et ses papiers.

La terre était souillée de sang. Du pied, Henry essaya de recouvrir les traces. Mais il lui fallait espérer que la pluie et le vent croîtraient encore.

Jusqu'ici, le mauvais temps avait été son allié.

Il pouvait vite devenir son ennemi.

Henry sortit des vêtements de la veuve et se changea. Il avait une drôle d'allure, mais cela ferait l'affaire. Ensuite, il se lava le visage et les mains.

Il était 17 h 30 lorsqu'il atteignit le point de contrôle de Swinemünde. Pendant toute la journée, le soleil était resté occulté par la couverture nuageuse basse et le soir tombait déjà.

La file de véhicules commençait à plusieurs centaines de mètres du barrage. Les hommes, constata Henry lorsqu'il approcha enfin, portaient des hausse-cols.

Un soldat examina son sauf-conduit.

« Vous allez à Peenemünde. Pourquoi roulez-vous en direction de Swinemünde ?

– J'ai besoin d'essence. »

Le soldat examina ses papiers encore une fois et, avec humeur, lui fit signe de passer.

Henry continua. Il savait désormais manier le levier de vitesse indiscipliné et le volant lourd du camion. Que savait la police ? Était-elle loin ? Il longea la Swine en entrant par le sud dans la petite ville. Même dans les eaux intérieures, le vent faisait mousser la surface, il n'osait pas imaginer les conditions au large.

Il trouva un parking qui n'était ni complètement désert ni surchargé. Il ne savait pas si les camionneurs de Peenemünde avaient le droit de s'y arrêter, il n'avait pas posé la question à Holger.

Après s'être assuré que le vent n'avait pas détaché la bâche de son véhicule, il se courba face au mauvais temps et rejoignit Zum Anker.

Quel soulagement ce fut d'entrer dans la douce chaleur de la taverne ! L'établissement était plein de vieux loups de mer et de personnes qui se servaient de la tempête comme d'un prétexte pour boire.

Dans le coin était assis Pär. Cette fois-ci, le Suédois était seul, il semblait à peu près sobre. Il le salua en levant le bras.

« Bon Dieu, tu as une de ces allures ! »

Henry alla droit au but.

« C'est une longue histoire, Pär, mais j'ai besoin d'aide. Et vite. Tu repars quand en Suède ? »

L'air las, Pär regarda par la fenêtre.

« Demain matin, à moins que ce foutu mauvais temps nous arrête. »

Henry se pencha en avant et murmura.

« Je sais que tu as aidé des gens par le passé. Des prisonniers de guerre évadés. De bons Norvégiens. Écoute, Pär, je t'en supplie, laisse-moi venir. Sans quoi je suis un homme mort. »

Pär siffla et grimaça.

« C'est devenu plus difficile. Les garde-côtes pratiquent des contrôles aléatoires. Et la police terrestre commence à suivre ce qui se passe.

– S'il te plaît, implora Henry. Sinon, je suis cuit. »

Le Suédois regarda dehors d'un air absent.

« Je vais voir ce que je peux faire, dit-il d'une voix traînante. Retrouve-moi demain matin, à 6 heures, devant la taverne. »

*

Sorge et Friedrich n'avaient pas quitté la ferme que, à la demande de la SS, la marine avait ordonné la fermeture des ports entre Lübeck et Stettin. Seuls les navires munis d'une autorisation spéciale pouvaient quitter les eaux allemandes. Les garde-côtes et des équipes supplémentaires à terre assuraient la surveillance et le respect de la consigne. Quant à l'OrPo et à la Feldgendarmerie, elles tenaient d'une main de fer les routes menant aux villes du Nord.

Les deux hommes roulaient dans cette direction. Le temps avait empiré.

« Pourquoi fais-tu un détour par Swinemünde ? demanda Friedrich.

– Nous allons parler avec un homme. Un Suédois. Qui est déjà au poste de police, sur mes ordres. »

Lorsque Sorge se gara devant le commissariat de Swinemünde, il faisait nuit. Le vent était si violent que la capote de sa voiture manqua d'être arrachée.

Ils se hâtèrent de rejoindre l'entrée.

« Où est-il ? »

L'aide de camp les conduisit au sous-sol.

L'informateur était dans une salle d'interrogatoire.

« Je vous donne l'homme que vous cherchez et vous me traitez comme un putain d'espion.

– Écoute Pär, dit Friedrich. Où est Storm actuellement ?

– Va savoir, répondit le Suédois. On a rendez-vous demain matin. Donne-moi une cigarette et une bière, s'il te plaît.

– Comment t'a-t-il paru ? »

Sorge lui tendit une cigarette filtre et envoya Friedrich lui chercher une bière.

« D'abord une chose, Sorge. Le prix pour ce travail a augmenté, tu comprends ? Comment il m'a paru ? Comme un homme en fuite, dirais-je. Le regard instable. Paranoïaque. Ce n'est pas la première fois que je vois ça. »

Sorge n'ignorait pas que le Suédois avait fait sortir plusieurs prisonniers de guerre évadés avant de les remettre aux autorités allemandes. C'était sa spécialité.

Pär livra des renseignements sur l'endroit où était amarré son navire et sur l'heure de rendez-vous avec Henry Storm, puis ils le laissèrent partir.

Sorge resta au sous-sol.

Son équipier se leva.

« Explique-moi quelque chose, Werner. Comment est-ce possible ?

– De quoi parles-tu ?

– Depuis la dernière fois que nous sommes venus dans ce coin, nous savons que l'homme que nous cherchons est Henry Storm. Nous aurions pu l'arrêter depuis longtemps, à l'école technique, dans l'appartement d'Oranienburger Straße. Mais nous l'avons laissé filer, encore et encore ! »

Sorge ne répondit pas tout de suite, comme s'il prenait la colère dans une main, la pondération dans l'autre, et les soupesait. Il opta finalement pour cette dernière.

« C'est la nature du renseignement, déclara-t-il froidement. Si tu préfères forcer des portes, tu aurais dû démissionner depuis longtemps. La réalité compte hélas une infinité d'inconnues sur lesquelles nous n'avons pas de pouvoir.

– *Deux* inconnues. »

Friedrich se frotta le cuir chevelu. Son front portait encore la marque de sa casquette d'uniforme.

« Storm essaie de nous troubler. Les indices chez la vieille dame suggèrent qu'il essaie de se rendre à Peenemünde, alors que le Suédois prétend qu'il va l'embarquer sur son bateau demain. À mon avis, Pär est une manœuvre de diversion. Aussi invraisemblable que cela puisse paraître, je pense que Storm va essayer de sortir par Peenemünde. »

Sorge le scruta.

« Je pensais comme toi, Friedrich. Mais as-tu fait le même constat que moi chez la fermière d'Eberswalde ?

– Lequel ?

– Tu crois qu'un homme comme Henry Storm ne serait pas capable de ligoter une vieille dame de façon à l'empêcher de se libérer ?

– Il a pu agir dans la précipitation.

– C'est juste, mais tu as vu quel câble il avait coupé ? En apparence, c'était une erreur, mais il avait coupé le câble à côté de la ligne téléphonique. Ce câble était positionné là, par quelqu'un qui cherchait à manipuler la scène. Tout cela souligne une réalité et une seule : Storm voulait que nous trouvions cette dame. Sachant que presque n'importe quel Allemand dénoncerait sans attendre un prisonnier de guerre évadé, il misait sur le fait que la fermière le ferait aussi. Il voulait que nous relevions chez elle les vagues signes pointant dans la direction de Peenemünde. Que nous bouclions la zone, pendant que lui-même sortait discrètement par un autre moyen. Disons que, contre toute attente, il soit entré sur le site de la base. Comment serait-il sorti ? En volant un sous-marin ? Non, il a agi de la sorte pour cacher sa réelle intention, la seule possibilité dont il dispose : sortir sur le bateau du Suédois. Rien, strictement rien, ne suggère que Storm sait que le Suédois joue double jeu. »

Friedrich se leva.

« Ça m'a l'air bien compliqué.

– La réalité est compliquée.

– Pas toujours, non, pas toujours.

– Toutes les équipes disponibles vont fouiller Swinemünde et les alentours à la recherche de Henry Storm. Pas seulement les auberges et les hôtels, mais tous les endroits où l'on peut concevoir que se cache un fugitif. Les parcs, les entrées d'immeubles, les maisons abandonnées. Et cette fois, il sera arrêté immédiatement. »

Chapitre 32

SWINEMÜNDE

Dimanche 11 octobre 1942

Tout avait été préparé la veille : les policiers de filature mis à disposition du Wolfsangel s'étaient introduits dans un bâtiment en face de Zum Ankern, un agent qui prétendait faire le ménage était posté dans la taverne, et Sorge et Friedrich patientaient dans une voiture civile garée dans une rue adjacente.

Sorge n'avait pas beaucoup dormi. Jusqu'à présent, les recherches de Storm s'étaient révélées infructueuses. Sa montre affichait 6 h 20. Un froid glacial régnait à l'extérieur de la voiture. À l'intérieur aussi. Sorge avala une pervitine.

« Qu'est-ce que c'est ? s'enquit Friedrich.

– Un médicament pour la gorge, répondit Sorge, les yeux fixés sur le petit bout de rue. Le travail finit par user et puis c'est la saison.

– Je n'ai rien remarqué en ce qui me concerne. »

Sorge sentit la chaleur se diffuser dans son corps. Il aurait dû emporter davantage de comprimés.

6 heures. Sorge avait eu une claire intuition que Storm serait ponctuel. Il ne voyait personne.

À 6 h 05, Pär arriva d'un pas tranquille. Il se posta devant l'entrée et fuma une cigarette à l'abri du vent en se tapant le corps pour se réchauffer. Puis, il en alluma une autre avec les dernières braises du mégot, qu'il écrasa.

« Quatorze minutes, déclara Friedrich.

– Quoi donc ?

– Fumer une cigarette prend en moyenne sept minutes. Le Suédois en a fumé deux d'affilée et Storm n'est toujours pas là.

– Il va venir », assura Sorge.

Il n'en était pas si certain, toutefois. De nouveau, le sentiment insidieux d'être dupé prenait racine. Ce n'était pas la première fois dans la traque de Storm, mais aujourd'hui, l'impression était plus vive. Sorge tambourina sur le volant. La fureur bouillonnait en lui. Où diable était-il ? La pluie sur le pare-brise l'apaisa. Où Storm aurait-il pu partir ? Il lui était impossible de s'échapper.

À 7 h 25, sans un mot à son voisin, Sorge ouvrit sa portière et partit en direction de la taverne. Il ne tint pas compte de Friedrich qui, derrière, l'appelait sans grande conviction. Il partit vers Zum Anker et vit Pär. Déconcerté, le Suédois le salua, avant de comprendre dans quelle humeur était l'Allemand, mais il était trop tard.

Sorge dégaina son Walther et, sans rien dire, il le pointa au creux de la gorge du Suédois.

« Foutu profiteur ! rugit-il. Où est le Norvégien, nom de Dieu ?

– J'en sais aussi peu que toi !

– Menteur ! »

Il asséna à Pär un violent coup sur la mâchoire, le faisant tomber à la renverse, puis il se jeta sur lui et, à califourchon sur son torse, frappa, frappa et frappa encore, jusqu'à ce que Friedrich le saisisse de ses bras musclés et le traîne de côté.

« Putain de psychopathe ! cria Pär.

– Il va aller au tribunal du peuple, s'époumona Sorge. Pour double jeu et atteinte à la sûreté du Reich. Emmenez-le, tout de suite ! Il va rencontrer le juge Freisler aussi vite que possible. Et ensuite, ce sera la guillotine ! »

Sorge s'appuya contre une façade. Il essaya de retrouver une certaine maîtrise de son souffle, sans succès. Le jour devenait plus lumineux. Le vent s'était affaibli.

À un moment donné, Friedrich avait disparu, le voilà qui reparaissait.

« J'ai des nouvelles. »

Sorge ne répondit pas.

« Comme vous le savez, Obersturmbannführer, un nouveau lancement a lieu à Peenemünde aujourd'hui. J'ai parlé avec un garde-côte que je connais là-bas. D'abord il n'avait rien à rapporter, mais je lui ai demandé de passer au crible les zones tout près du rivage. Et devinez quoi ? La porte d'une remise à bateaux a été forcée sur la plage de Karlshagen. »

Sorge le considéra d'un air méfiant.

« Que dites-vous, Kriminalobersekretär ?

– Il manque un voilier. »

Cinq minutes plus tard, ils prenaient la direction du nord.

On approchait de 8 heures.

Par rapport au précédent, ce lancement suscitait un formidable intérêt, des dignitaires de Berlin arrivaient depuis tôt le matin. Sous la houlette de son commandant en second, Karl-Otto Saur, le ministre de l'Armement Speer et sa suite s'étaient présentés de bonne heure. De nombreux dirigeants de premier plan du monde des affaires avaient fait le déplacement, de même que des officiers de l'OKW et de la Luftwaffe.

À 8 h 50 défila un cortège incluant le Reichsführer-SS et sa suite.

Dix minutes plus tard, à 9 heures précises, Werner Sorge ralentit. Devant, il voyait la gare de Karlshagen, jusqu'à laquelle s'étirait une file de plusieurs centaines de mètres.

« Bon Dieu ! s'exclama Friedrich. Mais qu'est-ce qui se passe ici ?

– Nous n'avons pas de temps pour ce genre de choses », murmura Sorge en déboîtant vers la voie d'en face.

La voiture fut abruptement stoppée par un jeune Feldgendarme.

Sorge agita sa carte d'identité et son sauf-conduit.

« Obersturmbannführer, vous n'êtes pas seul à avoir un grade élevé et de bons prétextes aujourd'hui. »

Le sang de Sorge ne fit qu'un tour.

« Que dites-vous ?

– Que la queue commence là-bas. »

Le Feldgendarme désigna un point plusieurs centaines de mètres en arrière.

Sorge dut prendre sur lui pour ne pas insulter ce cuistre.

« Qui est votre supérieur hiérarchique ?

– Il fait une visite des lieux avec le Reichsführer-SS et sa suite.

– Appelez le secrétariat de Wernher von Braun et demandez qu'on transmette un message urgent à l'Oberingeniör : l'Obersturmbannführer Sorge le salue. »

Moins de cinq minutes plus tard, dans une profusion d'excuses et de saluts nazis des sentinelles, ils furent escortés jusqu'au point de contrôle. Von Braun avait aussi communiqué une invitation, mais Sorge ordonna qu'on arrête la voiture aux abords de Karlshagen. Dans la foule composée d'officiers issus d'unités diverses, des brigades jusqu'aux niveaux les plus hauts, de cadres du parti et de dirigeants prussiens du monde des affaires, il était difficile d'identifier d'éventuels véhicules abandonnés que Storm aurait pu utiliser.

Finalement, ils repérèrent trois policiers de l'OrPo qui montaient la garde autour d'un camion et fumaient à l'abri du vent.

« Qui est le responsable ici ? » demanda Friedrich d'un ton agressif en observant ce groupe d'hommes à lunettes ventripotents.

Un brigadier-chef s'avança.

« Alors c'est vous qui avez téléphoné ? Oui, je comprends. Nous avons été informés ce matin, et comme la plupart des sentinelles sont réquisitionnées pour le dispositif de sécurité qui entoure le lancement d'aujourd'hui, c'est ma brigade qui a été chargée de l'affaire. Nous avons bouclé le périmètre. Et je suppose que vous serez intéressé de savoir que nous avons relevé du sang sur le siège. »

Ils montèrent dans la cabine. Le sang n'avait pas coulé directement sur le siège, les traces étaient trop pâles.

« C'est plutôt que la personne assise sur ce siège avait du sang sur elle. Ces taches proviennent de ses vêtements, flaira Friedrich.

– Allons à la remise à bateaux, proposa Sorge. C'est urgent. »

Le sergent les accompagna, ils dépassèrent les maisons, Sorge courait, en tête. Sur la jetée, le vent soufflait nettement plus fort ; courbés face à la tourmente, ils descendirent l'escalier vers la plage et franchirent les cent mètres qui les séparaient de la remise.

« La porte était donc ouverte, expliqua le brigadier-chef en plissant les yeux sous la pluie. Il manque un Star.

– Il est manœuvrable en solitaire », murmura Sorge.

Le sergent observa la mer agitée.

« Naviguer la nuit par ce temps… Il faut être relativement bon navigateur.

– Ça, vous pouvez en être sûr. »

Sorge prit Friedrich à part.

« Il nous faut un bateau. Tout de suite. Tu connais quelqu'un chez les garde-côtes dans les parages ? »

Le Kriminalobersekretär secoua la tête.

« Non, mais je vois des gens sur la jetée. On va leur dire deux mots ? »

Sans remercier le brigadier-chef de l'OrPo, ils s'élancèrent sur la plage et montèrent sur la jetée. Par le grand frais qui soufflait, Sorge dut enfoncer ses mains dans ses poches pour empêcher son pardessus de se retourner.

Les flots agités propulsaient le *Schnellboot* contre le môle. Quatre matelots de la marine chargeaient du ravitaillement à bord.

Sorge colla sa carte de SS sous le nez du commandant du *S-Boot*.

« Vous êtes libérés pour la journée. Laissez-nous le bateau tout de suite ! »

D'abord, les hommes parurent perplexes.

« Je ne peux pas abandonner ma vedette comme ça », protesta l'officier de marine.

Sorge sortit son Walther.

« Sortez, tout de suite ! Pour la sûreté du Reich ! »

Hésitants, les hommes descendirent de l'embarcation. Friedrich agita lui aussi son pistolet.

« Ouste, ouste ! »

Ils s'éloignèrent en courant. Sorge démarra le moteur, qui émit un vilain grondement. Friedrich s'assura qu'il y avait des bidons de réserve de diesel, pendant que Sorge étudiait la carte marine. À environ cent milles marins au nord-est de Peenemünde se trouvait Bornholm. C'était le littoral hors des eaux allemandes le plus proche, mais l'île danoise était sous administration allemande.

La vedette fendait les vagues.

Sorge appela le centre opérationnel.

« Neuf, neuf, ici NEUF ALPHA. Pour une affaire urgente relative à la sûreté de l'État, nous avons pris un *Schnellboot*. »

Il y eut de la friture sur la ligne, ni Sorge ni Friedrich n'entendirent la réponse.

« Nous demandons aussi le renfort des garde-côtes de la zone Bornholm-Scanie. Terminé. »

« Garde le cap sur le sud-est de Bornholm ! » cria Sorge.

S'il s'était retourné, il aurait vu au même moment les contours d'une fusée qui entamait alors son ascension avant d'exploser seulement quelques secondes plus tard.

« Tu as entendu ? demanda Friedrich. Ce n'est pas de très bon augure. »

Sorge était à la proue.

Henry Storm était quelque part dans les environs.

Mais où ?

*

Le vent dur et froid soufflait du nord, et avec lui, des vagues arctiques balayaient le pont. Faute de tourmentin, Henry dut improviser : par cette tempête, il craignait que la grand-voile ne se déchire, il parvint finalement à prendre un ris afin de donner moins de prise au vent.

Son plan avait été risqué, suicidaire, même. Et c'est précisément pourquoi il avait réussi. Après son entrevue avec Pär, il avait traversé en hâte Swinemünde. Il avait franchi les barrages en présentant le sauf-conduit, puis il avait garé le camion, couru jusqu'au rivage avant de s'introduire dans une remise à bateaux. Il avait couché le quillard sur le côté et l'avait tiré dans le sable jusqu'à l'eau. À 3 h 30 du matin, par une mer démontée, il avait mis le cap sur le nord.

Il avait beau avoir revêtu tous les vêtements d'extérieur sur lesquels il avait pu mettre la main, les paquets de mer l'avaient instantanément trempé. En quittant le rivage, il avait d'abord envisagé de rejoindre l'îlot où il s'était embusqué pour photographier le lancement. À sa connaissance, l'endroit n'était pas compromis. Cependant, l'obscurité et la tempête avaient rendu vaine toute tentative de le repérer et Henry avait dû poursuivre sa navigation.

Il passait d'un plat-bord à l'autre en essayant de remonter au vent en direction du nord. La mer avait un goût de sel et de morve. Le bateau fusait comme une torpille sur l'eau. À combien filait-il ? Sept nœuds, peut-être plus ; n'étant que quelques centimètres au-dessus de la surface, Henry avait une forte sensation de vitesse. Il chercha à diriger le quillard là où la mer était moins formée. Il faisait nuit, complètement nuit, si nuit qu'il ne voyait que l'écume des vagues avant que le bateau ne plonge dans les creux et embarque l'eau.

Naviguer dans ces conditions requérait une force et une concentration extrêmes. C'était un éternel combat contre le vent, qui voulait dérouter le voilier. Les muscles de ses cuisses se raidirent, il commençait à avoir des crampes aux abdominaux et aux bras. L'avantage étant qu'il remarquait à peine les signaux de ses autres sens ; le manque de sommeil, la faim, le froid, tout ce qui contribuait à son épuisement général devait passer au second plan face à la houle. Cette prochaine crête, comment l'éviter ?

Il se demandait depuis combien d'heures il naviguait, dans combien d'heures il ferait jour, sachant que par un temps pareil, le lever du soleil ne changerait sans doute pas grand-chose. Le ciel restait d'un anthracite automnal. Henry se baissa une énième fois au passage de la bôme, s'assit de l'autre côté. Encore et encore. Il finirait bien par arriver en Suède.

Il essaya de se réjouir à la perspective de ce qui l'attendait, mais le seul motif de réjouissance qui lui apparaissait était de poser le pied sur la terre ferme.

Le vent l'assaillait de toutes parts. Quand Henry se retrouvait dans la bonne direction, il pouvait simplement surfer sur les vagues. L'eau affluait de part et d'autre de l'étrave, comme s'il skiait dans une vallée de poudreuse, une de ces pentes où l'on sait qu'on va trop vite pour avoir le plein contrôle et où les obstacles de part et d'autre se rapprochent de plus en plus.

L'incident se produisit alors que le jour éclaircissait. Le bateau fendait rapidement les flots quand, à bâbord, il regarda une vague monstre dans le blanc des yeux. Il tenta de manœuvrer pour hisser le voilier sur la vague et, pendant une seconde, il y parvint, surfant à une vitesse folle, puis le quillard piqua. De toutes ses forces, Henry se jeta en arrière pour compenser la plongée de l'embarcation, mais c'était trop peu, trop tard.

Ce fut comme recevoir un bloc de glace dans la tête. L'eau s'abattit sur le bateau ; Henry eut l'impression de passer sous la surface. Il sentit le bateau gîter, fut projeté d'un côté et roula par-dessus bord.

Voilà donc où l'histoire s'arrêtait, songea-t-il, en mer, là où elle avait commencé.

Pendant un instant, ce fut le rideau noir, puis il se réveilla en sursaut. Il flottait. Il avait froid et tout était sombre, mais il était vivant. D'un seul coup, quelque chose lui serra la taille. Il se souvint de la vieille corde qu'il avait emportée et avec laquelle il s'était assuré en rattachant au bateau.

Mais comment allait-il rejoindre le Star ? Se débattant pour rester à la surface, il essaya de prendre ses repères au milieu des creux, avant d'être à nouveau soulevé par la mer furieuse, glaciale. Au sommet de la vague, il aperçut le voilier. Le mât était aussi horizontal qu'il est possible de l'être par ce genre de temps. Henry fut précipité dans de nouveaux creux. Mobilisant toute son énergie, il se hala vers l'étrave. Il parvint finalement à escalader le flanc du bateau, qui retrouva un certain équilibre. Frénétiquement, Henry entreprit d'écoper d'une main tout en se cramponnant à la barre. L'opération était lente, mais au bout de quelques minutes, il eut dégagé suffisamment d'eau pour pouvoir vider le reste avec un seau qu'il avait placé sous le poste de barre. Heureusement que les constructeurs du bateau avaient eu le sens pratique de ménager un petit coffre où ranger des biens de valeur, on n'en trouvait pas dans les embarcations norvégiennes. L'espace abritait le reste de ses vêtements, trempés.

Et son sac à dos.

Soudain, le vent faiblit. La surface de la mer restait agitée, mais ce n'était rien auprès de la houle que Henry venait de connaître. Il devait être juste au-dessous de la dépression. Exsangue, il parvint à régler l'écoute de grand-voile afin que la bôme soit à peu près perpendiculaire au bateau et il put se retirer vers l'arrière pour stabiliser l'embarcation. Le portant était une allure moins fatigante que le travers, mais il sentait désormais combien il était transi de froid.

Il se mit à trembler de façon incontrôlable.

Comment allait-il parvenir au bout d'une journée pareille ?

C'est bon signe de grelotter, se dit-il. Ton corps se mobilise contre le froid.

La lumière d'automne grise et sombre lui avait apporté une petite dose d'optimisme, bien qu'il restât trempé jusqu'à la moelle. Il avait perdu la notion du temps et n'aurait pas su préciser quelle heure il était, mais à un moment donné de la matinée, il avala sa dernière provision, une saucisse toute mouillée qu'il avait volée à la vieille dame d'Eberswalde.

Où était-il ? Dans la grisaille, il s'était efforcé de manœuvrer de façon à garder la lumière du soleil à tribord pendant toute la matinée. S'il parvenait à garder le cap droit au nord, il atteindrait la côte sud de la Suède. Sa crainte était de dévier sans s'en apercevoir vers le nord-est et de se retrouver entre la Scandinavie et les pays baltes.

Et là, il mourrait.

Henry le savait : il lui fallait atteindre la côte suédoise avant minuit. Une nuit de plus ici et il était fini. Et encore, une nuit de plus, c'était dans le meilleur des cas. Henry leva les yeux. Dans le ciel, la course des nuages était mouvementée. Il avançait toujours à bonne allure.

Mais il était donc transpercé jusqu'aux os. Chaque vague lui faisait l'effet d'un seau d'eau glacé alors qu'il était déjà enfermé dans une chambre froide. Lorsque le voilier entra dans une zone plus calme, il essaya de se lever. Un rideau noir tomba. Il se réveilla un instant plus tard, il s'était cogné la tête contre le plat-bord.

Sonné, il se redressa en position assise.

Soudain, il remarqua un accroc sur la chute de la grand-voile. Comment cela avait-il pu se produire ? La rafale suivante laissa une déchirure horizontale. Il s'efforça tant bien que mal de rattacher la voile abîmée comme un gréement de fortune.

Épargnez-moi cela, pensa-t-il, laissez-moi mourir. La pluie se densifia : de lourdes gouttes glaciales heurtaient lourdement le fond du bateau.

Mais il continua. Car comment mourir ? Certes, il pouvait se jeter à l'eau, mais avant la paix, il y aurait le froid.

Finalement, ce froid disparut. Henry ne grelottait plus, il était à la barre, une agréable chaleur le gagnait, il devait être au large de la Côte d'Or africaine à présent, ou peut-être de la côte des Esclaves, ou encore en mer des Caraïbes, et il n'était pas loin du rivage, il en était certain, car des oiseaux de terre tournoyaient au-dessus de lui. À l'horizon, il voyait les hauts palmiers et la forêt tropicale au-dessus des plages blanches. De toutes parts, il distinguait des goélettes et des bateaux d'esclaves, il entendait le grondement des canons et voyait la fumée bleuâtre des tirs.

Et là, il remarqua le vieux Hansson à la barre, qui le saluait d'un geste de capitaine expert et amical. En examinant la goélette de son père, il aperçut des visages qui regardaient par les hublots.

Henry voulait se jeter dans la chaude mer tropicale, qu'importait les ailerons de requins à la surface, il pleurait en appelant sa mère, mais alors qu'il allait se précipiter dans les flots, il se sentit empoigné par deux mains de fer. Lorsqu'il observa les hommes qui se tenaient au-dessus de lui, il constata que c'étaient des pirates.

« Hé oh, hé ooooh. »

La voix était lointaine, elle lui était inconnue. Il leva les yeux.

Des visages rouges mouillés l'observaient.

« J'allais dire, il est en vie, ma parole. »

Henry murmura quelques mots à propos des pirates et de l'Afrique, les hommes rirent. Il les voyait mieux à présent. Ils portaient de gros chandails en laine et étaient coiffés de casquettes. Il tâtonna autour de lui. Le plancher n'était pas le même, plus robuste que dans le voilier.

« Mon bateau ?! Vous avez volé mon voilier ?

– On le remorque derrière le nôtre », précisa un homme.

Ils parlaient en danois.

C'étaient des pêcheurs de Bornholm, expliquèrent-ils, et ils avaient remarqué le petit voilier par hasard. Personne ne sortait par un temps pareil, et en approchant, ils avaient découvert un navigateur presque inanimé sur son vaisseau fantôme.

Ils lui servirent du thé sucré dans la timonerie et lui fournirent des vêtements secs.

Après une demi-heure assis sur le capot du moteur, enveloppé dans une couverture en laine, Henry retrouva des sensations dans le corps. Le capitaine danois chiqua son tabac pendant quelques instants avant de regarder par la vitre.

« Où sommes-nous ? se renseigna Henry.

– Ici. »

Le point qu'indiquait le capitaine sur la carte se situait dans les eaux entre l'Allemagne, la Suède et le Danemark, à dix milles marins à l'ouest de Bornholm.

« On rentre accoster maintenant, marmonna le capitaine.

– Ce n'est pas possible. »

Le Danois le considéra, l'air interdit.

« Ce n'est pas possible ?

– C'est un territoire occupé. Je ne peux pas venir avec vous à Bornholm !

– Mais alors qu'avez-vous l'intention de faire ? »

Henry se dirigeait déjà vers le pont. Les Danois secouèrent la tête. Il les remercia et descendit sur son voilier.

Et maintenant, combien de temps avant la Suède ?

*

Friedrich fut le premier à remarquer le bateau de pêche. Le moteur vrombissait déjà, mais Sorge accéléra encore. Sous les projecteurs de la vedette, l'embarcation se dessinait clairement. Des silhouettes corpulentes apparurent sur le pont, les mains en l'air, tels des brigands pris la main dans le sac.

Pendant que Friedrich faisait le guet, Sorge embarqua sur le bateau de pêche.

Le capitaine chercha nerveusement des papiers et bredouilla dans un allemand hésitant qu'ils avaient le droit d'être en mer.

Derrière lui, trois hommes baissaient les yeux. Ils devaient avoir vingt ans à tout rompre.

Sorge balaya les papiers d'un geste.

« Avez-vous vu cet homme ? »

Il montra une photo de Henry Storm.

« Il n'y a pas grand monde en mer par un jour pareil, fit en riant l'un des jeunes pêcheurs dans un allemand plus assuré.

– Ça ne répond pas à ma question. »

Le capitaine replet alluma une cigarette roulée efflanquée.

« Il est norvégien. Nous avons de bonnes raisons de penser qu'il navigue dans ces eaux sur un Star. Je vous le demande encore : avez-vous vu cet homme ?

– Non, répondit le capitaine, nous ne l'avons pas vu. »

Bien que le vent se soit apaisé depuis la tempête qui avait sévi plus au sud dans la matinée, le bateau de pêche continuait de rouler sur les vagues. À l'arrière, séparée par une cloison, une cabine modeste abritait un unique lit, défait et surmonté d'un crucifix.

« Où dorment les autres ? »

Le capitaine pointa l'index vers le plancher. Ils dormaient sous le pont. Sorge ressortit. Une trappe permettait de descendre à l'avant. Les lieux étaient trop exigus pour former une véritable cabine. Trois sacs étaient placés le long de la proue du bateau.

Sorge se pencha. Quelque chose avait attiré son attention : une veste détrempée qui tachait un matelas.

Friedrich l'interpella depuis le *S-Boot* :

« Tout va bien, chef ? Tu trouves quelque chose ? »

Sorge descendit la petite échelle qui menait dans la proue.

C'était une veste à épaulettes en drap de laine gris. Sorge tâta une poche intérieure. Rien. L'autre abritait un étui en plastique transparent.

HOLGER BECKER
SAUF-CONDUIT POUR PEENEMÜNDE

Il le glissa dans sa poche de poitrine et remonta sur le pont.

Les trois jeunes hommes le fixaient toujours, la mine angoissée.

« Tout est en ordre ? » s'enquit le capitaine.

Sorge tendit la main pour le saluer avant de partir.

Lorsque le capitaine la prit, Sorge l'attira à lui de toutes ses forces, le déséquilibrant, et l'empoigna par le col avant de le bousculer, le faisant presque tomber par-dessus bord.

« Le nom Holger Becker vous évoque quelque chose ?

– Non…

– Hier, on l'a retrouvé assassiné derrière un parking sur l'autoroute, près de Neubrandenburg. Comment expliquez-vous la présence de son sauf-conduit dans votre bateau ? À moins que vous ayez envie d'être impliqué dans une affaire de meurtre, je vous suggère de parler sans attendre.

– Je… je… j'a-a-avais peur que vous nous sanctionniez parce que nous avons laissé l'homme repartir…

– Où est-il parti ?

– Vers la Suède.

– Quand ?

– Il y a une heure. »

Sorge le repoussa sur le pont et sauta dans la vedette.

« Cap au nord, tout de suite ! » cria-t-il à Friedrich.

Le vent s'étant affaibli, la vedette pouvait avancer plus vite sans que les vagues ne battent trop durement l'étrave.

« Il me semble voir quelque chose. »

Sur la passerelle, Friedrich regardait dans ses jumelles.

« Quoi donc ?

– Une lanterne puissante.

– Fais voir. »

Sorge scruta l'horizon en restant parfaitement immobile.

« Ce pourrait être un garde-côte suédois.

– D'après la carte, nous sommes à la limite entre les eaux territoriales internationales et les eaux suédoises, nota Friedrich.

– Mais regarde ! s'écria Sorge en tendant les jumelles à Friedrich.

– Il y a quelque chose entre la lanterne et nous.

– Un petit bateau, aux voiles blanches. »

*

Grâce aux conditions météorologiques et à l'équipement des Danois, Henry se sentait moins frigorifié, mais le paradoxe était que l'amélioration du temps amenuisait ses chances de réussite. Le vent lui était indispensable, or le Star flottait là comme un bouchon sur l'eau, presque à l'arrêt.

Une faible lumière vacillante apparut devant lui sur l'horizon sombre. D'abord, il crut à un mirage. Non, ce devait être un phare. Derrière, il entrevit ce qui devait être une bande de terre.

La Suède. Ou avait-il navigué en rond et il regagnait l'Allemagne ? Non. Certes, il n'avait pas de compas, mais il avait suivi le soleil à travers la couche nuageuse pendant toute la journée. Il était sûr et certain d'avoir navigué vers le nord. Il devait approcher de la Suède.

Pendant une seconde, son euphorie fut telle qu'il eut envie de sauter dans l'eau gelée. Avec un vent digne de ce nom, il y serait parvenu en peu de temps, mais comment y arriver dans les conditions actuelles ?

Le voilier avançait dans de la mélasse. Henry comprit alors que la lanterne n'était pas celle d'un phare, mais d'un navire, dont il voyait distinctement les contours. À quel pays appartenait-il ? La marine allemande l'avait-elle encerclé ?

Le navire semblait l'avoir repéré, car dans un mouvement lent, il pivota dans sa direction.

À quelle distance était-il ? Henry avait perdu toute notion des distances et des directions. Son sac était entre ses jambes, gorgé d'eau. Le pot de marmelade était à l'intérieur.

Henry lança un regard en arrière. Il lui fallut quelques secondes pour comprendre ce qu'il voyait : une embarcation nettement plus modeste que celle qu'il avait devant lui. Et bien plus rapide, elle était presque au planning. Elle naviguait dans sa direction.

Il eut un instant de panique foudroyante.

Puis il regarda à nouveau devant lui.

Le navire pavoisait aux couleurs de la Suède.

Henry le voyait clairement dans l'obscurité, du bleu et du jaune.

Le garde-côte suédois était à cent mètres à présent, peut-être moins. Probablement plus, on sous-évalue toujours les distances en mer. Mais le navire culait dans sa direction.

De l'autre bateau, derrière lui, dépassait un drapeau rouge orné d'une croix gammée au centre.

Les Allemands approchaient. Cent mètres, soixante-dix ?

De leur provenance, il entendit crier dans un porte-voix : « Henry Storm ! Ici la marine allemande. Rendez-vous et restez dans le bateau pour inspection ! »

Werner Sorge.

Le bateau qui pavoisait aux couleurs suédoises n'était à présent qu'à quelques longueurs de bateau de distance.

Henry saisit son sac.

Et il plongea.

Sous la surface, il faisait sombre comme dans le ventre d'une mère. Froid comme dans les glaces du Groenland. Suis-je en train de me noyer ? pensa Henry. Non. Il remua les bras, battit des pieds, rompit la surface. Le voilier flottait derrière lui.

Devant se dressa la silhouette du navire suédois.

Pourvu qu'ils l'aient vu ! Pourvu que le bateau ne l'écrase pas !

Les Allemands avaient abordé le voilier à présent, ils éclairaient les alentours à l'aide de puissantes torches.

Henry vit alors une échelle descendre du pont suédois.

Quinze mètres.

Dix mètres.

La colonne de lumière balaya l'eau autour de lui.

Henry entendit un tir de pistolet, qui fut englouti par la mer, tel un coup de fouet.

Il plongea sous la surface.

Cinq, quatre, trois, deux brasses. Une.

Employant ses dernières forces, il se projeta en avant et saisit les cordes de l'échelle.

Il se hissa à moitié hors de l'eau. Le projecteur du bateau allemand l'éblouissait.

« Cet homme est un criminel connu, soupçonné d'espionnage et de meurtre en Allemagne », crièrent les Allemands dans le porte-voix.

Sur le pont du côté suédois, il entendit le crépitement d'un haut-parleur.

« Bonsoir, vous parlez avec le capitaine du HMS Göta, dit la voix dans un allemand simple.

– Nous demandons seulement que vous nous livriez le fugitif. C'est une affaire de la plus haute importance.

– Il appartiendra aux autorités de nos deux pays de régler cela entre elles, poursuivit le capitaine. Vous êtes dans les eaux territoriales suédoises. La Suède aura recours à tous les moyens pour protéger sa neutralité et toute velléité d'agression sera perçue comme un acte de guerre ! C'est compris ? »

En franchissant le garde-corps, Henry vit Werner Sorge sur le pont de la vedette et fit un V de ses doigts.

Sur le *Schnellboot*, Sorge ne battit pas d'un cil. La vedette recula et disparut dans l'obscurité de la Baltique.

Henry constata alors qu'un groupe de matelots et d'officiers s'étaient rassemblés en demi-cercle autour de lui.

« Qui êtes-vous ? demanda un officier en allemand.

– Peu importe qui je suis, répondit en norvégien Henry. Ce qui compte, c'est ce que j'ai.

– Et qu'est-ce donc ?

– Ceci », répondit-il en tirant le pot de marmelade de son sac à dos.

Chapitre 33

PEENEMÜNDE

17 août 1943-8 juillet 1944

L'année suivante, les Sorge passèrent leurs vacances d'été sur l'île d'Usedom, plus précisément à Zinnowitz, dans l'hôtel familial où ils avaient séjourné une fin de semaine de septembre 1942. Les officiers haut placés de la SS y bénéficiaient de bonnes réductions. Les enfants s'y plaisaient énormément.

Le 17 août fut une somptueuse journée de fin d'été au bord de la Baltique. Sur les longues plages d'Usedom, on voyait loin à l'horizon, au nord-est. Un vif vent de terre renforçait l'odeur de pin.

Hanna et Helga avaient consacré toute leur journée à courir nues au bord de l'eau et à construire des châteaux de sable, leurs parents aussi. Cela convenait parfaitement à Werner, qui en outre reprit le Pilates après un long intermède.

Le soir, les jumelles s'endormirent d'un coup, épuisées par tout ce soleil, toute cette mer, tous ces jeux. Dans le reste de l'Allemagne, les bombardements alliés avaient empiré, mais ici, on était comme soustrait aux réalités de la guerre.

Werner et Greta Sorge restèrent à contempler le coucher de soleil en buvant un verre de vin de Moselle bien frais. Greta regarda son mari dans les yeux.

« Werner, je sais que je peux être compliquée et que tu as eu beaucoup à faire.

– Tu n'es pas difficile, Greta.

– Je voulais simplement te dire que je suis heureuse que nous nous reparlions vraiment, en nous écoutant.

– Moi aussi, Greta. Ce n'était pas facile d'être préparé psychologiquement à tout ce qui est arrivé l'an dernier, mais la famille, toi et les filles, vous êtes ce qui compte le plus dans ma vie.

– Et vous dans la mienne. »

Une petite heure plus tard, à 23 h 25, la sirène d'alerte aérienne retentit.

Tout comme les épisodes correspondants des semaines précédentes, celui-ci ne provoqua aucun affolement. Sorge berça dans ses bras les jumelles, encore comateuses de fatigue.

Après minuit, la plupart des clients de l'hôtel avaient retrouvé leur lit.

Et c'est alors que tout commença.

Les bombardiers opéraient en trois vagues. Les avions qui décollèrent de Grande-Bretagne et traversèrent la mer du Nord et le Danemark étaient au nombre de cinq cent quatre-vingt-seize. Ils avaient attendu un ciel dégagé et la pleine lune pour passer à l'attaque. La cible était la base militaire de Peenemünde. Outre la destruction des infrastructures de production, l'objectif était l'élimination du plus grand nombre possible de spécialistes allemands des fusées.

Première étape, les attaques sur les quartiers résidentiels de Karlshagen devaient commencer à 0 h 15. Les cibles de Peenemünde étaient réparties entre la mer et des zones inhabitées, on avait privilégié les bombes explosives, car les bombes incendiaires des récents bombardements de Hambourg créaient beaucoup de fumée, ce qui rendait encore plus difficile d'atteindre la bonne cible.

Suite aux marquages erronés des avions de reconnaissance, le camp de concentration de Trassenheide fut touché en premier. Les longues rangées de baraques prirent feu. Enfermés derrière la clôture, les prisonniers polonais et soviétiques furent pris dans un piège mortel. Ils se précipitèrent hors des bâtiments incendiés, sans trouver d'endroit où se réfugier. Désespérés, nombre d'entre eux coururent droit dans les barbelés électrifiés.

À l'issue de la première étape, 250 bombardiers avaient lâché 500 tonnes de bombes explosives et 100 tonnes de bombes incendiaires.

Les halles de production étaient la cible principale de l'étape suivante, qui, conformément au plan, fut amorcée à 0 h 31. Le problème était que les bombes explosèrent au contact des toits élevés, ce qui entraîna des destructions, certes, mais protégea tout de même un certain nombre de composants des fusées au niveau du sol.

La dernière étape était dirigée contre les laboratoires expérimentaux au nord de Peenemünde. Lorsqu'elle s'ouvrit vers une heure moins le quart, les pilotes durent affronter un bouclier de fumée s'élevant au-dessus des flammes causées par les bombes. On voyait mal. Toute la partie septentrionale de l'île brûlait à présent, des logements, des bâtiments industriels et des pins illuminaient la nuit tels de gigantesques flambeaux.

Le matin, des centaines de personnes étaient mortes.

Le programme de développement de fusées était gravement endommagé.

Werner Sorge ne fut bien évidemment informé de ces détails que les jours suivants. Au moment des faits, il n'en savait pas plus que les autres. En compagnie de sa famille, il était sous l'hôtel, dans un abri antibombe éclairé à la bougie.

Helga pleurait, sa mère la consolait.

« Ça ne sert à rien de pleurer », décréta Hanna avec beaucoup de maturité pour son âge.

Les pleurs de Helga redoublèrent.

« Rien ne sert contre les bombes, poursuivit sa sœur. À part la chance.

– Sottises, murmura Werner. L'abri antibombe sert.

– Une élève de notre classe m'a expliqué que sa cousine était dans un abri antibombe à Hambourg et quand les bombes sont tombées, les gens n'ont pas pu sortir. Ils ont été rôtis vivants.

– Chut ! » siffla sa mère entre ses dents.

Helga pleura plus fort.

« Pourquoi racontes-tu des choses pareilles ? demanda Sorge en tapotant Hanna sur la tête.

– Parce que je m'appelle *Sorge*, “le souci”, répondit Hanna. S-O-R-G-E. Et c'est pourquoi je suis si triste. »

Les jours suivants, l'activité fut frénétique. Une petite délégation, dont Sorge faisait partie, fut convoquée d'urgence au quartier général du Reichsführer-SS Heinrich Himmler à l'est de Rastenburg. Les Sorge interrompirent leurs vacances, ils ne pouvaient plus rester à Usedom et la famille de Greta était en mesure d'héberger les jumelles pendant la semaine suivante.

L'unité Wolfsangel était depuis longtemps dissoute et ses renseignements avaient discrètement été relégués dans des archives. Cependant Sorge se savait largement responsable de la bévue commise dans la collecte et le traitement d'informations avant le bombardement. L'anarchie croissante occasionnée par la multiplicité d'organisations de sécurité intérieure concurrentes lui permettait peut-être de le cacher, mais c'était sa faute, sa responsabilité. Si seulement Henry Storm n'était pas passé en Suède...

Avec qui Storm avait-il été en contact ? Qui était le Griffon ?

La question le tourmentait encore, bien qu'elle soit sans importance pour sa carrière et pour son avenir au SD.

Le ministre de l'Armement Speer débarqua à Rastenburg dans la soirée, après sa réunion urgente avec le Führer à Wolfsschanze. Ils avaient parlé du bombardement de Peenemünde et de la nécessité de renforcer le secret, expliqua-t-il. En même temps, Hitler avait présenté son plan de représailles dément : attaquer l'Angleterre avec cinq mille fusées V2 simultanément. Speer avait souffert l'hiver précédent d'une très grave infection au genou et la guerre l'avait vieilli. Il conservait néanmoins son charme cavalier, qui lui avait permis d'aboutir à un compromis acceptable entre les exigences divergentes du Führer, des hommes de Himmler et des chercheurs de la base.

La solution était de déplacer la production de fusées dans le massif du Harz, au centre de l'Allemagne, où un réseau de tunnels servait au stockage de déchets chimiques.

Le camp s'appelait Dora-Mittelbau.

Un jour d'hiver, Sorge se rendit à Mittelbau, ou Mittelwerk, comme on l'appelait. L'occasion était la visite annoncée de Wernher von Braun – de même que certains des plus éminents ingénieurs de la base, il travaillait encore dans les ruines de Peenemünde, mais il venait ce jour-là, accompagné de quelques dirigeants de l'industrie, pour vérifier l'avancement de la production de fusées.

Alors que Sorge avait emprunté les routes verglacées depuis Berlin, von Braun et sa suite vinrent en avion et atterrirent à l'aéroport de Nordhausen.

Sorge les accompagna à l'entrée du tunnel. Elle était entourée d'un petit camp de prisonniers et de baraquements pour le personnel SS du coin. À l'image du reste du site, le tunnel affichait tous les signes du travail mal fait. Von Braun entra le premier, avec Förschner, le commandant du camp, un officier SS borgne dont le cache-œil lui conférait une déplaisante allure de pirate.

Le froid de l'extérieur fut brutalement remplacé par une chaleur étouffante, comme émise par un gros moteur diesel.

« Vous ici ? fit von Braun d'une voix inexpressive en saluant Sorge. Je croyais que vous cherchiez les ennemis de l'Allemagne. »

Depuis leur dernière entrevue, ses yeux et sa voix s'étaient voilés d'une distance polaire, c'était ce cynisme las que seule la guerre peut convoquer, si différent par exemple du deuil. Le bombardement de Peenemünde devait en être à l'origine.

« On ne sait jamais où ils se terrent. »

Une fine couche de chaux blanche flottait dans l'air et plusieurs personnes de la suite de von Braun toussèrent, tandis que d'autres se couvraient le nez d'un mouchoir. L'odeur doucereuse et abjecte d'excréments se renforçait de plus en plus. Le dos bien droit, le pas mécanique, von Braun passa devant les rangs de prisonniers décharnés, couverts de plaies et galeux, qui se levaient avec apathie dès que les gardes du camp et les kapos les fouettaient.

Les installations sanitaires élémentaires semblaient faire défaut aussi, les prisonniers se soulageaient dans un baril positionné contre le mur, pendant que d'autres tiraient des pierres et des composants mécaniques sur les rails du tunnel obscur. Le long des parois, quelques prisonniers voûtés creusaient de nouveaux passages latéraux, d'autres portaient d'épaisses poutres de bois à travers la foule.

L'Obersturmbannführer Aue, un SS contemplatif et légèrement insubordonné que Sorge connaissait depuis quelques années et qu'il avait toujours apprécié, chuchota : « Je suis venu ici avec Speer avant Noël. Il a qualifié les lieux d'enfer de Dante. »

Les deux tunnels principaux A et B étaient reliés par un grand nombre de galeries latérales, où les prisonniers dormaient sur des lits superposés durs à quatre bannettes.

« Ils logent ici et ils ne sortent jamais, murmura Aue.

– Je croyais qu'ils étaient censés construire des fusées, mais ça ne peut en aucun cas bien marcher là-dedans ?

– C'est exactement le sujet sur lequel je travaille, répondit Aue. Une meilleure exploitation de la force de travail. On retrouve ici le même problème que dans nos camps du Gouvernement général de Pologne. Les rations quotidiennes sont si faibles et les conditions sanitaires si déplorables que la production des prisonniers ne répond pas aux attentes du ministre de l'Armement. Nous ne parvenons tout simplement pas à atteindre le niveau de production de l'Amérique ou de l'Union soviétique. »

Sorge s'arrêta brusquement.

Devant l'infirmerie du site, un bras dépassait d'une bâche, à une hauteur correspondant à celle d'une voiture. Sorge souleva la toile et étouffa un cri. Dessous s'empilaient une dizaine de corps osseux, balancés pêle-mêle.

Les visages distordus étaient visibles entre les os.

Sorge dut s'appuyer contre une paroi pour ne pas tomber devant ce spectacle, la paume de sa main fut instantanément souillée par une condensation brunâtre répugnante.

Von Braun était arrivé dans la halle de production. Pour des raisons purement techniques, les conditions d'hygiène y étaient légèrement meilleures ; l'air tuberculeux du tunnel rendait physiquement impossible d'y fabriquer des fusées. Dans la halle s'élevaient des grues en bois d'environ cinq mètres de haut, dont la flèche était soutenue par une poutre transversale à 45 degrés.

Ces grues rappelèrent instantanément à Sorge la guillotine de la prison de Plötzensee.

Il pensa à Beatrice, mais fut interrompu dans sa rêverie par une scène au bout de la halle. Des sous-officiers SS se jetaient sur un ouvrier pour le rosser. Cependant, le type était un dur, et lorsqu'ils eurent terminé, il se leva, ensanglanté, et brailla : « C'est tout ce dont vous êtes capables ? »

Sorge se dirigea vers le groupe pour mieux voir.

« Vingt-cinq coups de fouet, déclara froidement von Braun.

– Il a eu son compte », souligna un aide de camp.

Von Braun se tourna vers lui.

« Vous, taisez-vous. Donnez-lui vingt-cinq coups de fouet. Et que ça saute ! »

Ébranlé par ce qu'il voyait, Sorge ne saisit que partiellement les informations sur la production, mais elle progressait rapidement et les chefs d'équipe comptaient atteindre l'objectif de 900 fusées par mois dans le courant du printemps.

« Combien ont été produites en février ? demanda von Braun.

– Nous n'avons pas les chiffres exacts…

– Mes rapports montrent qu'entre 50 et 58 fusées ont été construites en janvier, avec un peu de bonne volonté, nous sommes à 840 fusées de l'objectif !

– Ces chiffres ne reflètent pas les conditions actuelles, Freiherr.

– Vous avez exactement deux semaines pour le démontrer. »

Von Braun tourna les talons et repartit au pas de charge.

Que restait-il du bon vivant plein de charme qui avait invité Sorge à naviguer ?

C'était devenu un tyran. Von Braun était devenu un tyran. La guerre l'avait transformé. Était-ce pareil pour lui ? Nom d'un chien ! C'était l'anniversaire des jumelles le lendemain et il n'avait aucun cadeau.

Il pensa : les seuls qui ne soient pas perturbés par cette guerre sont les psychopathes.

Quiconque avait un semblant de conscience était marqué par la guerre.

Sorge avait évidemment entendu toutes sortes de rumeurs sur les conditions dans les camps de l'Est. Il doutait toutefois qu'elles puissent être pires qu'à Dora-Mittelbau.

Et qui était le Griffon ?

Sorge avançait toujours à l'aveuglette.

Les mois passèrent et un jour de juillet 1944, Sorge fit son apparition au Sportpalast de Berlin.

Alors qu'il avançait dans la salle, des dignitaires de la SS et du parti le félicitèrent de sa récente promotion au rang de Standartenführer. Werner Sorge était vraiment devenu un homme qui comptait.

Il salua de la tête à droite et à gauche en prenant sa place à côté de Walter Schellenberg au premier rang.

« Les puissances de l'Ouest gagnent de plus en plus de terrain en France, murmura Schellenberg. Il est encore temps de rechercher la paix séparée avec elles et de nous battre ensemble contre l'Union soviétique, mais nous ne pouvons pas traîner. Or ni le Führer ni le ministre Goebbels ne le comprennent. »

La salle bondée frémissait d'attente lorsque enfin le ministre Goebbels arriva. Muni de son caractéristique brassard à croix gammée, il avança d'un pas énergique, entouré d'une cour d'officiers et de fonctionnaires du parti.

« Les nouvelles armes de représailles seront bientôt utilisées, commença-t-il à la tribune. Il en résulte que la presse britannique m'accuse d'inventer tout cela à des fins de propagande. »

Il marqua crânement une pause, les mains haut sur les hanches dans un geste féminin.

« Je n'ai pas jugé de mon devoir de détromper les Britanniques. Laissons-les penser ce qu'ils veulent et plus longtemps ils nous penseront hors d'état d'agir, mieux ce sera. Je continue de croire à l'effet de surprise. »

Il parlait en agitant le bras gauche.

« La population britannique a été induite à penser qu'elle avait surmonté le pire et que la victoire était proche, alors quand les autorités britanniques reçoivent ces nouvelles alarmantes, elles sont obligées de les censurer ou de les embellir. Je suis persuadé que le Führer a raison de penser qu'il peut avoir confiance à cent pour cent en son peuple en ces temps difficiles. »

Les claqueurs du parti et les jeunesses hitlériennes le couvrirent d'applaudissements.

« Selon moi, notre dirigeant est en droit d'attendre de son peuple qu'il soit aussi déterminé et endurant que lui-même. Je pense qu'il faut savoir apprécier ces valeurs, car ce sont elles qui nous feront gagner la guerre, et cette guerre sera gagnée par ceux qui méritent de la gagner. »

En sortant de la salle après le discours, Sorge entendit une voix.

« Werner Sorge ! Comment ça va ? »

Le Kriminalobersekretär Friedrich était égal à lui-même, les cheveux courts, la tête compacte.

« Bon discours, commenta Sorge.

– Quand nous aurons dirigé nos armes sur Londres, les Britanniques n'auront plus vraiment d'autre choix que de capituler, renchérit Friedrich d'une voix pas entièrement convaincante.

– J'espère que tu as raison.

– Mais comment ça va, sinon ? »

Friedrich le questionna sur sa femme et sur ses filles, et Sorge répondit :

« Oui, oui, elles grandissent, elles passent beaucoup de temps à la campagne.

– Mais toi, dis donc, poursuivit Friedrich chaleureusement. Standartenführer et tout. Raconte-moi comment ça s'est passé.

– J'ai eu un peu de chance. Je ne t'apprendrai rien en te parlant de querelles de chapelle entre l'Abwehr et le département du renseignement extérieur du SD ces dernières années. Eh bien, pour faire bref, Schellenberg et le SD ont pris le contrôle de l'ancien domaine de responsabilité de l'Abwehr concernant le renseignement étranger. »

Sorge se pencha vers Friedrich et chuchota :

« Comme tu le sais, l'Abwehr était infiltrée par des individus hostiles au régime et des opposants au national-socialisme. Mais maintenant Schellenberg dirige le renseignement étranger au Amt VI, et moi j'ai la responsabilité principale de nos agents à l'étranger.

– À propos, fit Friedrich tout bas, comment se porte une certaine Fräulein de Varsovie ? »

Beatrice était de son côté. Pourquoi ? Sorge n'en était pas sûr. S'agissait-il de sympathies pour la cause allemande ? De son fils ? Gregorz établissait entre eux une espèce d'équilibre dont ni lui ni elle ne pouvaient sortir.

« J'aurais bien voulu te le dire, répondit Sorge en souriant, mais je ne peux pas. C'est classé *secret du Reich.* »

De plus en plus de hauts fonctionnaires et d'officiers venaient lui adresser quelques mots. C'était l'un des inconvénients de sa promotion. Sorge était l'une des étoiles montantes du Reich désormais. À la fin, un homme d'âge mûr aux traits ténébreux et à l'accent autrichien se présenta. Son visage lui semblait vaguement familier, mais il ne parvint pas à le situer.

« Vous ne vous souvenez sans doute pas de moi.

– Je vous prie de m'en excuser.

– Paul Rosbaud. Nous nous sommes rencontrés aux éditions Springer.

– Ah ! Maintenant, je me souviens.

– J'espère que nous nous reverrons. Prenez contact avec moi si vous avez des questions. »

Il lui tendit une carte de visite.

Sorge l'examina : revue *Naturwissenschaften.*

Ce *Naturwissenschaften* lui disait quelque chose, mais quoi ?

Alors que Rosbaud allait partir, un homme chauve à lunettes les rejoignit. L'éditeur fit les présentations.

« Standartenführer, permettez-moi de vous présenter le professeur Szenassy. »

Et tout lui revint, Sorge se souvint. C'était en faisant référence à cette revue que Henry Storm avait pu emprunter la thèse de Wernher von Braun à la bibliothèque de l'école technique.

« Tu te rappelles que nous devons jouer ensemble au tennis à Dahlem ? » demanda Szenassy à Rosbaud en lui adressant un clin d'œil.

Sorge se rappelait à présent les détails du rendez-vous avec l'éditeur en veste de tweed qui fumait la pipe. Qui connaissait tous les scientifiques ayant participé au Tag der Weisheit à Peenemünde. Qui savait qui était en Norvège en novembre 1939. Rosbaud avait parlé de Fauner et de Szenassy. *Nous ne nous fréquentons pas*, avait-il souligné, *mais mon métier implique de rencontrer des gens dotés de ces qualifications en contexte professionnel.* Sorge était sidéré. Quel brillant paravent ! Ce fut d'un seul coup si évident : Rosbaud n'avait inscrit son propre nom sur aucun des événements suspects, il n'était allé ni à Peenemünde ni à Oslo et il avait ainsi un alibi, mais sous couvert de ses activités d'éditeur scientifique, il avait collecté des informations de leur part à tous. Les pièces s'assemblaient. Rosbaud avait reçu des renseignements de Szenassy et de Fauner, c'est pourquoi il lui avait importé de souligner qu'ils n'entretenaient pas de relations privées. Sorge se souvenait même de l'avoir vu à l'école technique le jour de la disparition de Henry Storm. Bien sûr qu'un éditeur scientifique y était !

Les pensées de Sorge allèrent aux esclaves de Dora, aux bombardements répétés de Berlin, à l'Armée rouge qui avançait vers la Pologne, aux Alliés qui avaient établi une tête de pont dans le nord-ouest de la France. La fin approchait à présent. L'Allemagne était prise dans un énorme étau ; quoi qu'en dise Goebbels, ils se tenaient collectivement sur l'échafaud, avec la corde autour du cou.

Je n'ai pas la force de me livrer à une nouvelle enquête, songea Sorge, je n'ai pas la force d'avoir d'autres réunions avec le Reichsführer et Schellenberg, ni d'effectuer d'autres interrogatoires dans le sous-sol de la SS. Si je peux mener l'agente Cassandra à Londres, tant mieux, mais je voudrais surtout survivre.

Le Griffon fit une courbette polie avant de se laisser engloutir par la foule du Sportpalast. Sans échanger un mot avec quiconque, Sorge sortit et retrouva sa Mercedes. Le bombardement de novembre lui avait infligé quelques sérieuses éraflures, mais elle démarra au deuxième coup. Il rentra auprès de sa famille.

RENDEZVOUS4

Londres
Vendredi 15 septembre 1944

Conformément aux ordres de l'officier traitant Sorge, Cassandra envoya à Berlin les preuves photographiques des destructions de la fusée V2.

Elle employa comme agent de liaison un attaché militaire portugais en poste à Londres, qui remit l'enveloppe destinée au SD au chef de poste allemand à Lisbonne, lequel l'achemina personnellement au siège de Prinz-Albrecht-Straße. Trois jours plus tard lui parvint une confirmation, Sorge la remerciait de son excellent travail.

On était le vendredi 15 septembre. Beatrice était assise dans une salle d'interrogatoire exiguë de Chiltern Court, sur Baker Street. Les attaques de fusées duraient depuis une semaine. Des clefs cliquetèrent, un Britannique passa une tête à l'intérieur.

« Miss Skarbek, nous allons inspecter les destructions de l'arme miraculeuse.

– J'en sais suffisamment sur le sujet.

– Non, je ne pense pas. Venez. »

Le voyage de Beatrice vers la Grande-Bretagne avait commencé un jour de printemps de cette année-là, quand Sorge était arrivé au volant de son cabriolet devant l'une des rares terrasses de café intactes de Mitte. Le retour à Berlin de Beatrice et son arrestation remontaient à près de deux ans. L'anniversaire ne méritait pas de célébration. En raison du temps froid, la capote était encore relevée, et Beatrice nota que la carrosserie était cabossée et rayée côté passager. L'homme était plus souriant et courtois que jamais. Un frisson parcourut l'échine de Beatrice lorsqu'elle vit ses rides de sourire et les petits tressaillements de son visage. Puis elle monta côté passager.

L'odeur des sièges en cuir lustrés de la Mercedes de Sorge lui rappellerait-elle jamais autre chose que la gueule de requin dans laquelle elle avait plongé le regard ce jour-là, sous la guillotine de la prison de Plötzensee ?

Elle remarqua qu'il avait encore une nouvelle distinction sur ses épaulettes. Il était maintenant Standartenführer. Avec une fierté qu'il ne parvenait pas à dissimuler, il lui expliqua qu'une vaste réorganisation du service de renseignement étranger avait placé l'Abwehr sous l'Amt VI, Schellenberg étant le grand patron et lui-même, le responsable de la liaison avec les agents.

Sorge ne lui faisait pas une visite de politesse.

Le renseignement étranger réformé avait besoin d'yeux et d'oreilles en Angleterre. Certes, on disposait d'un cercle d'espions allemands qui opéraient depuis le début de la guerre, mais si le travail effectué était satisfaisant, les informations qu'ils communiquaient étaient souvent fausses et approximatives. Le Reich avait besoin de sang neuf en Angleterre.

« Mais pourquoi moi ? s'étonna-t-elle. Il y a près de deux ans, vous m'avez arrêtée. Vous ne pensez pas que ça paraîtrait suspect que je débarque soudain en Angleterre ?

– Écoutez, fit Sorge avec un sourire indulgent. Les Anglais ne sont pas des imbéciles. Votre couverture est à toute épreuve.

– Comment ça ? »

Sorge se gara dans une rue donnant sur Hermann-Göring-Straße, à quelques pâtés de maisons au sud de l'hôtel Eden, ou de ce qu'il en restait, car la ville était continuellement bombardée par les Alliés depuis le mois de novembre, les Américains la nuit, les Britanniques le jour.

« Par l'intermédiaire de nos contacts de l'Armée de l'intérieur polonaise à Varsovie, vous avez pendant tout ce temps remis des renseignements de première classe aux Alliés sous couvert de travailler à Berlin. Vous avez donné des dessins des gyroscopes de fusées à la Pologne, vous avez fourni des informations sur la production à Peenemünde et dans les montagnes du Harz. Personne ne vous soupçonne de quoi que ce soit. Pour les Alliés, vous êtes une excellente agente. »

Elle le dévisagea avec méfiance.

« Comment vais-je me rendre à Londres ?

– Ne vous inquiétez pas, nous nous chargeons des aspects logistiques de la fuite. Nous prévoyons de reprendre une campagne aérienne contre la Grande-Bretagne. Vous serez informée des détails. À Londres, votre mission sera de relever les coordonnées géographiques des impacts. En jargon professionnel, on appelle ça *guider le feu.* »

Il lui décrivit la formation qu'elle allait suivre pour la radiotélégraphie et l'espionnage.

« À Londres, vous n'aurez de contact avec personne. À une exception. Si vous recevez un message faisant état de *Rendezvous1*. Ce code n'est employé qu'en cas de nécessité.

– Et qui dois-je voir dans ce cas ?

– Notre meilleur homme dans le pays. L'agent Otto. Vous n'avez pas besoin d'en savoir plus.

– Comment saurai-je que c'est lui et pas un infiltré ?

– Vous utiliserez le code *The House on the Hill* quand vous le rencontrerez physiquement. Il comprendra. »

Il rit, offrit une cigarette à Beatrice et s'en alluma une.

« Vous fumez maintenant ? »

Sorge écrasa sa cigarette.

« Et Gregorz ? »

Elle avait mal quand elle pensait à lui. Ce n'était pas une douleur distincte, mais plutôt un manque sourd qui s'imprimait dans son corps.

« Oui, et il y a donc Gregorz. Il est entre les meilleures mains.

– Je ne ferai rien, strictement rien, avant que vous m'ayez assuré qu'il va bien. »

La voix dure de Beatrice vibrait d'un écho sous-jacent de désespoir.

Sorge tira une photo de sa poche.

Les mains moites, elle l'examina. C'était Gregorz, aucun doute là-dessus, il avait hérité de ses lèvres en arc de cercle et de son front haut. Le temps n'avait fait que renforcer leur ressemblance. Le garçonnet était vêtu d'un petit uniforme, il tenait entre les mains un journal.

Elle se tamponna les yeux à l'aide d'un mouchoir.

« La règle reste inchangée, déclara Sorge. Si vous faites ce que vous devez, tout ira bien pour lui. Si vous nous mystifiez, vous ne le reverrez plus jamais.

– Comment puis-je savoir que ce n'est pas une vieille photo ? »

Sorge montra le journal.

« 16 juin 1944. Il y a trois jours, donc.

– Je ne comprends toujours pas cette langue. »

Parfois, Beatrice pensait encore à Henry Storm. Ainsi était la guerre. Mais pourquoi Gregorz était-il en Norvège ? Était-ce une simple coïncidence ou Henry avait-il un rapport avec cela ? Non, c'était impossible. Comment diable aurait-il collaboré avec Sorge ? Non, non, non. Depuis l'enlèvement du garçonnet, elle avait entendu au compte-gouttes des histoires sur le programme Lebensborn, qui kidnappait des enfants au physique aryen dans toute l'Europe. Avec ses nombreux enfants blonds, la Norvège était particulièrement intéressante pour les scientifiques. C'était la raison, bien sûr que c'était la raison.

« Bref, conclut Sorge. Il pourrait s'écouler longtemps avant que nous nous revoyions.

– Hm », fit-elle, absente.

Elle sentit la main de Sorge toucher sa nuque juste au-dessous de l'appui-tête du siège.

Beatrice fixa intensément le pare-brise.

« Nous avons vécu beaucoup de choses, toi et moi », murmura Sorge.

Elle sentit ses lèvres sur le lobe de son oreille et se figea.

Sorge saisit sa tête à pleines mains et l'embrassa. Elle ne lui opposa aucune résistance, se contenta de s'appuyer contre son dossier. Il glissa une main sous son chemisier.

« Beatrice, je suis tellement amoureux de toi depuis notre première rencontre. Je t'aime, Beatrice, je t'aime. »

L'évasion se déroula comme le Standartenführer Sorge l'avait prévu : par des intermédiaires polonais, Beatrice fut exfiltrée en Suède sur un cargo en partance de Stettin. De Suède, elle prit un avion pour Londres et échoua au Camp 020 à Latchmere House, une demeure victorienne en périphérie de Londres, où étaient internés les Alliés soupçonnés d'espionnage.

Lorsqu'on l'interrogea, elle se contenta de répondre :

« Je viens d'Allemagne et j'ai des informations de la plus haute importance, mais je veux seulement parler avec Henry Storm. »

Finalement, un homme plus jeune était apparu à la porte de la salle d'interrogatoire dépouillée.

« Pourquoi voulez-vous parler avec Henry Storm ?

– Tout comme lui, je sais ce qu'est l'espionnage à Berlin. Pourquoi vous parlerais-je à vous ?

– Je suis le *lieutenant commander* Welsh, Eric Welsh. Je dirige la section scandinave du SIS. Vous allez me parler à moi, car Storm n'est pas en Grande-Bretagne et j'étais son officier traitant. »

Elle relata son histoire. À la fin, l'homme réprima un bâillement, non pas d'ennui, mais d'épuisement. Beatrice avait parlé pendant huit heures consécutives.

Toute une semaine durant, ils répétèrent la procédure : Beatrice raconta tout, de la Pologne à Peenemünde, en passant par ses années à Berlin.

« Merci pour ces informations, conclut Welsh avant de faire signe à un gardien. Ouvrez, s'il vous plaît. »

Le gardien obéit, et sur le pas de la porte apparut Henry.

*

L'épisode remontait à trois mois tout juste. Aujourd'hui, Henry retrouva Beatrice dans le couloir. Chiltern Court était le quartier général de la section scandinave du SIS : le FO-II. Quel plaisir d'en avoir fini de cette comédie de l'officier traitant et de l'agente Cassandra.

Il la protégea de son parapluie alors qu'ils traversaient devant l'hôtel pour rejoindre une Rolls-Royce noire au moteur allumé. Henry ouvrit la portière, Beatrice s'installa et il la suivit d'un bond.

Deux visages se tournèrent vers eux : ceux de Welsh et du lieutenant-colonel Alfred Roscher-Lund.

« Content de vous revoir, Storm, dit le lieutenant-colonel. Allons-y. »

Roulant vers l'ouest, Welsh traversa Kensington et Fullham, jusqu'à ce que les rues s'élargissent, que les passants se raréfient et que les maisons s'espacent.

C'était lors d'un interrogatoire de Beatrice à Latchmere House que Henry Storm avait compris l'accueil méfiant qui lui avait été réservé, même quand il avait sorti du Reich les renseignements sur la fusée V2. Il avait trouvé cette suspicion à son égard si injuste : d'abord les Norvégiens de Berlin n'avaient pas eu confiance en lui, puis la situation s'était reproduite en Suède.

Près de deux ans s'étaient écoulés depuis sa mission en Allemagne. Henry avait passé la majeure partie de ce temps à Stockholm, où il était arrivé la nuit après avoir été recueilli par la marine suédoise. À Stockholm, Welsh et Roscher-Lund l'avaient interrogé. Toujours dans la capitale suédoise, on l'avait informé en août 1943 que, enfin, et il était grand temps, les Britanniques avaient bombardé la base de fusées de Peenemünde.

Cependant, quelque chose manquait. Depuis sa mission, Henry s'était vu refuser l'entrée en Grande-Bretagne pour des raisons de sécurité, mais un jour il avait reçu un message inopiné lui instruisant de se rendre à Londres, les documents nécessaires étaient fournis. On l'avait escorté directement à Latchmere House et il avait subi d'interminables interrogatoires. Jusqu'à ce que Welsh lui explique qu'ils cherchaient l'agent Otto en Grande-Bretagne et lui demande d'un air soupçonneux pourquoi le message personnel de cet agent était *The*

House on the Hill, version anglaise du *Das Haus steht am Hügel* qui lui avait été rattaché.

Et alors, Henry avait compris. Il avait compris pourquoi les Allemands à Berlin et les gens en Suède lui avaient battu froid. Ce message personnel n'était connu que d'Astrid, de Welsh, de lui-même et de l'Allemand, dont Welsh lui avait expliqué qu'il portait le nom de code « le Griffon ». Le groupe d'Astrid ayant été démantelé aussitôt après son départ de Norvège, l'origine de la fuite d'information faisait peu de doute. Il avait compris pourquoi personne n'avait confiance en lui. Lui, l'ancien combattant du front décoré de la croix de fer. Il était l'homme parfait à mettre en cause : d'abord, il avait donné les résistants norvégiens, puis il avait essayé d'enfumer le Griffon à Berlin en utilisant le message codé.

Car tout cela avait été orchestré par Bjørn Robshamn, bien sûr. Otto, c'était lui. L'homme qui les avait dénoncés. Par Astrid, il avait obtenu le code, qu'il avait utilisé pour provoquer une rencontre entre Henry et le Griffon. Pendant que le doute était jeté sur Storm en Suède, Robshamn travaillait pour les Allemands à Londres, sous prétexte d'être un résistant en exil. Quel remarquable paravent, que seul Henry pouvait faire tomber. Et jusqu'à maintenant, il avait avancé à tâtons.

Henry avait élaboré un plan pour briser Robshamn une fois pour toutes. La première étape était de se procurer un jeu de clefs de son appartement à Londres. Il l'avait accomplie en s'introduisant chez sa logeuse de Finsbury Park Road.

Il y était retourné un soir pour fouiller le logement, sans résultat. L'agent Otto n'était pas du genre à laisser des traces derrière lui. Après avoir envisagé de le tuer de ses propres mains, Henry était parvenu à la conclusion que l'entreprise était trop risquée à Londres. Même en temps de guerre, les lois civiles restaient applicables et il serait le premier suspect.

La possibilité s'était présentée la semaine précédente, au début des attaques de V2. Beatrice lui avait annoncé la mise en œuvre de *Rendezvous1*. Il avait aussitôt réagi. Il lui avait confié les clefs du logement de Robshamn et, sans autorisation, lui avait donné mission de le supprimer, mission qu'elle avait exécutée avec brio.

« Tu m'as fait le tuer pour venger Astrid, murmura Beatrice sur la banquette arrière.

– Ça va au-delà de ça, répondit Henry. Tu as effectué un travail inestimable pour les Alliés. L'agent Otto constituait une énorme menace, qu'il fallait éliminer. Nous allons voir les destructions de la fusée V2. »

La voiture qui les emmenait tous les quatre roula hors de la métropole. Autour d'eux se déployait un paysage agricole plat et désert. Le soleil bas apparut, les éblouissant. La voiture ralentit. Welsh se retourna en leur présentant une carte.

« Regardez cela, mes amis. »

C'était une carte de Londres et de ses environs. Partout apparaissaient des points rouges, avec une forte concentration aux abords ouest de la ville.

« Ce sont les impacts de V2, déclara le *lieutenant commander* Welsh. Grâce aux coordonnées géographiques de Cassandra, les Allemands envoient les fusées par-dessus Londres. Au pire, elles touchent des troupeaux de moutons. Cassandra leur ayant fourni des "preuves" de destructions dans l'Est, ils pensent que les fusées arrivent désormais au cœur de la ville. Ils ratent leur cible, et en même temps leurs fusées consomment d'énormes ressources. »

Cette opération venait en prolongement d'une autre : *Fortitude*, qui consistait pour les Alliés à abreuver les Allemands d'un renseignement systématiquement faux et sur laquelle avait reposé le débarquement de Normandie. Pour semer la confusion concernant le lieu de l'opération Overlord, les stratèges alliés avaient construit une fausse force d'invasion dans l'East Anglia, position qui suggérait que le débarquement aurait lieu dans les environs de Calais. Cette hypothèse était renforcée par les espions allemands retournés qui envoyaient en Allemagne des informations pointant sans ambiguïté dans la même direction.

Après le débarquement, les Allemands s'étaient mis à lancer des bombes volantes sur Londres, mais les impacts des *doodlebugs* avaient fait l'objet de rapports fallacieux de la part des faux agents allemands. De plus, il y avait des limites aux dégâts que pouvait commettre cette arme lente et peu meurtrière. Il en allait autrement de la nouvelle fusée. Sa puissance majestueuse était inconnue de la plupart, mais pas de Henry. Les renseignements de Robshamn en tant qu'agent Otto mettaient tout en péril.

Car ils étaient véridiques.

Ils descendirent de voiture. L'air était doux, étonnamment chaud pour la saison. Quelques agents de la police régulière et de la police militaire montaient la garde autour d'un cratère fumant.

« La meilleure défense n'est pas la défense antiaérienne ni une quelconque autre arme. Tu te souviens de ce que disait le vieux clochard à l'école technique de Charlottenburg ?

– *Gass Gass Gass*, imita Beatrice.

– Il avait raison. Dans une guerre, rien n'est aussi efficace que la désinformation et le mensonge. »

Le *lieutenant commander* Welsh sortit deux écrins de son pardessus.

« Dans des circonstances ordinaires, nous aurions remis ces décorations dans un lieu ayant plus de standing, mais dans votre cas, nous sommes obligés de faire une exception, dit Roscher-Lund.

– C'est un honneur de vous remettre à chacun l'OBE, l'*Order of the British Empire*, pour vos services inestimables à la Grande-Bretagne et à la cause alliée », déclara Welsh d'un ton solennel.

Henry leva la décoration au soleil.

« Une belle addition à ma collection de médailles », commenta-t-il.

Henry et Beatrice s'éloignèrent du cratère de bombe.

« Dis-moi une chose, Beatrice, tu m'as dénoncé le jour où je devais quitter Berlin. Pourquoi ?

– Un jour, tu m'as parlé de ton amie que tu n'avais pas prévenue pour protéger quelque chose de plus grand. Il n'y a pas que toi qui aies ce genre de considérations.

– Donc il ne s'agissait pas de Gregorz ? »

Elle eut un mouvement de recul lorsqu'il prononça le nom de son fils.

« Il est en Norvège, dit-elle, de la colère dans la voix. Et je crois que tu as un rapport avec cela. Bien sûr qu'il s'agissait de lui aussi.

– Écoute bien maintenant, répondit calmement Henry. Tu te souviens de la dernière soirée que nous avons passée ensemble à Berlin ?

– Bien sûr que je m'en souviens.

– Je savais que tu me dénoncerais, tu n'avais pas le choix. Pendant que tu dormais, j'ai écrit un petit mot que j'ai laissé dans un placard. J'y disais que tu devais par tous les moyens faire déplacer Gregorz dans un foyer Lebensborn en Norvège. Plus exactement dans un établissement appelé pension de Klækken, à quelques dizaines de kilomètres d'Oslo. J'écrivais que j'irais l'y chercher.

– Je n'ai jamais trouvé de mot.

– Bien sûr que non. Ce qui était astucieux était que quelle que soit l'issue des choses, le résultat serait le même. Ou tu trouvais le papier et tu faisais ce que je te disais ou tu ne le trouvais pas, mais il n'était pas très difficile de comprendre que si tu étais arrêtée, Sorge et ses hommes le découvriraient en fouillant ton appartement. Et si contre toute attente je parvenais à sortir du Reich, ils feraient ce qui était écrit, car ils me traqueraient. Ils concluraient à une erreur idiote de la part d'un homme amoureux naïf. »

Elle déglutit.

« Et alors ?

– J'ai réussi à aller en Suède et par l'intermédiaire de contacts dans la résistance, j'ai découvert que Gregorz avait effectivement été déplacé dans le foyer Lebensborn norvégien. Alors j'ai commencé à planifier. Comment pouvais-je le faire sortir ? M'en occuper moi-même était exclu, j'étais dans un autre pays et il était trop dangereux pour moi de repasser en Norvège.

– Mais attends un peu. »

Beatrice l'interrompit.

« Ça fait près de deux ans. Sorge m'a montré des photos de Gregorz en Norvège datées de juin de cette année.

– Exact. Tant que tu étais en Allemagne, nous ne pouvions rien faire. Sorge aurait perdu son seul atout pour s'assurer de ta loyauté. Mais laisse-moi continuer. J'ai communiqué avec le type que je pensais capable de sortir ton fils de Klækken, même sous surveillance étroite. Sur le front de l'Est, j'étais en escouade avec un taré dénommé Grande, Borgar Grande. Un gars déplaisant, qui travaillait dans la police d'État. Un salaud, mais mon salaud.

– Viens-en au fait.

– Aucun soldat ne se bat réellement pour sa patrie, que ce soit l'Angleterre, l'Allemagne ou la Norvège. Tu te bats pour ton compagnon d'escouade. En Ukraine, on se baladait avec des ceinturons qui disaient *Mon honneur s'appelle fidélité*. Quand tu demandes un service à ton ancien compagnon d'armes, il est là pour toi. Je lui ai écrit dans une lettre que j'avais fait un enfant à une femme polonaise du nom de Beatrice quand j'étais à Berlin avant la guerre. À l'automne 1942, elle était venue me raconter ce qu'il était devenu : il avait été placé dans un Lebensborn. J'ai expliqué à Grande que j'avais besoin de lui demander un service. Nous avons une relation compliquée pour plusieurs raisons, mais je lui ai précisé que ceci était la demande la plus importante que je lui ferais. Et cette demande était qu'il enlève mon fils, Gregorz, et l'emmène de l'autre côté de la frontière suédoise.

– Tu as dit que Gregorz était ton fils à toi ?!

– Parfois, la vérité est tellement importante qu'il faut la protéger par des mensonges, fit Henry en souriant. Quand j'ai été informé qu'une agente allemande avait été arrêtée en Angleterre et qu'elle m'avait demandé, je lui ai donné le feu vert. C'était à la fin du mois de juin de cette année. Je craignais bien sûr que Gregorz ait été déplacé, on ne peut pas tout maîtriser dans le processus. Par bonheur, ce n'était pas le cas. Comment Grande s'y est pris, je l'ignore, mais avec un autre ancien combattant, qui s'appelle Johansen, ils ont acheminé Gregorz en Suède deux jours plus tard.

– Oh, mon Dieu. Tu es sérieux ? Ils méritent un bouquet de fleurs.

– Malheureusement, si Johansen est resté en Suède, Grande, en revanche, a probablement été dénoncé auprès des gardes-frontières, une fois que ton fils était en sécurité en territoire neutre, curieusement. Sur le chemin du retour, il a été arrêté et inculpé d'activité de passeur. Mais c'est une autre histoire.

– Où est Gregorz actuellement ? »

Henry siffla. Une portière de voiture s'ouvrit. Roscher-Lund et Welsh arrivèrent avec entre eux un petit garçon.

Beatrice fit quelques pas hésitants dans la direction de Gregorz, puis elle se mit à courir. Henry ne bougea pas.

Les meilleurs mensonges comportent un élément de vérité, songea-t-il, avant de les rejoindre d'un pas tranquille.

POSTFACE DE L'AUTEUR

Presque tous ceux qui ont vécu la guerre ne sont plus là désormais, et il m'arrive encore de me reprocher de n'avoir pas parlé davantage avec des témoins potentiels de l'affaire.

Comme tant d'autres, je n'ai mesuré la portée des histoires de guerre de mes grands-parents que des années après leur disparition. Certes, je connaissais bien l'histoire de mon grand-père maternel, c'était une histoire norvégienne classique, où il était question de résistance, de détention au camp de prisonniers de Grini et au camp de concentration de Sachsenhausen.

Dans mon enfance, j'entendais sans cesse le nom de Sverre Bergh, sans y prêter attention. Bergh était un ami proche de mes grands-parents dans leur ville d'Asker. En 1940, il s'était rendu en Allemagne pour suivre des études d'ingénieur à l'université de Dresde et y était resté jusqu'à la fin de la guerre. Il avait ensuite émigré dans le Connecticut, aux États-Unis, où il avait vécu jusqu'à sa mort.

Sur son lit de mort, Bergh a raconté son étonnante histoire à Svein Sæther dans *Spion i Hitlers rike* (Damm, Oslo, 2006) [Espion dans le Reich de Hitler]. Ce livre a été mon entrée en matière sur le sujet des Norvégiens en Allemagne pendant la Seconde Guerre mondiale. L'oncle de Bergh, Theo Findahl, correspondant à Berlin du quotidien *Aftenposten*, a lui aussi dépeint les années de guerre dans *Undergang. Berlin 1939-1945* (Aschehoug, Oslo, 1945) [La Chute.

Berlin 1939-1945] et dans *Lange skygger. Dagbok fra krigens Berlin 1939-1945* (Dreyer, Oslo, 1964) [Les ombres longues. Journal de Berlin en guerre 1939-1945]. Le rôle de Bergh et ses contacts avec Paul Rosbaud ont d'abord été évoqués dans le livre *Le Griffon. La plus grande histoire d'espionnage jamais révélée*, d'Arnold Kramish (Messinger, Paris, 1987), un livre qui, bien que controversé, pousse à la réflexion. Il y est affirmé que Rosbaud était à l'origine de la fuite du rapport d'Oslo.

Le génocide méconnu des prisonniers de guerre soviétiques est dépeint dans *Terres de sang. L'Europe entre Hitler et Staline*, de Timothy Snyder (traduit par Pierre-Emmanuel Dauzat, Gallimard, Paris, 2012). Dans ma description du vécu des combattants du front, je me suis lourdement appuyé sur *Fars krig*, de Bjørn Westlie (Aschehoug, Oslo, 2014) [La guerre de mon père][17], *Morfar, Hitler og jeg*, d'Ida Jackson (Aschehoug, Oslo, 2014) [Grand-père, Hitler et moi], *Nordmenn under Hitlers fane*, de Svein Blindheim (Noregs boklag, Oslo, 1977) [Des Norvégiens sous les drapeaux de Hitler], *De som falt. Nordmenn drept i tysk krigstjeneste*, d'Eirik Veum et Geir Brenden (NRK Aktivum, Oslo, 2010) [Ceux qui tombèrent. Les Norvégiens engagés volontaires dans l'armée allemande tués au combat], et *Det ariske idol. Forfatteren, eventyreren og nazisten Per Imerslund*, de Terje Emberland et Bernt Rougthvedt (Aschehoug, Oslo, 2004) [L'idole aryen. Per Imerslund, écrivain, aventurier et nazi]. La biographie d'Imerslund offre en outre un gros plan sur Berlin et sur les courants pangermaniques en Norvège d'avant-guerre. Sans ce récit, point de Henry Storm.

Les détails concernant Oslo sous l'occupation sont tirés d'un grand nombre de sources, notamment *Oslo under andre verdenskrig* de Nils Petter Thuesen (Historie og Kultur, Oslo, 2015) [Oslo pendant la Seconde Guerre mondiale], *Hverdagsliv i krig. Norge 1940-45*, de Guri Hjeltnes (Aschehoug, Oslo, 1987) [La vie quotidienne pendant la guerre. Norvège 1940-1945], *Himmlers Norge. Nordmenn i det storgermanske prosjekt*, de Terje Emberland et Matthew Kott

17. Non traduit en français, mais disponible en anglais : *My Father's War*, traduit par Dean Krouk, University of Wisconsin Press, 2023.

(Aschehoug, Oslo, 2012) [La Norvège de Himmler. Les Norvégiens dans le projet pangermanique], et *66 skinnbrev fra Oslo*, d'Arne Skouen (nom de plume : Bjørn Stallare) (Gustaf Lindströms boktr., Stockholm, 1943) [66 parchemins d'Oslo].

Dans mon travail pour faire de Werner Sorge un personnage crédible, je me suis servi des mémoires de plusieurs dignitaires nazis allemands, qui selon moi offrent un regard unique sur la manière de penser et le quotidien au sein des organisations de sécurité du Troisième Reich. Les principaux sont *Au cœur du Troisième Reich*, d'Albert Speer (traduit de l'allemand par Michel Brottier. Fayard, Paris, 2011), *Le chef du contre-espionnage nazi parle*, de Walter Schellenberg (Perrin, Paris, 2019), et *The Kersten Memoirs 1940-1945*, de Felix Kersten (Ishi Press, Londres, 1947) [Les mémoires de Kersten 1940-1945].

Les enjolivements et la dissimulation ont fait l'objet de sévères critiques de la part d'historiens, notamment dans les biographies *Reinhard Heydrich. Biographie*, de Robert Gerwarth (Siedler, Munich, 2011), et *Himmler*, de Peter Longerich (traduit de l'allemand par Raymond Clarinard. Héloïse d'Ormesson, Paris, 2010), et dans les ouvrages sur le RSHA, *Generation des Unbedingten. Das Führungskorps des Reichssicherheitshauptamtes*, de Michael Wildt (Hamburger Edition, Hambourg, 2002) [Génération de l'absolu. La direction du RSHA, Office central de la sûreté du Reich], et *Croire et détruire. Les intellectuels dans la machine de guerre SS*, de Christian Ingrao (Fayard, Paris, 2010).

Les lecteurs désireux d'en savoir plus sur les campagnes de lutte contre le tabagisme de l'Allemagne nazie et sur d'autres aspects du nazisme dont on parle moins prendront plaisir à lire *L'Extase totale*, de Norman Ohler (traduit de l'allemand par Vincent Platini, La Découverte, Paris, 2016), *Women in Nazi Germany*, de Jill Stephenson (Pearson Education, Londres, 2001) [Les femmes dans l'Allemagne nazie], *La Vie mondaine sous le nazisme*, de Fabrice d'Almeida (Perrin, Paris, 2005), et *Les Savants d'Hitler*, de John Cornwell (traduit de l'anglais par Pierre-Emmanuel Dauzat, Albin Michel, Paris, 2008).

Pour un tableau de Berlin pendant la guerre, *Berlin at War*, de Roger Moorhouse (Basic Books, New York, 2010) [Berlin en guerre], est un parfait point de départ. D'éminents diplomates et journalistes ont aussi relaté leur vie dans cette ville, par exemple William L. Shirer dans *Mon journal à Berlin. Le journal d'un correspondant étranger, 1934-1941* (traduit de l'anglais par Albert Pascal, Éditions de la Revue moderne, Montréal, 1943) et William Russell dans *Berlin Embassy* (E. P. Dutton & Co., New York, 1940) [Ambassade de Berlin] ; avant tout, je voudrais mettre en avant la description vivante de Howard K. Smith dans *Last Train from Berlin: An Eye-Witness Account of Germany at War* (Phoenix, New York, 2001, 1941) [Dernier train de Berlin : un témoignage sur l'Allemagne en guerre].

Certains ouvrages ont particulièrement compté dans ma recréation de l'ancien Berlin, qui a disparu avec les bombardements : *Kästners Berlin. Literarische Schauplätze*, de Michael Bienert (Verlag für Berlin-Brandenburg, Berlin, 2014) [Le Berlin de Kästner. Lieux littéraires], *Dans le jardin de la bête*, d'Erik Larson (traduit de l'anglais par Édith Ochs, Cherche-Midi, Paris, 2012), et les publications de la Stiftung Topographie des Terrors (fondation Topographie de la Terreur), qui se situe sur le site de l'îlot urbain (détruit) qui accueillait le RSHA/la SS.

Dans ce cadre, certains romans étaient eux aussi incontournables : *La Trilogie berlinoise*, de Philipp Kerr (traduit de l'anglais par Gilles Berton, Le Masque, Paris, 2008), *Des hommes ordinaires*, de Kjartan Fløgstad (traduit du néo-norvégien par Céline Romand-Monnier, Stock, Paris, 2012), *Seul dans Berlin*, de Hans Fallada (traduit de l'allemand par Laurence Courtois, Denoël, Paris, 2013), et surtout *Les Bienveillantes*, de Jonathan Littell (Gallimard, Paris, 2006).

Dans mon travail sur les opérations de renseignement à partir des années 1940, je dois beaucoup à *Hitlers hemmelige agenter. Tysk etterretning i Norge 1939-1945*, de Tore Pryser (Universitetsforlaget, Oslo, 2001) [Les agents secrets de Hitler. Le renseignement allemand en Norvège de 1939 à 1945], *XU. I hemmelig tjeneste 1940-45*, d'Einar Sæter et Svein Sæter (Samlaget, Oslo, 2007) [XU. En service secret 1940-45], *Tungtvannsaksjonen. Historien om den største krigsoperasjonen på norsk jord*, d'Asgeir Ueland (Gyldendal, Oslo,

2013) [La bataille de l'eau lourde. Histoire de la plus grande opération militaire en terre norvégienne], et *Piercing the Reich. The Penetration of Nazi Germany by American Secret Agents during World War II*, de Joseph E. Persico (Barnes & Nobles, New York, 1979) [Percer le Reich. L'infiltration de l'Allemagne nazie par les agents secrets américains pendant la Seconde Guerre mondiale]. Je voudrais aussi mentionner les livres extrêmement divertissants de Ben Macintyre : *L'Agent Zigzag. La véritable histoire d'Eddie Chapman, escroc, séducteur, traître et espion* (Buchet Chastel, Paris, 2013), *L'Opération Mincemeat* (traduit de l'anglais par Danielle Lafarge, Éditions Ixelles, 2011) et *Double Cross. The True Story of the D-Day Spies* (Bloomsbury, Londres, 2012) [Double jeu. L'histoire vraie des espions du jour J], ainsi que le livre de Clare Mulley *The Spy Who Loved. The Secrets and Lives of Christine Granville* (St. Martin Griffin, New York, 2014) [L'espionne qui aimait. Vies et secrets de Christine Granville], une espionne dont le nom et l'histoire ne sont pas sans ressemblance avec ceux de Beatrice.

La littérature abonde sur Wernher von Braun, Peenemünde et le développement des *Vergeltungswaffen*, les armes de représailles. Voir par exemple *L'Arme secrète de Peenemünde*, de Walter Dornberger (traduit de l'allemand par Henry Daussy, Arthaud, Paris, 1954), *Building Hitler's Missiles. Traces of History in Peenemünde*, de Volkhard Bode et Gerhard Kaiser (Christoph Links Verlag, Berlin, 2008) [La construction des missiles de Hitler. Traces de l'histoire à Peenemünde], les ouvrages de Michael J. Neufeld : *The Rocket and the Reich. Peenemünde and the Coming of the Ballistic Missile Era* (The Free Press, New York, 1994) [La fusée et le Reich. Peenemünde et l'avènement de l'ère du missile balistique] et *Von Braun. Dreamer of Space, Engineer of War* (Knopf, New York, 2007) [Von Braun. Rêveur d'espace, ingénieur de guerre] ; et pour une perspective britannique sur les bombardements, Christy Campbell : *Target London. Under Attack from the V-Weapons During WWII* (Little, Brown, Londres, 2012) [Cible Londres. Assaillis par les armes de représailles pendant la Seconde Guerre mondiale].

On pourra s'interroger sur la réelle importance de ces *V-Waffen*. Bien qu'elles aient coûté la vie de milliers de Britanniques et de

Belges, on voit facilement que ce programme visionnaire a contribué davantage à la défaite de l'Allemagne qu'à sa victoire. Dwight D. Eisenhower a néanmoins fait la déclaration suivante :

It seems like that, if the German had succeeded in perfecting and using these new weapons six months earlier than he did, our invasion of Europe would have proved exceeding difficult, perhaps impossible.

Il semblerait que si l'Allemand avait réussi à parfaire et à employer ces nouvelles armes six mois plus tôt, notre invasion de l'Europe se serait révélée extrêmement difficile, voire impossible.

Les armes de représailles ne préfiguraient pas seulement la course à l'armement de la guerre froide, elles auraient pu jouer un rôle déterminant pendant la Seconde Guerre mondiale si leur développement n'avait pas été retardé.

REMERCIEMENTS

Je remercie Nora Campbell, Hilde Rød-Larsen, Benedicte Treider, Vidar Strøm Fallrø et Trygve Åslund des éditions Aschehoug pour la qualité de leur écoute et de leurs commentaires. Merci aux auteurs de livres sur la Seconde Guerre mondiale sur lesquels j'ai eu le plaisir de travailler en tant qu'éditeur, vous m'avez énormément appris : Asgeir Ueland, Marte Michelet, Mona Levin, Hilde Vesaas et Erle Marie Sørheim. Erle dispose en outre d'une expertise sur le sujet des Norvégiens dans l'Allemagne nazie. J'ai eu de riches échanges avec Kjartan Fløgstad, et il ferme qui plus est les yeux quand je pille sa riche bibliothèque sur la Seconde Guerre mondiale, qu'il en soit remercié. Merci à Petter Skavlan et à Harald Eia pour leur assistance dramaturgique, à Torgeir Lindtvedt Dalen pour ses précisions sur les combattants du front norvégiens, et à Terje Emberland pour ses nombreux commentaires érudits pendant l'écriture du roman. Merci à Thor Wessel pour notre précieuse conversation sur Sverre Bergh et à Stig Arild Pettersen et Camilla Nore pour leurs précisions importantes sur la voile. Toute erreur relève de ma responsabilité.

GLOSSAIRE

ABWEHR : défense. Service de renseignement militaire allemand entre 1921 et 1944. Suite à l'attentat contre Hitler, l'organisation est intégrée dans le Sicherheitsdienst (SD). L'amiral Wilhelm Canaris dirigea le service de 1935 à 1944, puis Walter Schellenberg lui succéda.

ACHTUNG – PANZER ! : une traduction possible serait « Gare au char ! ». Livre écrit en 1937 par Heinz Guderian. De nombreux historiens considèrent que c'est dans cet ouvrage que fut formulée la doctrine de la Blitzkrieg (attaques militaires rapides au moyen de véhicules terrestres motorisés appuyés par des armes aériennes).

ARMÉE DE L'INTÉRIEUR/ARMIA KRAJOWA : grand mouvement de résistance polonais fondé en février 1942 en prolongement de l'Union de la lutte armée et dirigé par Stefan Rowecki jusqu'à sa mort en 1944.

BERLINER SCHNAUZE : parler berlinois, souvent caractérisé par un ton direct, irrévérencieux et un humour grossier.

BLOCKLEITER : surveillant d'immeuble ou de groupe de maisons individuelles sous le Troisième Reich. Le Blockleiter faisait office de poste d'écoute et de trait d'union entre les organisations de sécurité et la population.

CROIX DE FER : décoration militaire allemande dont l'histoire remonte aux guerres napoléoniennes. Il en existe plusieurs classes et, en théorie, on la décerne encore.

DAS SCHWARZE KORPS : le corps noir. Journal officiel de la SS, publié tous les mercredis de 1935 à 1945. Son rédacteur en chef était Gunter d'Alquen.

DER ADLER : l'aigle. Magazine de propagande allemand bihebdomadaire publié de 1939 à 1944.

EINSATZGRUPPE : groupe d'intervention du SD. Chaque *Einsatzgruppe* était constitué de plusieurs *Einsatzkommandos* ou *Sonderkommandos.*

FLAKTURM : tour de Flak, tour de DCA (défense contre avions). Flak est un acronyme de Flugabwehrkanone (canon antiaérien). Il s'agit de constructions en béton massif qui servaient à la fois comme plateformes de défense antiaérienne et d'abris antibombes.

FO-II (Forsvarets Overkommando 2) : deuxième section du haut commandement de la défense nationale norvégienne, responsable du renseignement pendant la période 1942-1947. Dirigée par le lieutenant-colonel Alfred Roscher-Lund.

FREIHERR : titre de noblesse germanique, de rang inférieur à Graf (comte) et à Herzog (duc), correspondant au baron.

GOUVERNEMENT GÉNÉRAL DE POLOGNE : zone d'occupation allemande établie après l'invasion de la Pologne en 1939. Aujourd'hui, ces zones font partie de la Pologne, de l'Ukraine et de la Slovaquie. Le Gouvernement général était dirigé par Hans Frank.

GESTAPO (Geheime Staatspolizei) : police d'État secrète. Dirigée par le SS-Gruppenführer Heinrich Müller à partir de 1939 et jusqu'à la fin de la guerre. Voir RSHA.

HAUPTAMT ORDNUNGSPOLIZEI (Hauptamt OrPo) : direction centrale de la police de maintien de l'ordre. Structure intégrée à la SS à partir de juin 1936.

HIRDMANNEN, FRITT FOLK : L'Homme de la Hird, Peuple libre. Journaux nazis norvégiens. *Fritt Folk* était le quotidien du Nasjonal Samling et son organe idéologique, publié de 1936 à 1945. *Hirdmannen* était l'hebdomadaire de la Hird, publié de 1940 à 1945.

HITLERJUGEND (HJ) : organisation de jeunesse du NSDAP, qui a existé de 1922 à 1945. Destinées aux garçons de quatorze à dix-huit ans, les Jeunesses hitlériennes comprenaient aussi une organisation homologue pour les filles, le Bund Deutscher Mädel (BDM, la Ligue des jeunes filles allemandes) et d'autres groupements.

KRIPO : police criminelle. Dirigée par le SS-Gruppenführer Arthur Nebe de 1937 à juillet 1944. Voir aussi RSHA.

KZ ou KL (*Konzentrationslager*) : camp de concentration.

LEBENSBORN : organisation de la SS créée en 1936 et placée directement sous le cabinet du Reichsführer-SS. C'était un service d'orphelinats et de maternités pour les membres de la SS et leurs conjointes.

LOTTA : membre d'une organisation militaire féminine originellement finlandaise.

LUFTWAFFE : l'armée de l'air allemande, fondée en 1935 sous la direction de Hermann Göring. Elle a cessé d'exister en 1945 avant d'être rétablie comme élément de la Bundeswehr allemande en 1956.

MESSAGES PERSONNELS : messages codés lus sur les radios alliées comme la BBC et la NRK norvégienne pendant la guerre, au contenu apparemment anodin et incohérent. Un exemple resté célèbre en France est « Les carottes sont cuites » qui a servi à annoncer l'imminence du débarquement.

MISCHLING : personne ayant des origines mixtes, aryennes et non aryennes. Cette notion faisait partie du vocabulaire juridique dans les lois raciales national-socialistes, qui déterminaient ce statut en fonction du nombre d'ancêtres non aryens.

NASJONAL SAMLING (NS) : rassemblement national. Parti national-socialiste norvégien fondé par Vidkun Quisling en 1934. Pendant la guerre, le NS était le seul parti politique légal, il comprenait plusieurs organisations indépendantes comme la Hird, NS Ungdomsfylking (« les jeunesses NS »), Studentfylkingen (« les étudiants NS »), etc.

NSDAP (Nationalsozialistische Deutsche Arbeiderpartei) : parti national-socialiste des travailleurs allemands. Parti au pouvoir en Allemagne de 1933 à 1945. Créé en 1920, dirigé par Adolf Hitler à partir de 1921.

OBE (Order of the British Empire) : ordre de chevalerie britannique établi en 1917, subdivisé en plusieurs classes et divisions.

OKW (Oberkommando der Wehrmacht) : haut commandement des forces armées, établi par Hitler en février 1938 pour remplacer le ministère de la Guerre et placé directement sous son commandement.

OPÉRATION BARBAROSSA : nom de code de l'attaque allemande sur l'Union soviétique le 22 juin 1941 et de la campagne qui suivit. Elle fut nommée ainsi d'après l'empereur du Saint-Empire romain germanique Frédéric Barberousse.

ORCHESTRE ROUGE : nom de code désignant les groupes de résistants à Berlin (par exemple le groupe Trepper et le groupe Schulze-Boysen/Harnack) et plus généralement de l'espionnage soviétique sur les territoires sous contrôle allemand pendant la guerre.

OSS (Office for Strategic Services) : bureau des services stratégiques. Organisation de renseignement américaine pendant la guerre, l'ancêtre de la CIA.

PERVITINE : nom commercial d'une méthamphétamine distribuée aux soldats et officiers allemands. La pervitine est souvent appelée *Stuka-tablette* (médicament de bombardier) ou *Panzerschokolade* (chocolat de char d'assaut) en jargon militaire.

RAKETENVEREIN : association de fusées. Le terme désigne le plus souvent des associations de passionnés de fusées et d'espace, qui connurent un grand essor en Allemagne dans les années 1920 et 1930. La plus célèbre d'entre elles reste sans doute la Verein für Raumschiffahrt (association pour la navigation spatiale), à laquelle appartenait notamment Wernher von Braun.

REGIMENT NORDLAND/DIVISION WIKING : le régiment Nordland fut établi en 1940 comme unité motorisée au sein de la 5e division blindée Wiking, dont elle était l'une des trois unités (Standarten). Jusqu'en 1943, la division fut dirigée par le SS-Obergruppenführer Felix Steiner.

RSHA (Reichssicherheitshaupthamt) : office central de la sûreté du Reich. Unité administrative créée en 1939 en vue de rassembler les organisations de sécurité du Troisième Reich. L'organisation du RSHA est fort complexe, mais elle comprend notamment la Gestapo (Amt IV), la Kripo (Amt V) puis le SD – renseignement étranger augmenté de l'Abwehr (Amt VI). Le RSHA fut dirigé par Reinhard Heydrich jusqu'en 1942, puis par Ernst Kaltenbrunner, il était placé sous l'autorité du Reichsführer-SS.

SA (Sturmabteilung) : section d'assaut. Organisation paramilitaire du parti national-socialiste (NSDAP). Les « chemises brunes » ont joué un rôle primordial dans l'essor du parti aussitôt après la prise de pouvoir en janvier 1933. En juin 1934, Hitler, soutenu par la SS et par la Wehrmacht, élimine les dirigeants de la SA, parmi lesquels le directeur Ernst Röhm. La SA continue d'exister jusqu'à la chute du régime, mais sans rôle politique.

SCHNELLBOOT : vedette d'assaut rapide, armée, utilisée par la marine allemande.

SD (Sicherheitsdienst) : service de la sûreté. Organisme de la SS créé en 1931 sous le commandement de Reinhard Heydrich et chargé du renseignement en Allemagne et à l'étranger.

SIPO (Sicherheitspolizei) : police de sûreté. Au sein de la Sipo se trouvent la Gestapo et la Kripo (Kriminalpolizei, chargée des affaires criminelles).

SIS (Secret Intelligence Service) : service de renseignement britannique chargé du renseignement à l'étranger, plus connu sous le nom de MI6.

SONDERKOMMANDO : commando spécial. La confusion règne autour de ce concept, car il est utilisé pour désigner à la fois les unités opérationnelles des *Einsatzgruppen* (avec les *Einsatzkommandos* qui procédaient aux exécutions sur le front de l'Est [SS-Sonderkommando]) et les prisonniers juifs qu'on forçait à enlever les cadavres des chambres à gaz.

SS (Schutzstaffel) : escadron de protection. Les premières unités de la SS furent établies au sein du parti national-socialiste l'été 1925, initialement pour la garde rapprochée d'Adolf Hitler. En 1929, Heinrich Himmler fut nommé Reichsführer-SS, plus haut dirigeant de la SS.

SS-Anwärter : recrue récente de la SS. Grade attribué aux membres de la SS pendant leurs premiers mois de service.

STALAG : abréviation de Stammlager, qui elle-même est une abréviation de Kriegsgefangenen-Mannschafts-Stammlager, à savoir camp de prisonniers non civils. Des camps correspondants pour les officiers étaient souvent appelés Oflag.

TRIBUNAL DU PEUPLE (Volksgerichtshof) : cour spéciale qui jugeait les « crimes politiques » hors de la législation constitutionnelle.

VOLKSDEUTSCHE : populations vivant essentiellement en Union soviétique et dans les Banats, mais se définissant comme ethniquement et culturellement allemandes.

V1, V2 : missiles développés sur la base de Peenemünde avant et pendant la guerre. La fusée V1 (que les Britanniques appelaient *buzz bomb* ou *doodlebug*) était un missile de croisière atteignant une vitesse maximale d'environ 640 km/h. Le V2 (appelé Aggregat 4 par les techniciens) fut le premier missile balistique du monde, atteignant une vitesse maximale supérieure à celle du son.

WELTANSCHAUUNG : vision du monde. Mais les idéologues nazis avaient une définition plus large du concept et y voyaient la pénétration de l'idéologie du nazisme dans tous les secteurs de la vie humaine.

WINTERHILFE : aide hivernale. Un élément de la campagne de bienfaisance *Winterhilfswerk des Deutschen Volkes*, habituellement employé à propos des opérations de collecte hivernale pour les soldats du front de l'Est.

TABLEAU DES GRADES MILITAIRES

Reichsführer-SS	
SS-Obergruppenführer	général
SS-Gruppenführer	lieutenant général
SS-Brigadeführer	lieutenant-colonel
SS-Oberführer	grade intermédiaire entre celui de colonel et celui de général de brigade
SS-Standartenführer	colonel
SS-Obersturmbannführer	lieutenant-colonel
SS-Sturmbannführer	commandant
SS-Hauptsturmführer	capitaine
SS-Obersturmführer	lieutenant
SS-Untersturmführer	sous-lieutenant
SS-Sturmscharführer	sergent-major
SS-Hauptscharführer	adjudant-chef
SS-Oberscharführer/Scharführer	sergent
SS-Rottenführer	caporal-chef
SS-Sturmmann	caporal
SS-Oberschütze/SS-Schütze Gemeiner	soldat de 1re classe

CATALOGUE

Sylvia Aguilar Zéleny
Poubelle
Traduit de l'espagnol (Mexique) par Julia Chardavoine
Le livre d'Aïcha
Traduit de l'espagnol (Mexique) par Julia Chardavoine

Mohammed Alnaas
Du pain sur la table de l'oncle Milad
Traduit de l'arabe (Libye) par Sarah Rolfo

Anuk Arudpragasam
Un passage vers le Nord
Traduit de l'anglais (Sri Lanka) par Dominique Vitalyos

Christian Astolfi
De notre monde emporté
L'œil de la perdrix

Rémi Baille
Les enfants de la crique

Hanna Bervoets
Les choses que nous avons vues
Traduit du néerlandais par Noëlle Michel
L'expérience Helena
Traduit du néerlandais par Anne-Laure Vignaux

Xavier Bouvet
Le bateau blanc

Mattia Corrente
La fugue d'Anna
Traduit de l'italien par Jacques Van Schoor

Baptiste Fillon
Un coup de pied dans la poussière

Fabio Fiori
Le souffle de la Méditerranée – Voyages et légendes
Traduit de l'italien par Sofia Gérard

Ia Genberg
Les détails
Traduit du suédois par Anna Postel

Paolo Giordano
Tasmania
Traduit de l'italien par Nathalie Bauer

Jan Grue
Ma vie ressemble à la vôtre
Traduit du norvégien par Marina Heide

Anna Hope
Le Rocher blanc
Traduit de l'anglais par Élodie Leplat

Siân Hughes
Perle
Traduit de l'anglais par Valentine Leÿs

Alice Kaplan
Maison Atlas
Traduit de l'américain par Patrick Hersant
Baya ou le grand vernissage
Traduit de l'américain par Patrick Hersant

Alexandre Lasheras
Le manège des Andes

Marion Lejeune
L'escale

Philippe Manevy
La colline qui travaille

Semezdin Mehmedinović
Le matin où j'aurais dû mourir
Traduit du bosnien par Chloé Billon
Sarajevo Blues
Traduit du bosnien par Chloé Billon

Noëlle Michel
Demain les ombres

Touhfat Mouhtare
Le Feu du Milieu

Sara Mychkine
De minuit à minuit

Maude Nepveu-Villeneuve
Après Céleste
La remontée

Aslak Nore
Le Cimetière de la mer
Traduit du norvégien par Loup-Maëlle Besançon
Les héritiers de l'Arctique
Traduit du norvégien par Loup-Maëlle Besançon

Boris Pétric
Château Pékin

Stine Pilgaard
Le pays des phrases courtes
Traduit du danois par Catherine Renaud
Les monologues d'un hippocampe
Traduit du danois par Catherine Renaud

Anne Sénès
Chambre double

Navid Sinaki
Les larmes rouges sur la façade
Traduit de l'américain par Sarah Gurcel

Michèle Standjofski
Mona Corona

Juan Tallón
Chef-d'œuvre
Traduit de l'espagnol par Anne Plantagenet

Akos Verboczy
La maison de mon père

Lisa Weeda
Le palais des Cosaques perdus
Traduit du néerlandais par Emmanuelle Tardif

Pour en savoir plus sur nos publications
et suivre notre actualité,
vous pouvez consulter notre site Internet
www.lebruitdumonde.com

Ouvrage réalisé par Nord Compo à Villeneuve-d'Ascq

Achevé d'imprimer par
Normandie Roto Impression s.a.s.
N° d'édition : M01055/04
N° d'impression : 2501971

Imprimé en France